U0626144

血剑

（第二版）

孙毅◎著

中国检察出版社

图书在版编目（CIP）数据

血剑／孙毅著．—2版．—北京：中国检察出版社，2018.1

ISBN 978－7－5102－2028－9

Ⅰ.①血… Ⅱ.①孙… Ⅲ.①长篇小说－中国－当代 Ⅳ.①I247.5

中国版本图书馆CIP数据核字(2017)第291183号

血　剑（第二版）

孙　毅　著

出版发行：中国检察出版社

社　　址：北京市石景山区香山南路109号（100144）

网　　址：中国检察出版社（www.zgjccbs.com）

编辑电话：(010)86423753

发行电话：(010)86423726　86423727　86423728

(010)86423730　68650016

经　　销：新华书店

印　　刷：北京朝阳印刷厂有限责任公司

开　　本：710 mm×960 mm　16开

印　　张：21.75印张

字　　数：360千字

版　　次：2018年1月第二版　2018年1月第一次印刷

书　　号：ISBN 978－7－5102－2028－9

定　　价：60.00元

目 录

Contents

第一集

平湖市　早晨

蓝色的天幕，晴朗如洗，在无数摩天大厦的背景下，一座改革开放中崛起的南方内陆城市更显生机。

年轻的女检察官柯楠驾驶着一辆红色北京现代牌轿车行进在车流中。她十分机灵，不时超越，好似有十分紧急的任务，在争取着分分秒秒。

平湖市人民检察院大楼前　早晨

金色阳光的照射下，平湖市人民检察院大楼格外耀眼夺目。柯楠行至大院前，礼貌地将车停稳，然后一边急匆匆地上着大楼前的石阶，一边和上班的同事打着招呼。

“柯楠!”喊她的是反贪污贿赂局局长王铁流。

“王局长，有事吗?”柯楠忙迎上来问道。

王铁流见丰登也驾驶着车来了，忙喊道：“丰登!”

丰登也忙跑过来，问：“王局长，什么事?”

“你们俩立即带胡沅浦涉嫌受贿案的案卷到 1 号会议室列席检察委员会会议。”王铁流吩咐说。

“好的!”两人异口同声。

柯楠一步两级石阶，跨入办公大楼，丰登紧随其后。

平湖市人民检察院 1 号会议室　白天

这是一个中型会议室，庄严的国徽悬挂在正面墙中央。检察委员会委员和列席人员围坐在一张椭圆形会议桌周围。

主持会议的是检察长洪源。他个头稍高，肩膀挺宽，两鬓已经挂霜，但体格坚实，好像蕴藏着使不完的精力。他职业性地扫视了一遍室内后说：“今天的检察委员会会议专题研究平湖市国土资源局用地建设科原科长胡沅浦涉嫌受贿案所带出的‘案中案’。这一案件的承办人、反贪局检察官柯楠和助理检察官丰登列席今天的会议。下面由主办检察官柯楠同志汇报案情。”

柯楠和丰登走到多媒体控制系统前，丰登打开控制系统，放入影视资料。

随着银色屏幕上胡沅浦照片和文字的交替变换，柯楠开始汇报案情。她说："尊敬的检察长、检察委员会各位委员：遵照洪源检察长的指令，我和丰登初步侦查了由胡沅浦涉嫌受贿一案带出的'案中案'。现在大家看到的这个犯罪嫌疑人叫胡沅浦，被捕前任市国土资源局用地建设科科长，任职期间，他利用掌管的土地审批大权，牟取个人利益，先后十多次收受贿赂计人民币86.5万元，现在都已查证属实。提审时，胡沅浦不仅交代了自己涉嫌犯罪的事实，而且还检举揭发了他人的犯罪问题。"

屏幕上：崔玲的生活照片。

字幕：崔玲，女，30余岁，胡沅浦的堂表妹，离异，原在我国沿海做生意，后移居美国。

柯楠继续汇报道："这个女人叫崔玲，30余岁，一看颇有几分姿色。她原住广东省，是胡沅浦的堂表妹，原在我国沿海做生意，几年前离婚，现一直处于独身女人行列，后凭海外关系移居美国，人际交往十分广泛。胡沅浦交代说，2012年2月中旬的一个晚上，崔玲到了他家，说是来看望姑妈的，一次出手就是10000美元。胡沅浦说，崔玲不仅体貌出众，而且还善于察言观色，随机应变，有一种与众不同的'派头儿'。她告诉胡沅浦，她这次来平湖想帮助平湖市引进几个外资项目。于是，胡沅浦立即向她引荐了市招商局项目科科长颜东升。颜东升与崔玲见面后，两人一拍即合。接着，颜东升引崔玲拜见他的姐夫、平湖市委代书记、市长张宝宽。张宝宽对外资项目求之若渴。经双方洽谈，由美国兴亚集团在平湖设立东亚投资开发公司，在平湖广场西侧征用土地50亩，扩改南天商厦建设世纪商城。张宝宽还陪同崔玲察看地址，研究规划，由市政府上报了项目计划，在政策上给予很多优惠。但是，崔玲并不满足，向张宝宽提出在地价上再优惠些，张宝宽立即推出自己的内弟颜东升，要求将颜东升安排到东亚公司任职，并由颜东升斡旋此事。"

屏幕上：颜东升的生活照片。

字幕：颜东升，男，43岁，市招商局项目科科长，一个月前辞职下海，任平湖东亚投资开发公司副总经理。

柯楠指着图像说："颜东升是张宝宽的妻子颜文茹的亲弟弟，是市招商局项目科科长，在平湖是个十分活跃的人物。崔玲请他一出马，果然地价下降百分之二十，颜东升也如愿辞职下海受聘当上了东亚公司的副总经理。以后，崔玲悄悄地告诉胡沅浦，说她给了颜东升 20 万美元的‘好处费’，并要他将其中的 15 万美元转送给有关领导。下面请看我和丰登提审胡沅浦的录像资料。”

屏幕上：

审讯室房　白天

柯楠、丰登身着检察服正在提审胡沅浦。

胖乎乎的胡沅浦正在揭发颜东升涉嫌犯罪的事实。他说：“崔玲给颜东升 20 万美元后怕颜东升不认这笔账，于是请做证人。一次，她趁我和颜东升在一起时有意问颜东升：‘除你留下 5 万美元外，那 15 万美元你送出去没有？’颜东升回答说：‘送出去了。’”

柯楠：“地价下调百分之二十后，一共减少多少土地出让金？”

胡沅浦：“共 100 万美元，折合人民币 600 多万元。”

柯楠：“也就是说，崔玲以 20 万美元的代价换取了 100 万美元的利益。”

胡沅浦：“是这样。”

平湖市人民检察院 1 号会议室　白天

柯楠站在多媒体控制系统旁分析道：“胡沅浦揭发的‘案中案’是一个涉嫌行贿与受贿数额巨大，且有一定特殊性的经济大要案。首先，这一案件中的行贿人是美籍华人崔玲。在座的同志应该清楚，她是美国兴亚集团东亚投资开发有限公司落户平湖的牵线人。下面请大家观看我们从平湖市电视台复制来的一段录像资料。”

屏幕上：

平湖市政府小礼堂　白天

“平湖市招商引资表彰大会”的大红横幅悬挂在主席台上方。

台上，招商引资中介人崔玲，平湖市委代书记、市长张宝宽和党政要员满面春光。

台下，各部门、单位“一把手”聚精会神地听着会议主持人的讲话。平湖市人民检察院检察长洪源身着检察服和公安、法院等要害部门的领导坐在第一排。

会议主持人发表热情洋溢的讲话：“经过海外爱国人士崔玲女士的牵线搭桥，美国兴亚集团在平湖市成立东亚投资开发有限公司，进行系列开发。第一期投资

8000 万美元，在平湖市黄金地段建设世纪商城，目前已到位 5000 万美元，并完成了征地拆迁工作。为了进一步扩大开放，加速开发，经平湖市人民政府研究决定，对为我市招商引资作出重大贡献的崔玲女士给予重奖，发给奖金 5 万美元，并授予崔玲‘平湖市荣誉市民’称号。下面，由中共平湖市委代书记、市长张宝宽发给崔玲女士奖金和《荣誉市民证书》。”

风姿绰约的崔玲和满面春光的张宝宽同时站起，张宝宽从礼仪小姐手中接过大红包和大红证书，然后授予崔玲。

台上、台下掌声甚是热烈，洪源也不例外地拍着巴掌。

平湖市人民检察院 1 号会议室　白天

画面回到检察委员会会议。柯楠继续汇报说：“崔玲身份特殊，而且现在已不在平湖，是否出境尚不清楚，因此向她取证很难。经过我们侦查，先后同崔玲来平湖的还有 3 人。”

屏幕上：龚雄飞的照片。

字幕：龚雄飞，男，38 岁，美籍华人，由美国兴亚集团派出，任平湖东亚投资开发有限公司总经理。

柯楠指着照片说：“现在大家看到的是龚雄飞的照片，他是美籍华人，由美国兴亚集团派出的代表，现任东亚公司总经理。为了避免引起误会，我们暂时没有向他取证。”

屏幕上：丁家驹的照片。

字幕：丁家驹，男，约 40 岁，内地人，崔玲的马仔。

柯楠继续说：“这个 40 岁左右的男人叫丁家驹，是崔玲在内地聘请的助手，也就是她的马仔，我们还没有查到他的个人资料。他现在不在平湖，且去向不明，我们无法向他取证。”

屏幕上：裴蕾的照片。

字幕：裴蕾，女，17 岁，黑龙江省牡丹江人，现任东亚有限公司接待员。

柯楠说：“这位 17 岁的少女叫裴蕾，黑龙江省牡丹江人，南下打工妹，由崔玲从省城带至平湖，现任东亚公司接待员。经与东亚公司联系，我们传唤了裴蕾。为不给裴蕾造成压力，询问在宾馆的一间客房进行。下面是询问裴蕾时的录像。”

宾馆客房　晚上

长得亭亭玉立的裴蕾坐在床上，一对明眸始终对着面前的柯楠和丰登。

柯楠轻言细语地问："裴蕾，你谈谈自己是怎么来到平湖的。"

裴蕾心里有些紧张，但还是开口说了话："家里穷，爸爸病危，我就辍学南下打工。"

柯楠："你怎么认识崔玲的？"

裴蕾："在你们省城认识的。"

柯楠："你能说得详细一些吗？"

裴蕾："是人家介绍的。"

柯楠："你可不可以说得具体点？"

裴蕾脸上流露出几丝难言之苦。

柯楠没有继续深问，而是换了一个问题："你到平湖后主要做什么事？"

裴蕾："在东亚有限公司做接待员。"

柯楠："你认识颜东升吗？"

裴蕾："认识，他是公司副总经理。"

柯楠："他的工作情况你了解吗？"

裴蕾："不了解。"

柯楠："他和崔玲常在一起吗？"

裴蕾："有时在一起。"

柯楠："有没有他们在一起的时候你也在场？"

裴蕾："有过。"

柯楠："你可以谈一谈吗？"

裴蕾："有一次为东亚公司征地，崔玲和颜东升在平湖宾馆一间客房里谈了很久，我在里面的套间内听不清楚他们谈话的内容。"

柯楠："你听到他们谈钱吗？"

裴蕾："听到他们谈过钱。"

柯楠："能回忆一下吗？"

裴蕾想了想："当时确实没有听清楚，只听到什么美元呀！20 万……5 万……15 万。"

柯楠："你知道崔玲给颜东升钱吗？"

裴蕾咧了咧嘴角，但没有讲出声来。

柯楠用亲近的语气说："裴蕾，开始时我们对你讲过，今天我们向你询问这些事情的目的，主要是不让外商的利益遭受损失。有的人乘东亚公司落户平湖之机，敲竹杠，大敛钱财，你如果知道什么情况要如实向我们反映，配合我们查清问题。你在学校一定上过法制课，应该知道，如果向检察机关隐瞒事实是要负法律责任的。你再想一想。”

裴蕾思索片刻后说：“那天上午，崔玲从外面回到房间，提包里胀鼓鼓的。她从包里把一扎扎美元拿出来，用纸5万美元一包地包成4包，她还问我，‘你认识吗，这是哪个国家的货币？’我说，‘你也太小看人了，这上面不是有英文吗，我读书时英语成绩很好呢！’她从另一扎里抽出一张给我做纪念，我一看是10美元，这时门铃响了，崔玲要我到里面的套间去，并关上门。于是我去了套间，关上了门。来的人是谁我不清楚，他们在外面说了些什么，我也没听清楚。大约半个小时后，来的人走了，我从套间里出来，看到崔玲的包还是鼓鼓的，说明来的人没有拿走钱。下午颜东升来了，他进房以后崔玲才要我到套间里去。几分钟后，颜东升走了，我从套间出来，发现原来鼓鼓的皮包空了。我当时大吃一惊，怕钱掉了，问崔玲：‘包里怎么空了？’崔玲告诉我：‘全给刚才来的颜东升了。’这就是我知道的详细情况。”

柯楠问：“你还知道崔玲与颜东升之间的其他事情吗？”

裴蕾说：“不知道了。”

这时裴蕾面色有点儿发白，还打了一个寒战。

柯楠问：“裴蕾，你是不是身体有些不舒服？”

裴蕾：“没什么，我能坚持。”

柯楠：“你住哪里？”

裴蕾：“公司员工宿舍。”

柯楠：“我们开车送你。”

裴蕾：“你们送我反而不好，我自己回去。”

平湖市人民检察院1号会议室　白天

影视资料播放完毕，丰登关闭多媒体控制系统。

柯楠汇报说：“根据胡沅浦和裴蕾两个人的证言，我们认为颜东升收受了崔玲代东亚公司送给的20万美元，至于其中15万美元送给了谁，必须通过审问颜东升后才能得出。我的汇报完毕。”

接着，洪源说：“大家听取了柯楠关于‘案中案’的汇报，下面展开讨论，分析案情，提出侦查方案。”

世纪商城工地 白天

一片平展的土地等待着开发。

张宝宽和东亚投资开发公司总经理龚雄飞、副总经理颜东升等公司负责人围着一张设计图纸展开讨论。

“搞建设要大视野、大手笔、大动作，要一百年不落后。世纪商城要建成我省最大的商业中心。龚总，我建议主楼再加高6层，裙楼占地面积再扩大百分之四十，看上去要气势恢宏。”张宝宽的话表现了他非凡的胆略和气魄。

龚雄飞感到难以接受，他说：“张书记。”

张宝宽立即纠正：“我现在是市委代书记，还是叫我张市长或老张同志好。”

龚雄飞笑道：“由代书记到书记是名正言顺、顺理成章的事情。”

张宝宽摇头说：“那还难说。”接着他说，“不谈那些了，言归正传。”

龚雄飞继续说：“张市长，你跟我们兴亚集团董事局主席宋耀汉老先生一样，办事情总是有超前眼光，但是现在我们是在平湖，平湖是一个内陆城市，号称600万人口，但城市人口只有200万，就是城市人口再增加一倍，世纪商城也不需要那么大的规模。我们不妨在世纪商城建成后，再开发一些新的项目。”

颜东升为了让张宝宽体面地收回自己的意见，满面笑容地对龚雄飞说：“龚总，张市长的意思不是没有道理，我建议你向兴亚集团汇报一下，在原8000万美元投资计划的基础上再增加一部分，弄不好，我们不怪你。”

龚雄飞明白了颜东升的意思：“好，我一定很好地考虑张市长的意见。”他对张宝宽说：“张市长，红花还要绿叶扶，世纪商城建设需要平湖市方方面面的大力支持。”

张宝宽立即对身旁的秘书戈穹说，“戈秘书，你以市政府的名义起草一个文件，市属各有关部门要积极支持世纪商城的建设，对世纪商城只能开绿灯，不许亮红灯。”

戈穹躬身道：“张市长，我回去后立即起草。”

张宝宽对龚雄飞说：“龚先生，你是美国兴亚集团派来的老总，在平湖，人生地不熟，今后有什么事可直接找我。颜东升担任你的助手，他也可以为你跑跑路。”

颜东升谦虚地说：“甘当龚总的小学生。”

一名工作人员搬来一箱矿泉水，给每人递上一瓶。

张宝宽推辞道："节约一瓶矿泉水，为世纪商厦多添一片瓦。"

一片笑声荡漾开来。

平湖市人民检察院指挥中心　傍晚

身着检察制服的王铁流、柯楠、丰登和几名法警已经到齐，洪源检察长和高凤阳副检察长同时进来。

高凤阳用目光清点了一下所到人员后说："根据今天检察委员会的决定，晚上我们依法对颜东升采取行动，下面请洪源检察长发布命令。"

洪源严肃地说："原市招商局项目科科长、现东亚投资开发公司副总经理颜东升已经涉嫌受贿和行贿犯罪，检察委员会决定对他依法立案侦查。今天晚上，由反贪局局长王铁流与东亚公司总经理龚雄飞通气后，对颜东升依法实行拘传。然后，由柯楠和丰登对他实行突击讯问。与此同时，由侦查员对颜东升的住宅依法进行突击搜查。我和高凤阳副检察长在指挥中心坐镇指挥。晚上8点行动开始。现在分头准备!"

平湖市人民检察院内　晚上

3辆警车风驰电掣地驶出大门，警灯闪亮，警笛长鸣。

平湖市人民检察院讯问室　晚上

白炽灯下，颜东升正接受柯楠和丰登的讯问。他表面满不在乎，但内心却很矛盾，他转头移目，那双小小的眼睛总是注视着柯楠和丰登，想从他们的面部神态中探到一个底线。

柯楠严厉地对颜东升说："颜东升，你不要认为我们是在蒙你，我们这里有知情人的证言。"

颜东升昂着头说："你们就凭证人的证言定我的罪吧!"

柯楠说："但是我们给你一个坦白的机会。"柯楠的表情严肃得像冬天的一块钢板："你别忘记检察机关是干什么的，不要再有侥幸心理了。"

颜东升说："我明白。你们之所以拘传我，是因为胡沅浦想立功赎罪，供出了我。你们有了胡沅浦的口供就行了吗?"

柯楠说："颜东升，你不要以为我们只有胡沅浦的口供，还有人证实，崔玲给了你'好处费'。"

颜东升反问道："谁?"

柯楠说："当时，你没有注意她，但她却注意到了你!"

颜东升又反问道："谁?"

柯楠说："你自己清楚。"

颜东升说："如果崔玲给我'好处费'时，有第三个人在场，她不会怕我不收吗?"

柯楠说："崔玲如果不找一个证人，今后你不认这笔账，她交得了差吗?"

颜东升理屈词穷，但又表现出惯有的沉稳，他说："我为他们东亚公司争取项目和购买土地穿针引线，日夜奔走，她给我中介服务费或奖金，是合情合理的。"

柯楠厉声地说："不管怎样，你必须把问题讲清楚。"

颜东升开始胆怯起来，坚固的心理防线开始渐渐崩溃，脸上挂满忧郁哀愁的影子，目光里流露出痛苦的神色。

柯楠："颜东升，对司法机关隐瞒事实，是要承担法律责任的，你知不知道?"

颜东升语调低沉地："我知道。"

柯楠："既然你知道，就要争取主动。"

颜东升迟疑一会儿后："崔玲送给了我20万美元'好处费'。"

柯楠追问："都是送给你的?"

颜东升："她要我将其中一部分送给为她帮过忙的有关人员，但是我还没有送出去。"

柯楠："她要你送给谁?"

颜东升："她没有讲，但授权给了我。"

柯楠教育颜东升道："你的态度有了进步，承认崔玲给了你20万美元，但是你想丢车保帅，这只是一种幻想。"

颜东升："我不存在幻想，没有送出去就是没有送出去。"

柯楠："颜东升，你接受崔玲20万美元时，你是市招商局项目科科长，属国家工作人员，你接受所谓'好处费'的行为已涉嫌受贿犯罪。"

颜东升："不管你们怎样定性，不过，钱我已经全部挥霍了。"

讯问陷入僵局。

平湖市人民检察院指挥中心　夜

室内静寂无声，洪源和高凤阳各自接完电话，先后放下话筒。

负责搜查颜东升住宅的反贪局局长王铁流快步跑进来道："两位检察长！"

洪源忙问："铁流，你们搜查的情况怎么样？"

王铁流报告说："我们对颜东升的住宅已经搜查过了，既没有发现保险柜，也没有搜查到任何现金、存折和贵重物品。"

洪源又问："询问过颜东升的妻子没有？"

王铁流气愤地："询问过了，她耍赖，一问三不知。我们分析，可能是胡沅浦被逮捕后，颜东升担心东窗事发，提前转移了财产。"

洪源点头："很有可能。"

这时，柯楠和丰登夹着案卷走进来。

洪源问道："柯楠，你先汇报讯问颜东升的情况。"

柯楠坐下打开案卷，汇报说："颜东升态度顽固也很狡猾，他承认接受了崔玲的20万美元，并说这是他应该得到的业务中介费，而且说崔玲要他送的15万美元还没有送出去，20万美元全部挥霍光了。"

洪源一针见血地说："他丢车保帅！"

高凤阳接着道："现在的犯罪嫌疑人反侦查能力都很强。"

"铁流，你是反贪局局长，你谈谈。"这是洪源检察长的一贯作风，凡讨论案件总是先倾听有关部门负责人的意见。

王铁流这位大山里走出来的农民的儿子，担任反贪污贿赂局局长之前，是部队副团长，山里人的粗犷、军人的耿直、侦查员的机敏集于一身。他猛吸一口烟后，开始了对案情有理有据的分析："这是我们反贪局成立之后遇到的涉嫌一次性行贿、受贿数额最大的经济大要案件。侦破这个案件关键在排除阻力和查清颜东升的后台。大家都知道，颜东升是张宝宽的内弟。张宝宽是平湖人，大学毕业后分配到外地工作，1991年调回平湖，先后任市建设局局长、副市长、市长，市委书记调离后，又任市委代书记。他已经是平湖第一官，鞍前马后，人多势旺。张宝宽的妻子颜文茹是市旅游局副局长，对她，大家应该有所了解，群众称她是平湖的王熙凤，她在平湖的人际关系也是盘根错节的。因此我建议，我们一边查清颜东升受贿的具体事实，一边向省里汇报。如果案情果真与张宝宽有关，再由省里派人来侦查，我们协助。"

王铁流的话刚停，高凤阳就接上了："我不排除这个案子有可能涉及张宝宽，但是我们还必须分析一下，张宝宽是否会上崔玲、颜东升的圈套。张宝宽在平湖市担任重要领导工作10年时间，城市建设、对外开放成绩斐然。他曾经是我省廉政干部典型之一，每年退还或上缴的红包金额达50万元以上。至于他爱人颜文茹，舌甜嘴巧、八面灵通，那是属于她个人的性格和品质问题。现在还没有证据证明张宝宽接受了由颜东升转送的贿金，因此，也就没有惊动省里的必要。我认为对颜东升这个案子可先调查取证，暂时不向省里汇报。”

洪源这位在检察战线干了20余年的检察长，表现出独有的沉稳和对问题入木三分的洞察力，他说：“既然颜东升涉嫌受贿一案已经摆到了我们面前，我们岂有不查之理！难查也好，阻力也好，都不是我们放弃的理由。平湖市是一个内陆沿江开放城市，引进一个外商投资项目十分不容易，而有的人乘机敲竹杠，大捞一把，影响了平湖市的对外形象。这个案件如果不查，是我们工作的严重失职。”洪源扫视了一下大家，接着说，“现在一个客观事实摆在我们面前，颜东升是张宝宽的内弟，他们之间有裙带关系，我们办案时不考虑到这一点是不现实的。但是我们绝不能因为这方面的原因而影响办案。今天是2012年4月2日，我们将这一案件的代号定为402号案件，并成立402号专案组，我任组长，高凤阳同志，你是分管反贪工作的副检察长，王铁流是反贪局局长，反贪侦查你们首当其冲，因此，副组长由你们两位担任，柯楠和丰登为成员。我们这个专案组官多兵少，具体工作由王铁流、柯楠、丰登去做。办案中，我们要丁是丁、卯是卯，不牵强附会。如果侦查发现此案确实与张宝宽有关，我们再向省里报告。大家知道检察工作有钢铁般的纪律，今天我重申：会议内容严格保密。”最后他说：“根据《中华人民共和国刑事诉讼法》第一百三十二条之规定，对颜东升依法刑事拘留。”

平湖市人民检察院讯问室　晚上

柯楠严肃地宣布：“颜东升，我受检察长洪源的指派，代表平湖市人民检察院向你宣布：你的行为已触犯了《中华人民共和国刑法》第三百八十五条之规定，涉嫌受贿犯罪，情节严重，且抗拒交代，根据《中华人民共和国刑事诉讼法》第一百三十二条的规定，平湖市人民检察院决定对你依法刑事拘留。”

颜东升不服：“20万美元是外商给我的劳务费，你们凭什么说我涉嫌受贿犯罪？”

柯楠义正辞严地：“土地出让的优惠政策是市政府给予外商的。你付出了什么劳动？”

即刻，两名公安警察来到讯问室，将一张《拘留证》摆到了颜东升的面前：“颜东升，你签字！”

颜东升拒绝签字，坐着一动也不动，公安警察迅速地强行给他戴上了手铐。

面如死灰的颜东升被押出讯问室。

平湖市区　深夜

夜深时分，街道上已经车少人稀，变得更加安静，各商厦墙上的霓虹灯陆续隐去，高耸的路灯也吝啬起来，其光亮由灼白变成了淡黄。

平湖市政府住宅大院内　晚上

市长们的一栋栋小洋房在路灯照射下显现出温馨的情调。各位市长及家人也许还在忙着，窗口通亮，只有张宝宽市长家里的灯光有些幽暗。

张宝宽家的客厅内　晚上

市长夫人颜文茹正坐在客厅的沙发椅上皱着眉听着手机里传来的焦急声音。

手机内，她的弟媳、颜东升的妻子吴兰哭叫着：“姐，我家里出事了……”

颜文茹一怔，连忙追问：“噢！出了什么事？”

手机里，吴兰泣诉着：“东升被市检察院叫去了，家里也被检察院搜查了……”

颜文茹担心地问：“搜查走什么没有？”

手机里传来吴兰哀求的声音：“没有……但是他们不会罢休的。姐，你和姐夫要出面说话呀！”

颜文茹没有过度惊慌，保持着沉稳，她安慰着弟媳：“吴兰，你要冷静，我立即把事情弄清楚。半个小时后你到我家来。”她在客厅转了一圈，然后抓起电话听筒，摁了一串数字，居高临下地：“凤阳吗？我是颜文茹，请你到我家来一下！”说罢，她挂断了听筒。

张宝宽住宅前　晚上

红灯闪烁，一辆警车在宅前戛然停下，高凤阳走下车，急速向楼梯口走去。

张宝宽家客厅内　晚上

高凤阳风急火急，一跨入客厅就问：“颜局长，您找我有事？”

颜文茹直截了当地问：“我弟媳来电话，说颜东升被你们检察院抓去了，你们还搜查了他的家，是怎么回事？”

高凤阳吞吞吐吐：“我本想跟你们打个招呼，让你们有个思想准备。但是我又不便这样做。”

颜文茹仍追问着：“颜东升到底犯了什么事？”

高凤阳为难地：“颜局长，您不要急，事情只能慢慢来。”

颜文茹：“我非常理解你，检察官有检察官的严格纪律，但是张宝宽是市委代书记、市长，他管政法，天经地义，你总不该向他保密吧！他还是很器重你的。我听他讲，市里将系统地调整一次领导班子，二五八一刀切。”

“什么二五八？”高凤阳不解地看着颜文茹道。

“52 岁以上的科长、55 岁以上的处长、58 岁以上的地市及厅级领导干部一律从领导岗位上退下来。洪源今年不是快五十有八了吗？”

颜文茹拉腔拉板地：“你们检察院副检察长有 3 个，其他两人都在暗暗角逐，你高凤阳可不要示弱哟！”

高凤阳一下被激活了，问道：“张市长不在家？”

颜文茹：“他正在平湖宾馆和外商研究世纪商城开工的事情。”

高凤阳感激道：“颜局长，我知道你对我是很关心的，请你相信，我高凤阳绝不是那种无情无义的人。我实话告诉你，颜东升因涉嫌受贿犯罪已被刑事拘留。”

两人目光相接，心照不宣。片刻后高凤阳告辞道：“颜局长，我走了。”

颜文茹送走高凤阳后回到客厅，门铃又响了，进来的是颜东升的妻子吴兰。吴兰心慌地：“姐姐，姐夫呢？”

颜文茹镇静地说：“用不着问你姐夫，刚才市检察院副检察长高凤阳来了，我已经对他讲了，他会考虑的。你现在一定要冷静，有事装着无事，绝对不要自己坏了自己的事。”

吴兰焦急地问道：“姐姐，颜东升做了些什么，我也不全清楚，姐姐，他不会是大祸吧？”

颜文茹颇有经验地说：“俗话说，捉贼先拿赃，我们已经走在他们的前面转移了保险柜。他们拿不到赃，也就捉不到贼。”

吴兰仍心思不安：“姐姐，我现在心里六神无主……”

这时，张宝宽的女儿张丽娜穿着睡衣走进客厅：“你们这是干什么，半夜三更，还在哭哭嚷嚷。”她一看吴兰就火了：“舅妈，是不是舅舅出事了，我知道他迟早会有这一天的，他在外面经常打我爸爸的牌子，今后你们出了事别连累我

爸爸！”

颜文茹推着女儿：“丽娜你去睡觉，你明天还要上班，没有什么大不了的事，不要大惊小怪的。”

市长办公室　白天

明媚的阳光透过落地窗照射进来，张宝宽心思悠悠地转来转去，秘书戈穹进来道：“张市长，市委办那边来电话，参加市委常委会的常委们都到齐了，正等着您。”

张宝宽拿起桌上的黑色公文包，吩咐戈穹说：“戈穹，你把市政府《关于大力支持东亚公司世纪商城建设的意见》再做一次修改，强调只能帮忙，不能作梗，并实行一把手负责制。”

戈穹恭顺地：“一定按照您的意见修改。”

张宝宽走了两步转过身来：“如果市检察院有人找我或来电话，你立即电话与我联系。”

戈穹连连点头：“好，好！”他礼貌地将张宝宽送出办公室后返回办公桌前，拿起电话听筒拨着一个手机号：“柯楠，今天张市长开会，我不会出去，中午请你吃饭，同时告诉你一个好消息……”

专案组办公室　白天

检察干警们正在分析案情，柯楠很不情愿地拿起手机接电话：“我正研究工作，现在不能听你的好消息，中午可能要加班。”

手机里，戈穹的声音：“那就改在晚上。”

柯楠断然地：“对不起，我关机了。”

桌上的电话铃响了，王铁流拿起听筒：“我是市检察院反贪局，是，我是王铁流，……已经明白。”他放下听筒后对柯楠和丰登说：“市第一看守所来电话，胡沅浦在狱中突发脑溢血，病情十分危急。洪检和高检都不在机关，柯楠，你立即向他们汇报，我和丰登马上去市第一看守所。”

平湖市第一看守所　白天

两辆警车风驰电掣般驶入大门。

看守所医务室　白天

狱医正在对胡沅浦作最后的抢救，两名警察站立在门口。时间一分一秒地过去，心电图显示器屏幕上，波幅越来越小，最后成了一条直线。狱医在胡沅浦的遗体上盖上了一块白色的被单。

一名法医道："为了准确查明胡沅浦的死因，必须按正常程序依法对其进行尸检。"

看守所会议室　黄昏

胡沅浦死亡原因分析会还在进行，高凤阳、王铁流等市检察院、公安局、看守所领导、法医等正听着狱医的分析。

狱医："胡沅浦被关进看守所前就有高血压，进看守所后，我们每天按时给他定量送药，血压基本能控制。据同一监房被关押人员讲，今天上午10点胡沅浦突然头晕，躺下后就昏迷不醒。从症状看，是突发性脑溢血死亡。"

一名法医问："发病前他吃了些什么东西？"

狱医道："上午7点半吃过早餐，发病是上午10时，还未到开中餐的时候，同一监房里的人说，没有看到他吃别的东西。"

一名狱警进来报告说："CT结果出来了。"

法医看过CT报告单后说："CT检验结果是严重脑溢血，与尸检结论是完全吻合的。"

东亚公司办公楼前　傍晚

昏暗的路灯光下，一个人影从楼顶落下，人们惊呼着："不好了，有人跳楼啦！有人跳楼啦！"

呼叫声一传十，十传百，惊天动地。

裴蕾全身是血，衣服被窗户上挂着的晒衣的铁架挂成了布条。她蜷曲着躺在地上，一动不动。

"裴蕾！裴蕾！"公司几名女员工呼叫着，围观的人越来越多。三个一伙、五个一群地议论开来。

"这姑娘怎么啦？"有人问。

"前几天，市检察院询问了她，不知她犯了什么罪。"有人回答。

"一定是检察院搞了逼、供、讯！"有人猜测。

"找检察院算账去！"有人起哄。

"找检察院去！"有人响应。

平湖市大街上　傍晚

急救车、警车呼啸而过。

医院手术室走廊　夜

几名年轻人挡住裴蕾的担架车，不让其进手术室。他们叫嚷着质问王铁流、柯楠和丰登："你们为什么搞逼、供、讯？"

"一个打工的女孩子犯了什么罪？"

"你们凭什么抓我们的人、传唤我们的人？"

"出了人命你们要负责任？"

"如果出了人命，就拿传唤人去抵命！"

柯楠委屈而又冷静地："如果我们询问裴蕾有不当行为，你们可以举报，组织上可以查处，现在救人是第一位的大事。"

手术室门口，一名医生大声说："你们多耽误一分钟，病人就多增加一份危险！"

另一名医生："请你们保持安静，现在病人和医生都需要安静。"

王铁流对着几名拦车的青年，警告道："我们现在代表警方执行公务，请你们不要妨碍，如果妨碍，就是犯罪行为！"

另一名警察推着担架车进入手术室大门。

第二集

平湖市公安局第二看守所门前　白天

高高的围墙，灰黑的电网，两扇铁门紧闭，只有仅能一人进出的小门开着。

瞭望岗亭上，端着冲锋枪的武警战士严密地注视着四周。

9 号监房门口　白天

“冤枉啊，冤枉啊！”监房里传出阵阵喊冤声。

武警、狱警纷纷跑到 9 号监房，打开铁门，只见颜东升呼天抢地地喊叫着：“检察院冤枉我啊……”

看守所所长范立保来了：“颜东升，你老实点。”

颜东升向门外喊着：“我要出去，我要申冤，要找检察院算账！”其他被关押人员也趁机起哄：“我们也要申冤，也要申冤！”

一名狱警向范立保建议道：“范所长，干脆把颜东升叫出来。”

范立保高叫着：“颜东升，你出来。”

审讯室　夜

王铁流和丰登正听范立保介绍情况：“开过晚饭后，颜东升在牢房里突然喊冤，我赶到后，他喊得更凶了。”

“范所长，我们一起来审讯颜东升。”王铁流说。

蓬头垢面的颜东升被两名狱警押了进来。他有气无力地抬起头凝视前方，目光在范立保身上停留了少许。

王铁流严肃地：“颜东升，你为什么在监房里大吵大闹？”

颜东升昂着头：“你们办了冤案。”

王铁流：“谁冤枉了你？”

颜东升：“证人陷害我，你们信以为真。”

王铁流：“证人怎么陷害你的？”

颜东升：“我不知道他出于什么用心，我要当面与他们辩驳。”

王铁流与丰登心里同时一愣，他俩估计，颜东升知道胡沅浦已死，裴蕾病危，才全盘翻供。王铁流怒视着颜东升："颜东升，你不要要小聪明，你接受崔玲20万美元一事，证人有证词，你也已经作了交代，白纸黑字都在案卷中。"

颜东升信口雌黄："都是你们检察院那个叫柯楠的逼出来的。"

丰登气愤地："你胡说八道！传讯你时我在场，我们根本没有搞逼供！"

颜东升气焰嚣张："你们威胁我，我要告你们！"

范立保右手朝桌上猛地一巴掌："颜东升，我警告你，你诬蔑陷害司法人员，你不考虑会是什么后果！"

颜东升望着范立保不停地翻动着眼珠。

专案组办公室　白天

洪源与专案组成员一起分析着突然发生的情况，他说："胡沅浦关押在第一看守所，颜东升关押在第二看守所，毫无疑问，是有人向颜东升传递了胡沅浦已死亡和裴蕾跳楼自杀的信息。"

高凤阳提出质疑："是不是探监的亲属告诉的？"

王铁流道："颜东升被刑事拘留后，我们跟看守所领导讲过，在侦查终结之前，不批准任何人探监。"

高凤阳又说："也有可能是新进9号监房的人员带进了信息。"

王铁流仍然否定："不会有这种可能，如果9号监房新进了被羁押人员的话，他们也不知道胡沅浦、裴蕾与颜东升有何关系。"

高凤阳："不一定，事物的必然性总是存在于偶然性中。"

柯楠："我们可以提审9号监房被羁押人员，如果排除了这种可能性，再从司法机关内部查原因。"

洪源微微点头，他说："柯楠同志的意见可以采纳，问题很可能出在内部，如果是国家机关工作人员为犯罪嫌疑人通风报信，就是渎职犯罪行为，应该严肃查处。此外，我们还必须看到，颜东升翻供还只是一个信号，原先在幕后的人必然会跳到幕前来表演，说不定，我们还会承受更大的压力。地雷不排除，我们将寸步难行。"

高凤阳接过洪源的话："洪检，如果为颜东升通风报信涉及司法机关内部，可不是一个小问题，我准备亲自去查。"

平湖广场　白天

宽阔气派的广场在蓝天白云的掩映下更加气派。草坪、花坛、喷泉、雕塑错落有致。一块“发展就是硬道理”的巨幅宣传画在阳光下格外醒目。与宣传画相对的南天商厦虽然失去了往日的雄风，但商厦大门旁挂着的“美国兴亚集团东亚投资开发公司”和“东亚公司世纪商城建设工程指挥部”两块牌子，预示着它身旁的那片土地美好的未来。

世纪商城建设工地　白天

洪源乘坐的警车驶进工地。车停后，洪源走下车，只见工地上冷冷清清，几名工作人员正摘着“平湖世纪商城开工典礼”会标，几辆小车也调头往回跑。见此情景，洪源以为开工典礼已经举行过了，但一看表才刚刚9点。他看见前面不远处立着一块公告，走过去一看，上面写着：

因平湖市检察机关无故刑事拘留我公司副总经理，询问我公司员工并造成重大恶性事故，美国兴亚集团已停止对我公司的投资，故世纪商城开工典礼暂停举行，以示抗议。此告

美国兴亚集团东亚投资开发公司

2012年4月18日9时

“无稽之谈！”洪源气得肺要爆炸了似的，他对一名挂着东亚公司工作牌的工作人员说：“我们找你们的老总！”

那工作人员生硬地：“我们老总不在！”他看洪源身着检察服，质问道：“你是检察官！看样子，官职还不小，我问你：你们凭什么抓我们的人，询问我们的员工并逼得她跳楼自杀，弄得世纪商城不能开工，我们又要下岗去找工作！”

洪源吼着：“这完全是颠倒是非！”

已到的来宾们纷纷议论：“这到底是怎么回事？”

“真相是怎样的？”

“世纪商城是张市长亲自引进的项目。”

“听说省里有一批嘉宾来参加开工典礼。”

“这样做弄得张市长多没面子。”

这时，20余辆高级小轿车列队开来，车上走下来的是省直部门嘉宾及新闻记者。

满面风光的张宝宽走过来介绍说：“各位嘉宾，这是东亚公司的第一个开发

项目，在这50亩面积的土地上建设世纪商城，以后还将继续滚动开发。”他向工地指指画画的时候，发现气氛不对，愣住了。

一名先期到达的政府官员跑过来报告说：“张市长，东亚公司突然贴出了公告，世纪商城开工典礼暂停举行。”

“谁开这种玩笑？什么原因？”张宝宽耳朵里一哄，羞愧地看了一下嘉宾们。

那官员继续说：“原因是平湖市检察机关无故抓了他们的副总经理，询问了公司的一名打工妹，并造成这名打工妹跳楼，生命垂危。美国兴亚集团已停止对世纪商城的投资，以示抗议。”

“东亚公司的龚总呢？”张宝宽着急地问。

“总经理龚雄飞不在工地。”那位官员说。

“检察院的洪源来了没有？”张宝宽气愤地问。

“我刚才看到了他。”那官员说。

“这个洪源毁了平湖的招商引资，我要找他算账！”张宝宽压住心中的怒火，转过身对嘉宾们说：“都怪我们工作没有做好。”

“在这个问题上，你们是该好好反思反思，总结教训。”省委常委、常务副省长梁维成的话不轻不重。

张宝宽急中生智，对梁维成和在场的领导们说：“世纪商城建设工程开工典礼暂停举行，本身就是一例反面教材，我提议把原定的开工典礼变为平湖市整治投资软环境反面现场会，如果市委其他领导没有意见，就这样定了。”他吩咐那位官员和秘书戈穹：“凡来参加开工典礼的人员都不离开现场，同时请市委办公室和市政府办公室电话通知市直各部、办、委、局第一、二把手，于9点半前赶到世纪商城建设工地，尤其是公、检、法、司，还有工商、税务等部门的主要负责人必须参加，任何人不得缺席。”

工地，反面现场会　白天

现代通讯、交通工具加快了人们工作的节奏，不到30分钟，平湖市各要害部门的100多名掌权人，一个不少地来到世纪商城建设工地，各种高级小轿车也在会场旁攀比豪华。

原开工典礼露天会场变成了反面现场会会场，“平湖市整治投资软环境反面现场会”会标在风中摆动，发出“哗哗”的声响。

省里来的嘉宾没有出席会议，但记者一个也没有走，尤其是电视记者扛着摄像机不停地推、拉、摇、移。

会议由张宝宽亲自主持并作主题讲话，他说："大家都看到了，一个隆重热烈的开工典礼变成了整治投资软环境反面现场会，平湖市人民也看到了，平湖的父母官们就是这等思想观念、这等办事能力。眼看着投资8000万美元的开发项目即将夭折，难道我们不感到心疼、内疚！"

张宝宽一向以即席讲话见长，何况此时愤慨至极。

他继续说："平湖不是东南沿海，是一个内陆城市，在地理位置上，除靠江外，再没有其他优势。近几年中央和省里为了扩大平湖的开放力度，给了我们许多优惠政策，而我们却让它失之交臂。我们中的一些同志思想僵化，总是拿着过去的僵死的条文来对照今天的新生事物，动辄给你扣上违规、违纪甚至违法犯罪的帽子。如果这样，我们平湖市的全面深化改革开放就会被那些思想僵化者给断送！大家要清醒地看到，我们已经进入了二十一世纪。我国已经加入世界贸易组织，也就是WTO，世界经济趋向全球化。世界在瞬息万变，中国在瞬息万变，我们的思想观念不应该随之变化吗？解放思想不是一句空话，要落实在行动上，今天参加会议的都是平湖市各单位的负责干部，请你不要把你所领导的单位和部门变成针插不进、水泼不入的独立王国。有些部门是垂直领导，但不能用垂直领导来排斥地方领导。有的是司法机关，同样，不能用独立司法来排斥地方党委的领导。今天，我代表平湖市委、市政府提出这样一个口号：人人都是投资环境；个个代表平湖形象。今天我当着大家的面讲清楚，今后谁影响了平湖的投资环境，就追究谁的责任，有帽子的摘帽子，有位子的端位子！"

洪源和高凤阳坐在第二排，张宝宽讲话时，几次扫视他们，洪源铁着脸，似乎没有看见。

工地上　白天

会议一散，洪源就成了焦点人物，10余名新闻记者围着他，几台摄像机对着他。

一名电视女主持人问："洪检察长，东亚公司向你们提出抗议，请你介绍一下事情真相。"

洪源胆气十足地回答："东亚公司在平湖聘任的一名副总经理涉嫌经济犯罪，已被检察机关采取了刑事拘留的强制措施。为了查清这个案情，我们依法询问了有关证人。检察机关的这一行为恰恰是为了净化平湖的投资环境，保护外商的经济利益，绝不会影响平湖的投资环境。”

这名女主持人又问：“你能不能透露一下案件的大体情况。”

洪源回答：“此案还在进一步侦查之中，对于案情我无可奉告。”

一名记者问：“那名打工妹犯了什么罪，对这次事故你们检察机关应不应该承担责任？”

洪源：“对打工妹裴蕾跳楼自杀的原因，公安和检察院组成的联合调查组正在进行调查，我们检察机关询问她时没有违法行为。我们利用了办案工作的‘第三只眼’，录音录像同步进行的。”

又一记者问：“张市长今天的讲话很有针对性，你怎样认识？”

洪源：“张市长讲话的主题是整治平湖投资软环境，言之有理，无懈可击。如果是针对我们检察机关，我们有则改之，无则加勉。”

还有一名记者问：“有舆论说，你们查处东亚公司一名副老总，是醉翁之意不在酒，你怎样看待？”

洪源严肃中带着风趣说：“检察机关以事实为依据、以法律为准绳，丁是丁卯是卯，从不使用模糊语言，‘醉翁之意不在酒’属模糊语言。但是我还是听懂了你的意思，我明确告诉你，现在我们检察机关只刑事拘留了一名涉嫌经济犯罪的副总，并没有蓄意要整其他人。如果你听到有人说我们醉翁之意不在酒的话，请你代我问他，他是不是因为与那个案子有牵连而惶惶不安。”洪源的回答引起了记者们的阵阵笑声。

平湖市人民检察院小会议室　白天

柯楠从容不迫地走了进来。

洪源低沉地：“柯楠，你坐。”

柯楠一看气氛甚是严肃，她自觉地坐到一旁，以便接受询问。

洪源首先讲话：“柯楠同志，市委、市政府对裴蕾跳楼自杀事件十分重视，为查清事实真相，市政法委已组成联合调查组，公安局刑警支队队长兰鹏翔参加，我们检察院也派出两名同志参加，今天调查组向你做调查。”他对身边的兰鹏翔说：“兰支队长，你们开始吧。”

兰鹏翔接过洪源的话：“柯楠同志，刚才洪检察长已经讲了，你实事求是地谈谈你和丰登询问裴蕾的情况。”

柯楠心情很沉痛，她说：“裴蕾孤身一人来平湖打工，出了这样大的事情，我的心里确实很难受。询问裴蕾是经检察院和专案组领导批准了的，从询问开始到结束都录了像，录像带你们可能看了，我不再重复。询问结束后，我和丰登要用车送她到东亚公司，可是裴蕾怕人家知道，坚持不肯。我们传裴蕾是她跳楼前的三天，这三天内裴蕾的活动情况我们就不清楚了。”

兰鹏翔说：“柯楠同志，我们询问你并不是怀疑你和丰登对裴蕾搞了逼供，主要是把事情弄清楚，你作为一名受过高等教育且有七年工作经验的侦查员，能否分析一下裴蕾跳楼自杀的原因。”

柯楠细细思索一会儿后说：“我认为有三点值得质疑：第一点是我们询问她是怎样认识崔玲的这个问题时，她说是人家介绍的，但脸上流露出难言之苦，因此，裴蕾与崔玲究竟是什么关系，值得深入调查。第二点是裴蕾知道颜东升接受贿赂的部分情节，并提供了证言，颜东升被刑事拘留后是否有人要挟了裴蕾。第三点是我们询问裴蕾时，发现她身体有些不舒服，她脸色发白还打了一个寒战，她是不是身体上出现了什么异常。”

医院住院部医生办公室　黄昏

一名女医生翻着病历向联合调查组汇报说：“裴蕾从四楼窗口跳下，在二楼被晒衣铁架挂了一下，减轻了落地的重量，内脏没有损伤，但右腿有两处骨折，头部受伤特别严重，尤其是大脑和小脑都有损伤。手术很成功，今后病人不会出现肢体残疾，但大脑很有可能失去记忆或记忆力严重衰减。同时，检查发现裴蕾已经怀孕，有两个月了。”

兰鹏翔问：“病人现在情况怎样？”

女医生答道：“伤口正在愈合，但仍处于昏迷状态。我们还没有给她做人流手术。”

兰鹏翔：“有外来的干扰吗？”

女医生：“有几批人来看过了，还有人要将她转到其他医院治疗。”

兰鹏翔对身旁一位女警察说：“你组织两名女干警，加强对裴蕾病室的保安工作。除医务人员外，任何人不得与裴蕾接触。”接着他对医生说：“没有联合调查组的通知，暂不对裴蕾做人流手术。”

病室内　晚上

病床上的裴蕾右腿和头部裹着纱布，鼻孔里插着输氧管。一名女警察和一名护理守在身边。

洪源家客厅里　夜

洪源和妻子凌春芳正收看平湖电视台的《平湖新闻》。

荧屏上：

平湖市整治投资软环境反面现场会　白天

画外音："全市人民关注的世纪商城建设工程，因个别部门影响了投资软环境现场会，而暂停开工。今天上午，市委、市政府在工地召开整治投资软环境现场会，市党政领导和市直各部门、单位主要负责人出席会议，市委代书记、市长张宝宽就此发表重要讲话。"

伴随解说词依次出现以下画面：

气氛严肃的反面现场会会场；

主席台上平湖市党政要员并坐一排；

与会人员全神贯注；

洪源、高凤阳坐在第二排中间，表情各异。

张宝宽发表讲话，同期声："我们中的一些同志思想僵化，总是拿着过去僵死的条文来对照今天的新生事物，动辄给你扣上违规、违纪甚至违法犯罪的帽子。"

又一段画外音："出席会议的同志认为，张宝宽同志的讲话发人深省。世纪商城暂停开工的事件从反面教训我们，面对中国已经加入WTO，面对世界经济全球化，我们必须有全新的思想观念，不能用老皇历看新时代，不能抱着僵死的条文不放，更不能把新生事物说成是违规行为而打入十八层地狱。我们要给那些思想僵化者背后猛击一拳！"

伴随解说词，依次出现下列画面：

与会人员一边听一边思考；

有的与会人员交头接耳。

洪源怒目而视。

洪源家客厅　夜晚

洪源越看越生气，抓起电话话筒拨打电视台的电话："平湖电视台吗……你们不是采访了我吗，为什么不播放我的谈话，到底是谁影响了平湖的投资环境，新闻客观公正的原则哪里去了？"

听筒里："上面有指示，你的谈话与会议精神不吻合，不能播放。"

洪源气愤地压下话筒："一派胡言！"

柯楠家客厅　夜

"马屁新闻！"柯楠用遥控器将电视节目由《平湖新闻》调到体育节目。

柯楠的母亲叶萍问道："楠楠，电视台怎么会拍马屁？"

柯楠气愤地说："刚才播放的这条新闻就歪曲了事实真相。"

叶萍不解地说："里面不是有张宝宽的讲话吗，他也歪曲事实真相？"

柯楠不客气地："他的讲话颠倒是非！"

叶萍一怔："噢！他颠倒是非？"

柯楠见妈妈情绪变化突然，问："妈妈，您了解张市长？"

叶萍忙摇头："我是说他是一市之长怎么也颠倒是非。"

电话铃响了，柯楠拿起听筒："不，我不想出来，……怎么，你到了我家门口，好吧，我就来。"她放下听筒，对叶萍说："妈，我出去一下。"

街边花园　夜

月色朦胧，霓灯闪烁。草坪里、雕塑房、花径间，一对对恋人卿卿我我。

柯楠很不情愿和戈穹在一起，两人保持着距离。

她问戈穹："有什么好消息要告诉我？"

戈穹欣喜地："我才给张市长当一个月秘书，市委组织部就明确了我的副处级级别！"

柯楠不以为然："这就是你要告诉我的好消息，我还以为你找女朋友了哩！"

戈穹深情地望着柯楠："女朋友，非你莫属！"

柯楠认真地："我已经有了男朋友。"

戈穹怔住了："怎么，你有了男朋友！"

柯楠点了一下头："嗯！"

戈穹思索稍许后说："不，这是你在搪塞，我怎么没有发现过任何迹象，你谈朋友总不能天天关在屋子里谈吧！"

柯楠反问一句："难道就不可以天涯海角？"

戈穹笑道："你越说越玄乎了，我也就越加不相信了。"

柯楠回避道："不谈那些了，还是为你解决了副处级而祝贺吧！有言道，首长秘书，鞍前马后，升官晋爵，飞黄腾达，不过也有人说，效忠主子，狐假虎威，一荣俱荣，一损俱损。"

戈穹问："你说我是前者还是后者？"

柯楠笑道："堂堂经济学硕士，当然是前者，飞黄腾达总有时！"

戈穹关切地："柯楠，说真的，你是中国政法大学高材生，应该有一个充分发挥你才能的舞台，何必非要待在检察院天天查案子，得罪人。现在社会上有一种舆论，说东亚公司世纪商城不能如期开工是市检察院造成的，还说裴蕾跳楼自杀是你对她施加了压力。"

柯楠不在乎地："嘴长在他们身上，任他们去说吧！"

戈穹："柯楠，到底是怎么回事，你把真实情况告诉我，我找张市长，请求他为你澄清事实真相。"

柯楠："用不着你操心，更不需要劳驾市长，我自己做的事自己负责，自己没有做的事，别人说不坏。"

戈穹："柯楠，不管事情怎样，我劝你离开检察机关这个两面难做人的地方。只要我跟张市长说一声，包你有一个好的工作岗位，而且还可以解决行政级别。"

柯楠："你的好意我心领了。"

戈穹不厌其烦地："柯楠，你何苦呢，你没有看到，你的同学有的出了国，有的在首都、在省城早已是处级干部，有的在沿海城市当律师，年薪几十万，人生能有几次搏哦！"

柯楠反感地："各有各的选择，我选择的是检察这个行业，无怨无悔！戈穹，以后你再说要我离开检察工作，就是对我的鄙视和侮辱！"

戈穹无奈："好，恕我多言。"他走了几步后说，"柯楠，星期天到我家做客。"

柯楠问："你家里有什么喜事？"

戈穹诚恳地："没有，完全是为了你。"

柯楠为难地："戈穹，我们在北京读书，虽然不在同一所大学，但也在同一座城市，也算是老同学。我知道你有抱负，也有才华，也知道你爱我，一直在追我，但是我不能接受你对我的那份爱。"

戈穹仍疑惑不解地："为什么？"

柯楠停下脚步，提高嗓门："戈穹同志，我再一次明确告诉你：我已经有了男朋友！"

戈穹追问道："你能不能说明白点？"

柯楠："请允许我保留一点儿个人秘密。"

戈穹木然地："柯楠……"

柯楠开导地说："戈穹，你不仅有才华，而且现在也有了一定的影响，一定能找到一位比我优秀的情侣。"

市长室　白天

室内虽然只有张宝宽和高凤阳两个人，但高凤阳讲话时仍警惕地注意着门口，生怕有人看到。他说："从目前侦查的情况看，裴蕾跳楼自杀与检察院询问她没有直接的联系。"

张宝宽问："今天你主动向我汇报起这件事，既然谈到了，我就顺便问一句，裴蕾跳楼究竟是什么原因？"

高凤阳："现在情况还不清楚，不过，医院已经检查出裴蕾已怀孕两个月了。"

张宝宽："那是谁的？"

高凤阳："裴蕾到平湖才一个月，受孕时间在她来平湖之前，我们对她来平湖之前的情况不清楚。"

张宝宽："她是怎么到平湖来的？"

高凤阳："是崔玲带来的。"

张宝宽默然思索着。

高凤阳以侦查员的敏感从张宝宽的表情中发现了什么，问道："张市长，您分析分析看。"

张宝宽笑了一下，摇着头："我没干过公安，没有这种分析能力。"他问高凤阳："颜东升的案子现在办得怎样了？"

高凤阳答道："裴蕾跳楼事件发生后，对颜东升一案的侦查工作暂时停止了。"

张宝宽："你们打算怎样？"

高凤阳："检察委员会还没研究，我估计洪源同志不会放过他。因为目前检察机关承受了一系列的压力，对颜东升翻供事件、裴蕾跳楼自杀事件、世纪商城未能如期开工事件，人们拭目以待。如果检察机关放了颜东升，说明检察机关抓人抓错了，洪源绝对不会捡起这个罪名。"

张宝宽："你不是主管反贪工作的副检察长吗？"

高凤阳："您说的没有错，可是检察机关与行政机关不同，检察机关实行检察长负责制，在检察委员会会议上，一般情况下少数服从多数，但是最后以检察长的意见为准，可我现在不是检察长。"

张宝宽一笑："迫不及待了？"

高凤阳感叹地："不是这个意思，我是说许多事情心有余而力不足。"

张宝宽："毛主席不是说过，'一万年太久，只争朝夕'，现在你要好好地干！"

高凤阳感激涕零地："张市长，您是了解我的，我不是那种不仁不义的人。"

张宝宽："平湖市600多名处级干部，我个个认识，但不见得人人了解，你高凤阳是我了解的其中一个。"

高凤阳试探地问："张市长，裴蕾跳楼事件到底怎么处理，您有什么具体意见？"

张宝宽："这件事市委常委会议决定，由分管纪检、政法工作的市委副书记黄长江亲自抓，以他的意见为准，我只给你提个建议，裴蕾跳楼事件只要与检察机关无关就算终结了。不过我声明，我绝对不是在搞此地无银三百两哦！裴蕾我从未见过。"

两人一阵爽朗的笑声。

市公安局刑侦小会议室　晚上

市委副书记黄长江，市检察院洪源、高凤阳、王铁流，市公安局局长徐江海和刑侦支队支队长兰鹏翔以及裴蕾跳楼自杀事件联合调查组成员均已到齐。

黄长江首先讲话："裴蕾跳楼自杀事件联合调查组经过周密细致的调查，已经掌握了一些情况，但仍有许多疑点，今天我们请来市检察院检察长洪源、副检察长高凤阳和市公安局局长徐江海等领导集体听取汇报，现在请调查组组长、市公安局刑侦支队支队长兰鹏翔作具体汇报。"

兰鹏翔翻开一份调查综合材料，开始了汇报："裴蕾是黑龙江省牡丹江市人，现年17岁。牡丹江市警方协助调查得来的情况是，裴蕾是一名品学兼优的高二学生，因家里贫苦，父亲患食管癌迫使她到南方打工。但是，裴蕾是怎么南下的，以后怎么认识崔玲的，仍然是一段空白。裴蕾由崔玲带到平湖市东亚公司后一直任接待员。由于她是颜东升涉嫌受贿一案的知情人之一，经市检察院领导批准，办案人柯楠和丰登对她进行了询问，询问时还录了像。经调查，询问人对裴蕾没有施加任何压力，但当时裴蕾有欲呕吐和寒战等身体不适迹象。裴蕾回到公司女工宿舍，身体仍然不适。据同室的女工讲：“那几天，她经常腹痛，呕吐，一个人忍着疼痛去过一家私人诊所。我们调查组找到了这家诊所。”

随着兰鹏翔的汇报出现以下模拟画面：

私人诊所　晚上

裴蕾双手捧腹走进诊所内。

一名中年女医生问道：“小姐，看病吗？”

裴蕾痛苦地：“我要打胎。”

女医生忙答应：“好呀！”

裴蕾问：“多少钱？”

女医生说：“2000 元。”

裴蕾一怔：“这么贵？”

女医生说：“你到大医院去吧，又是检查，又是手术，还要住院，没有 4000 元下不来！”

裴蕾哀求道：“阿姨，您行行好，我手中只有 600 元。”

女医生鄙夷地：“没钱，谁相信，你们坐一次平台 200 元，出一次台 500 元，大把大把的票子往口袋里塞，我给你打一次胎只当你出几次台。”

裴蕾委屈地：“阿姨，我不是坐台小姐，我是打工妹，父亲住医院，我的钱全寄回家了。我今天交 400 元，下个月我还你。”

女医生：“你们这些小姐，就是一张甜嘴骗人家的钱。你既然是打工妹，怎么怀上孩子的？如果是你男朋友的，你坐到他家里去找他负责，如果是被人家强奸了，你到公安局去报案！”

裴蕾又是一阵干呕，感觉天旋地转。她哭着说：“阿姨，您就行行好吧。”

女医生产生了怜悯之心，她给裴蕾倒了一杯热开水后说：“我和老板商量一下。”

一个干瘦男医生从里屋走出来：“她现在妊娠反应严重，尤其是腹痛，不能做手术，必须先住下来，待身体恢复才能做，400 元作住院费都少了。”

裴蕾听后泪珠如雨。

那男医生狠心地：“姑娘，你还是回去吧，万一在我这里有个三长两短，我也负不起责。”

女工宿舍内　傍晚

裴蕾伏在床上剧烈呕吐。

同室的另一女工问道："裴蕾，你到底怎么啦，看过医生吗?"

裴蕾说不出话，只点了一下头。

女工："医生怎么说?"

裴蕾不语只是流泪。

女工："告诉我你家里的电话号码，我给你家里打电话。"

裴蕾撕心地："家，……家……"

女工宿舍楼上　夜晚

裴蕾失去了生活的勇气。她从床上挣扎起来，走近窗户，打开窗扇，遥望了一下夜空，眼前昏暗一片。

同室女工："裴蕾，你?"

裴蕾的头和身子向窗外伸出，一个倒栽……

一片呼叫声，打破了夜的宁静。

画面翻卷

公安局刑侦小会议室　白天

兰鹏翔："现在可以下结论，裴蕾属自杀未遂，而不是他杀，与检察院询问没有直接关系。自杀原因与未婚怀孕而无钱堕胎有不可分割的联系，但是裴蕾怀孕的对象不明。裴蕾跳楼发生在颜东升被刑事拘留之后，显然颜东升本人不会要挟或威胁裴蕾，是否有其他人这样做，我们没有查到线索。据东亚公司员工反映，裴蕾从被询问到跳楼自杀的三天内到公用电话亭打过几次电话，打给了谁，什么内容，无从调查。现在裴蕾经医院抢救与治疗，伤口和骨折已经基本愈合，生活还不能完全自理，记忆基本失去，而且恢复的可能性极小。裴蕾家里生活贫困，她母亲连来看女儿的路费都没有，今后裴蕾的生活来源及其护理尚无着落，侦查汇报完毕。"

主持会议的黄长江说："下面请各位充分发表高见。"

高凤阳首先发言："根据联合调查组的情况汇报，对裴蕾跳楼事件的侦查可以终结，目前社会上未婚先孕而轻生的现象也时有发生，我们没有继续调查的必要。出于人道主义，平湖市有关方面可以与牡丹江有关方面联系，将裴蕾送往牡丹江市社会福利部门。"

市公安局局长徐江海接着说："我认为对裴蕾自杀原因的侦查只能暂告一个段落，裴蕾怀的孩子是谁的？是否有更深层次的原因，裴蕾与崔玲到底有什么关系，还是一个疑点。在这些问题未找到答案之前，侦查不能终结。医院已经为裴蕾做了人流手术，其胚胎已由有关方面作了保存，同时在裴蕾治疗阶段几次出现外来的干扰，这说明裴蕾自杀有更深层次的原因。因此，我建议，联合调查组可以解散，后续侦查可由市政法委责成公安或检察某一家完成。为方便后续侦查和保护裴蕾的人身安全，我建议将裴蕾交平湖市社会福利院照顾和监护。"

洪源："我同意徐江海局长的意见。裴蕾是崔玲带至平湖的，她跳楼自杀与崔玲是否有关还是一个谜，崔玲是我们目前正在侦查的402专案即颜东升涉嫌受贿一案中的相关对象。因此，我建议，对裴蕾跳楼自杀原因的后续侦查工作交市检察院402专案组。请市委副书记黄长江同志定夺。"

黄长江问："其他同志？"

王铁流："我没有新的意见。"

其他与会人员都表示："没有新的意见。"

黄长江最后说："综合大家的意见，最后决定：裴蕾跳楼自杀事件侦查暂告一个段落，后续侦查由市检察院402专案组完成。为了不给东亚公司增加负担，裴蕾今后的生活费用以及康复与监护工作由平湖市社会福利院负责。"

专案组办公室　晚上

王铁流走进来扫视了一下室内，见柯楠与丰登在，便脱口而出："柯楠、丰登，你们受惊了！"

柯楠风趣地："局长波澜不惊，我们惊不了。"

丰登："惊的不是我们，而是那些心中有鬼的人。"

柯楠："依我看，他们惊恐万分的时候还没有到，有朝一日他们还会失魂落魄的。"

王铁流："市委黄副书记主持召开了裴蕾跳楼自杀事件侦查情况汇报会，会议作出结论，这一事件与检察机关询问裴蕾无关，同时，把后续侦查工作交给了我们402专案组。"

柯楠："现在不怕我们搞逼供了。"

王铁流："其实怀疑我们搞逼供的不是黄副书记，从今天会上的情况看，黄长江同志是一个头脑清醒、嫉恶如仇的领导干部，是我们的坚强后盾。现在我们认真研究下一步的侦查工作。”

正说间，洪源和高凤阳进来。

“研究工作，我先发表意见。”洪源一本正经。

“洪检，你指示。”王铁流停了下来。

“把颜东升放了。”洪源说。

“放人?”王铁流不解。

“不放，你拿出证据来。”洪源的话有压倒之势。

“证据，谁说我们没有掌握证据!”王铁流打开颜东升的案卷对洪源说：“胡沅浦和裴蕾都有口供，而且还有录音、录像等视听资料在案。”

“证人死的死，伤的伤，无以对证。赃物转移，何以捉贼?”洪源加重了语气。

“这是有人和我们对着干，进行反侦查!”王铁流很气愤。

“现在泰山压顶，咄咄逼人!”洪源的语调依然很重。

“逼我们放，我们就放?黄副书记还把裴蕾跳楼自杀事件后续侦查工作交给了我们专案组呢!”王铁流以为洪源屈服了。

高凤阳认真地对王铁流说：“铁流，放人是洪检和我研究了的。”

王铁流：“放了人，专案组撤不撤?”

洪源：“我只讲了放人。”

丰登小声问柯楠：“楠姐，这是为什么?”

柯楠用笔在纸上写着：“孙子曰：兵道，诡道也。”

市第二看守所大门口　白天

颜东升昂头八尺走出大门后停下来：“是提审还是转移?”

范立保大声地：“还你自由。”

颜东升张望四周见无人：“范所长，后会有期!”

平湖市社会福利院宿舍　白天

柯楠和丰登推着放有水果和营养品的一辆崭新轮椅在市社会福利院尤院长陪同下走进房间。

“裴蕾，你看谁来了?”尤院长问裴蕾。

“裴蕾!”柯楠走近床沿。

裴蕾靠床半躺着，没有反应。

尤院长："裴蕾，检察院的姐姐哥哥们给你送来了轮椅，以后我们就可以到外面去玩了。"

丰登打来一盆水，洗净苹果和梨。

柯楠把削好的苹果递到裴蕾面前："裴蕾，吃个苹果，这是你们东北来的苹果。"

裴蕾机械地转动着眼珠。

柯楠用刀将苹果一块一块地削下，用牙签插着送到裴蕾嘴里。

尤院长说："像这样的病人一是要继续医治和疗养，二是关心体贴和加强训练。可是我们这里没有这个条件，主要是经费不足。"

柯楠："尤院长，关于治病和疗养问题我们以后再想办法，目前请你们安排专人对她护理，加强对她的记忆训练。她所需要的营养品我们会陆陆续续送来一些，同时还要排除外来干扰，防止意外事故发生。"

东亚公司办公楼走廊　白天

红色地毯沿着长长的走廊一直铺到尽头，但很少有人走过。各办公室房门紧闭，只有总经理办公室及左右两间的门是开着的。

总经理室　白天

龚雄飞急切地问秘书："与崔玲女士联系上了吗？"

秘书答道："没有，她到美国后一直未能联系上。"

龚雄飞又问："丁家驹呢？"

秘书："没联系上，他的手机号码换了。"

龚雄飞气愤地："捅了娄子，屁股一拍，溜了，害的我们的项目，上没有钱，撤没有令，活受罪！"

电话铃响了。

秘书接过后将听筒递给龚雄飞："龚总，市政府张市长电话。"

龚雄飞："张市长，您好！"

张宝宽："龚总，对不起，给你添麻烦啦！"

龚雄飞："是我们工作没有做好。你们送来的几个文字材料我都看了，平湖市方面对事件的处理，我们东亚公司没有意见。"

张宝宽："龚总，今天中午我们聚一聚。"

龚雄飞："张市长，没有这个必要，有什么事，您在电话里讲就行了。"

张宝宽："世纪商城开工典礼已经延期半个月了，我们希望这一工程能够尽快启动。"

龚雄飞："我们的心情同你们一样，可是现在我们的总部也就是美国兴亚集团还没有新的态度。"

张宝宽问："你们总部为什么有这么深的误会？"

龚雄飞申述道："我个人并没有向总部汇报。"

张宝宽心里明了："……"

龚雄飞："张市长，我现在比较忙，以后我来拜访您。"说完，他放下了话筒。

一女文秘拿着一张电传进来："龚总，总部电传。"

龚雄飞接过电传，念着："总部将派兴亚集团董事局干事宋振声先生乘机来平湖调查公司有关事宜，请不惊动平湖官方。"

宋振声办公室　白天

字幕：美国纽约

一名年轻的美国员工进来报告说："宋干事，您的飞机票已经购好了，今天下午两点由纽约飞往中国上海，然后再转乘上海至平湖的飞机。"（英语）

宋振声回答道："请在下午 1 时派车送我去机场。"（英语）

那名员工："好的。"（英语）然后转身走出办公室。

宋振声抓起电话听筒，拨了一个号码后："楠楠！"

柯楠接着手机："振声！"

宋振声告诉她："今天下午我从纽约乘飞机至中国上海，然后转乘到平湖的国内航班。"

柯楠喜出望外："真的？"

宋振声："是真的，兴亚集团派我调查东亚公司事件。"

第三集

波音宽体客机机舱里　白天

英俊的宋振声透过窗口遥望，头上蓝天苍穹，眼下白云翻滚，但他无心观赏窗外美景，回想着当年在平湖念高中时的风华岁月：

淡入：

九年前，平湖市第一中学教室内　白天

那是九年前9月初的一天上午，18岁的宋振声拿着一叠新书跨入教室，对着注册单上的座次号寻找自己的座位，几十对视线立即在他身上聚焦：

“美国佬！”一名同学很不礼貌。

“什么美国佬，黄皮肤，黑眼睛，假洋鬼子！”另一名同学接着道。

宋振声的汉语是在家里跟父母学的，根本不知道“佬”、“洋鬼子”是什么意思，但知道同学们在议论他，他微笑着，不停地和同学们打招呼。

“你们都说错了。”坐在宋振声旁边的柯楠指了指宋振声对同学们说，“他呀，是美籍华人。”接着柯楠用英语对宋振声道：“欢迎你，来自美利坚的新伙伴！”

“谢谢你的欢迎，我的小老师！”宋振声虽然是美国出生，美国长大，但讲的英语很纯正，没有美式英语的痕迹。

同班同学用英语异口同声：“欢迎新同学宋振声远道而来！”

“你们好！祖国的朋友们、同学们，向你们学习！”宋振声同样用英语。

教室里欢声笑语。

上课铃声响了，一名女老师走进教室。

值日生洪亮的声音：“起立！”

全班同学起立：“老师好！”

女老师：“同学们好！”

值日生：“坐下。”

女老师说：“同学们，今天我们班上来了一名来自太平洋彼岸的新同学，他叫宋振声。宋振声的曾祖父是平湖人，于清朝光绪年间去美国，此后定居美国。今年春天，宋振声同学的父亲回平湖祭祀祖先，祖国给他们父子留下了美好的印象，宋老先生说，不能让华夏语言在他家里失传，决定在新学期将儿子送回平湖读完三年高中。今天是新学期的第一天，宋振声同学果然来到了我们中间。”

教室里响起热烈的掌声。

宋振声礼貌地站起，向四周同学频频鞠躬。

校园绿林中　早晨

太阳透过树叶的缝隙，把碎片似的金光洒在地上和同学们的脸上。宋振声和柯楠对坐在石桌两边，微风翻动着桌上的书页。

宋振声翻开语文课本谦虚地对柯楠说：“柯楠，今天老师讲的《诗经》中的《关雎》，我有点不懂，你教我好不好？”

柯楠热情地讲起来：“《诗经》是中国第一部诗歌总集，它汇集了从西周初年到春秋中期五百多年间的诗歌305篇。《关雎》这首诗是《诗经》中最优秀的篇目之一，是男欢女爱的千古绝唱。下面我们一小节一小节地学习。”她指着课文，“我先带你念第一小节，读准字音。”

宋振声暗暗地清了清嗓子。

柯楠：“关关雎鸠，”

宋振声：“关关雎鸠。”

柯楠：“在河之洲，”

宋振声：“在河之洲。”

柯楠：“窈窕淑女，”

宋振声：“窈窕淑女。”

柯楠：“君子好逑，”

宋振声：“君子好逑。”

接着，柯楠逐句讲解：“‘雎鸠’是一种水鸟，‘关关’是这种鸟的叫声，‘洲’是指水中的陆地，‘窈窕’指外表和内心都很美，‘君子’在这里是女子对男子的尊称，‘逑’为配偶的意思。”

宋振声问：“你能不能把它翻译成现代诗歌，便于记忆？”

柯楠：“我试一下，”然后认真地翻译道：“关关鸣叫的水鸟/栖居在河中沙洲/美丽善良的姑娘/好男儿的好配偶。”

女生宿舍里　晚上

柯楠躺在床上神秘地翻阅着宋振声的日记本。翻到命题为《古今窈窕女》一篇时，她被深深吸引了。

宋振声的心声："今天在校园绿林中，她辅导我学习《诗歌》，当讲到《雎鸠》第三小节时，我几乎被融化了。'求之不得/寤寐思服/悠哉悠哉/辗转反侧，她正如《关雎》中的窈窕淑女一样，使我悠悠思念情切切……"

柯楠最隐秘而又敏感的神经被触动了，她拿出纸和笔，伏在床上写了起来。

校园假山旁　白天

幽幽石林，泉水叮咚。

宋振声见四周无人，小心翼翼地打开一张纸条。

柯楠的心声："在人的形体和举动两种属性里，我把举动放在第一位，你有男人的气质，刚毅中蕴藏着温雅，洒脱而又不失严谨。你出身异国豪门，仍然没有忘记中华民族的诚信与质朴，且身上没有丝毫的'阔气'。"

"俊美的体态、相貌，是一个难得的先天条件，但这绝不是赖以骄傲的资本。对那些商业广告上风度超凡的'俊男'、'靓仔'，我是绝对不会回眸的。而你，外美内秀，我认为没有女人觉得可以讨厌的地方，所以我爱着你……"

宋振声看完后激动得用双手把纸条贴在胸前。

月夜，平湖岸边　晚上

柯楠独自到平湖岸边散步，让江风来梳理她那乱纷纷的思绪。

"楠楠！"这是振声的声音。

"振声，你怎么也来了？"柯楠站住了。

淡雅的月光下，两人手挽着手踯躅在江边。

"楠楠，我把我们俩人的事情告诉爸爸妈妈了，他们也希望我们毕业后都到美国上大学。"

"……"

"楠楠，你得回答！"

柯楠依然不语，振声两手抓住她的双臂："楠楠，你有什么想法说出来呀！"

柯楠缓缓地抬起头，深情而又为难地说："我像你爱我一样爱你，但是我又不能离开我爸爸和妈妈。"

振声打断她的话："你是不是《三字经》里说的'父母在，不远游'?"

柯楠笑了笑道："我可不是孔夫子。可是事实又确实如《三字经》所说的。我是独生女，父母人生道路坎坷，现在年岁大了，身体又不好，需要人照顾，我不能离开他们。"

"你不是说要报考中国政法大学，到北京去读书不也要离开爸爸、妈妈?"

"毕竟是在国内，总要方便些。振声，我们念完大学后再说吧。"

振声勉强地："好吧！就等到念完大学。"他指着天上的月亮，"月老听到了。"

两人仰卧在江边草坪上，仰望夜空，夜空青碧得如一片海。

淡出。

飞机客舱内　白天

空姐给乘客送来热牛奶："先生，请!"(英语)

宋振声从当年回到现实。他喝了一口牛奶，俯视窗外，淡淡的白云下面，海岸依稀可见。

专案组办公室　白天

柯楠正接着手机："振声，你现在到了哪里?"

手机内，宋振声的声音："我现在已经到达上海虹桥国际机场，正准备乘上海至平湖的班机，估计在下午4时到达平湖。"

柯楠回答说："我到平湖机场接你。好，下午见!"

这时，丰登从外面进来，他告诉柯楠："刚才我从颜东升的邻居家了解到，以前颜东升家有一个来自本市九鼎山乡名叫晓菇的小保姆，可是近几天却不见人影了。"

柯楠问："九鼎山乡什么村?"

丰登答道："邻居们都说不知道。"

侦查员的时间观念是最强的，柯楠得到这一线索后，没有半点迟疑，立即对丰登说："做好去九鼎山的准备，我向王局长报告后就出发。"

山区公路上　白天

"嘀！嘀嘀……"一辆三菱吉普警车在一条通往九鼎山的砂石公路上行驶、盘桓。

路旁，一座座山峰刺向蓝天，一道道峡谷一落千丈。

警车内　白天

“你累了，让我来。”坐在前面的柯楠对司机说。

“这里路况复杂，危险！”司机不让。

“危险怎么样，我驾驶执照都拿了一年了！”柯楠有些自信。

“论年龄，我叫你姐姐，讲开车，你还得叫我师傅，从部队到地方掌了五年方向盘。”司机毫不谦虚。

“少吹牛！这里坡陡弯急，小心点！”坐在后排的丰登提醒他。

驶过一段弯路，路面平直了些，司机俏皮地问：“柯楠姐，你怎么不谈恋爱呀，你长得漂亮，又是大学毕业，一定会找一位英俊、潇洒、才华横溢的先生。”

丰登反问司机：“你怎么知道她没谈恋爱，她谈恋爱的时候你还穿开裆裤呢！”

司机：“那就给我们介绍点谈恋爱的经验。”

柯楠笑道：“开你的车吧！”

“嘎——”车子的左前轮陷到土坑里。

“这就是吹牛的下场！”丰登笑话司机。

司机加大油门，发动机发出了“隆隆”的响声。

公路上　白天

三菱吉普警车排气管排出一股浓烟，左前轮冲出了土坑。

平湖机场出站口　白天

宋振声拖着行李箱走出出站口，东亚投资开发公司总经理龚雄飞等忙迎上去。

“宋先生，辛苦了！”龚雄飞握着宋振声的手不停地抖动着。

“龚总，你好！”宋振声热情地同龚雄飞一行一一握手。

“宋先生，车停在那儿了。”龚雄飞指着停车场。

“等一会儿。”宋振声边说边向四周张望。

龚雄飞发现宋振声在寻找一个人，但不方便问。

宋振声看了看表。表上，指针指向 4 时 30 分。“走吧！”宋振声失望了。

九鼎山派出所前　黄昏

苍山似海，残阳如血。三菱吉普警车在九鼎山派出所门前停下。柯楠和丰登走下车，和派出所两名警察热情握手。

平湖宾馆　初夜

宋振声乘坐的轿车驶进平湖宾馆大院后减速慢行，行至主楼大厅前停下，龚雄飞首先下车打开车门，然后宋振声走下车，宋振声有些过意不去，对龚雄飞说："以后这些礼节就免了。"

九鼎山派出所户籍　夜

户籍民警一边翻阅户籍资料，一边汇报说："九鼎山乡18000多人口中，叫'晓菇'的女村民有16人，这是她们的有关资料。"

柯楠和丰登从户籍民警手中接过户籍卡，一份一份，阅看、分析。

夜，静悄悄，偶尔传来几声山兽的啼叫。柯楠指着一张户籍卡对丰登说："丰登，你看看她。"

丰登念着："李晓菇，17岁，家住竹岭村，对！她的可能性比较大。"

户籍民警进来问道："对象确定了吗？"

柯楠说："可能是竹岭村的李晓菇。"

户籍民警："竹岭村离派出所15公里路程，而且不通公路，只能步行。"

柯楠："我们明天一早就出发，你们派一位民警给我们作向导就行了。"

户籍民警乐意地："我陪同你们去竹岭村。"

山路上　清晨

天未亮，柯楠、丰登和户籍民警就上了山路，去迎接新的一天的第一缕霞光。他们看见在东边山口出现了一线乳白，慢慢乳白变成了绯红，接着一轮朱红色的太阳蒙蒙升起，淡淡的山雾变为了片片红霞，高高的山峰成了在红霞中浮动的小岛。一会儿后，红霞渐渐隐去，太阳发出万道金光，九鼎山更加挺拔、俊秀。

柯楠站立在一个山头，情不自禁地赞美道："九鼎山，中国的又一座泰山。"

平湖宾馆院内　清晨

晨光熹微，空气清新，身穿运动服的宋振声环草坪跑步，眼前，绿林掩映，现代建筑，古香古色的亭阁，网球场、高尔夫球场错落有致。

一名如柯楠身材的女性大步走进院内，宋振声停下脚步，定神眺望，发现并非柯楠，又慢慢跑了起来。

李晓菇家　白天

晓菇长得结实也还清秀。她坐在房里的一把竹椅子上，裤筒还是卷着的，看得出她刚从地里劳动回来。

询问人除柯楠和丰登外，那位户籍民警也在场，李晓菇毕竟在城里待过两年，见到生人并不胆怯，讲话也还有条有理。她说："我是两年前到平湖城亲戚家玩，经亲戚介绍到颜叔叔家当保姆的。颜家的人对我很好，每月 1800 元工资，还给衣服。10 多天前，我弄不清楚什么原因，颜叔叔的妻子吴阿姨突然要我回九鼎山，开始我不肯，吴姨左说右说，还多给了我半个月的工资。"

柯楠问道："你离开时听到他家里说到些什么事情？"

晓菇想了想说："好像说一个什么人被抓起来了。"

柯楠："被抓的那个人是不是姓胡？"

晓菇："好像是说一个叫胡什么浦的人被抓起来了。"

"你离开颜家前看到哪些人到他家来过？"柯楠又问。

"……"晓菇咧了咧嘴又闭上了，只是说："颜叔和吴姨跟我规定过，家里的事不许向外讲。"她望着柯楠，问道："大姐，颜叔叔家里是不是发生了什么事情？"接着便伤心地哭了起来。

柯楠依然用平和的语调说："晓菇，你在城里打过两年工，已有一定的社会见识。现在我告诉你，颜东升涉嫌经济犯罪已被检察机关刑事拘留，你作为知情人，有责任协助检察机关查清他的问题。"

晓菇思索一会儿后咧了咧嘴唇，仍没有讲出声。

柯楠单刀直入地问："你看到过颜家的保险柜吗？"

"没有看到，他家里有一间内睡房我不能进去。"晓菇回答。

"颜东升家里人议论一个姓胡的人被抓后，有人到他家弄走过什么东西没有？"

晓菇再次想了想说："就是议论胡什么浦被抓的那个晚上，大约 12 点钟，一辆草绿色的小货车开到颜家的门口……"

画面翻卷：

颜东升私人住宅前　夜晚

一辆草绿色小货车停了下来，车上下来 4 个人影，很快窜进了颜东升家。

片刻后，4 人抬出一个方体笨重物，这东西用黑布裹着，他们压低声音将这个笨重物抬上车。车发动了，吴兰向车上的人招招手。

站在门口的李晓菇转身进了屋。

李晓菇家　白天

画面回到现实。

柯楠问："你看清车上牌照的号码了吗？"

晓菇："当时，我没有看。"

柯楠："那4个人你认识吗？"

晓菇："不认识。"

柯楠："你知道那车开到什么地方去了？"

晓菇："不知道。"

"以后还有哪些人到他家来过？"

"两天后，吴姨就辞退我，要我回来了。"

李晓菇担心地问："检察官姐姐，颜叔叔不会判很重吧，你们要牢里的犯人不打他……"

柯楠理解晓菇的心情，安慰她说："我们一定会依法办事，不冤枉一个好人，不放走一个坏人。晓菇，感谢你配合了我们的工作。"

世纪商城工地　白天

一身休闲装的宋振声在龚雄飞的陪同下来到世纪商城，展现在他眼前的是一片拆迁后的平地，两台推土机停在工地上，机身沾满了油垢和灰尘。龚雄飞向等候在工地的工作人员介绍着："这位是美国兴亚集团派到我们东亚公司的特派代表宋振声先生。"

宋振声一边察看一边问龚雄飞："龚总，整个工程前期投入了多少？"

龚雄飞答道："8000万美元。"

宋振声："征地多少？"

龚雄飞："50亩。"

宋振声："世纪商城多少建筑面积？"

龚雄飞："第一期10万平方米，主要是建设商业场地，接着进行房地产开发。"

宋振声："崔玲在东亚公司任什么职务？"

龚雄飞："她完成牵线搭桥和征用土地后就离开了东亚公司。"

宋振声见周围人多，不方便继续讲下去，便对龚雄飞说："对于东亚公司的具体情况我们单独谈谈。"他扫视了一下龚雄飞的随同人员，大声地说："在场的各位女士、先生，你们虽然是东亚公司在平湖聘用的员工，但是东亚公司已经把你们当成一家人看待。世纪商城建设没有如期开工，听说大家都很担心，这是关心东亚公司的表现。今后，无论世纪商城建设工程是否继续下去，作为东亚公司投资者的美国兴亚集团绝不会让大家吃亏，每个人所付出的劳动一定会获得应有的报酬。现在我们的任务是保护公司财产不受损失。大家对公司前段工作有什么意见可以向我反映。我的祖籍在平湖，也是平湖人。”

工地上，一片掌声。

“振声——”远处，柯楠跑步而来。

“楠楠——”宋振声急速向她奔来。

一家豪华咖啡店　夜

一对恋人七年后重逢，有多少话要说，但一坐下来又不知从何说起，彼此深情地望着。

他，比以前瘦了，白了，依然笑容可掬。

她，还是那样端庄、质朴。

柯楠是主人，她对宋振声嫣然一笑：“直到现在我才知道东亚公司的世纪商城是你父亲任董事局主席的兴亚集团投资的。”

宋振声给柯楠搅着咖啡：“我研究生毕业后出国考察了一段时间，到兴亚集团上班只几个月，还没有完全进入角色，后来才知道平湖的东亚公司是兴亚集团投资的。”

柯楠问：“这一次宋伯伯派你作钦差大臣了。”

宋振声说：“爸爸事情多，身体也不大好。他派我先来调查调查，然后董事局再研究决定下一步是否再投资的事情。”

柯楠担心地问：“兴亚集团不会终止对东亚公司的投资吧？”

宋振声：“不能排除终止投资的可能。”

柯楠：“你是钦差大臣，他们决策的依据就是你调查得来的情况，你可别忘了600万父老兄弟的心愿。”

宋振声不解地问：“这是什么意思？”

柯楠：“平湖是个内陆城市，引进一个外资项目十分困难，我怎么忍心让一个已经进来的项目又飞走呢？”

宋振声：“你是做检察工作的，怎么管起经济工作来了。”

柯楠：“这是‘服务’（英语），用祖国内地时髦的话说，叫‘保驾护航’。”

宋振声爽朗一笑：“好好好，不谈这些了。现在该谈点我们自己的事了。”

柯楠俏皮地："谈什么，你出个题！"

二人都拘束了，彼此用眼神和微笑传递着话语。

突然，戈穹从厅门口款款走来。柯楠发现后忙站起："戈穹！"然后向宋振声介绍道："振声，这位是我们市政府张市长的秘书戈穹先生。"接着向戈穹介绍说："他是我的男朋友宋振声先生。"

宋振声礼貌地伸出右手："戈先生好！"

戈穹尴尬地伸出右手："宋先生，好！"

宋振声对服务小姐说："小姐，再来一杯！"

戈穹："不打扰你们，我坐那边。"

戈穹冷冷地向另一桌走去。

鲜花店　白天

柯楠和宋振声走进花店，店老板忙拿起一篮花："小姐，这是你订的花。"他指着篮中的花说："按照你的要求，我派两名打工妹到远离市区10余公里的乡下采来的10多种野山花，你看，白色的茉莉花、鲜红的杜鹃花、火一样的映山红、喇叭似的牵牛花……"

"我爸爸一直生活和工作在鲜花盛开的玉池山，他最爱野山花。"

柯楠一边对宋振声说，一边欣赏着花篮里各色各样的野山花，仿佛嗅到了泥土的芳香。

柯楠家　白天

"叶阿姨！"宋振声双手托着花篮走进客厅。

"哎呀，振声，太平洋的风把你吹来了！"叶萍笑得眼睛眯成了一条缝。

宋振声打量着叶萍，她两鬓已经花白，与七年前比，老了很多，但身体还硬朗。

室内一片肃静，柯楠父亲柯龙的遗像放在靠墙的桌上。他去世时才到天命之年，头发依然乌黑，两眼炯炯有神，宽阔的肩膀像山一样坚实。

宋振声和柯楠托着花篮摆放在父亲遗像前。接着，接过妈妈已经点燃的两支蜡烛和一炷佛香，插在父亲遗像下的香炉里。

窗外夜幕四合，室内烛光闪烁。叶萍上完菜后，拿出一瓶橙红色的药酒："楠楠，这是你爸爸生前爱喝的追风酒，你给他斟上。"

宋振声忙从提包里拿出两瓶酒："叶阿姨，我带来了两瓶酒。"然后虔诚地将酒放在桌上。

柯楠打开那瓶陈年追风酒，斟满一杯后，又打开了一瓶宋振声带来的酒再斟上一杯。两个各自捧着酒杯对着柯龙的遗像举起，又躬身将酒杯缓缓地放到桌上。

叶萍肃立着："柯楠她爸，你最喜欢的振声来了，他和柯楠给你敬酒，今天你多喝一杯……"说话间两行泪水从眼眶涌出。

专案组会议室　白天

丰登开始了汇报："根据颜东升家小保姆李晓菇提供的情况，在胡沅浦被捕后，颜东升担心自己被揭发，已经将保险柜转移，现在可查的唯一线索是那辆草绿色的小货车，柯楠和我在市交警支队车管所查阅了车辆档案，全市草绿色的小货车有60台，如果一台一台排除，需要更长的时间和更多的精力。我们再次传讯了颜东升的妻子吴兰，她矢口否认家里有保险柜，并说李晓菇是在编造事实，我们的侦查工作又一次困惑了。但是我认为，颜东升打着姐夫张宝宽的牌子大肆敛财并非一次两次，我建议在继续沿着已有线索侦查的同时，可以寻找新的突破口。"

洪源高兴地笑着说："初出茅庐，很有见解。不错呀！"他接着说，"柯楠，你对裴蕾跳楼自杀事件的后续侦查工作有什么想法？"

柯楠锁着眉头，边思索边说："依我看，裴蕾是一个本质很纯朴的女孩，南下打工才3个月，要坏也没有这么快，但是她又不是一个一般的打工妹，她初涉社会怎么会走到崔玲身边？崔玲是一个诡计多端且为发财红了眼的女人，她带裴蕾绝不会白带，然而事物又自相矛盾，既然裴蕾是崔玲手中的商品或者工具，崔玲为什么又立刻丢下了她，而且裴蕾不像其他下了水的女人，穷得连堕胎手术费都付不起而想到轻生。这些都是使人扑朔迷离的问题。要解开这个谜，我们不能把希望寄托于崔玲和丁家驹，即使找到了，他们也不会自己给自己添麻烦或自己把自己往地狱里推，唯一的办法是加强对裴蕾的治疗，让她尽快康复，逐步恢复记忆。我们现在已经开始了这方面的工作。"

高凤阳接着说："对于为颜东升通风报信一事我和监所检察科的同志到市第二看守所作了详细调查，颜东升进号子后没有任何司法人员单独与他接触过，司法机关内部为他通风报信的可能性可以排除。据市第二看守所的同志讲，颜东升翻供与胡沅浦的死可能是一种巧合。"高凤阳瞟了一下洪源说："我建议可以不再在这一问题上消耗精力了。"

王铁流对高凤阳的意见表示反对，他说："颜东升翻供与胡沅浦死的巧合虽然存在，但可能性很小，我建议可在与颜东升同监的被关押人员中调查，是否有司法人员单独与颜东升接触过。”

高凤阳：“同监的犯人都被判刑分别送至其他监狱劳动改造了。”

洪源道：“只要是在地球上都是能找到的！”他环顾了一下大家继续说：“下一步我们除继续侦破402案件外，还要做好留住东亚公司的工作，东亚公司世纪商城未能如期开工建设，我们检察机关背了黑锅。我洪源不怕背黑锅，但是我不忍心平湖的改革开放受到影响。美国兴亚集团派宋振声先生来做调查，弄清事实真相，柯楠同志，你利用与他的特殊关系，给他提供一切可以提供的情况，促进兴亚集团澄清事实真相，让东亚公司不仅不撤回美国而且永远扎根平湖。铁流同志，这一段时间，你给柯楠少安排点工作。”

社会福利院大院　白天

阳光明媚，芳草萋萋。柯楠推着坐在轮椅上的裴蕾在花间小道上徜徉。

裴蕾的身体比以前好了些，双手和左腿可以动了，脖子虽然不太灵活，但能转动。

“裴蕾，右腿还疼吗？”柯楠亲切地问。

裴蕾想回答，但没有讲出声，只稍稍点了点头。

来到花坛边，柯楠指着盛开的鲜花，像教牙牙学语的孩子一样：“花——”

裴蕾张着嘴唇，未发出声音。

“花——，鲜花的花——”柯楠又一次教着。

“a——”裴蕾吃力地发出了声。

柯楠喜形于色，她大声喊道：“尤院长，裴蕾说话啦！裴蕾说话啦！”

尤院长迅速跑来：“裴蕾很懂事的，按护理人员的要求，定时小解和大解。”

柯楠重复着：“花——，鲜花的花——”

裴蕾仍吃力地：“a——”

柯楠慢慢地：“h——u——a——花——”

裴蕾：“hu——a——”

尤院长：“多聪明的姑娘，如果加强治疗恢复得还会快一些。”

柯楠与尤院长推着轮椅继续走着。

尤院长：“我们福利院经费严重不足，对裴蕾我们是心有余而力不足。”

柯楠：“我请教过医生，对这样的病人，心理治疗和生理治理同样重要，在未解决对她的生理治疗的时候，我们希望福利院多加强对她的心理治疗。”

尤院长：“这一点我们可以做到。”

一辆轿车驶进福利院大院，从车上下来的宋振声喊着：“楠楠!”

柯楠：“振声!”她对尤院长说：“他是我的男朋友。”

尤院长一看：“哎呀，你们真是天生的一对。”

宋振声看着尤院长。

柯楠：“这位是福利院的尤院长。”

“尤院长!”宋振声热情地与尤院长握手。

尤院长：“你们到屋里坐。”

柯楠告辞：“我们推着裴蕾在外面走走。”

尤院长：“我有点儿事，你们谈。”

柯楠推着轮椅一边走一边说：“这位姑娘就是我跟你说过的裴蕾。”

宋振声：“根据你说的情况，她的后遗症完全是外伤和精神刺激引起的?”

柯楠：“精神方面的原因占较大比例。”

宋振声：“我父亲一位朋友的儿子遭遇车祸后也出现过这种情况。”

柯楠：“后来呢?”

宋振声：“基本恢复了。”

柯楠：“花了多少钱?”

宋振声：“至少10万美元。”

柯楠：“可是她家拿5000元钱都困难。”

他们走到一个水池边，柯楠指着水中的鱼教裴蕾：“鱼——”

裴蕾呆滞地望着鱼：“u——”

宋振声问柯楠：“你怎么认识她的?”

柯楠：“我是在办案时认识她的，我同情她的不幸遭遇。”

柯楠家客厅　黄昏

五光十色的晚霞映照着窗口，叶萍拨开窗帘向外张望，见柯楠和宋振声走近门口，忙开门。

两人刚进门，柯楠提着的薄膜袋就穿了孔，两条鲶鱼钻了出来，在地板上扭头摆尾。

宋振声喊着：“鱼溜出来了!”

柯楠忙用手捉鱼，宋振声也捉起一条鱼。

叶萍从厨房拿来一个塑料桶："放到这里面吧！"

宋振声将鱼放进后提着桶往厨房走："今天我来剖鱼。"

柯楠欲接过："堂堂经济硕士还干这个。"

宋振声："现在不学会，今后会全靠你！"

柯楠家厨房　晚上

宋振声将鱼按在砧板上，用刀口接触鱼的肚子时，鱼一挣扎，刀口划破了他的手指，鲜血直流。

柯楠发现了："你这个孔夫子，鱼没有剖开，剖了自己的手指。"边说边用手按住他的伤口。

叶萍看了伤口连忙说："不要动，我去拿创可贴。"

包扎完伤口，柯楠卷起袖子，套上围裙开始煎鱼。她将一勺子食用油放入锅中，油炸开后再将鱼放入，宋振声站在她旁边，柯楠边翻鱼边说："这鲶鱼煮豆腐的秘诀是：鱼要鲜活火要辣，两面煎黄把水加。水开再把豆腐放，酱油少量醋当家。生姜、蒜子不可少，豆腐浮面放葱花。放下葱花即关火，形香色味样样佳。"她转过头问宋振声："学会了吧？"

宋振声抿嘴笑道："看不出还一套套的。"

张宝宽家中女儿卧室　白天

"你们要管就答应我的要求，不答应就别管我！"张丽娜又哭又闹。

"你的要求太苛刻！"颜文茹气急败坏。

"你就别管我，别管我，你给我出去！"张丽娜轰着颜文茹。

下班回来还未放下公文包的张宝宽走到房门口："什么事，母女俩闹得这么凶？"

颜文茹冲着张宝宽："都是你娇惯的！"

张丽娜推着颜文茹："出去，你给我出去！"

颜文茹退了出去，张丽娜用力关上了门。

张宝宽家内走廊　白天

张宝宽问："丽娜到底怎么啦？"

颜文茹气极地："男朋友和她分手了，她失了面子，感到在平湖做不起人，要出国。"

张宝宽："出国，去哪里?"

颜文茹："她要去美国，逼着我给她办签证，给她20万美元。"

张宝宽怔住了："出国，读书要有基础，打工要有本事，她大专文凭，高中底子，小孩子脾气。"

颜文茹："她总以为自己可以上天揽月，下海捉鳖。"

张宝宽叹了口气："颜东升一案引起的风波还没有平息，洪源的两只眼睛还在盯着我，如果丽娜出国，必然引起人们的非议。再说去美国就那么容易，20万美元能花几天。"

颜文茹："不让她出国她就要离家出走，要以死相抗。宝宽，我们就这么一个女儿呀!"

张宝宽来回走着，左右为难。

柯楠家客、餐两用厅　初夜

晚饭已经吃过，叶萍准备收拾碗、筷。

柯楠不让："妈，让我来。"

叶萍："不，你陪振声坐。"

宋振声："叶阿姨，您让楠楠干，我有一件事和您商量。"

叶萍："那就坐吧，我给你倒杯水。"

宋振声接过茶杯后说："叶阿姨，东亚公司的调查工作快结束了，几天后我将回美国，我希望楠楠同去，我父母几次来电话，也是这个意思，而且邀请您也到美国走走。"

叶萍喜悦地："楠楠是该去看望你爸爸和妈妈。我身体不大好，只能请你爸爸妈妈原谅，你回去后，代我问他们好。"

宋振声："叶阿姨，我跟楠楠说了，可是她还有点犹豫。"

叶萍："还犹豫什么，你们的大事也该办了。你今年27，她也26了，男大当婚，女大当嫁，晚婚是好，但也不能太晚。"她向厨房喊着："楠楠，你把碗放着，我有话跟你说。"

里面传来柯楠的声音："快完了。"

宋振声："楠楠这次同我去不是去办婚事，她很快就能回来的。"

柯楠从厨房出来，叶萍对她说："楠楠，你应该同振声去看看你伯父、伯母。"

柯楠没有直接回答妈妈的话，而是对宋振声说："振声，我不想管你工作上

的事情，以后也不想管，但是由于你知道的原因，今天我想问一下，下一步东亚公司到底怎么办，世纪商城工程会不会重新启动？”

宋振声：“我这次来主要是封存公司财产，并把情况调查清楚，回去汇报后，由兴亚集团董事局作决定。”

柯楠：“你估计会作什么样的决定？”

宋振声：“我父亲是董事局主席，这个决定很大程度上取决于他。在平湖成立东亚投资开发公司建设世纪商城，是崔玲牵线搭桥促成的，虽然崔玲首先是和董事局一位副主席初议的，但最后拍板的是我父亲。后来东亚公司发生裴蕾跳楼自杀事件和颜东升被检察机关刑事拘留事件后，崔玲可能出于某种目的，没有向兴亚集团作全面客观的汇报，造成兴亚集团对平湖方面的误解，尤其是我父亲生了很大的气。我知道，父亲很固执，即使他了解到事件的真实情况对平湖方面的成见也一下子化解不了。因此，世纪商城工程下马，撤回东亚公司的可能性很大。如果是这样，会使平湖市的对外形象受到很大影响。从这一角度考虑，你同我去美国有利于东亚公司留在平湖。”

柯楠：“如果是这样，我明天就向领导请假。”

宋振声：“柯楠，我来平湖后，平湖市政府多次派官员到我住的宾馆看望我，张市长打电话，坚持要在明天晚上宴请我。盛情难却，我也就答应了，明天晚上我们一起去。”

柯楠推辞道：“你应该去，我有所不便。”

小宴会厅　夜

华灯高照，觥筹交错，宋振声和东亚公司总经理龚雄飞分别被安排在相邻的两席，主要的陪客都是平湖市要员。菜肴是闻名遐迩的平湖全鱼席，各种名贵鱼类，不同烹饪方法，体现着宴会的档次。

一名服务小姐端上一盆清蒸水鱼后介绍说：“这是野生清蒸水鱼。”

张宝宽有意问道：“是不是平湖产的？”

服务小姐：“今天全鱼席，二十种名贵鱼类全是平湖产的。”

张宝宽十分客气地对宋振声说：“这全鱼席是平湖的特色，不知宋先生喜不喜欢？”

宋振声彬彬有礼而又爽朗地：“美不美家乡水，何况是家乡水中鱼！”他的话引起了大家的一阵笑声。

张宝宽将小姐盛好的小碗水鱼汤端到宋振声面前："请!"

宋振声不好意思地："张市长，别客气。"

张宝宽像念祝酒词一样："宋家父子身居海外，眷恋家乡，热爱平湖，在平湖投资建立东亚投资开发公司，建设世纪商城，令人敬佩。"

宋振声："我们宋家的根在平湖，和平湖父老同是一家亲，一家也就不讲两家话。"

张宝宽略带歉意："东亚公司落户平湖，我们的服务工作没有跟上，请宋先生海涵。"

宋振声谦逊地："我在平湖念书时，老师教导说，中国有句古话，叫作'人有不为也，而后可以有为'。东亚公司通过这场小风波明白了，为了今后的有为，现在哪些事情不能为。"

"说得好，说得好！宋先生，年轻气盛，才华横溢!"张宝宽和众官员赞扬不已。

另一席的主客龚雄飞，尽管宾主之间不停地敬酒、碰杯，但气氛仍淡得多。

宋振声所坐的席上气氛还在加浓。

张宝宽吩咐戈穹道："戈秘书，你给宋先生斟酒!"

戈穹的脸上像虱子爬着一样，他转身对服务小姐说："小姐，给宋先生斟酒!"

张宝宽不让："小姐归小姐，你归你，相互不能代替。"

戈穹尴尬地从小姐手中拿过酒瓶，喉咙里挤出一句话："宋先生，我敬你一杯!"

宋振声欲站起给戈穹斟酒，张宝宽用手压着他的手："你坐，你坐!"

戈穹给自己斟上一杯："宋先生，干!"

宋振声礼貌地站起："干!"

两人面面相觑。

一位官员助兴地说："宋先生下次来平湖，一定把太太也带来。"

宋振声坦率地："未来的太太必定在平湖!"

这话反而给张宝宽留下了惊喜的悬念，他把宋振声上下又打量了一番。

另一名官员道："平湖同桃花江一样，漂亮的女孩任你挑。"

又是一阵笑声。

第四集

纽约国际机场出口　白天

字幕：纽约。

五洲肤色，百国衣冠。宋振声的妹妹宋蔓菁和她的男朋友韦尔等待在乘客出口处。

一批以东方人为主的乘客从大厅向出口处走来，宋振声和柯楠拖着旅行箱走在人群中，他们不时向外眺望。

"哥哥！柯楠姐！"蔓菁看见了，欣喜地喊着。

宋振声和柯楠走到他们面前时，调皮的蔓菁忙改口："嫂嫂你好！"

韦尔也用生硬的中国话跟着道："嫂嫂，你好！"

"看你们！"宋振声指着他们道。

"嘿嘿嘿……"蔓菁与韦尔笑个不停。

宋振声向柯楠介绍："我妹妹叫蔓菁，她男朋友叫韦尔。"

柯楠用英语礼貌地问候："蔓菁小姐、韦尔先生，你们好！"

轿车内　白天

蔓菁看上去是一个热情奔放的姑娘，玲珑活泼。韦尔是个身材稍高、黄头发、高鼻梁的白种人。一副眼镜片挡着一双灵敏的、不停转动的蓝眼睛。他们接过宋振声和柯楠手中的行李箱，一起向停车场走来。车子由韦尔驾驶，振声坐在他旁边，蔓菁与柯楠坐在后排，一路上蔓菁嘴巴没有停："爸爸和妈妈一听说柯楠姐姐会来，整天笑吟吟的，他们扳着指头算着，你们今年结婚，明年他们就可以抱孙孙，嘿嘿嘿……"

宋振声："蔓菁少调皮点，担心我整你！"

蔓菁："你要整我，你们结婚闹新房时我就整你！"

车内，又是一阵欢笑。

车窗外，高楼如林，车流成河。

宋振声家，海滨别墅前　白天

韦尔将车一直开到别墅前，宋耀汉老先生和太太早已等候在门口。

不用介绍，柯楠一下车就跑上前亲切地："伯伯，伯母！"宋耀汉与太太异口同声："楠楠！"三双手紧紧地握在一起。

宋蔓菁举起相机："来一张！"

宋振声家客厅　白天

客厅装饰得十分雅致，摆设是中西结合，墙上悬挂着几幅世界名画和中国国画与条幅，中国古典式的红木茶几上摆满了水果和饮料。宋老太太拿着一只梨削着。

柯楠亲切地："伯母，我自己来。"

韦尔从宋母手中接过刀，俏皮地说："还是让我给未来的嫂嫂削。"（英语）

柯楠笑道："韦尔，你真调皮！"（英语）

宋蔓菁："我还想你来美国后我给你当翻译，想不到你的英语这么流利。"

柯楠谦虚地："也只是勉勉强强。"

宋耀汉坐在振声和柯楠的对面，容光焕发。他虽然不是什么绅士打扮，但很讲究，60 多岁的年龄，50 岁的模样，精神矍铄。他问柯楠："楠楠，你妈妈好吗？"

柯楠礼貌地答道："妈妈还好，她还要我代她向您和伯母问好呢！"

宋耀汉笑道："好好，以后我回平湖，一定去看她。"

蔓菁问宋振声："哥哥，你这次叫岳母了吗？"

屋子里笑声荡漾。

韦尔将削好的梨递给柯楠用生硬的中国话："柯楠姐！"

柯楠双手接过："谢谢！"然后站起用双手递给对面的宋父："伯伯，您先吃！"

宋父推让着："不，你是客人。"

这时蔓菁也削好了一个梨，她递给父亲："爸爸您吃这一个。"

宋振声进屋后一直很少讲话，有了蔓菁，柯楠不需要他照应。宋耀汉以为他还在想着东亚公司的事情，问道："振声，东亚公司的问题不太严重吧？"

"爸爸，据我调查，情况不是崔玲女士所说的那样。"

宋耀汉一愣："不一样？"

宋振声："她是在借题发挥。"

宋耀汉："崔玲这个人我原来并不认识，她和我们的一名副主席较熟，他们一起找我，希望我们兴亚集团到平湖投资，平湖是我们祖先居住地，我们的根在平湖。她一说我就同意了。而且将前期工作都委托给了她。"

柯楠只细心地听着，没有插言。

宋振声问父亲："崔玲现在还在纽约吗？我想就东亚公司的事情找她谈谈。"

宋耀汉："据说和一名韩国商人到拉斯维加斯去了。"

宋母阻止道："你们父子俩在一起就谈集团里的事。楠楠千里迢迢来就听你们谈这些。"

柯楠："伯母，我没什么，让他们谈。"

宋耀汉："好，以后振声到董事局会议上去谈。蔓菁、韦尔，你们准备车，中午到唐人街为楠楠与振声接风。"

拉斯维加斯　夜

字幕：拉斯维加斯。

灯似海，人如潮，赌城魔力无穷。

豪华套间　夜

崔玲披着薄薄的纱巾走出浴室。她先兑了一杯咖啡喝了一口，然后仰天躺在床上，轻轻地嘘了一口气。但是她依然兴奋不起来，心中好像压着一块石头。

她抓起床头话筒，拨了一串数字，电话通了："家驹……"

丁家驹对着手机："崔小姐，你还好吗？"

崔玲："你在哪里？"

丁家驹："我一直在广州和深圳。"

崔玲："平湖方面有消息了吗？"

丁家驹："我已经打听到了。"

崔玲："裴蕾？"

丁家驹："听说没有死。"

崔玲一怔："还活着！"

丁家驹："大脑严重受伤，完全失去记忆，几乎成了植物人。"

崔玲仰天大笑："哈哈哈……"

房门被推开，疲惫不堪的朴望东进来，用生硬的中国话问："什么喜事？"

崔玲："拜拜！"她放下话筒对朴望东说："赌了两天一晚，赢了吧？"

朴望东："白天赢了，刚才又输了。"

崔玲："没有老虎不吃肉的，这玩意我从来不玩。累了泡个澡。"

朴望东吻了一下崔玲的脸后走进浴室。

崔玲又抓起听筒。

张宝宽办公室　白天

戈穹将手机递给张宝宽："张市长，您的电话。"

张宝宽接过手机："哎呀，是你呀，怎么这么久不来电话，对不起，请等一等。"

不用张宝宽讲，机敏的戈穹就走出了办公室。

张宝宽："你讲。"

崔玲："宝宽哥，你受惊了！"

张宝宽："没有，没有。"

崔玲："我知道你会处惊不险，临危不乱。"

张宝宽："既没有什么惊，也没有什么危，只不过是一场风波。哎，崔玲，你怎么要兴亚集团停止对世纪商城的投资，弄得我在省领导面前大失体面。"

崔玲："我不给检察机关施加点压力，你就会到监狱里和颜东升做伴了。"

张宝宽："现在人已经放了，风波也平息了。"

崔玲："宝宽哥，同我合作该放心了吧？"

张宝宽："你讲感情，重义气。"

崔玲温情地问："张市长，您现在不还是代书记吗，什么时候把那个'代'字拿掉。"

张宝宽故作谦虚地："拿也罢，不拿也罢，当市长就缠得我够累的了，我也懒得去创造那个'政绩'。"

崔玲正好找到切入口："创造政绩，不也是一件容易的事情？我愿助您一臂之力。"

拉斯维加斯豪华套间　夜

披着薄毛巾被的朴望东从浴室走进卧室，那双喷着欲火的眼睛凝视着崔玲。

崔玲心中欲火已旺，她翻动身子，让全身的曲线和白皙丰润的肢体展现在朴望东面前，而且还不时微笑。朴望东已一身酥软，坐到床上。

突然，崔玲坐了起来。目光对着窗口，思索着什么？

朴望东问："想什么？"

崔玲："我在想我们共同的事业。"

朴望东："我们的事业？"

崔玲："我想，我们合办一个实业。"

朴望东问："办在拉斯维加斯？"

崔玲："中国已加入世贸组织，全面深化，改革开放，环境宽松。"

朴望东又问："中国什么地方？"

崔玲："平湖。"

朴望东："平湖不是沿海，货到了那里会不会有麻烦？"

崔玲："你是说走私，还是贩毒，我绝对不干那些铤而走险的事情。人为什么要奋斗，就是为了使自己活得更好，有可能把自己的性命都搭上去的事情，我能为之奋斗吗？"

朴望东问："你为什么把地点选在平湖？"

崔玲很自信："只要我打擦边球，翻船也只有脚板深的水，何况平湖对我来说是一条绿色通道。"

朴望东："听说宋耀汉先生的东亚公司在平湖不顺利，宋老先生还发了抗议。"

崔玲自得地："那是给平湖市一个脸色，也是为我们铺平道路。"

朴望东生出一计："干脆把你说的那个张市长也拉进来。"

崔玲："他只怕没有这个胆。不过，要是他心有余悸，可以绕一个圈子。"

朴望东问："你这是什么意思？"

崔玲："到时候你会明白的。"说着，躺了下来。

朴望东："抓住一个张宝宽行吗，他只管得了他的平湖。"

"你是说上面还要有人？"崔玲问。

"嗯！"朴望东点着头。

崔玲拉着朴望东："有我，你就别操这个心了。"

朴望东侧身对着崔玲："我相信你的能量。"

崔玲喃喃地："望东……了解我莫过于你！"她用那圆浑的肉感的手臂搂着朴望东的颈，将那袒露的丰满的胸膛紧贴他的胸膛，而且还慢慢蠕动着。

朴望东火旺至极，想翻上去。他曾体会到女人的美并不全在脸和眼睛上，他轻轻揭开那薄的披纱，崔玲配合着轻盈地翻动着身子，那腰确实美极了，侧面看它似白玉琢成的鞍马，起伏跌宕；正面看，它像雨雾蒙蒙中的一泓海湾，神秘莫测。不知不觉，朴望东被融化了。

崔玲却不急于求成，她伏在朴望东身上，双手捧着他的脸，娇嗔地："你打算在平湖投多少资？"

朴望东："5000 万美元行了吧？"

崔玲："按我心中的算盘，不能少于 5000 万美元。"说着，将脸颊贴在朴望东脸上。

"好吧，到了香港后我们再去平湖。"朴望东抱着崔玲一个翻身压到她身上。

"嗯！你好重哟！"崔玲双手在朴望东身上搜索着。

朴望东伸出右手扭着床头柜上的电钮，灯光渐渐黯淡下来，崔玲发出一声声如痴如醉的呻吟。

海滨　黄昏

蓝色的曼哈顿海湾，远处自由岛上的自由女神塑像依稀可见。宋振声一边漫步一边对柯楠说："上午，到自由岛去了？"

柯楠："宋伯伯特意要蔓菁和韦尔领我去自由岛参观了自由女神塑像。"

宋振声："一百多年来，自由女神成了美国近百年历史的见证。她高屋建瓴，目睹一艘艘来自世界各地移民的船只，铭记着美利坚合众国的沧桑变化。同时她又不断感化着一代又一代的移民及他们的后裔，激励他们为争取自由而斗争。早年父亲参观自由女神塑像后还写了一篇《移民赋》。"他摇了摇头，语调有些低沉："但是，随着岁月的渐渐推移，自由女神像对移民后代的吸引力、感染力已经淡弱，她开始由一种精神逐渐变为一个纯粹的景点。"

柯楠："宋伯伯要我参观自由女神像，就是要让我接受移民精神的教化。"

宋振声："爸爸用心良苦。"

柯楠为难地："只怕我有负他老人家的期望。"

宋振声："昨天晚上，爸爸已经跟我讲了，一定要你留下来。爸爸还准备从平湖撤回东亚公司。"

柯楠："为什么还是要撤回东亚公司？"

"爸爸是一个很有骨气的人，从不趋炎附势，卑躬屈膝。这一次生了很大的气。”宋振声说。

柯楠沉重地：“完全是崔玲拨弄是非，使宋伯伯造成了很大的误会。”

宋振声：“先入一句，后话万千，要完全消除爸爸的误会很难。楠楠，必要时，你可以与他老人家交换一下意见。”

宋耀汉书房　黄昏

宋耀汉对宋振声的解释仍听不进去，气愤地说：“我是一名实业家，我从不介入政治，更不愿卷入政治的旋涡，可是这一次却偏偏卷进去了，而且还是我的祖居地。我是一名平湖之子，一个人如一棵树，叶落归根。我想我死后，将那把骨灰埋到平湖岸边。可是，现在我的心却凝固了。”

宋振声耐心地解释着：“爸爸，您把问题看得太严重了，颜东升一案和裴蕾跳楼自杀事件与东亚公司没有必然联系，更与您没有任何关系。”

宋耀汉仍未消气：“你想想，如果没有东亚公司在平湖的存在，就没有那些事情发生。即使这场风波平息了，今后也许还有新的风波出现。多一事不如少一事，因此，东亚公司只能撤回，不能再留在平湖。”

宋振声据理力争：“爸爸，您是兴亚集团董事局主席，东亚公司留与撤主要是您做决定。但是我认为，如果东亚公司撤回，弊大于利。”

宋耀汉：“为什么？”

宋振声：“我可能难说清楚，我想请楠楠对您讲，她是平湖市人民检察院的检察官，也是颜东升一案的承办人。”

宋耀汉感到奇怪：“世上有这样凑巧的事情？”

宋振声说：“这并不奇怪，七年前，她于大学毕业后分配在平湖市检察院工作，我们的东亚公司又建在平湖，这也是偶然中的必然。”

宋耀汉：“好吧，我听听她的意见。”

宋振声走出书房。

片刻后，柯楠缓缓走了进来，她走近宋耀汉，亲切地：“宋伯伯！”

宋耀汉：“你坐。”

柯楠给他换上一杯热茶，然后坐到他的斜对面。

宋耀汉：“楠楠，伯伯想听听你的意见。”

柯楠挪了挪身子，轻声地：“宋伯伯，事情很凑巧，我因为承办那起案子成了东亚公司那场小风波的知情者，尤其是我已经把自己当成了宋家的一员，我更有责任和义务提出我的见解。”几句话拉近了她与宋父心理上的距离。

宋耀汉望了一下柯楠：“楠楠，你讲吧！”

柯楠语气和缓地：“东亚公司几个事件的真相振声可能向您讲过了，我要补充的是，颜东升涉嫌经济犯罪是他的个人行为。他是东亚公司在平湖聘任的副总经理，他不是兴亚集团的成员，检察机关对他实行刑事拘留前还和龚雄飞先生打过招呼。因此，检察机关办案是讲究了方法，而且所履行的手续是健全的。同时，裴蕾也是东亚公司聘请的员工，她跳楼自杀另有原因，与东亚公司没有联系。因此，我们不能把检察机关对颜东升的审查和对裴蕾的询问认为是有意让东亚公司过不去。”

宋耀汉听得很认真，他说：“你继续讲。”

柯楠接着说：“宋伯伯，颜东升一案不是孤立存在的，还涉及其他一些人员，所以使案情复杂化了。颜东升被刑事拘留后，一些别有用心的人借题发挥，制造事端，甚至要兴亚集团发抗议，这是借兴亚集团及您的影响对平湖市检察机关施加压力。”

宋耀汉忙表白：“不，我宋耀汉的脑袋长在自己的脖子上，我不会听人家摆布，我没有发一个字的抗议电文。”

柯楠：“可是，在东亚公司的文字公告里却出现了‘以示抗议’四个字。”

宋耀汉：“有这种事？”

宋振声：“嗯！”

柯楠：“宋伯伯，我知道您不会那样做，您把东亚公司办在平湖，已经受到平湖乡亲们的敬重，但是，在东亚公司落户平湖的过程中，有少数利欲熏心的人乘机进行肮脏交易。我们在查处颜东升一案的时候，有的人就成了惊弓之鸟。崔玲就慌慌张张跑回了美国。她将许多不实之词强加给了检察机关。”

宋耀汉凝望着柯楠，他从柯楠的话语和神态里看到了未来的儿媳对问题敏锐的分析力和深刻的洞察力。

柯楠：“宋伯伯，兴亚集团在平湖市建立东亚投资开发公司，建设世纪商城本是您报效祖国、报效家乡父老的举动，可是崔玲却把功劳全部归于自己，她又是挂大红花，又是领取巨额奖金，在领奖会上夸夸其谈，只字不提及兴亚集团和您老人家。”

宋耀汉被激怒了：“无耻！”

柯楠："宋伯伯，正是这样的一些人既利用您的声誉，又影响了您的声誉。检察机关查处颜东升等人涉嫌犯罪行为，正是为了保护投资者的利益不受损害，也是为了使您的声誉不受到影响。宋伯伯，如果您认为您的声誉在平湖已经受到影响的话，将东亚公司撤回不正好说明兴亚集团失去诚信，您宋老先生亵渎了平湖的父老乡亲吗？只有将东亚公司继续留在平湖，而且办得更好，才能真正体现您报效祖国，报效平湖父老乡亲的赤子之心。"

宋父感觉到脑海里响起了一声春雷，突然醒悟过来。他叹息道："我也有不慎的地方，我过分相信了我们董事局那位副主席的话，让崔玲在东亚公司筹建过程中借用了我们的名义。再则，龚雄飞这个人前两年才移民来美国，他的许多做法有悖于兴亚集团的经营宗旨与规范，他一到平湖就卷入了裙带关系之中。"

宋振声揣摩到了父亲的心思，他请缨说："爸爸，您不是常说，对我该放飞了吗？如果您认为我可以练练羽翼的话，我愿意去平湖挑起东亚公司这副担子！"

柯楠忙说："宋伯伯，振声去了，我会支持他的！"

宋父："振声、楠楠，你们让我再仔细考虑考虑……"

平湖市人民检察院大楼前　清晨

雨后的早晨，用水洗过的马赛克墙壁折射出五颜六色的光彩。

柯楠还是驾驶着那辆红色北京现代牌轿车行进市检察院，没想到一到大楼前，便成了新闻人物，同事们不约而同地，你一言他一语问了起来：

"柯楠，你真的回来了！"

"当了新娘吧！"

"什么时候去美国定居？"

"今天是来办手续的吧！"

"怎么还是穿着检察服呀！"

柯楠不知先回答谁，只好用笑声代替。

洪源从车中出来。

柯楠忙迎上去："洪检！"

洪源握住了她的手："柯楠！"

"假期已满，今天上班！"柯楠像一名战士一样打着立正报告。她的报告也解除了同事们心中的疑问。

"东亚公司不撤了，宋振声被兴亚集团派来换回龚雄飞，任公司总经理，昨天他同我一起到了平湖。”柯楠一边汇报一边与洪源顺着石阶而上。

石阶至大厅　清晨

洪源对柯楠满意地说：“你这次去美国立了一大功劳。”他突然想起，问：“柯楠，你们的婚事已经办了吧?”

柯楠：“没有。”

洪源：“怎么还没有?”

柯楠：“您不证婚我怎么能办!”

洪源：“哈哈哈！好，到时我证婚，不过要快点，我一退下来，想证婚也没资格了!”

走廊上　白天

柯楠碰上高凤阳，她迎上去：“高检!”

高凤阳笑道：“美国媳妇回娘家了!”

柯楠：“高检，不要乱讲!”

高凤阳：“在美国大饱眼福吧！什么时候给我们做一次访美报告。”

柯楠：“不敢，不敢!”

检察长办公室　白天

说着他们走进检察长办公室。

洪源边清理办公桌上的文件边说：“402 案件还在继续侦查，你还是回专案组，尽快早一点侦破此案。”

柯楠汇报说：“崔玲确实到了美国，和一个韩国商人搅在一起。”

洪源：“崔玲这个妖孽神出鬼没，她在平湖尝到了甜头，我预料她不会不来平湖，以后我们一定要盯住她，但又不打草惊蛇。还有裴蕾那里要密切关注新的动向，据市社会福利院反映，曾有两名不明身份的人闯到裴蕾的房间了解她的病情，可能是担心她恢复记忆，看来裴蕾一定与一个重要案件有关。”

世纪商城工地　白天

没有领导剪彩，也没有嘉宾的祝贺，一台台推土机、运输车来往穿梭，演奏出激越的旋律。

宋振声和他的同事们戴着安全帽，在工地上指挥着各路施工队伍。

“宋总!”一名员工快速向他们跑来。

“找宋总什么事?”宋振声身旁的一位助手问。

那名员工："市政府来电话说，张市长等领导即将来工地视察。"

助手反感地："什么视察，我们工地不是舞台，不要他们表演。"

宋振声走过来理解地说："既来之，则迎之。我们恭候！"

这时，警笛声由远及近，10多辆高级轿车随警车呼啸而来。宋振声走上前去与下车的领导一一握手。

张宝宽目睹世纪商城建设工程开工，把兴奋写在了脸上。他对宋振声说："宋先生上任才几天，就大幕开启，真是出类拔萃。"

宋振声抱歉地："我不懂当地习俗，没有举行开工典礼，请张市长见谅！"

张宝宽赞扬道："这样也好，实业家就讲究一个'实'字嘛！"

一名电视台记者挤进来，她将采访话筒对着宋振声："宋先生，请您谈谈东亚投资开发公司在平湖的宏伟规划吧。"

宋振声推辞着："初来乍到，不可夸夸其谈。"他推开话筒对这位记者说："请你代我告诉电视观众，东亚公司是美国兴亚集团的，也是平湖父老乡亲的，东亚的事业与平湖的事业共同繁荣，平湖人和东亚人心连心。"

一阵热烈的掌声。

平湖市社会福利院　白天

柯楠推着轮椅至一小石山旁，教着裴蕾："shān 山"

裴蕾跟着念："sā"

柯楠："sh——an——山"

裴蕾："sh——a——"

柯楠："shan——山——"

裴蕾："sh——an——"

……

远处树林下一个人影鬼鬼祟祟地闪动。

柯楠停下来，射去一束犀利的目光。

那人影消失了。

柯楠推着轮椅向树林走去。

树林里一片沉寂。

市委常委会议室　白天

这是平湖市级别最高的会议，“市委常委（扩大）会议”的会标悬挂在正面墙的上方。市委常委和重要部门负责人共30余人坐成了两圈。

张宝宽以演说家一般的风度作主题讲话：“前一段东亚公司几个事件把平湖城弄得沸沸扬扬。经过我们艰苦的努力，现在不仅事态已经平息，而且世纪商城工程重新启动，平湖人民重振雄风，阔步向前。在这场风波中我个人也受到了一次严峻的考验。”他接着说：“反腐倡廉、防微杜渐，已经是一个陈旧的话题，但是我们又必须时时讲，警钟长鸣。大家知道，市里正在考察和调整处级领导班子，现在有极少数同志就使出了预备动作。近一个星期就有两位同志通过巧妙的渠道给我送来了红包，我没有打开清点数量。”他从公文包里拿出两个红包继续说：“从红包的厚度可以看出，里面的分量大于一个农户一年的收入。这难道来自他的工资收入吗？一名党的干部，是清官还是贪官，问一问老百姓就知道了。金杯银杯不如老百姓的口碑。”

张宝宽将两个红包放在黄长江面前：“黄长江同志，你是分管纪检、政法工作的副书记，请你代我转交市纪委。”

几名与会者投来敬佩的目光。

洪源插话道：“张书记。”

张宝宽：“还是叫我张市长。”

洪源：“今天你是以市委代书记的身份主持市委常委扩大会，而市长是不能主持党的会议的。”

张宝宽：“因为我现在还不是书记，叫张代书记又不太顺口，那就叫张宝宽同志吧，好，你往下说。”

洪源：“你说那红包里面的分量大于一个农户一年的收入，送红包者已涉嫌行贿，我们可以立案查处。”

张宝宽笑了笑：“搞司法的真是司法敏感。按有关法律规定是可以查处，可是这一次放他们一马，下一次我接你们检察官来查。”他接着说：“刚才来了一段插曲，下面正式进入今天的主题。这就是扩大招商，加快发展。眼下又有几个外资项目等待洽谈，我即将率一个精干的代表团去香港。今后，我们必须从东亚公司事件中吸取教训，给投资者一个宽松的环境，谁要是再惹出了麻烦，我们也只好摘帽子、端位子了……”

张宝宽家卧室　晚上

颜文茹给张宝宽准备旅行的衣物和用品。

张宝宽走进来笑道："都给我准备好了！"

颜文茹问："什么时候的飞机？"

张宝宽："下午 3 点。哎，丽娜呢？"

颜文茹："她上午没有上班，在房里睡觉。"

张宝宽："我想找她谈谈。"

颜文茹："毫无作用，我好话说了千千万，她还是那句话，不出国就出走。"

张宝宽爱恨交加。

颜文茹忧虑地："宝宽，你在丽娜的问题上怎样还举棋不定。你到香港去之前，不给她一个答复，她真的出走了，怎么办？"

张宝宽："你说呢？"

颜文茹："你总是瞻前顾后，生怕人家说长道短，你不掰掰手指算算，你已经是过了天命之年的人了，在仕途上春风得意的时节已经过去了。你那个市委代书记已经代了半年，省里要是看重你，早就把那个代字取掉了。再说就是当上市委书记又怎么样，还不是正厅级，辛辛苦苦再干三五年，年近花甲了，就是给你个副省级，只怕没有实职而是待遇，那又有多大的价值。金钱乃身外之物，但金钱却又如核反应堆，身无分文走遍天下的时代一去不复返了。你和我都到美国的华尔街考察过，看到过华尔街的富豪、银行的老板权力比几个总统和国王加在一起的权力还大。现在让丽娜先走一步，几年后，我们跟着去。你看那些 50 岁的领导干部哪个不在为自己的晚年预先铺平道路。切莫现在无准备到时徒伤悲。"

张宝宽心里豁然亮了，他想了想道："你跟丽娜讲，我们答应她的要求，不过要分两步走。"

门铃响了，张宝宽走出卧室去客厅开门。

张宝宽家客厅　晚上

进来的是高凤阳。

张宝宽问："凤阳，有什么事？"

高凤阳躬着身子："听说您率代表团去香港与外商洽谈，我特地来问一件事。"

张宝宽："什么事？"

高凤阳："市政法委把裴蕾跳楼自杀事件的后续侦查任务交给了我们检察院，

凭我的直觉，裴蕾跳楼自杀事件后面还有文章。”

张宝宽：“有线索吗？”

高凤阳：“现在还没有，不过洪源下决心要查个水落石出。”

张宝宽：“你来就是告诉我这个？”

高凤阳尴尬地：“我怕您对这件事有不同的态度。”

张宝宽：“没有，没有。至今我还没有见过裴蕾。”他半真半假地：“你是担心她肚子里那个孩子是我的？”

高凤阳忙赔礼：“不，不，不！张市长不是这种人。”

张宝宽大笑道：“要是就好了，那就说明我张宝宽还是早晨八九点钟的太阳！”

两人一串“哈哈”……

副检察长办公室　白天

高凤阳主动地找柯楠研究起裴蕾跳楼事件后续侦查工作。他说：“依我看，裴蕾事件后面不仅有文章，而且有大文章。如果我们能把这个悬案破开，可以说创造了我们检察院侦查史上的一个奇迹。”

柯楠汇报说：“目前必须采取两个方面的措施。一是排除干扰，二是送裴蕾去医院治疗。但是治疗需要的钱很多。”

高凤阳想了想：“能不能在检察机关内部开展爱心行动。”

柯楠：“我也这样提议过，可是洪检没有同意。”

高凤阳：“为什么？”

柯楠：“裴蕾自杀原因不明，如果她属于涉案对象，怎么能对她实行爱心行动。”

高凤阳：“现在不是以阶级斗争为纲的时代，难道实行人道主义还要看对象，判了死刑的罪犯在执行前，我们还要给他饭吃。”

柯楠：“高检，洪检讲的也不是没有道理，现在需要奉献爱心的事情多，希望工程、抗洪救灾、扶贫行动。我们即使能募捐到几千元，对治疗裴蕾的病来说也只是杯水车薪。”

高凤阳：“这样说，悬案只能让它悬着……”

香港　白天

字幕：香港

4 月末的香港已经是盛夏季节，灿烂的阳光一片生机。一些大厦和建筑物上飘扬着迎接“五一”国际劳动节的彩旗。

宾馆迎宾厅　白天

张宝宽率领的 7 人代表团成一字站立在迎宾大厅。

朴望东、崔玲、丁家驹和两随从翩翩而来，宾主一一握手、问候，“欢迎”、“您好”声不断。接着宾主一个个走到相应的座位。

入座后，崔玲开始了她的媒介工作：“中国有一句俗话，新姑娘进了房，媒人甩过墙。我这个经济红娘帮助平湖引进东亚公司后，平湖没有把我甩过墙，有关官员多次与我联系，希望我为平湖再引进一些项目。今天就给你们引荐朴望东先生。朴先生是韩国很有实力的富商，在新加坡、泰国、台湾都有他的实业。他听我介绍平湖的情况后，愿先作试探性投资，如果合作得好，以后进行多个项目的投资。”她微笑着对朴望东和张宝宽说：“朴先生，张市长，我为你们的洽谈先开了个头。”

朴望东的中国语很生硬，但并不刺耳：“张市长，您先讲。”

张宝宽挺了挺身子：“欢迎朴先生，感谢崔小姐。我们听说朴先生有意向到平湖投资，便立即组建代表团赶到了香港。朴先生的声望我们早有所闻，您能到平湖投资，我们不亦乐乎。”

崔玲插话道：“中国的不亦乐乎就是非常高兴。”

张宝宽继续说：“我们一定给朴先生最优惠的政策，不知朴先生打算投资哪些项目？”

朴望东：“我主要做汽车，生产和贸易都做，其他也做一点，我恪守正当经营原则。”

张宝宽：“那好，好！”

他对崔玲说：“崔小姐，今天我们先见个面，交换资料，彼此熟悉熟悉。”

崔玲：“具体项目由双方代表洽谈，然后正式签字。”

小会客室　白天

这是洽谈前的“洽谈”，只有朴望东、张宝宽和崔玲 3 人。

张宝宽与朴望东对桌坐着，崔玲坐在二者之间。同样由她先道开场白：“朴先生欣悉张市长正处于升迁的关键时刻，表示鼎力相助，这一次他准备出资 500 万美元在平湖建立‘海天实业公司’，主要从事两个项目的开发与经营，一个项目是在平湖城内建立海天进口汽车修配中心，这里声明，他不撞红灯，绝不经营走私汽车，不重蹈湛江、厦门走私大案的覆辙；另一个项目是在平湖市郊建设'海天娱乐城'，以健康、娱乐为主体，提高人们的生活质量。"

一席话说得张宝宽心花怒放，他挪了挪身子后说："朴先生和崔小姐如此仗义，我深表感谢。这两个项目在平湖虽然也有，但未形成规模，朴先生投资效益必然可观。独资、合资、合作股份几种形式中的任何一种都行。"

崔玲对朴望东说："朴先生，您的意见呢?"

朴望东："从实力讲，完全可以由我一家独资，而且获利更多，但是，这一次我是友情投资，我想在经济上也帮张市长和崔小姐一把。"

崔玲接过朴望东的话："朴先生的意思是与张市长和我合股。"

张宝宽忙摆手："不，不……"

崔玲咯咯地笑起来："我知道你会摆手的。祖国内地有规定，党政干部尤其像你这样级别的干部，是不能参与经商的。不过上有政策，下有对策，你可以以家人的名义，比如说以你女儿的名义在香港注册一家公司，然后与朴先生和我合资，这叫做曲线搞活。"

张宝宽低头沉思。这时公文包中的手机响了，他一看显示屏上的号码，知道是家里打来的，忙摁下接通键。

张丽娜迫切地："爸爸，办好了吗?"

张宝宽站起走到会客室一角："现在还没有。"

张丽娜："爸爸，你那个市长还能当多久呀，退下来就跟老百姓一样了，到那时候您最亲的人不就只有我了吗？您还犹豫什么呀?"

张宝宽："丽娜，爸爸没有犹豫。你不要急，爸爸正在为你运作。"

张丽娜："爸爸，我在平湖一天都待不下去了，你不是在香港与外商洽谈吗，你问问那个崔玲，当年她是怎么到美国去的，您求求她帮帮忙吧！爸爸我以后一定报答您的!"

张宝宽："丽娜，分两步走好不好?"

张丽娜："什么叫分两步走?"

张宝宽："第一步到香港，借水弯船，然后扬帆远航。"

张丽娜："如果万一不行，也可以。不过再不能退了，再一退我就没有路可走了。"

张宝宽："好，你等着。"他关上手机回到座位。

崔玲："张市长您还犹豫什么呀，当年我做小本买卖到了香港，发展几年后又到美国。你女儿年轻、漂亮，你为何要她做屋檐下的麻雀呢？"

朴望东："我们韩国的金玉敬 25 岁时以只相当中国人民币 5000 元的区区 50 万韩币起本，投身小本经营，20 年后已拥有了 50 亿韩币的资产。"

崔玲："张市长，当你进入半百岁月的时候，又一个春天不期而来。这就是机遇。但是机遇又转瞬即逝，聪明人是会不失时机地抓住这一机遇的。"

张宝宽默了一下神："你说吧，怎么操作？"

崔玲："你们两位，对我来说都是朋友，手心手背都是肉，加上我，三人合股，朴先生投资 510 万美元，占股百分之五十一，作为控股方。我投资 245 万美元，占股百分之二十四点五，张市长投资 245 万美元，同样占股百分之二十四点五。"

张宝宽："不行，我一个工薪阶层，拿不出两千多万人民币。"

崔玲："你急什么，我还没有讲完，你这 245 万美元股份，只交股金 145 万美元，折合人民币也不过 1000 万元，其余的 100 万美元以你的影响作为无形资产。"

张宝宽："你是说？"

崔玲："这就叫一字值千金！"

张宝宽担心地问："对外呢？"

崔玲："这是内部协议，对外全用朴先生的名义，投入外资 1000 万美元。"

香港海滨　傍晚

夕阳西下，维多利亚海岸笼罩在金黄的晚霞中，海燕、海鸥结束一天的觅食，低飞戏水。张宝宽和崔玲在海滩踟蹰。

张宝宽问："朴望东这个人怎么样？"

崔玲："这人仗义、大度，你想，510 万美元的投资，与你合股，不仗义、大度，能成吗。你是不是担心他会出卖你？"

张宝宽："害人之心不可有，防人之心不可无。我与他不同的民族、不同的国度，谁能担保他与我精诚合作，至死不渝。"

崔玲："正因为他与你属不同的民族、不同的国度，你可放心与他合作。颜东升案子的主要证人是我，我一走了之，谁能取到证据。你与朴望东合作的事今后万一有什么麻烦，他一半时间在太平洋上空飞来飞去，谁找得着他。宝宽哥，我看你心中总是忐忑不安，有什么心思?”

张宝宽停下脚步，希冀地望着崔玲：“玲玲，我女儿也想像你一样移居美国。”

崔玲说：“我也是先把香港作为缓冲之地，然后去美国的。”

张宝宽亢奋地：“玲玲，我女儿的事就交给你了!”

崔玲娇媚、自得地：“宝宽哥，这件事我包下了。”

夕霞隐淡，两人紧紧贴在一起。

平湖火车站大厅入口处　午夜

广播里：“由北京开往九龙的特快列车很快就要到达平湖车站了，有去深圳、九龙方向的乘客请做好上车的准备。”

张丽娜提着旅行箱和颜文茹走进大厅。

车站检票口　午夜

广播里：“由北京开往九龙的特别快车已经到站，有从平湖到深圳、九龙方向的乘客请检票上车。”

张丽娜拖着行李箱走到验票口：“妈妈，我走了!”

颜文茹：“丽娜，再见!”

张丽娜：“再见!”

第五集

海天实业大楼前　白天

一家装饰一新的原汽车修配厂前，条幅高挂，气球腾空，彩旗飘扬，在管弦乐队演奏的《迎宾曲》中，张宝宽等市领导依次走上主席台。

音乐渐停，仪式主持人宣布："平湖市海天实业有限公司成立暨挂牌典礼现在开始!"

顿时，鼓乐齐鸣，礼炮升空，数百只彩色氢气球腾空而起，整个会场一片沸腾。

主席台上，张宝宽、朴望东坐在正中，崔玲、丁家驹分别坐在他们的两侧，其他官员依次分两边坐着，台上坐着的是平湖市各部门要员和来宾，洪源是副厅级领导，被安排在前排就坐。

仪式主持人一一介绍到会嘉宾："今天参加庆典的嘉宾有：韩国实业家、平湖海天实业投资商朴望东先生。"

朴望东站起欠了欠身子。

主持人："平湖市荣誉市民、美籍华人崔玲女士。"

崔玲站起微笑点头。

主持人："平湖海天实业总经理丁家驹先生。"

丁家驹站起深深鞠躬。

接着，仪式主持人："下面宣读省委常委、常务副省长梁维成发来的贺电。"

一位女士念着：

平湖市委、市政府：

欣悉平湖海天实业有限公司成立，我谨以省人民政府的名义表示热烈祝贺！希望你们为该公司的创业与发展提供良好的软、硬环境，推进共同繁荣。

梁维成

仪式主持人："下面请平湖市委代书记、市长张宝宽讲话。"

满面春光的张宝宽站起来向朴望东点了点头后开始了讲话："尊敬的朴望东先生、女士们、先生们、朋友们、同志们：今天秀美的平湖城艳阳高照，紫气东来。由韩国富商朴望东先生投资兴建的平湖海天实业有限公司正式成立暨挂牌，这标志着平湖市的开放开发出现了又一个新的热潮。海天实业共投入1000万美元，相当8000多万人民币，这在深圳、浦东微不足道，可是我们平湖是内地，是名不见经传的地级城市。这个数字已经不小了。"他停了停，两眼扫视着台下，脸冷了下来，"当大家为之兴奋的时候，我想起了两个成语，一个是'众星捧月'，一个是'同床异梦'。开放开发是平湖的希望所在，我们只能众星捧月，不能与市委、市政府同床异梦。不要打着灯笼戴着显微镜找问题。"讲到这里，他特意瞟了洪源一眼。

洪源没有回避，两人目光相接，各有一番滋味在心头。

平湖机场大厅　白天

厅内，人流涌动，裴蕾在柯楠的搀扶下从厅门口走进，高凤阳、丰登和宋振声跟在后面。

高凤阳看着正面墙上的显示牌，对柯楠说："飞机到达上海的时间是中午12点，我们已经同上海市人民检察院取得联系，他们会派车到机场接你们。"

柯楠："好的。"

宋振声掏出一张信用卡给柯楠："这张卡上还有100万人民币，如果少了，我再打一部分到卡上。"

柯楠接过信用卡对裴蕾说："裴蕾，你说，谢谢宋先生!"

裴蕾想说但没有说出来。

高凤阳："宋先生，太谢谢你了。"

宋振声："没什么，我父亲也是一位慈善家。"

柯楠扶着裴蕾向入口处走去，丰登将旅行箱交给她："楠姐，一路上注意安全。"

高凤阳、宋振声、丰登驻足。

柯楠："再见!"

众人："再见!"

机场　白天

一架中型客机在跑道上加速，然后离开地面跃上蓝天。

平湖宾馆豪华客房　夜

崔玲端着一杯热牛奶一边走，一边妩媚而自得地对张宝宽说："宝宽哥，海天实业成立在平湖的反响还不错吧？"

张宝宽满意地："崔小姐的杰作，非同凡响。"

崔玲收敛笑容坐下说："朴望东回韩国了，我也不会长期待在这儿，你女儿在香港需要我照应一段时间，海天实业的日常经营活动我已经交给了丁家驹，外围方面的事情就全靠你了。"

张宝宽立誓般地："只要不是让我下地狱的事情，我都能做到。"说着欲抓住崔玲的手。

崔玲伸过手去："万一到了下地狱的那一天，大家一同下，怕吗？"

张宝宽一笑："你是在试我的胆！"

崔玲谄媚地："正因为你是一条汉子，我才看重你。东亚公司的那场风波我们配合默契，结果成了赢家。"

张宝宽摇头："我并不欣赏你这一招，这样的双簧不可再演，多了，容易出破绽的。"

崔玲自傲地："孙子兵法中有三十六计，我这一招不在三十六计之中。"

张宝宽嘿嘿笑道："你是不是还有更好的招术没使出来。"

崔玲灿烂一笑："真聪明！"

张宝宽看到这充满阳光的笑容，胸中腾起一团火，一直热到头顶。他用力拉着崔玲，想靠近一点。

崔玲抽出手，问："宝宽哥，我问你一件事。"

张宝宽："什么事？"

崔玲："我一问，你又会紧张的。"

张宝宽："在你心中，我张宝宽就是一个怕死鬼？"

崔玲："差不了多少！"

张宝宽："是祸躲不脱，躲得脱的不是祸，你问吧。"

崔玲："东亚公司跳楼自杀的那个裴蕾现在怎样？"

张宝宽一愣："你问这个？"

崔玲："她是我介绍到东亚公司来打工的。"

张宝宽忙问："她受孕的那个孩子是谁的？"

崔玲逗趣地："总不会是我的吧！"

张宝宽大笑："现在世界上有克隆技术，但还没有同性受孕的。"

崔玲："听说小孩已经引掉了。"

张宝宽："据联合调查组汇报说引掉了。"

崔玲："她本人呢？"

张宝宽："保了一条命但失去了记忆。"

崔玲："不会恢复了？"

张宝宽："据医生说很难。"

崔玲："难就好了。"

张宝宽一怔："裴蕾事件与你有关？"

崔玲："与我没有关系。"

张宝宽："与别人有关？"

崔玲："有关也没问题。"

张宝宽："还与谁有关？"

崔玲："你硬是要问，我就告诉你。"

张宝宽："你说。"

崔玲："与你有关！"

张宝宽吓呆了："与我有关，我从来没有见过她，怎么与我有关？"

崔玲阴着脸："她跳楼自杀与你无关，但是她知道与你有关的事情。"

张宝宽不信："你是在吓唬我吧，她怎么会知道我的有关事情。"

崔玲认真地："我从来不吓唬别人。我只是跟你打一个招呼，在裴蕾事件上，不要太大意了。"

张宝宽："你干脆说清楚吧，她知道我一些什么事？"

崔玲站起来："两个月前，我为东亚公司落户平湖牵线搭桥，常来往于省城和平湖。有一次我带裴蕾到了平湖，住在一个豪华套间里……"

画面翻卷或叠化：

一个多月前，豪华套间　白天

崔玲挎着一个黑色皮袋和裴蕾走了进来。

裴蕾没坐下就给崔玲倒了一杯茶："崔姐，茶。"

崔玲从皮袋中拿出一张 10 元面值的美元给裴蕾："裴蕾，给你作个纪念。"

裴蕾一看上面的英文："美元。"

崔玲："你以前见过？"

裴蕾："没见过。"

崔玲："你怎么知道是美元。"

裴蕾："上面有英文，美国银行。"

她将钱退给崔玲："崔姐，我不要。"

崔玲塞给她："收下，作个纪念。"接着她拿起电话听筒拨过号码后："宝宽哥，你到天岳宾馆 804 房间来一下。"她放下听筒，打开窗户向外张望了一下，对裴蕾说："裴蕾，我和一位先生谈一个事情，你到里面房子里休息一下。"

裴蕾："好。"说完走进里面房间关上门。

稍许，门开了，张宝宽大步走了进来。

崔玲问："怎么来得这么快？"

张宝宽："你打我手机的时候，我正好在附近的市建设局开会。"接着问道，"征地手续办好了吗？"

崔玲："全办好了，红线也画了，世纪商城 50 亩用地，共优惠了 100 万美元。我们有言在先，投之以木桃，报之以琼瑶。"她从皮袋里拿出 15 万美元："这 15 万美元作为给你的感谢费。"

张宝宽推辞道："不行，不行，15 万美元相当近 100 多万人民币，查出来了，人头要落地的！"

崔玲："你一市之长，呼风唤雨，办起事来，魄力大、胆气足，可是碰上钱的事却胆小如鼠。"

张宝宽："崔小姐，你这样给我，今后一旦出了问题，我没有退路。这样吧，这钱你给颜东升，由他再给我。他生意场上混得久，能应付各种局面。以后万一东窗事发，也有人为我挡一挡。"

套间的门开着一条缝。

画面回到现实。

平湖宾馆豪华客房　夜

崔玲："你走后，我通知颜东升到我房间，我将 20 万美元给他，并交代其中 15 万美元是给你的，他没说二话，收了钱后就走了。后来我发现套间的门开了一条缝，我和你，以及我和颜东升说的话，裴蕾在套间内全都听到了。我叮嘱过裴蕾，千万不要讲出来。上次，颜东升案发后，市检察院询问裴蕾，裴蕾可能没有讲，可是现在裴蕾已经被控制在市检察院手中，她以后一旦恢复记忆，难免不把事情的真相全供出来。到时，我又可一走了之，你和颜东升在劫难逃。”

张宝宽气恼地：“唉，你这个人，这样大的事，怎么那样疏忽，把一个人关在套间。墙有缝，壁有耳，这不分明是留下一个证人吗！”

崔玲冷笑道：“宝宽哥，在处理东亚公司事件上你处险不惊，临危不乱，结果化险为夷。今天面对一个已经失去记忆的人怎么就心急如焚，束手无策了呢？”

张宝宽愤恨地：“你不知道，现在市检察院对裴蕾跳楼自杀事件还在进行后续侦查，他们还在千方百计帮助裴蕾恢复记忆！”

崔玲轻蔑一笑：“市检察院怎么样，他们不属你领导吗？天下哪有老子怕儿子的？”

张宝宽沮丧地：“一波刚平又起一波！”

“叮咚！”“叮咚！”门铃响了。

崔玲准备开门。

张宝宽拦住她：“这深更半夜的，我们两人关在房里，说得清白？”

门铃不停地响着。

宾馆客房走廊上　夜晚

门外，颜文茹不停地摁着门铃，门依然没开。

一名服务小姐走过来礼貌地问：“请问，您找谁？”

颜文茹情绪变得平静地说：“我看望一下这个房间的客人。”

服务小姐：“客人可能休息了，或者出去还没回来。”

颜文茹肯定地：“客人已经回来了。”

服务小姐耐心地：“客人不开门，说明她不希望有人打扰。”

颜文茹不耐烦了：“我有急事，你给我开门！”

服务小姐：“对不起，这豪华套间住的是一位外宾。”

颜文茹气极地：“现在里面进去了内宾。”

服务小姐：“无论是外宾还是内宾，我们都不能开门，我们要维护客人的权益。”

颜文茹火了：“你们维护客人的权益，就不维护我的权益。”

服务小姐：“你如果是我们的客人，我们同样维护你的权益。”

颜文茹指着服务小姐："你们这里藏污纳垢，我要向公安局举报。"

这时，两名保安走过来，其中一名道："对不起，请不要打扰客人休息，有话请到我们值班室去说。"

颜文茹木讷地站着。

张宝宽家卧室　深夜

张宝宽若无其事地推门进来，满腔怒火的颜文茹从床上跳下来，指着张宝宽的脸，"你看桌上的钟，现在什么时候了，转钟两点了，你说你到哪里去了？"

张宝宽早有思想准备："我的公务活动不需向你报告！"

颜文茹逼视着："你以为我不知道，你在崔玲的豪华套间与她鬼混！"

张宝宽反问道："你既然知道我在那里，为什么不抓？"

颜文茹气急败坏："你不要要聪明，我早就看出来了。崔玲第一次到平湖来她就用金钱和美色勾引你，结果让我弟弟作了你的替罪羊！"

张宝宽："他是为我替了罪，他自己就没有罪？他打着我的牌子捞了多少钱你不知道？"

颜文茹："今天不跟你讲这些，只要你讲清你和崔玲是什么关系？丽娜从香港打电话来说，崔玲对她异常热情，又是帮忙注册公司，又是办留居香港的各种手续，世界上没有无缘无故的爱。"

张宝宽反守为攻："你这人缺乏人性，丽娜在香港和崔玲在一起，我与崔玲是什么关系你去问，当初丽娜闹着要出去，你生怕没人帮忙，后来人家帮了忙，你又生疑，还问我和崔玲是什么关系，今后还有谁为你办事？"

颜文茹红了眼："你不要用这些话搪塞，外面的世界有多精彩我很清楚。如今社会上不是流传'五等男人歌'吗：一等男人国外有家，二等男人家外有家，三等男人家外有花，四等男人下班回家。"颜文茹戛然而止，接着说："你就是想国外有家，做一等男人！"

张宝宽追问："五等男人呢？你说呀！"

颜文茹镇静地说："五等男人下班回来碰上她的他。你什么时候碰到我和别的男人在一起？你不要对我疑神疑鬼，我绝不会要你做五等男人。"

张宝宽悻然地道："社会上对你也不是没有风声。"

颜文茹惊愕地："我！"

张宝宽冷笑一声："是你，不是别人！"

茶馆　黄昏

张宝宽和戈穹在服务小姐的引领下走进一间两席包房。

"小戈，要高凤阳来一下。"张宝宽吩咐戈穹。

戈穹拨完手机后报告说："高副检察长马上就来。"

服务小姐问："两位喝什么茶？"

张宝宽："我来一杯龙井。"

戈穹："我喝银针。"

服务小姐："稍等。"

张宝宽问："小戈，现在外面对市委、市政府领导有什么议论没有？"

戈穹没有思索："都说市委、市政府抓招商引资抓出了成效，外资项目一个接一个地落户平湖，对您更是有口皆碑。尤其是您在常委扩大会议上，当众交出两个几万元以上的红包，通过新闻媒体报道后反响强烈。"

张宝宽："没有不同声音？"

戈穹："以小人之心度君子之腹，任何时候都会有。"

服务小姐将高凤阳带进包房。

高凤阳："张市长，您找我？"

张宝宽："这几天忙累了，今天休闲休闲，一起扯扯淡。"

高凤阳受宠若惊。

服务小姐："先生，喝什么茶？"

高凤阳："一杯新鲜毛尖。"

张宝宽指着旁边的空席："那一席我们也买下了。"

服务小姐："好的，我不会再安排客人进来了。"

张宝宽对戈穹说："戈秘书，你先回去，把我明天的大会讲话稿看一下。"

戈穹从包里拿出一张老人头放到桌上。

高凤阳将老人头塞给戈穹："今天我买单。"

张宝宽："谁买都一样。"

戈穹走了，从未受过这种礼遇的高凤阳有些拘谨，他问张宝宽："张市长，您找我有事吩咐吧？"

张宝宽："没有事，谈谈心。"他呷了一口茶："近来反腐案件不很多吧？"

高凤阳："立案的不很多，但是举报多，人手少，办案经费不足。一个案件，三五个侦查员，花半年时间耗资几万元，还结不了案。”

张宝宽：“有一句老话叫，没有重点就没有政策，我看这句话也适应办案工作。你们办案也要抓重点，着重查大案、要案。”

高凤阳打开公文包，拿出笔和笔记本欲做记录。

张宝宽：“这不是开会，只是扯到这个上面随便说几句。”

高凤阳：“您指示得有道理。”

张宝宽：“在方法上可以先易后难，优先查处现行案件，对那些悬案、死案、积案，有力量就查，没力量就放。”

高凤阳：“平时我们也是这样做的，只有这一次对裴蕾跳楼自杀事件的后续侦查，我们才有点特别。”

张宝宽问：“怎么特别？”

高凤阳：“这个案子是市里黄长江副书记和市政法委交办的，当时，我也向您汇报过，您没有反对。”

张宝宽：“我没有反对不等于非查不可。其实那天你并不是来向我汇报，而是担心我与那个案子有什么联系，我不是还说了几句笑语吗。”

高凤阳：“我记得。”

张宝宽问：“现在那案子办得怎样？”

高凤阳：“我们已经派人送裴蕾到上海治疗，让她尽快恢复记忆。”

张宝宽悻然地：“刚才你还在说办案经费不足，而今又不惜代价送一个自杀未遂者去上海治病，你们工作的立足点放到哪里去了？”

高凤阳解释着：“张市长，您误会了。送裴蕾去上海治疗，我们检察院没有出一分钱，全是东亚公司老总宋振声资助的。”

张宝宽：“你们借机向外商伸手，增加外商的额外负担，这是在优化经济环境还是在恶化经济环境。”

高凤阳：“完全是他自觉自愿的。”

张宝宽：“人家说是这样说，可是心里不见得是这样。”接着问，“这都是你一手操办的？”

高凤阳：“是我，但我也请示了洪源。”他问张宝宽：“张市长，现在裴蕾已经到了上海，怎么办？”

张宝宽：“人家拿钱为她治病，我怎么能要她从上海回来，你这不是套我的笼子。”

高凤阳慌了：“张市长，真别误会，更不要生气，我绝对不是这个意思。”

张宝宽故作冷静：“不管是不是误会，这件事你去把它办好。”

高凤阳已经领会：“张市长，您放心，我会尽力把这件事处理好的。”

张宝宽忍怒为笑：“凤阳，我是很器重你的。洪源同志的接班人推荐名单中你是排在第一位的。”

上海某医院　白天

字幕：上海

气派的住院大楼前车来人往，阳光下，红色“十”字熠熠生辉。

柯楠提着一个购物塑料袋大步走进大门。

病房　白天

柯楠从门外进来，亲切地：“裴蕾！”

裴蕾脸上露出几丝微笑。

柯楠从塑料袋中拿出识字卡片：“裴蕾，这是什么？”

裴蕾没有回答。

柯楠：“这是识字卡片。”

裴蕾伸手拿过一张。

柯楠：“人民——”

裴蕾：“人民——”

柯楠：“祖国——”

裴蕾：“祖国——”

柯楠：“人民爱祖国。”

裴蕾：“人民爱祖国。”

柯楠：“自己念一遍。”

裴蕾：“人——民——爱——祖——国。”

柯楠：“母亲——”

裴蕾：“母亲——”

柯楠：“祖国是我的母亲。”

裴蕾：“祖国是我的母亲。”

柯楠：“自己念一遍。”

裴蕾："祖国——是——我的——母亲。"

他们教学时，医院林主任悄悄走进病室站在一旁听着。

柯楠："裴蕾，你真聪明。"

裴蕾脸上露出微笑。

林主任："裴蕾，你的记忆恢复很快，你要有信心。"

裴蕾微微点头。

柯楠："林主任，病人对新的事物的记忆功能还可以，可是对以前发生的事情的回忆功能很差。"

林主任："再经过一段时间的治疗会好一些的，不过，千万不能让她精神上受到刺激，平时要多引导她回忆往事，尤其是儿时那些令她兴奋的事情，不能重提那些辛酸、苦楚的事情。"

柯楠："林主任，我们会不惜代价治好她的病。"

林主任："目前已经花了 8 万多元。"

柯楠："我们已经向医院预交了 15 万元。"

林主任："她是高干的女儿，还是企业老板的女儿？"

柯楠把医生引到一旁："我是她姐姐，关于钱的事别向她提，直接找我就行了。"

副检察长办公室　白天

高凤阳无心审阅案卷，他的耳边响着张宝宽前后两次的谈话。

张宝宽家客厅里：张宝宽："你是担心她肚子里的那个孩子是我的？"高凤阳忙赔礼："不，不，不！张市长不是这种人。"张宝宽大笑道："要是就好了，那就说明我张宝宽还是八九点钟的太阳！"

茶馆包房里：张宝宽："你们工作的立足点放到哪里去了？""这是在优化经济环境，还是在恶化经济环境？""不管是不是误会，这件事你去把它办好！"

高凤阳站起来一边踱步一边琢磨，他的画外音："张宝宽前后两次对待裴蕾跳楼自杀事件态度截然不同，他是在为自己担心，还是在为他人担心？"他耳边又响起张宝宽的声音。

茶馆包房里：张宝宽："凤阳，我是很器重你的，洪源同志接班人的推荐名单中，你是排在第一位的。"

高凤阳拨着电话："铁流，你到我这里来一下。"

很快，王铁流进来了。他喊道："高检！"

高凤阳："我想问一下，裴蕾在上海的治疗情况。"

王铁流："柯楠来电话报告说，裴蕾的病情有好转，记忆功能开始恢复。"

高凤阳："今后会恢复到什么程度？"

王铁流："柯楠没有讲，但她充满信心。"

高凤阳："对这件事，社会上有不同看法，一说我们没有把力量放在抓鲜活大要案件，二说增加了外商的经济负担，影响了平湖的经济环境。我想派丰登到上海去一下，向柯楠同志通报一下社会上的看法，协助柯楠把裴蕾带回平湖。"

王铁流感到茫然："由东亚公司老总宋先生资助送裴蕾去上海治疗，是经过你和洪检同意了的，现在为什么又变了？"

高凤阳："这是根据变化了的情况决定我们的工作方针。"

王铁流："社会上有人有意见，可以通过新闻媒体解释。"

高凤阳："铁流，你也在政坛上干了二十多年，有时候不是谁有理就听谁的。"

王铁流："是不是谁的权大就听谁的，我们是司法机关，法大于权！"

高凤阳："我从来就反对权大于法，但是在实践中就很难做到了。"

王铁流："你说的，我能理解。"

高凤阳："这样吧，综合我们两人的意见，派丰登去上海一趟，了解裴蕾的治疗情况，裴蕾是否继续治疗由柯楠根据情况和经济承受能力而定。"

王铁流："如果是这样我同意，不过还需请示一下洪检。"

高凤阳："我是分管反贪局工作的副检察长，这个权力应该有。"

上海某医院花园　白天

柯楠陪裴蕾散步，突然，丰登在他们后面追上来："楠姐，裴蕾！"他提着旅行袋，手里拿着一束鲜花。

柯楠转过身："丰登，你怎么来了？"

丰登："高检和王局长派我来看望裴蕾。"

柯楠对裴蕾说："裴蕾，丰登同志代表检察院领导看你来了。"

丰登亲切地："裴蕾。"他将鲜花递给裴蕾。

裴蕾双手捧着鲜花。

丰登问："好些了吧？"

裴蕾："嗯！"

柯楠和丰登欣喜地鼓掌。

柯楠："裴蕾与医生配合得很好，除按时注射、吃药外，每天早晨起来锻炼受伤的右腿，一天还要学习几十个汉字。"

丰登："裴蕾，祝你早日康复！"

裴蕾："谢——谢——"

医院林荫小道上　夜

路灯照射下，幽静的小道变成亲友和患者散步、谈心的场所。柯楠和丰登料理好裴蕾后也来到了这里。

丰登："是王局长派我来的，可是高检作了个别交待。"

柯楠："高检怎么说？"

丰登："他说社会上对送裴蕾来上海治病意见很大，要我协助你带裴蕾回平湖。"

柯楠："高检的态度为什么突然变了？"

丰登："可能与有的领导有关。"

柯楠："谁？"

丰登："不知道。"

柯楠："你来洪检知道吗？"

丰登："不知道。"

柯楠："你为什么不向洪检报告？"

丰登："我怕引起两位检察长之间的矛盾。"

柯楠："丰登，你认为这里面有奥秘吗？"

丰登："肯定有，这进一步说明裴蕾跳楼事件不是孤立存在的，后面还有深层次的原因。"

柯楠："我准备用电话向洪检报告，他肯定会支持我们的。"

市长办公室　白天

张宝宽以兄弟般的口吻对洪源说："我这个人干起事来大刀阔斧，做人的工作的时候也是三下五除二解决问题，一点都不细致。比如说那次整治投资软环境反面现场会上，我的有些话就说过了头，以后又没有与你沟通，使你产生了误会，我一直很内疚。对一位共事多年的老同事、老朋友，不应该是这种态度。话已经讲出去了，覆水难收，只能请你原谅了。”

洪源有所感动地说：“张市长，过去的事就不再提了，我从来不把人家的话放在心上，何况你是我的直接领导，批评几句有什么关系，我自己也经常批评人。”

张宝宽：“你高风亮节，受人敬佩。今天找你来，想同你谈谈你个人的事儿。俗话说岁月不饶人，下一届市检察长的人选可能不会是你了。我和几位副书记通了一下气，准备向省里推荐，让你作市政协主席的候选人，享受正厅级待遇。”

洪源推辞道：“不，在平湖还有比我资格老、能力强的同志，让他们担任，我退下来当个助理巡视员，协助市委、市政府做点力所能及的工作就行了。”

张宝宽：“这是组织上对你的信任，你就不要推辞了。这样吧，最近，省委党校举办一期政协理论学习班，市委派你去参加学习，为接任市政协主席奠定基础。”

洪源感到突然：“张市长，市委派我去省里学习我当然服从，但是当前市检察院的工作比较多，又是‘严打’，又是反贪，还加上整顿队伍，我离不开。”

张宝宽：“这些都交给高凤阳，他年纪轻，给他施加点压力。”

洪源公文包里的手机响了，他对张宝宽说：“张市长，对不起，我接个电话。”

张宝宽：“接吧！”

洪源接通手机。

柯楠：“洪检，高检派丰登来上海，要裴蕾停止治疗回平湖。”

洪源：“我已明白，现在我正有重要事情，暂不答复。”他关上手机。

张宝宽：“省里学习班后天开学，你明天就要去报到，所以今天你就向高凤阳同志办移交，以后检察院的工作就由他处理。”

洪源沉思良久：“……”

张宝宽：“一个人对一项工作干久了，总是感到有点儿腻，但一旦离开它，又依依不舍，你是一个老检察，和检察工作感情也就深了。”

洪源：“……”

张宝宽：“洪源同志，不要犹豫了，这是组织的决定！”

上海某医院医生办公室　白天

林主任翻开裴蕾的病历，严肃地对柯楠和丰登说：“病人的病情刚刚好转，治疗到了关键时刻，如果现在出院，不仅前功尽弃，而且耽误了治疗时间，病人会永远失去记忆。”

柯楠矛盾地：“林主任，我们的心情更加沉重。可是没有办法，这是组织的决定。”

林主任一惊：“组织决定，要一个可以治好的病人停止治疗，这是哪个性质的组织作出这样荒唐的决定？”

柯楠：“林主任，这些不是我们需要弄清楚的原因，我只想问问，有没有既可让病人出院又能促进她病情好转的办法？”

林主任：“你是说带药回家？”

柯楠：“嗯！”

林主任：“这也是一个办法，不过是下策，而且现在不行。”

丰登：“林主任，什么时候可以？”

林主任：“病人已经治疗了一个疗程，我今天组织脑外科、神经内科和中医科的专家进行一次会诊，再经过两至三个疗程的治疗再看怎么样？”

丰登：“三七二十一天。”

林主任：“还要不出现反复。”

柯楠：“好吧，按林主任的意见办。”

丰登：“柯楠姐，我回去怎么交差？”

病房走廊上　白天

丰登尴尬地：“柯楠姐，还是你留下，我回去。”

柯楠：“不行，裴蕾住院经费是宋振声个人负担的，高凤阳以不增加外商负担为由要裴蕾出院，我是宋振声的女朋友，我可以代表宋振声说话。”

丰登：“我在这里护理不方便，是否可以由医院安排专人护理，我们都回去。”

柯楠：“他们的目的没有达到必然将黑手伸向医院，我们必须保证裴蕾的安全，我跟林主任讲了，医院安排一名护理协助你。”

丰登：“不行，人家会风言风语的。”

柯楠：“身正不怕影子斜。”

丰登：“柯楠姐……”

柯楠：“这是洪源检察长的意见。”

丰登："洪检没有去省里学习?"

柯楠："去学习，他也还是检察长。"

副检察长办公室　白天

柯楠大步走进来："高检!"

高凤阳猛抬头："柯楠回来了，辛苦了!"

柯楠："我在上海过大都市生活，你们在家里更辛苦。"

高凤阳："休息两天，陪陪宋先生后，再上班。"

柯楠："休息不用了，我将情况汇报一下。"

高凤阳："你说。"

柯楠："裴蕾经过一个多星期治疗后病情本来有所好转，可是这两天突然出现了反复，如果这时候把她弄回来，怕有危险。因此不仅没有把裴蕾弄回来，而且还留下丰登照顾。"

高凤阳："他是个男同志，方便吗?"

柯楠："看你高检想到哪里去了，一个危险病人，医院安排了女护理，丰登再坏也不能怎么样。俗话说，用兵不疑，疑兵不用，你对下级都信不过，下级怎么好工作。"

高凤阳："这么说来，我对你汇报的情况只能置信无疑了啰!"

柯楠："怀不怀疑你有自由。"

高凤阳："嘿嘿嘿，我不怀疑，只是让宋先生花钱太多，人家会说我们乘机向外商敲竹杠。"

柯楠："这是宋振声自觉自愿的，再说我和宋振声的关系检察机关的人总该知道吧。他是外商，我可不是外商，我的爱心行动难道还值得非议。"

高凤阳："好了，好了，你都把我当被告了，不过下次不可先斩后奏。"

海天实业门前　白天

衣冠楚楚的丁家驹和女秘书李桃芝潇潇洒洒走入大门。

门前保安向他们打着招呼："丁总好!""您好!"

丁家驹办公室　白天

丁家驹吩咐女秘书："拨崔玲电话。"

女秘书即拨通电话："丁总，电话拨通了。"

丁家驹接过听筒："崔小姐，你好！报告你一个消息。"

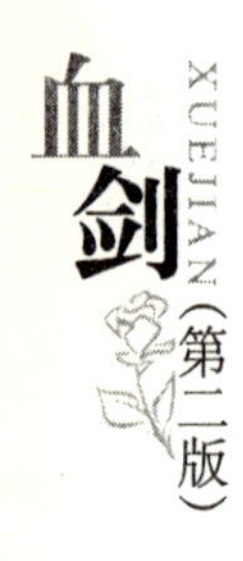

崔玲："什么消息？"

丁家驹："裴蕾在上海病情出现反复，已经没有恢复记忆的可能。"

崔玲："好的，我之所以一直在省会就是担心这件事情交不了差，现在好了。"

丁家驹："崔小姐，海天实业的各项工作全面启动，进口汽车修配中心和海天娱乐城都即将开业。"

崔玲："家驹，你干得很出色。不过你别忘了，'兵不厌诈'，我们诈别人，担心别人也在诈我们，你要密切观察动静，千万别让把柄落到他人手中。"

丁家驹："我知道了。"

平湖大桥桥头花园　夜

宋振声十分生气："有人告诉我，从检察院放出风来，说我资助裴蕾治病是别有用心。"

柯楠问："你听到后就相信，就生气？"

宋振声郑重地："这话要是别人说的，我会把它当作耳边风，可是话是从堂堂的司法机关传出来的。为了资助裴蕾治病，我特地打电话到美国，向父亲作了报告，父亲满口答应了，我给你的卡上的钱不是东亚公司的钱，而是我父亲打过来的钱，你们检察院有人那样说，不是对我们父子的亵渎吗？"

柯楠气愤地："振声，如果是从检察院传出风来，那是针对我的，你发我的脾气、骂我吧！"

宋振声："是谁传出风来，为什么针对你？"

柯楠："这些都是我们工作上的事情，我不便对你讲。"

宋振声："我不明白你们，工作上有这样古怪的事情，救死扶伤也有是是非非？"

柯楠："振声，这不是一般的工作，这里面有政治阴谋。"

宋振声一惊："政治阴谋，这阴谋是对你的。如果是这样，我希望你离开那个地方！"

柯楠坚定地："我不仅不离开，我还要揭穿他们的阴谋！"

柯楠住宅前的绿地　夜

宋振声送柯楠至住宅前刚刚回转，戈穹突然出现在她面前，他大声喊着："柯楠。"

柯楠痛苦的心还未平静，陡见戈穹更生怒火：“我不是跟你讲过，不要再来打扰我！”

戈穹：“今天我是不该来打扰你，但是我心中总是不能平静，好像有许多话要说，说了，也许以后真的不会打扰你了。”

柯楠冷冷地：“说吧！”

戈穹毫不客气地：“以前，我对你几乎倾注了对一名异性的全部爱，可是你总是不能接受。我弄不明白，你为什么拒我于你心扉之外，现在我明白了，我与宋振声先生比起来，自愧不如，也许我奋斗一辈子也不会有他今天这样的局面。”

柯楠不用戈穹点明：“你是说我爱钱？”

戈穹沮丧地：“正是这金钱成为了当今的精神核武器，正因为我不拥有这种武器，所以失败了。我一点不责怪你，只责怪自己……”

柯楠忍气吞声地听着，戈穹却不说了。柯楠走动了几步：“戈穹，对你的误会我不想做过多的解释，我只告诉你一些事实，我和宋振声是高中的同班同学，当时我们就很好，以后他回美国上大学，我们之间一直保持着联系，分开的七年里，我们彼此都没有再爱过除他与我之外的人。几年来，你一直追我，我也一直推辞。如果我既和他人保持联系，又和你谈爱，我应受到良心的谴责。刚才你说宋振声有钱，我不否认，宋振声是有钱，他父亲是美国兴亚集团董事局主席，拥有数百亿资产。但是我爱的是宋振声这个人，金钱在我心中没有半点地位，我如果爱钱，七年前我就同他去了美国。”

戈穹质问道：“既然你不爱钱，那是不是说我不如他？”

柯楠感到有些好笑：“我从来没有这样比过。戈穹你学的是经济学，但也爱好文学，在文学圈子里，有人喜欢鲁迅的作品，有人喜欢屈原的作品，我们总不能说喜欢鲁迅的作品就是对屈原作品的否定，或喜欢屈原的作品就是对鲁迅作品的否定，因为屈原和鲁迅的作品都闪烁着中华民族之魂。”

戈穹：“无论你怎么说，但在现实中我只看到，我与宋振声的区别就在一个字——钱。由此我看到了你肮脏的灵魂！”

柯楠愤然地：“不准你侮辱我的人格！”

戈穹：“柯小姐，祝你荣华富贵！”

第六集

枫叶湖旅游走廊入口处　白天

醒目的横幅：热烈欢迎梁副省长来枫叶湖旅游开发区视察。

开路的警车灯闪笛鸣。

一辆接一辆的高级轿车溜烟而过。

环枫叶湖旅游走廊　白天

高大、英俊，年仅四十的梁维成在张宝宽等平湖市党政要员陪同下边走边看。

导游小姐的介绍如散文诗一般：“当我们进入新的世纪，新的千年，朝阳产业——旅游业在全球蓬勃发展的时候，在神州大地，一个沉淀了几千年历史文化底蕴的湖泊——枫叶湖，揭开了她神秘的面纱。走进枫叶湖，游人无不感受到她的博大与美丽。枫叶湖从‘孩提时代’的‘渍水湖’变成旅游湖，从捕鱼捞虾的自然湖泊变成能举办国际国内大型水上运动的水上乐园，体现了平湖历史性的飞跃和跨世纪的转变……”

梁维成听着讲解，瞭望四周，感到赏心悦目。他情不自禁地感叹起来：“枫叶湖，难得的‘山水都市’，仙山琼阁般的‘水上天堂’。”

笑容可掬的导游小姐崇拜地说：“梁副省长，您这不是在吟诗吗？我曾经在报纸上看到您的诗歌，今天您来一首吧。”

梁维成兴致索然，他打量了一下导游小姐：“看来，你也是诗歌爱好者。”

导游小姐骄傲地说：“是呀！”

梁维成问：“诗人写诗凭什么？”

导游小姐：“凭灵感和想象，你看那湖中的绿岛，天上的白云，还有在那蓝天与碧水之间飘逸的风筝，难道不能激起您的灵感和想象吗？”

梁维成激将她：“你的诗兴来了，先来一首吧。”

导游小姐：“我岂能班门弄斧。”

梁维成感慨地说：“今日枫叶湖确实能激发诗人的灵感，这可算是平湖人民的大手笔呀。”

张宝宽惬意地：“我从小就缺乏艺术细胞，这几年在平湖进行文化和旅游业开发，跟着行家学了点。智者乐水，仁者乐山，平湖有山有水，何不让它美起来，乐起来。”

梁维成豪情壮志：“真可谓：水与山也各显姿色，智者仁者共领风骚。”

张宝宽赞颂道：“梁副省长出口成章。”

梁维成冷不防地说：“老张，平湖投资环境好了一些吧？”

张宝宽忙道：“通过整顿好多了，世纪商城已经重新启动，海天实业也将全面开业，下一步将全方位开发枫叶湖。”

梁维成郑重地：“不仅要引得进外商，而且要留得住外商。平湖这块土地已经发热，就应该让它红红火火地热起来。”

海天实业大楼前　黄昏

车队在楼前停下，热烈祝贺海天实业隆重开业的条幅在微风中抖动。

梁维成和张宝宽陆续下车，丁家驹与领导们一一握手，并介绍着：“海天实业分两大部分，这里一部分是进口汽车修配中心，主要是销售进口汽车配件并维修进口汽车。”

梁维成：“零件配套工程进口必须通过正规渠道。”

丁家驹：“我们绝不铤而走险。”

梁维成：“年利润可达多少？”

丁家驹：“预计1000万元人民币。”

梁维成：“另一部分？”

丁家驹：“另一部分是娱乐项目。”

海外娱乐城前　夜

斑驳陆离的霓虹灯令人眼花缭乱，管弦乐加打击乐队奏起《迎宾曲》。

梁维成、张宝宽等在丁家驹的陪同下从楼前通过台阶步入大厅。

歌厅　晚上

柔和的灯光下，“海天实业娱乐城联谊晚会”的会标，投影在舞台底幕上。

一曲歌伴舞演唱完毕，台下响起一阵热烈的掌声。歌手致礼：“谢谢！谢谢！”然后退场。

晚会主持人上场：“刚才一首欢快的歌曲把我们带入一个欢乐的天堂。海天实业今天开业确实可喜可贺，现在我向大家报告一个喜讯：省委常委、常务副省长梁维成先生和平湖市委代书记、市长张宝宽来到了联谊晚会现场！”

梁维成、张宝宽等党政要员和丁家驹在礼仪小姐的导引下款款走入大厅，然后在第三排落座。台下响起热烈的掌声。

主持人：“梁副省长是一名党的高级干部，也是一名诗人，同时还是一名歌手。现在请梁副省长闪亮登场。”

掌声和音乐声中，梁维成登台。

宾馆套间　晚上

梁维成的秘书正帮梁维成提着旅行袋，张宝宽笑容满面地走进来：“梁副省长今天硬是要走？”

梁维成：“省里马上召开全省计划工作会议，我回去还要做会议准备。”

张宝宽：“这么忙。”

梁维成：“你也忙，我讲了不来送了，既然来了就坐一会儿。”

他对秘书说：“你先下去吧！”

张宝宽：“梁副省长，您在平湖视察时所作的指示尤其是关于保护外商利益的指示，我们一定尽快落实。”

梁维成：“我知道你贯彻上级指示一向不折不扣，现在不谈工作，想谈谈在会上不方便讲的个人问题。你也是一名老同志了，在平湖任职已 10 年，有功劳，也有苦劳，难免有不同意见，但是有的意见，你个人是要负责任的。比如，前不久你的内弟曾因经济问题被检察机关刑事拘留，有反映他与你不无关系，尤其是由此引起几起不寻常的事件，闹得满城风雨。我们大胆使用干部，同样也爱护干部，不希望我们的下级出问题，尤其不希望出大问题，人到暮年不要栽一个跟斗！出于我们的个人感情，我给你打一个招呼，望你慎而处之。”

平湖宾馆前　白天

梁维成握着张宝宽的手：“平湖需要平静，切勿让风波再起。”

张宝宽点头：“我记住了。”

梁维成又道：“老张，‘君子受言，以达聪明’，再见！”然后钻进车内。

“嘀……”车启动了。

张宝宽招手。

车远去。

张宝宽还站在那儿。

戈穹："张市长，回哪儿？"

张宝宽心中茫然："……"

丁家驹办公室　白天

与以前比，办公室墙壁醒目的地方挂上了丁家驹在海天实业向梁维成、张宝宽汇报时的彩色放大照片。

满脸堆笑的丁家驹正在接受记者的采访。

一女记者问："丁总，有群众向我们新闻媒体反映，你们的进口汽车修配中心有用进口汽车配件组装汽车的迹象。"

丁家驹眨了眨眼皮说："记者小姐真敏感，我们还在酝酿中的事情，你们就知道了。现在我告诉你，我们的零配件都是从正规渠道进口的，至于组装的事情我们正在申报。"

另一男记者问："社会上有传闻，说海天娱乐城有色情服务，丁总作何解释？"

丁家驹刻意打了一个哈哈，然后说："我可以保证，海天娱乐城没有色情服务，海天实业建在中国的平湖，必须符合中国国情，但它毕竟是外资企业，也必然受到西方文化的影响。我坦率地说，海天娱乐城西方文化的情调是浓一点，仅仅是浓一点而已。"他指着墙上的照片，自豪地说："我们海天实业是省里梁副省长和市里张市长亲自扶持和保护的企业，我们绝不给他们脸上抹黑。"

两记者看照片。

丁家驹继续说："企业离不开新闻宣传，新闻宣传部门也离不开企业，今后我们企业红火了，一定给你们经济上的资助。"

两记者告辞道："丁总，谢谢你，我们走了。"

丁家驹："中午我们一起吃顿便饭。"

记者："不用了。"

丁家驹吩咐女秘书："我们公司开业的纪念品送给两名记者各一份。"

记者："不！不！"

丁家驹送走记者后站在门口喊着："马飞，到我办公室来一下！"

很快，马飞进来了，他，北方大汉，皮肤黝黑，一双眼睛射出两束寒光，他对丁家驹说："丁总，我来了。"

丁家驹怨声地："真是树大招风，开业才几天，各种舆论就传开了。"他严肃地："为了保护海天实业的商业秘密，维护企业生产和经营，由你领头组建海天实业保安队，并把它弄出个模样来，该出手时就出手。"

马飞立即说："我一定照办！先把队伍搞齐，然后开始训练，武士道精神就是我们的灵魂，绝对忠于海天，不惜身家性命！"

丁家驹一拳头打在老板桌上："好！"

马飞乘机提出要求："可是我们不能单凭血肉之躯。"

丁家驹满口答应："我会考虑。"

马飞挺直身子一个立正："老弟效忠大哥，视死如归！"

两人一阵狞笑。

游泳场　白天

这座内湖游泳场，对常在大海中冲浪的宋振声来说是小巫见大巫，但他的兴趣依然很浓。

柯楠穿着一套红色泳装，整个身躯丰满圆润，在强烈的曝光下，每一个部位的优势都充分显示出来。她和宋振声手牵着手走到岸边，然后各自伸展双臂，再纵身一跳，跃入水中，蛙游，仰游……不断地变换着花样。

游泳的人越来越多，柯楠和宋振声游过一阵子后，走上岸来。

沙滩　白天

太阳伞下，宋振声和柯楠尽情舒展四肢躺在沙滩上。

"还生我的气呀？"宋振声问。

"男人没有脾气就不是男人。"柯楠俏皮地。

"以后我天天发脾气。"宋振声说。

"天天发脾气的男人胸怀狭窄，也不是男人。"柯楠对他嫣然一笑。

"我是不是男人？"宋振声问。

"基本合格。"柯楠又一个微笑。

"你真值得爱。"宋振声搂着柯楠吻着。

"哎哟，你太用力了，把我的脸都吻疼了。"柯楠摸着脸颊。

忽然间，不远处的几个小青年打了起来。

宋振声猛然一惊："他们怎么啦？"

柯楠司空见惯地说："这些人都是平湖街上的'混混'，三天不打架手就发痒。”

这时一个手持一把匕首者，和另一名同伙追赶着一个逃跑者。逃跑者向柯楠方向跑来，追赶者越来越近，眼看就要追上，命案即将发生。

已经坐起的柯楠纵身一跳挡住持匕首者的去路，一声吼：“住手!”

持匕首者凶神恶煞：“你是他的什么人，自寻死路!”

柯楠毫不退却：“我是检察干警，命令你们放下凶器!”

逃跑者回过头来见有人挡横，放慢了步子。

持匕首者冲着柯楠：“你是检察干警，就是你们起诉我而判了我两年刑。今天你不让我宰他，我就宰了你!”

宋振声吓得不知所措，喊着：“柯楠，快过来，过来!”

持匕首者欲冲过来，柯楠左手抓住了对方的右手腕，对方用力挣扎，柯楠向前一拉，对方如黑狗蹿裆。柯楠转过身来，对方从地上跃起再次冲来，柯楠一个飞腿，将匕首踢落。另一名同伙从柯楠背后冲上来，柯楠侧身一脚将其击倒。

围观者一阵喝彩。

平湖市人民检察院传达室　白天

烈日当空，暑气逼人，正是中午下班的时候。一位老年妇女提着一小篮鸡蛋来到平湖市人民检察院传达室门口，值班员走过来问：“老人家，您找谁?”

老年妇女：“找一名女检察干警。”

值班员：“她叫什么名字?”

老年妇女：“不知道。”

值班员：“什么模样?”

老年妇女：“听说很年轻，前天在游泳场游泳。”

值班员耐心地：“老人家，我们这里年轻的女检察干部较多，一时弄不清是谁，前天在游泳场游过泳，你有什么事我可以转告吗?”

老年妇女：“听说前天她在沙滩救了我儿子的命，不知她受伤没有?”

正好柯楠驾驶着车从院内走过来。值班员问她：“柯楠，你前天到游泳场游过泳吗?”

柯楠说：“游过，什么事?”

值班员说：“这位老人家找你。”

老年妇女忙拉着柯楠的手说：“姑娘，是你救了我儿子的命啊！……”

柯楠微笑道："没有什么。"

老年妇女担心地问："你没有受伤吧？"

柯楠："没有。"她接着问，"老人家，是你儿子告诉您的吗？"

老年妇女痛苦地摇着头："我儿子到今天都还没回去，是当时在沙滩的一个邻居告诉我的。"她将篮子执意递给柯楠："姑娘，我今天是来看你的。"

柯楠把篮子推了回去："老人家，这点小事不用感谢。"

接着她问："老人家，你儿子叫什么名字？"

老年妇女："他叫刘小洋，小名刘八斤。我就这么一个儿子，可是他总是和一些哥儿们混在一起，现在还不知到哪儿去了？"

柯楠安慰道："以后我会帮您寻找的。"她将车门打开："老人家，您住哪里，我开车送您。"

老年妇女："姑娘，不用了。"

不一会儿，柯楠开来一辆警车，传达室值班员将老年妇女扶上车。

芦苇荡　白天

平湖西岸，莽莽芦苇荡如一片青黛把大地与天幕连接起来。密密重重的芦苇纵横百余公里，人若进去就像进入了迷宫。马飞将选择这里作为海天保安队的秘密训练基地。

一阵口哨声后，马飞一声命下，"紧急集合！"

9 名身着迷彩服的金刚从芦苇中蹿出来迅速站成一排。

马飞像教官一样，列队训练十分熟练，口令喊得惊天动地。

"立正！"

"向右看齐！"

"报数！"

……

一声口令"齐步走！"

金刚们步伐齐刷，脚踏得地面"叭叭"作响。

前面一片水洼地，蚊虫浮面，臭气熏人。

马飞依然："一、一、一二一……一——二——三——四！"

8 名金刚毫不犹豫地走向水洼地，唯有刘小洋迟钝了一下。

马飞一声："立定！"8 名金刚站立在水洼中，刘小洋却刚刚下洼地。

“刘小洋，滚出来！”马飞一声嘶叫。

刘小洋跑步至马飞前，吓得两腿发抖。

“你妈的！”马飞一个重重的耳光，“你刘小洋到我这儿来是图享受的？”

刘小洋笔直地站着，一动不动。

马飞高叫着：“小弟们，我海天保安队，就是效忠海天企业。为了海天的利益，我们赴汤蹈火，在所不辞。海天保安在海天的王法是：贪生怕死者，内部斗殴者，割耳抽筋！临阵逃脱者，泄露机密者，就地放血！”

香港某国际大酒店　夜

字幕：香港

五颜六色的灯光下，进店、出店的客人擦肩而过。

崔玲妖娆地走入大厅。

客房　夜

崔玲刚进房，手机就响了。她掏出手机。

丁家驹：“崔小姐，你在哪里？”

崔玲：“我已到香港。”

丁家驹：“我们第一批组装的 30 辆汽车被平湖市工商局查扣了。”

崔玲：“找过张市长没有？”

丁家驹：“还是你给他打个电话好一些。”

崔玲毫不犹豫地回答：“我马上给他打电话。”她合上手机后，抓起房间听筒摁了一串数字：“张丽娜小姐吗？我是崔姐，我已到香港，还是住在那家国际大酒店，2056 号房间，你马上过来一下。”放下听筒后，她解下连衣裙进入浴室，片刻，浴室响起哗哗的水声。

酒店大厅　夜

一辆出租车在国际大酒店大厅外停下，打扮轻松而又入时的张丽娜飘然走进大厅。她摸了摸披肩的长发，径直向电梯口走去。

客房　夜

裹着浴巾的崔玲将张丽娜迎进房里。她素面朝天仰靠在沙发上，冷冷地：“想家了吧？”

张丽娜见崔玲态度淡然，收起了笑容，细声地问：“崔姐，找我有事？”

崔玲的眼睛看着天花板：“我是说，你想家了就给家里打个电话。”

张丽娜不敢坐下："我今天都给我爸和妈打过电话，我说我在香港有崔姐关照，一切都很好。"

崔玲扭头对张丽娜说："你再打个电话，问你爸，海天实业发生了什么事。"

张丽娜陡然一惊："崔姐，海天实业发生了什么事？"

崔玲忙坐起来："你问我，我问谁！"

张丽娜不敢抬头看崔玲，低声地："我立即打电话问我爸爸。"

崔玲："不用打了，你坐下，我跟你说。"

张丽娜小心翼翼地坐到对面的沙发上。

崔玲不安地说："海天进口汽车修配中心第一批组装的30辆车正出手时被平湖市工商局查扣了。如果这条通道打不开，海天实业就会死路一条！"

张丽娜着急地："崔姐，这个电话用不着我打，你打，我爸也会办的。"

崔玲不快地："我只能找你，南光公司是海天实业的股东之一，而南光公司又是以你的名义在香港注册的。当时你的股份中有100万美元是你爸爸的无形资产。所谓无形资产就不需要我破译了，现在轮到无形资产发挥作用的时候了。"

张丽娜小羊羔似的："崔姐，我现在就给我爸打电话。"

"好吧！"崔玲又仰靠在沙发上。

张丽娜掏出手机。

崔玲机敏地："不，用我房间电话，摁下免提键，我也听听。"

张丽娜摁了下电话机上的免提键后拨着号码，很快拨通了："爸爸，我是丽娜。"

电话里，张宝宽的声音："请代我向你崔姐问好。"

张丽娜："爸爸，听说海天的30辆汽车被查扣了？"

张宝宽的声音："市工商局已经向我汇报了，一下子放30辆汽车容易招惹是非，你告诉崔玲小姐，慢慢来，迟早是会放的。"

崔玲坐起，摆了一下手然后伸出一个手指。

张丽娜会意地看了一下崔玲后说："不行，必须30辆一次放行。海天实业已经与别人签了合同，这次合同不兑现，以后就没有信誉了。爸爸，这是关系到海天实业前途、命运的大事呀！"

电话里，张宝宽迟疑了一会儿，然后口气变了："告诉崔玲，30辆车，立马放行。"

崔玲望着张丽娜，惬意地笑了：“丽娜，刚才没有生我的气吧？”

张丽娜松了一口气：“崔姐，我哪敢生你的气。”

崔玲柔声地：“我这不是逼你，而是锻炼你！”

市政府小会议室　白天

会场内气氛严肃，参加会议的有市工商局、税务等部门正、副职10余人。

张宝宽振振有词地：“外商在祖国内地办企业图什么，图有钱可赚。我们欢迎外商来平湖办企业图什么？也是图的有利可取，例如税收，海天实业每年给地方的税收能达500万美元。这就需要我们给外商一个宽松的投资环境，今天送给他一桶水，明天他就会回报你一桶油。我这样说，并不是要你们放弃原则，违背政策，乱开口子，我只希望你们允许他们打擦边球，不要拿着放大镜找外资企业的问题，今天查封，明天吊扣，要多开绿灯少亮红灯。我们要把是否为经济建设创造了宽松的环境，作为考察任用干部的一个重要因素。”

会议没有组织讨论，最后会议主持者说：“参加今天会议的是市工商、税务等部门负责人，每一个人都要表态，要来一次回头看，寻找差距，自觉整改，识时务者为俊杰，大家都是聪明人。”

市工商局负责人最识时务，首先发言：“海天实业违规组装和销售进口汽车，我们市工商局已经查封30辆，对照今天的会议精神，我们今天下午放车。”

枫叶湖畔　夜

枫叶湖夜景格外妩媚迷人。环湖旅游走廊彩灯齐放，与湖中游船五颜六色的灯火交相辉映，一座座形态各异的大厦霓虹灯光倒映在水中、湖上，岸上一片辉煌。

宋振声一边走一边说：“我来平湖后，母亲几乎三天一次电话，每次都是询问我们的婚期，到时两位老人家和蔓菁、韦尔将飞抵平湖参加我们的婚礼。”

柯楠抱歉地：“我理解伯伯和伯母的心情，不过现在确实有点忙，忙完了这阵子就可以了。”

振声问：“这阵子有多久？”

柯楠道：“再长就是办完一个案子。”

振声又问：“还是那个案子？”

柯楠不便回答，换了一种方式：“反正手中有一个非常重要的案子。”

振声：“你们办案为什么那么难？”

柯楠："你不知道案情的复杂性，比如颜东升那个案子的有些证据有可能就在东亚公司。"

振声有些惊奇："我们公司有他的证据。"

柯楠答道："崔玲从东亚公司拿走20万美元。能不能向我们提供？"

振声答应："当然能。不过，我得先了解了解。"

说着，他们走到了游艇码头，柯楠停下了脚步。"上吧！"她拉着振声登上了一只游艇。

"嘟嘟嘟……"游艇如箭一般离岸而去。

湖中　黄昏

宋振声与柯楠来到湖中央，游艇如扁舟一样随着微风的吹拂在湖面上摇曳。

月亮升起来了，青烟一般的光辉倾泻在湖面，也映照在这对恋人的脸上。

宋振声搂着柯楠仰望夜空："你看，今夜的月亮多么圆。"

宋振声浪漫地："因为皓月当空，所以星星特别明亮。"

柯楠接过话茬道："你是月亮，我是星星，星星永远伴着月亮。"

宋振声情不自禁地吟诵起唐诗："昨夜星辰昨夜风，画楼西畔桂堂东。"

柯楠："这是唐代李商隐的诗。"她接着吟诵："身无彩凤双飞翼，心有灵犀一点通。"

宋振声侧过身子面对柯楠："心有灵犀一点通……"

两人情不自禁。

宋振声："楠楠，你能不能快一点了结手中的案子啊！"

柯楠："我也是这样想的。"

宋振声的目光里充满着深情和期待。

"嘿嘿嘿……"柯楠一串金铃般的笑声洒向湖面。

二人的脸像磁铁一样紧紧贴在一起，身子也在蠕动着。忽然，柯楠的手机响了，她松开手，从口袋里掏出手机按下接通键："是，我是柯楠……我明白……你马上开车到枫叶湖游艇码头接我！"她关上手机后，对宋振声说："振声，对不起，我有紧急任务。"

"紧急任务！"宋振声呆呆地望着她，无所适从。

"也为了我们尽快完婚。"柯楠认真而又含蓄地。

"转舵回岸。"宋振声调转了船头。

三菱吉普车内　夜

王铁流一边开车一边对柯楠说："颜东升被释放后，他家原来的小保姆李晓菇来平湖在他家住了两晚，今天乘晚上10时55分的特快去广州，现在，火车已经离开了平湖车站，我们必须提前赶到这趟特快将要停车的下一个大站，然后上火车寻找李晓菇。"

柯楠："这是汽车与火车的赛跑。"

王铁流："就怕路上堵车。"说话间，他将油门加大再加大。

公路上　夜

三菱吉普车在夜幕中疾驰。

在公路与铁路并行处，三菱吉普超过了特别快车。

三菱吉普车内　夜

柯楠："王局长，你累了，我来开！"

王铁流："你抓紧休息。"

火车车厢内　夜

车厢内严重超员，多半是南下打工的青年男女。王铁流与柯楠沿着过道寻找着。

李晓菇没有坐上座位，仰靠在椅子旁。

"晓菇！"柯楠挤了过来。

李晓菇擦了擦朦朦胧胧的眼睛。

"还认识啵？晓菇。"柯楠问。

"认识，你们是检察官，你们是做调查的。"李晓菇站起。

"有些情况我们想再了解一下。"柯楠右手搭在晓菇肩上。

一名女列车长走过来，王铁流与她耳语了几句。

女列车长："你们跟我来。"

软卧车厢内　夜

柯楠问："晓菇，你这次到颜东升家，见到他了吗？"

李晓菇回答说："见到了。"

柯楠："颜家问过你吗？"

李晓菇："没有问，我也没告诉。"

柯楠："好的。"她接着问："你这次看见什么人到他家来？"

李晓菇："只看到和颜叔叔长得有点像的一个年轻人到他家来过，吴阿姨叫他颜强，他喊吴阿姨叫婶婶。"

柯楠："颜强来做了些什么？"

李晓菇："不知道。"

柯楠把话题引到晓菇在颜东升家当保姆的时候，她问："晓菇，那天晚上，四个人开来一辆草绿色小货车从颜东升家运走一个笨重的东西，那情景你再想一想。"

"你们怎么总是问这个，颜叔叔不是放出来了吗？"李晓菇有些警觉。

"放了，我们也要实事求是地给他作一个结论。"柯楠说。

李晓菇想了想不知从何说起，柯楠还是采取了提问的方式。

柯楠问："那车子除了草绿色的颜色外，还有什么特征？"

李晓菇边想边回答："好像……好像拖箱是铁皮做的，后面有两页门，门的铁栓已经坏了，那东西抬上去后，他们用铁丝把门缠着。"

"那四个人你看清楚了吗？"柯楠问。

"晚上，外面很黑，看不清。"李晓菇说。

"他们抬那东西前应该进了颜东升的屋，你应该看清了。"柯楠道。

"我当时没有注意。"李晓菇说。

"你看清他们大概的模样了吗？"柯楠继续问。

"他们中有一个戴眼镜，抬东西的时候，那三个人骂他'没有用'，可能是说力气小，后来我看见车是他开的。"李晓菇想了一下，接着说，"我想起来了，那个戴眼镜的就是这次到颜叔叔家来的那个颜强。"

柯楠有意重复："是颜强吗？"

李晓菇肯定地："是颜强！"

街巷，颜强家门前　白天

王铁流敲着门，里面无人应声。

一个大妈走过来。

柯楠问："大妈，颜强是住这里吗？"

大妈："是住这儿，不过这门十天有九天是锁的。他和老婆离了婚，自己在外面做生意。"

柯楠问："他常到哪些地方去？"

大妈："听说到荷花镇去租车的次数比较多。"

荷花镇　白天

挂着民用牌照的三菱吉普车进入水乡小镇——荷花镇。镇上，数十家店铺分布在一条清水河旁，河上有石拱桥，将两边连接起来。

车在一家汽车租用店前停下，一名50多岁的店老板坐在门口等待生意。

王铁流和柯楠下车后，那老板站了起来："两位客人是不是租用汽车？"

王铁流试探地问："有些什么样的车辆可租用？"

店老板说："大货车、小货车都有。"

王铁流道："我们想租小货车。"

店老板说："可以，可以。"

王铁流又问："车停在什么地方？"

店老板："就在后面院子里。"

王铁流："带我们去看看。"

店老板："跟我来吧！"说着引他们进了大门。

店铺后院　白天

三人穿过店铺来到后院，只见一辆草绿色的小货车停在院内。王铁流和柯楠走到车子的后面，看到车厢是铁皮做的，后面有两页门，门的铁栓已经坏了，用铁丝缠着，与李晓茹说的那辆的特征一模一样。

柯楠问："车子怎么没挂牌照？"

店老板："牌照是活的，用的时候挂上去。"

柯楠："拿来看看。"

店老板问："你们要什么样的牌照？"

柯楠试探地："最好是军用牌照或公安牌照。"

店老板警惕起来："你们是不是租车？"

王铁流拿出驾驶证："不是和你闹着玩的，驾驶证都在这儿。"

店老板吞吞吐吐："不瞒二位说，这车子有两块牌照，一块民用的，一块军用的，有的客人为了方便要用军用牌照，不过用军用牌照每天租金多80元。"

王铁流："看不出你能弄到军用牌照。"

店老板摆着手："我没有这么大的本事，这车是部队报废车，是我托人买来的，牌照是花高价弄来的。"

这时，柯楠和王铁流亮出工作证："老板，我们是平湖市检察院的，请你配合！”

店老板吓得面如土色。

柯楠严肃地：“你不要紧张，只要你配合，我们会建议交警部门对你从轻处理的。”

店老板颤栗道：“你们说……”

王铁流厉声地：“有一个叫颜强的租过你的车吗？”

店老板老实地连连点头：“租过，租过。”

王铁流问：“他用什么牌照？”

店老板：“军用牌照。”

王铁流：“以后还会来吗？”

店老板：“可能还会来。”

王铁流：“以后他来了立即给我们一个信息，听见了吗？”

店老板：“怎么联系？”

柯楠：“我们会告诉你联系方式的。”

店老板连连点头：“好！好！好！”

王铁流住宅前　傍晚

满身尘埃的王铁流骑着摩托车行至住宅前，正碰上妻子何文英与儿子小虎吃力地抬着气罐迎面走来。

小虎兴奋地：“爸爸！”

王铁流立即下车：“小虎！让我来。”

小虎：“妈妈病了，发高烧，气罐里又没气了。”

王铁流关切地：“文英，怎么啦？”他用手摸了摸何文英的额头，“哎呀！烫手，吃药没有？”

何文英乏力地：“感冒了，没什么。”

小虎：“爸爸，你一连几天没回家，妈妈病了，她要我不告诉你。”

王铁流自惭地：“是爸爸失职。”边说边将气罐放到摩托后座上。

小虎天真地：“爸爸，再过两年就不要你操这份心啦！”

王铁流摸着小虎的头：“好，快点长大。”

小虎望着王铁流：“爸爸，你的眼睛都熬红了。”

王铁流：“小虎，你扶妈妈回去，我一会儿就来。”他骑上摩托脚踩油门，一溜烟走了。

王铁流家厨房　傍晚

小虎："妈妈，我来洗菜。"

何文英淘着米："小虎，有作业吗?"

小虎："现在减轻学生负担，作业不多，晚上做。"

何文英："期中考试了吗?"

小虎："考了，都是满分，不然，爸爸为我的学习操心会影响工作的。"

王铁流背着气罐进来忙安上气灶。

小虎幼稚地问："爸爸，你们抓贪官污吏，什么时候能抓他个一干二净呀?"

王铁流笑着道："抓一个少一个，总有一天会抓完的。"

小虎："又有新的呢?"

王铁流："又抓吗。"

小虎："什么时候我也同你们去抓一个。"

王铁流："好，好，好！带着小虎抓老虎!"他对何文英："文英，你去躺一会儿，吃了饭，我送你去医院。"忽然，手机响了。

手机里，柯楠的声音："有重要情况向你汇报，市第二看守所所长范立保正在颜东升的风情苑酒楼。"

王铁流："我马上就来!"他关上手机，看看何文英蜡黄的脸，难以启齿。

何文英看出了王铁流的心思："既然有紧急任务，你就去吧!"

小虎惊奇："爸爸，你就走?"

王铁流："爸爸要去抓贪官。"

小虎："你去，你去，晚上我陪妈妈去看病。"

王铁流望着他们久久说不出话来。

风情苑酒楼前　夜

这是一家规模虽小但风格不同一般的小酒楼。楼前街道也不宽，但行人不少。街边的路灯吃力地闪烁着，放出橙黄色的光亮。

一辆挂民用照牌的丰田面包车停在街道一侧。

车内　夜

王铁流、柯楠和司机小童透过车窗玻璃，全神贯注地望着风情苑酒楼玻璃窗内。

风情苑酒楼内　夜

楼上食客已少，灯光也有些黯淡。

颜东升举起杯："范所长，俗话说'滴水之恩，涌泉相报'，您的恩惠我一生难忘。"

身着便装的范立保同样端起酒杯："谈不上恩惠，每个人都有走麦城的可能，说不定什么时候灾星降临到我的头上，到那时也许会有人来解救我。"

颜东升谄媚地："所长一生洪福，不会有灾星降临，如果万一有那么一天，我会舍命救君子。"

"干！"二人异口同声，杯底朝天。

颜东升一边斟酒一边问："范所长的房子装修得差不多了吧？"

范立保叹息着："算有了个模样，辛辛苦苦干了20余年，买房要借债，装修要人帮，我感到失面子。"

颜东升豪爽地："您如果还有困难只要透个音，我可倾其所有。"

范立保心有余悸地："不用了，自从我收了你给的那笔装修费，几次做起噩梦，为了避免灾难，那钱作我的借款，我可立字为据。"

颜东升摇头摆手："所长不必多心，我颜东升绝不是那种软骨头，刀放到我脖子上，我都不会说。那次我被关押在你们第二看守所，他们硬是没有从我口里弄到一句话。"他又一次举起了酒杯。

范立保赞赏地："是一个男子汉！"

车内　夜

车离开了风情苑。

柯楠："颜东升被释放后，自己开了这个取名叫风情苑的酒楼，很少出去抛头露面。"

王铁流："看来，颜东升被关押在市第二看守所时为他通风报信的可能就是所长范立保。"

柯楠："上次，高副检察长调查通风报信的事情就是找的范立保。"

王铁流："找作案者调查作案者那不是见鬼！"

专案组办公室　白天

柯楠拿着一封举报信对王铁流说："王局长，你看看这封举报信。"

王铁流："什么内容？"

柯楠："市第二看守所狱警反映说，范立保几次出入颜东升的风情苑酒楼。同时，还反映，去年范立保购买商品住房时还借了几万元的债，可是最近却花几万元进行豪华装修。他们怀疑颜东升释放后，给了范立保一笔钱作为通风报信的感谢费。"

王铁流："你把这些情况综合一下，我们一起向高检汇报。"

高凤阳正好走了进来。

王铁流："真是说曹操，曹操就到。"

高凤阳："说我的什么坏话？"

王铁流："准备就402案件的侦查工作向你汇报。"

高凤阳："这个案件你们还在办？"

王铁流："检察委员会没有讨论撤案，我们发现了一些新的线索，为颜东升转移保险柜的是他的侄儿颜强，而且找到了运载保险柜的那辆车。颜强以后一旦租用那辆挂军用牌照的草绿色小货车，车主会向我们举报，因此，捉拿颜强指日可待，抓到颜强后便可找到保险柜。同时，我们还发现颜东升被释放后，几次宴请市第二看守所所长范立保，而且范立保最近家里经济状况反常。"

高凤阳不以为然："这些离侦查的最终目的还很远。"

王铁流："总算靠近了一步。"

高凤阳："查是该继续查下去，可是现在'严打'斗争已经开始，上面强调，对重大刑事案件，该捕的要快捕，该起诉的要尽快起诉，侦查监督科和公诉科都很忙，我和院里的有关领导商量了一下，决定从你们反贪局抽调柯楠和丰登两名同志并带一台丰田面包车到侦查监督科协助工作，因此，丰登必须立即从上海回来。"

王铁流深深地吸了一口烟后："全院工作一盘棋，对'严打'斗争我们反贪局应该支持，我同意抽调人员和车辆，但不能抽走柯楠和丰登。你知道，他们是402专案的主要承办人，同时上海裴蕾那边也离不开。他们一走，别人很难接上来。"

高凤阳看了看坐在另一个办公桌前的柯楠，又看了一下王铁流，用肯定的语气："402专案虽然没有撤案，也查到了一些新的线索，但侦查难度仍然很大。目前主要是观察观察，用不着再大动干戈。范立保是一个老公安，反侦查能力强，仅凭他在颜东升那里吃了几餐饭、经济反常，不可以断定他为颜东升通风报了信。他如果矢口否认我们毫无办法。裴蕾跳楼自杀事件已经平息，对她的治疗已经尽到了责任，我们何必又去搅起浪花。为送裴蕾去上海治疗一事，市里有领导批评了我们，说我们增加了外商的负担。”

王铁流越听越明白，这是高凤阳在釜底抽薪。他没有立即表态，保持着沉默。

柯楠边思索边问道：“高检，我可不可以发表意见？”

高凤阳：“意见可以发表，但决定必须执行。”

柯楠：“我先谈402专案。这个案件是一个经济大案，我们已经查了一个多月，刚刚有一点眉目就要停下来，我希望院领导干脆讲清，这个案件是查还是不查？其次谈范立保一事，这是402案中的又一案，我承认范立保的反侦查能力很强，但是这绝不是我们放弃侦查的理由，还有为裴蕾治病的事情。一些人打出的理由是不增加外商的负担，可是拿钱为裴蕾治病是外商自愿的，宋振声和他父亲一直关注着治疗进程和效果，如果一些人硬是抓住这条理由不放，我可以表态，裴蕾的治疗费用由我负责。我现在还是一名检察干警，不是外商。”

高凤阳也提高嗓门：“柯楠同志，我并不否定你的意见，但是现在‘严打’斗争需要你们，你们手中的工作必须放一放。”

王铁流耐不住了：“为什么‘严打’斗争偏偏只需要柯楠和丰登，我们反贪局还有和他们一样有工作能力的同志，为什么不需要？”

高凤阳：“已经决定下来就不便随意换人。”

王铁流：“如果硬要抽调柯楠和丰登，我同意，我将安排另外两名同志接替他们的工作。”

高凤阳强调：“也不行，他们手中的工作必须停下来。”

王铁流放低了声调：“高检，我们不要再争论了，抽调柯楠和丰登的用意已经很清楚了。402案的侦查工作可以停下来，但市委政法委交办的裴蕾跳楼自杀事件后续侦查工作停不停必须由市委政法委决定。”

高凤阳：“检察工作实行检察长负责制，市委政法委那里应由检察长去请示汇报。现在洪源检察长已去省里学习，我代理履行他的职责，我有这个权力。”

第七集

高速公路上　白天

三菱吉普警车迎着东方的霞光风驰电掣地行驶在平湖至省城的高速公路上。

三菱吉普车内　白天

王铁流坐在副驾驶位子上，他对柯楠说："我来换你。"

开着车的柯楠："不用。"

王铁流问道："柯楠，你一上案子就没有白天黑夜的，宋先生不会有意见吧？"

柯楠笑了笑："大意见没有，小意见倒有一点，他这个人也是个事业狂，我给他道过歉也就完了。"

王铁流试探地："今后你们婚事去美国办还是在平湖办？如果去美国办，我可去不了啰。"

柯楠笑道："嗨，到时候，一定让你喝得大醉。"

车窗前，出现排排高楼，车快进城了。

柯楠放慢了速度，她眼睛注视着前方，嘴里说道："今天不是双休日，下午洪检可能在学习。"

王铁流："我已经跟他挂了电话，我们一到，他就请假接待我们。"

党校宿舍内　白天

学员宿舍很简陋，两张书桌，两张床。

洪源听完王铁流和柯楠的汇报后，沉重地说："你们汇报的情况非常重要。看来，高凤阳后面有人，他只是这些人的代言人和马前卒，这样下来贻误了事业也害了他自己。在这样的情况下，我必须回去。"他稍稍思索一下后继续说："这样，你们先回平湖，今天下午我去省委向佟风同志汇报，他是管纪检和政法工作的省委副书记，同时我也要向省检察院领导汇报，下一步的工作怎么进行，请他们指示。"

柯楠拿起一个卷宗："洪检，这里面有一份综合材料和有关证据。"

王铁流："洪检，不耽误你的学习，我们走了。"

洪检拦住他："不，你们辛苦了，中午我请客，去沿江大道土菜馆吃土菜。"

省委副书记室　白天

年近花甲的佟风副书记和省检察院副检察长肖义山一边听一边记录。

洪源汇报已到最后："综合以上情况，我认为这个案件的案情复杂，可能会涉及有一定级别和影响的某些党政领导干部，无论外部还是内部对侦破工作的干扰都很严重，因此，我申请提前结束学习，回平湖市人民检察院工作，同时请省委领导和省检察院领导指示。"

佟风放下笔，然后说："过去，我们省委总认为平湖市这几年的工作不错，尤其是作为内陆城市招商引资很有成效，但是忽视了对领导干部的教育和监督。洪源同志刚才谈的这些问题过去我们很少听说过，现在不引起重视不行了。接到你的预约电话后，我特地请来了省检察院副检察长肖义山同志。"他对肖义山说："老肖，你先谈谈。"

肖义山合上记录本后说："洪源同志谈的这些情况，我们省检察院过去也收过几份举报材料，只因证据无法查实而没有去查。现在平湖市人民检察院已经查到了一些线索，也掌握了一部分证据，是查的时候了。但是从目前的情况来看，案情还没有直接涉及市级领导干部，因此省里暂时可不派调查组。为了不打草惊蛇，我建议，先由平湖市检察院继续进行外围调查，然后顺藤摸瓜，案情确实涉及市级或市以上级别领导干部的时候，省里再派调查组到平湖市进行具体调查，究竟怎样进行为好，还是请佟风副书记指示。"

佟风最后说："我同意肖义山同志的意见，一是彻底查清颜东升的问题，尤其是要查清他将15万美元转送给了哪些领导；二是排除干扰，尤其是排除司法机关内部的干扰，严厉查处里应外合为犯罪嫌疑人通风报信的职务犯罪行为；三是千方百计治疗裴蕾的大脑外伤后遗症，让其尽快恢复记忆，深挖犯罪。为此，洪源同志可以提前结束省里的学习，明天就回平湖，理由是加强对'严打'斗争的领导。"他看了一下洪源后说："洪源同志，你肩上的担子不轻啊！"

平湖市人民检察院1号会议室　白天

检察委员会会议已经接近尾声，高凤阳正作总结讲话："今天的检察委员会会议开了半天，大家就如何加大'严打'斗争力度发表了很好的意见，这些意见集中到一点就是增加人力、物力，加快办案速度。"讲到这里，会议室的门开了，洪源走了进来。

高凤阳立即起身迎上去："洪检，你回来了。"

洪源："为了加强对'严打'斗争的领导，省委决定我提前结束学习，回来和大家一起战斗。"

高凤阳心里打了一个寒战，但脸上仍挂着微笑："洪检，你讲吧！"

洪源："我离开一段时间了，有些情况不熟悉，你讲，我听。"

高凤阳对洪源说："我先讲，最后你拍板。"接着他面对大家："为增加人力、物力，加快办案速度，特抽调反贪局检察员柯楠和助理检察员丰登并带一台丰田面包车到侦查监督科协助工作，同时从读职犯罪侦查局、监所检察科各抽两名检察员到公诉科协助工作，院办公室加挂'严打'斗争领导小组办公室的牌子，负责上传下达的情况综合汇报。所抽人员和车辆于明天到位。他们手中的案子能移交的移交，不能移交的暂时停办，可以撤案的研究撤案。"他停了停，对洪源说："洪检，我就讲这些，请您指示。"

洪源特意站起来："这一段，大家辛苦了，下一段的任务还十分艰巨，刚才高检作了部署，我完全同意，并作为检察委员会的决议贯彻执行。"

王铁流开始有些疑惑，但很快明白了，脸上露出几丝悦色。

专案组办公室　白天

王铁流进来大声地："柯楠，你明天带面包车到侦查监督科报到，协助他们工作。"

柯楠一愣，问："洪检回来了吗？"

王铁流一笑："是检察委员会会议上高副检察长部署的，洪检点了点头。"

柯楠明白了："照办！"她接着问："我手中的案子？"

王铁流："让它长胡子，明白了吗？"

柯楠会心地："明白了，这是将计就计，麻痹他们。"

王铁流："除你外，还有丰登。"

柯楠："他不是还在上海吗？"

上海某医院病室　白天

丰登、裴蕾和一名女护理围坐在一张小桌周围，丰登指着书上的唐诗领读："白日依山尽。"

裴蕾："白日依山尽。"

丰登："黄河入海流。"

裴蕾："黄河入海流。"

丰登："欲穷千里目。"

裴蕾："欲穷千里目。"

丰登："更上一层楼。"

裴蕾："更上一层楼。"

丰登："再来一次，一次念两句。"

裴蕾："好。"

丰登："白日依山尽，黄河入海流。"

裴蕾："白日依山尽，黄河入海流。"

丰登："欲穷千里目，更上一层楼。"

裴蕾："欲穷千里目，更上一层楼。"

丰登："裴蕾，你连起来念一遍。"

裴蕾缓慢地："白日依山尽，黄河入海流。欲穷千里目，更上一层楼。"

丰登与女护理鼓掌："念得好，念得好！"

一名护士进来递给丰登一份传真："丰登同志，这是你的传真。"

丰登接过"传真"，低声念着："检察委员会会议决定，抽调你到本院侦查监督科协助'严打'，见电报后，引裴蕾速回平湖，不误。"他再看"传真"右上角，念着："发。高凤阳。"他心里一愣，两手有些颤抖。

女护理看到丰登表情不对头，忙问："丰登，怎么啦？"

裴蕾也惊奇地望着丰登。

丰登立即冷静下来："没什么？家里的事情。"

女护理看表，说："哎哟，上午 10 点，送中药的应该来了。"

一名老头端着一杯中药汤进来："药熬好了。"

女护理接过中药杯，摸了一下温度对裴蕾说："裴蕾，这是中药。"

裴蕾端起药杯。

丰登："放点儿糖吗？"

裴蕾摇着头。

医生办公室　白天

林主任气得站了起来，大声地质问丰登："你们怎么在开玩笑，一次一次地提出出院要求，你们是送病人治病，还是在戏弄我们医生。”

丰登被问得面红耳赤：“林主任，不是这个意思。”

林主任：“不是这个意思是什么意思？是没有钱？”

丰登：“不是！”

林主任：“病人是犯罪嫌疑人？”

丰登：“没有这样的结论。”

林主任：“是怀疑我们的医疗水平？”

丰登：“也不是。”

林主任：“除此以外，还有什么原因？”

其他医生：“还有什么原因？”“你和病人是什么关系？”“是不是你的原因？”

丰登有口说不清，他沉重地说：“林主任，在座的医生们，我和你们的心情一样，可是要裴蕾出院是我们领导的决定。”

林主任：“你们领导有决定，我们医院领导也有决定。裴蕾这个病人入院后，我们把对她的治疗作为一个科研课题，现在已经有了关键性的突破，我们怎么忍心让即将取得的科研成果泡汤呢！”

丰登感动地：“林主任，各位医生，我们非常理解大家的心情，我是一名国家检察官，应该匡扶正义，惩治邪恶，现在组织上对我另有工作安排，我必须回去，但是裴蕾留下来，一切责任由我承担。在这里我有一个请求，医院除精心治疗裴蕾的病外，千万要保证她的人身安全，不能出任何事故！”

医生们惊愕了：“这病人到底是什么身份？”

“有这么严重？”

“我们怎么保证得了？”

林主任又气又急：“我是一个医生，我只管治病，怎么能保证病人的人身安全？既然情况是这样，你和病人都不能走！”

丰登左右为难：“……”

这时，从门外进来两名穿检察服的女同志。

大家都把目光集中到她们身上。

一名女检察干警：“我们是上海市人民检察院的，请问哪一位是平湖市人民检察院的丰登同志？”

丰登站起来：“我就是。”

女检察干警："你们检察院发来电传，你速回平湖，留下病人继续治疗，病人的安全保卫工作由我们负责。"这是"电传"。

丰登首先看电传右上角的批示，念着："发。洪源。"

林主任和医生们喜出望外："这就两全其美了。"

两名女检察干警坐下后，丰登说："感谢你们的支持，我有一点儿建议，病人裴蕾既有生理上的严重创伤，也有心理上的严重创伤。因此，你们和她在一起时请不要穿检察服，以免造成她心理上的负担。同时，我还留两天与你们一起护理和辅导她学习，让她能自然地接受你们。"

林主任："我们也有这个要求。"

两女检察干警："我们一定会很好地配合。"

平湖市人民检察院走廊上　白天

高凤阳关上房门朝楼梯方向走来，丰登刚好走上楼梯，高凤阳喊着他："丰登，辛苦了！"

丰登抱歉地："任务没有完成好。"

高凤阳问："是不是裴蕾没有回！"

丰登道："我是想按您的指示把她带回来，可是医院死活不肯，说我们不讲人道主义。"

高凤阳又问："治疗情况怎样？"

丰登说："对往事的记忆还没有恢复。"

高凤阳："医生怎么讲？"

丰登："医生对今后的治疗效果不敢打包票。"

高凤阳思索片刻后："好吧，这些情况我清楚就行了，根据检察委员会会议的决定，抽调你和柯楠到侦查监督科协助'严打'工作。"

市长办公室　白天

高凤阳一进来就问张宝宽："张市长，洪源同志怎么回来了？"

张宝宽并不感到突然，他说："加强对'严打'的领导，省里佟风副书记跟我打了电话。凤阳你不要着急，反正洪源快到年龄了，你就好好干吧！"接着他问高凤阳："上海的裴蕾回来了吗？"

高凤阳吞吞吐吐："陪护的人回来了，但是医院不让病人回来，因裴蕾的病情没有好转，如果回来，路上可能出现意外，而且医生还说裴蕾恢复记忆的可能性几乎没有。”

张宝宽心里仍然有些不踏实，于是找起了理由：“凤阳，这样拖下去，外商用多了钱会更有意见的！”

高凤阳有意试探：“张市长，我听说外商把资助裴蕾治疗作为一种慈善行为，我们的陪护人员回来了，他还很有意见。”

张宝宽尴尬地：“不会吧！谁愿意花这笔冤枉钱？”

高凤阳：“如果外商不愿意，有不是外商的人愿意出这笔钱。”

张宝宽一怔：“谁？他是什么用心？”

高凤阳看出了破绽，有意侧着身子，他的画外音：“这里面确实有文章，我手中抓住一个把柄，到时候不怕你张宝宽不让我接替洪源。”他转过身对张宝宽说：“不管是谁，那只是一时冲动或狂热，在平湖有谁能拿出这么多钱做毫无意义的事情，反正裴蕾这个人恢复记忆的可能性几乎没有了。”

张宝宽发现自己露出了破绽，便自圆其说道：“凤阳呀，现在有些人吃了饭没事做，天天不是评头论足，就是无事生非，外商也成了他们谈论的话题，说什么我们向外商转嫁了负担，外商怨声载道呀，什么政府有钱不救活人救死人呀，所以在为裴蕾治疗的问题上我关注了一下。”

高凤阳：“张市长，以前我欣赏您搞建设的大手笔、大动作，现在我更敬佩您细致入微的工作作风，您对裴蕾事件的关注就是一个例证。”

张宝宽又郑重其事地：“凤阳，这件事就说到这里为止。”

高凤阳：“这是市长对我的信任，我只有感恩戴德的。张市长，如果没有其他事，我走了。”

张宝宽：“以后多来。”

高凤阳走了，张宝宽心中依然不安，他耳边响起崔玲的话。

镜头回放：崔玲：“我和你，以及我和颜东升说的话，裴蕾在套间内全都听到了。”

张宝宽不相信崔玲说的是真的，他的画外音：“是不是崔玲在讹诈我，套间内能不能听到外面的声音……”

他打开电视机，把人物讲话的声音调到较低程度，然后走入套间里屋。

套间里屋　白天

张宝宽关上门，把耳朵贴到门上听着，声音模模糊糊。

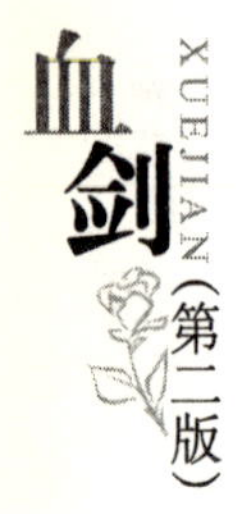

他将门推开一条小缝，再听，声音大了一点，勉强可以听得清楚。

市长办公室　白天

张宝宽从套间里屋出来，他的画外音："那天我根本没有看到套间里屋的门是开着的，裴蕾到底在不在里面？如果在里面，她听没听到？崔玲是不是真在讹诈我……"

这时，戈穹跑步进来报告："张市长，玉池山铅锌矿发生严重械斗事件，三人被打成重伤，现在斗殴还未停止。"

张宝宽问："公安派人赶到现场没有？"

戈穹："市公安局已派出十余名警察赶往事发现场。"

张宝宽指示："'严打'斗争已经开始，有人却要顶风作案，我们必须重锤出击，你立即通知市检察院派出检察干警提前介入，该逮捕的迅速逮捕，狠狠打击犯罪分子的嚣张气焰。"

平湖市人民检察院大楼前　白天

洪源向侦查监督科科长仇军辉，抽调到该科协助"严打"的柯楠、丰登和另两名检察干警下达命令："由侦查监督科科长仇军辉带领你们迅速赶赴事发现场，提前介入。现在立即出发！"

大家迅速跃上两辆警车。

红灯闪烁，警笛呼啸。

玉池山住宅建筑工地　白天

警车驶向一片依山傍水的建筑工地，几栋建筑中的住宅前围满了人，乱哄哄的。

仇军辉、柯楠等拨开围观者进入事发现场。

地上到处是血迹，先期到达的公安警察在勘查现场，并询问目击证人。

仇军辉、柯楠等也投入勘查和询问。

围观人群中一位50余岁、衣服破旧的老矿工挤到前面问柯楠："姑娘，张宝宽怎么没有来？"

柯楠询问目击者，没有在意。

老矿工拉着柯楠的衣袖："检察官姑娘，你们是市里来的吗？"

柯楠："大伯，我们是市里来的。"

老矿工："张宝宽市长知道这事吗？"

柯楠："知道，他还作了指示呢。"

老矿工："光作指示解决不了问题，出了这么大的事情也不来看看，还是玉池山铅锌矿送他读的大学呢！"

柯楠："大伯，您是目击者？"

老矿工："我亲眼看到朱宏昌的人殴打我们矿工，他打着集资的幌子骗了我们矿工的血汗钱。他们这些人之所以这么凶，是因为有后台。"

柯楠问："大伯，您的大名。"

老矿工："谈不上大名，姓桑，桑树的桑，名轱子，车轱辘的轱，老子儿子的子。"

围观的人把桑轱子挤到了后面，桑轱子踮着脚看看柯楠，然后自言自语地："这姑娘长得好像叶萍，莫非就是叶萍的女儿？"

平湖市人民检察院小会议室　白天

玉池山铅锌矿斗殴案案情分析会正在进行，侦查监督科科长仇军辉汇报说："玉池山铅锌矿成为贫矿后，停止了开采，由于这里有玉池水库，风景优美，且离城不很远，在市政府的扶持下，矿里转产进行房地产开发，建设商品住房，由矿长杜天明挂帅对房地产开发商进行了公开招标。这时，市长夫人颜文茹推出其弟弟颜东升作中介人。他们与杜天明勾结搞暗箱操作，结果，房地产开发商朱宏昌中标。朱宏昌根本没有经济实力，他又在杜天明的支持下发动矿工高息集资，答应在房屋建成出售后还本付息，由于资金不足，10栋住宅楼建了半截就建不上去了，成了'半拉子'工程，矿工们的集资款本息无望。昨天上午，矿工们集体到建筑工地找开发商朱宏昌讨个说法，朱宏昌不仅不出来接待矿工，反而指使几名打手驱赶矿工，把3名矿工打成重伤。现在受伤矿工已送进医院治疗，4名打手已被公安机关刑事拘留，朱宏昌已经藏匿。"

柯楠接着说："这个案件本来是张宝宽市长亲自批示的，想不到查来查去又查到了他家里。这说明张宝宽并不知道颜文茹插手了此事。事情也就是这样凑巧，我本来已经离开了402案件，可是绕了一个圈又回到了原点。"

高凤阳心里不安了，他说："既然是张市长批示的，我建议请示张市长后再部署下一步的侦查工作。"

洪源表示反对，他说："查处这一案件不仅是张市长的指示，而且是法律赋予我们的职责。至于如何侦破此案，是我们自身的工作方法问题。从今天起，柯

楠和丰登回402专案组，并对玉池山一案一并进行侦查。”

酒店包厢　夜

颜文茹和杜天明两人对坐。服务小姐端上一瓷盆，介绍着：“这是鸳鸯戏水，二位请！”

盘中的“鸳鸯戏水”，就是两只清炖乳鸽，且形、香、色、味别具一格。

颜文茹欣赏一阵后说：“天明，你真会点菜，爱情也上了桌。”

杜天明得意道：“其实是两只乳鸽，只是冠上了一个美丽的菜名，过去吃饭是为填饱肚子，后来是为了增加营养，现在是一种文化享受。饮食文化、酒文化、性文化，三者合一更是其乐无穷。所以请客人吃饭，必须上档次，让客人吃出文化品味才行。”

颜文茹赞叹道：“到底是年轻的硕士生矿长，观念和见识高人一筹。”

杜天明挟着一块乳鸽放到颜文茹的碟子里：“颜局长，你尝尝。”

颜文茹举起酒：“天明，我借花献佛，敬你一杯。”

清脆的碰击声后，两人同干。

杜天明给颜文茹又斟上一杯，也给自己斟了一杯，然后举杯：“颜局长，感谢您在张市长面前对我的美言，我敬您，干！”

颜文茹没有举杯，她说：“看样子你今天要跟我说什么事儿，要说趁现在头脑清醒时说，等会儿不是豪言壮语就是胡言乱语了。”

杜天明用湿纸巾揩了揩嘴巴道：“昨天，我们矿里发生了一件群体斗殴事件。”

颜文茹插语：“电视里报道了，我看了，如今打架斗殴家常便饭，有什么大惊小怪的。”

杜天明忧虑地：“可是市里却很重视，张市长亲自抓这个案子。”

颜文茹无所谓地：“他这个人就是这样，有时顶天立地，有时鸡毛蒜皮，让他去抓，多抓几个混混，你们矿也多几分安宁。”

杜天明认真地：“事情不是这么简单，矿工闹事主要是找房地产开发商朱宏昌讨还集资款，朱宏昌指使打手打伤了3名矿工，现在不仅公安抓了人，而且市检察院已经介入。颜局长，这个朱宏昌是你介绍给我的，如果检察院把朱宏昌抓起来，朱宏昌顶不住压力，有可能把我们也牵扯进去，到那时就晚了。”

颜文茹问：“你说怎么办？”

杜天明掰着手指道："去年市政府拨给了1000万元启动资金，矿工们集资了1000万元，现在还有1000万元的缺口。只要市政府财政借给1000万元，填补缺口，房子建起出售后既可以偿还矿工的集资款，也可以偿还市财政的借款。"

颜文茹问："为什么不向银行贷？"

杜天明叫苦道："我们既无财产抵押，也找不到担保单位。"

颜文茹又问："打伤了矿工怎么办？"

杜天明道："有了钱就好办，治伤，赔偿。"

颜文茹自信地说："我跟宝宽讲讲，如果他不给，我去找主管财政的副市长。"

杜天明脸上柳暗花明，又给颜文茹斟了一杯。

刚才下肚的酒在颜文茹腹中变成了奔涌的暖流，她一身都软酥酥的，两线柔情的目光向杜天明射来，似乎在融化杜天明。

杜天明是个聪慧的人，他从颜文茹的目光中预测到了一种动机和信息，但他感觉到这信息让人恶心。颜文茹比他大12岁，但是，她是市长夫人啊！

颜文茹的目光还在杜天明身上搜索着，从头到胸脯，然后再往下看，餐桌挡住了。她用手撑着头："天明，我的头有点儿晕。"

杜天明对服务小姐说："现在没你事了。"服务小姐走出包厢后，杜天明走过去坐到颜文茹身旁。颜文茹的身子软软地顺势斜着倒在他怀里。杜天明注意到，颜文茹两颊红润，周身绵软，眼睛微闭，眉毛颤动。但他并没有冲动，只是用手抚摸着颜文茹。

这一摸颜文茹忍耐不住了，腰间抖动起来，她双手拖着杜天明的脖子："天明，今天吃了'鸳鸯戏水'，我听说桑拿浴中有'鸳鸯浴'，只有男人去。"

杜天明心领神会："颜局长，平湖有一家桑拿阁有女宾房，我带你去。"

颜文茹喜形于色。

桑拿阁内　晚上

颜文茹挽着杜天明的胳膊走进去，两名迎宾小姐礼貌地鞠躬："晚上好！"

走过一条内走廊，迎上来几名仅穿着紧身健美服的按摩郎，他们异口同声地："大姐好！"

杜天明对颜文茹说："您挑一位吧！"

颜文茹一愣问："你不作陪？"

杜天明说："这里不许其他男士进去。"他指着那些按摩郎，"他们才 20 多岁，血气方刚，又经过了特别训练。"

颜文茹打量着每一位按摩郎，挑中一名高大者："就你吧！"

那按摩郎："大姐，里面请！"很快搂住了她的腰……

张宝宽家卧室　晚上

张宝宽回家走进卧室时，颜文茹正接着电话，她没有发现张宝宽，嘴对着听筒，不时答话："天明，我已经到家了。宝宽一回来我就跟他讲……天明，你有空就给我打电话，……好的。……好，好！"她放下电话转过身来看到张宝宽，立即满脸堆笑："你回来了，不声不响的。"

"杜天明打来的？"张宝宽已经听出来了。

"是杜天明。他说玉池山矿转产进行房产开发后资金还有缺口，请求市财政借给 1000 万元。"颜文茹说。

张宝宽心中有疑："他为什么不直接找我？"

颜文茹靠近他，娇媚地："他的心理活动情况我怎么知道，也可能是他工作没做好，超过了投资怕批评，也有可能是你为那场斗殴的事生了气，让我在中间缓冲一下后，你容易接受一些，你就体贴体贴下级吧！"

张宝宽沉思着。

颜文茹站起来："以后人家有什么事，我要他直接找你。"

张宝宽质问道："这话你说了多少次？"

颜文茹脸上突然晴转阴："你以为我是垂帘听政，我可不做慈禧。我颜文茹不大不小也是市旅游局的副局长，在外面也有三分面子。要不是你，我现在不会穿着三寸长的绣花鞋做小脚女人。"

公路上　白天

白天，丘山区柏油路，大弯小直，路旁山冈上绿绿葱葱。一辆轿车和一辆新闻采访车超越着其他车辆。

车内　白天

坐在副驾驶的戈穹问张宝宽："张市长，听说您早年在玉池山铅锌矿工作过？"

张宝宽坐在后排，他回答："在那里当过矿工，三十年过去，弹指一挥间。"

戈穹："今天去矿山，一定会碰到许多老同事。"

张宝宽叹息道：“许多老朋友这些年没有往来了，他们一定会骂我的。”

戈穹：“不，他们会理解的。”

张宝宽躺在靠背上，眼睛微闭，思绪万千。

淡入：

三十年前，玉池山铅锌厂食堂　晚上

一座既是食堂又是礼堂的平房内，没有大幕，没有布景，只在正面墙上方挂着一条“欢迎新矿工文艺晚会”的大红横标，墙中央贴着毛泽东主席大幅画像。

欢迎的乐曲声中，穿着灰色矿工工作服的叶萍拿着有线话筒走了上来，她向台下行了一个鞠躬礼后开始了主持：“今天，群山起舞，玉池欢歌，我们矿山迎来了一批新矿工。现在我们欢聚一堂，迎接新来的伙伴。我叫叶萍，是一年前招来的第一批矿工。大家推选我来主持今天的欢迎晚会，但是还需要一个搭档，请新矿工也推选一名主持人。”

台下响起一阵热烈的掌声，接着新矿工一齐喊着：“张宝宽上台！张宝宽上台！”

呼喊中张宝宽从座位上站起，然后在掌声中兴冲冲走上台，他从叶萍手中接过话筒：“我叫张宝宽，从田间走来，脚上还沾着泥土，身上还有牛屎的芳香，不如第一批从城里招来的知识分子，能歌善舞，吹拉弹唱。今天的主持，叶萍为主，我当配角。”寥寥几句激起满堂掌声、笑声……

叶萍热情奔放地：“今天我们成为了一名革命的矿工，成为了工人阶级的一员，我们不忘伟大领袖毛主席的恩情。下面，我表演一段舞蹈《北京的金山上》，请张宝宽同志为我伴唱！”

又是一阵掌声。

歌声中，叶萍跳了起来。

溪流上游　白天

一股清溪冲出山谷跳过石坎，沿着全是卵石的河床流淌。

满身矿渣粉尘的张宝宽和几名男矿工从矿井出来后来到溪流旁，他们脱下工作服，身上只留一条裤衩，躺在卵石上，让如泉的溪水冲除汗尘和疲劳。

“嘿嘿嘿……”突然从山上传来姑娘们金铃般的笑声，而且越来越近。

张宝宽向山上喊着：“女同志，别过来。”

“没看见，你们快点儿！”传来的是叶萍的声音。

张宝宽向山上喊道："你们到上游去!"

"不行，我们会把水弄脏的。"还是叶萍的声音。

"姑娘身上的汗水是香的，我们爱闻!"一名男矿工喊道。"嘿嘿嘿……"又是一阵笑声。

"好，我们已经完了!"张宝宽给伙伴们使了个眼色，搂着衣服悄悄地绕过一块石屏到了下游。

叶萍和几名女矿工走出树丛，解下工作服，一个个在溪流中戏水、翻滚。

叶萍将头抬出水面，看了看大家："姐妹们，你们知道我们矿山为什么叫玉池山吗?"

一矿工："不知道，你讲给我们听听吧!"

叶萍绘声绘色地："这玉池山有一群山峰，山中央有一个水库，水库中的水来自十几条溪流，冬暖夏凉，能美化皮肤，延年益寿。天上的王母娘娘经常一个人来这里洗澡，以后仙女们发现了，也偷偷地下凡来这里美化皮肤。所以，当地老百姓就把这水库叫玉池，把这山改名为玉池山了。"

一矿工："今天我们也成仙女啦!"

溪流下游　白天

一名男矿工伸长脖子透过石头间的缝隙偷看上游。

另一名男矿工大声叫着："偷看女人洗澡，资产阶级思想!"他用手去拉那矿工，一把将裤衩扒下了。

那男矿工露出了屁股。

张宝宽压低声音训斥道："小声点，别让她们听到了!"

溪流上游　白天

大家尽情戏水，兴趣正浓。这时，从下游传来男人的笑声。

一女矿工惊叫："下游有人。"

大家一骨碌从水中站起，用衣服挡着胸部往山林中跑。

矿区山路上　白天

从矿井中出来，张宝宽和叶萍有意走在最后面，叶萍问道："怎么没看到过你回家去?"

张宝宽声音低沉地答道："我刚出生母亲就去世了，我是吃嫂嫂的奶水长大的，父亲病故后，全靠哥哥、嫂嫂送我读完了高中。"

叶萍："不回去看望哥哥、嫂嫂？"

张宝宽："回去得少，但每月寄给他们钱。"他低沉地，剩下的工资就只能吃饭了。

叶萍也是苦楚地："各有各的痛苦，我虽然家庭经济条件好，但父亲受审查，我受牵连，初中毕业后未被录取高中。"她问道："宝宽，你根正苗红，我父亲受审查，你会爱我吗？"

张宝宽毫不迟疑地："父辈是父辈，我们是我们。"

叶萍："你？"

张宝宽："我爱你！"

叶萍："宝宽……"

两人紧紧抱在一起。

淡出。

玉池山铅锌矿广场　白天

广场上围着百余名矿工。大家质问矿领导："我们的集资款什么时候退还？""朱宏昌打伤了矿工怎么办？"

一位领导模样的人在向矿工解释着："我们正帮开发商向市里借款，只等资金到位就可退还大家的集资款，殴打矿工的凶手已经被公安机关拘留，我们绝不姑息迁就！"

有矿工喊着："我们到城里去找市长！"这时，矿工们看到一辆轿车和一辆新闻采访车驶来，于是大家如潮水般涌来。

张宝宽从车内下来。

挤在人群前面的桑轱子一眼认出："宝宽！"他转过头大声地对着矿工们说："弟兄们不要吵，他就是张市长，当年玉池山矿送去读大学的张宝宽。平时大家说要到市里找张市长，今天市长到了我们的眼前，他金口一开，一千万不成问题，大家不要吵，听市长表态！"他的话掷地有声，很有号召力，广场上安静了很多，大家踮着脚伸长脖子看市长。

矿长杜天明从人群后面挤上来，与张宝宽握手后，对矿工们高喊着："同志们，今天市委代书记、市长张宝宽来我们矿视察工作，大家的要求，我们一定向他反映的，现在请大家让开！"

但是谁也不肯让一下，有的人仍喊着："要市长给我们一个答复！"

张宝宽的心被这一场景触动了。他扫视了一下四周，开始了演说似的现场答复："兄弟们，我过去也和大家一样，是名矿工，挖过矿，拖过斗车，现在当了领导干部，但是我没有把工作做好，让大家受苦了。我们玉池山矿的困难，市委、市政府领导清楚。今后你们的最低生活保险金一定如期足额发放，你们的集资款我们一定敦促房产开发商尽快偿还，如果我失了信，你们派人到市政府领我的工资。"

顿时，广场上响起暴风雨般的掌声。

张宝宽对身边的杜天明说："水可载舟，亦可覆舟，民心不可侮啊！"

矿山食堂　白天

中午开餐的电铃响过，单身矿工们拿着饭盒走进食堂。

张宝宽、戈穹等在杜天明的陪同下也走了进来。他们围着一张圆桌坐下。

杜天明指着桌上的菜道："今天请张市长回矿山吃个忆苦餐，听老矿工说，这些都是您过去爱吃的菜，酸豆角、腊八豆、丝瓜汤，只加了两个荤菜。"

张宝宽连声："这个好，好！"

桑轱子端着一个饭盒，和几名矿工站在后面看电视记者摄像。

张宝宽喊着："桑轱子，来，一起吃！"

桑轱子："不，不，我身上脏。"

张宝宽："矿工不嫌脏。"

杜天明："市长要你来你就来吧！"

桑轱子一屁股坐到张宝宽旁边。

张宝宽问："桑轱子，有老婆了吧？"

桑轱子："光棍一辈子。"

张宝宽对桑轱子说："你这个人纯朴、勤劳，就是有点今朝有酒今朝醉，年纪大了，还是要有一个伴照料照料。"

这时，一名食堂工作人员拿来一瓶白酒。

张宝宽："既然是忆苦餐，还上什么酒。"他拿起酒瓶给桑轱子："桑轱子，这酒你拿回去喝。"他又对戈穹说："戈秘书，等一下记得代我付酒钱。"

柯楠家　傍晚

叶萍站在窗边，遥望窗外。

夕阳的余晖已经消失，天边出现一弯月牙。叶萍看了看墙上的时钟，指针指向7时35分，她打开了电视机。

电视荧屏上：

张宝宽在矿山广场发表讲话，在食堂就餐……

画外音（解说词）："今天，平湖市委代书记、市长张宝宽深入玉池山铅锌矿考察。玉池山矿是张宝宽同志曾经工作过的地方，一到矿区，他感到特别亲切，不停地和矿工们握手，回忆往事。他还认真听取矿工们的意见，现场拍板解决矿山目前遇到的困难。中午，张宝宽不接受宴请，而是和矿工们一道进食堂就餐，吃过去吃过的酸豆角、腊八豆、丝瓜汤……"

坐在沙发上的叶萍两眼看着电视荧屏，她的画外音："宝宽还是那个习惯……"她渐渐地沉浸到往事的回忆中：

二十七年前，矿区大樟树下　傍晚

青烟一般的月光倾泻到矿区。还未到8点半，叶萍就提着一个布包向大樟树走去，只见一个黑影在树下徘徊。

"叶萍！"张宝宽跑了过来。

"来了多久了？"叶萍问。

"刚过8点就来了。"张宝宽抱住叶萍。

"给你！"叶萍将布袋递给张宝宽。

"什么？"张宝宽接过布袋。

"突击队长辛苦了，慰问慰问！"叶萍亲了一下张宝宽的脸。

张宝宽扫视四周，周围静悄悄的，他抱着叶萍坐在凸出地面的树根上，打开布袋，用手一摸："鸡蛋！"随手拿出两个。

"煮熟了的。"叶萍接过一个在树根上磕了一下，然后剥掉蛋壳递到张宝宽嘴前，"吃吧！"说着将蛋整个儿塞到了张宝宽嘴里。

张宝宽一边大口大口地吃着，一边剥着自己手里的蛋。

叶萍接过他手中剥了壳的鸡蛋准备又一次塞到张宝宽嘴里。

张宝宽推开她的手："你也吃一个。"

叶萍不肯，还是将蛋塞到了张宝宽嘴里。接着，她拿出袋中的两个瓶子，揭开瓶盖，用勺子挑出一勺子酸豆角，递到张宝宽嘴前："这是酸豆角，还有腊八豆。"

张宝宽狼吞虎咽。

“宝宽，这袋吃完后，我那里还有。”

“你自己不吃!”

“你是突击队长，保证重点，嘿嘿嘿……”叶萍的笑声打破了黑夜的宁静。

张宝宽捧着叶萍的脸，全身颤动着，他将右手绕到叶萍的背后，用自己的嘴唇含着叶萍的嘴唇，用力地吻着。叶萍也紧搂着他，自己什么也不知道，只听得见心房的跳动好像两个人已经融化成一体。

突然，一束马灯的灯光照过来，张宝宽与叶萍不知所措。

“啊唷！突击队长和宣传队长，黑夜里打着‘啵’，多甜蜜呀!”一个熟悉的声音。

“山狗子!”张宝宽站起来喊他，“今晚你巡逻!”

“是呀，保卫矿山的生命财产，也保护你们的爱情。不过有一条，可不能犯规哟!”桑轱子油腔滑调，但也通情达理。

“别多心眼，眼红人家做什么，自己谈一个!”张宝宽轰着他。

桑轱子做着怪样子：“你们男大女大，结婚就是了，何必上亲下不亲，心里痒痒的!”

叶萍从布袋里掏出两个鸡蛋：“山狗子，给!”

桑轱子接过鸡蛋：“好家伙，肚子正饿着呢!”

张宝宽：“巡你的逻去吧!”

桑轱子：“好，我去巡逻，你们继续，继续拥抱、打啵，谁再来打扰你们，我就把他赶跑!”

桑轱子提着马灯走了，张宝宽和叶萍又搂在一起……

柯楠家　夜

门开了，手里拿着安全帽的柯楠进来了：“妈!”

瞬间，叶萍跨越时空 28 年，脸上余悦未尽。

“妈，什么事这么高兴?”柯楠问。

叶萍：“刚才做了一个梦。”

柯楠也好像在分享着喜悦：“梦见和我爸在一起?”

叶萍：“嗯!”很快又改口：“不，不是!”接着又自言自语，“也是……”

柯楠凝视妈妈，发现她心神有些不安。

叶萍见柯楠身上和安全帽上沾有灰尘，一边拿抹布擦着安全帽上的灰，一边问："今天下乡了？"

柯楠拍打着身上的灰尘："到玉池山铅锌矿去了一趟。"

叶萍脱口而出："碰上张市长了吗？"

柯楠十分惊奇："妈，您怎么知道张市长也去了？"

叶萍说："刚才《平湖新闻联播》中播了。"

柯楠问："妈妈，您认识张市长？"

叶萍含糊地："我只是随便问问。"

柯楠："我是去办案子，他是去视察和现场办公，我没有碰上他。"

叶萍："你休息一下，我去把饭菜热一下。"

第八集

洪源家客厅　傍晚

洪源进屋刚坐下，贤惠的妻子凌春芳便给他端上一杯茶，道："等一会儿洪涛两口子还有亮亮来吃晚饭，他们有件事跟你商量。"

说话间，洪涛、田芸和他们两岁的儿子亮亮从门外进来，凌春芳忙从田芸手中接过亮亮。

"爸爸！"洪涛和田芸异口同声地喊着。

"亮亮，叫爷爷。"凌春芳将亮亮抱到洪源面前。

"爷爷！"亮亮抱着洪源的脖子。

"亮亮！"洪源亲着洪亮。

凌春芳将田芸拉到一旁说："田芸，你公公好像有些累，你暂时别提那件事。"

田芸很急，说："旅游局颜副局长讲，今天要给她一个回音，要是迟了，人家就会占去这个指标。"

田芸："妈妈，找一个工作好不容易啊！"

凌春芳："先让你公公休息一下，等吃饭的时候再说。"

洪源家餐厅　傍晚

吃饭时，凌春芳特地给洪源斟上一杯虎骨酒，她给儿子洪涛也斟上一杯，说："洪涛，陪爸爸喝一杯。"

洪涛恭敬地："爸爸，你们检察院早餐和中餐禁酒，现在是晚上，我敬您一杯。"

洪源喝下一口后，问："你们学校老师早晨和中午禁不禁酒？"

洪涛回答说："和你们检察院一样，早、中两餐禁酒，要不然酒性发作，学生遭殃。"

一家人笑逐颜开。

凌春芳见时机已到，开了腔："老洪，田芸重新找到工作单位了。"

“哪里?”洪源问。

“市旅游局下属的旅游公司。”田芸回答。

“怎么会到那里去的?”

“我下岗后找不到再就业岗位，就一直在家自学英语，前不久通过了定级考试。我想到实践中锻炼，再说也找一个饭碗，于是想到了旅游部门。”

“找的谁?”

“市旅游局副局长颜文茹。”

“她答应了吗?”

“颜副局长说，旅游公司编制已满，本来不从外面进人，但是看在洪检察长的面子上，她答应到市编委争取一个编制。”

“有什么条件?”洪源问。

“没有任何条件，我送的东西她全部退回来了，她说只要您给她打一个电话就行了。”田芸眼巴巴地望着公公。

“这不就是条件吗?”洪源心头上了火。

田芸心里一怔，但又有些不解。她说：“爸爸，我下岗一年了，洪涛一人的工资要养活大小三口，挺困难的。现在要找一个接收单位很难，您就蒙着面子给她打一个电话吧，以后我这个做儿媳妇的一定报答您的恩情。”

洪源摇着头：“你们不知道!”

洪涛恳求道：“爸爸，下岗人员再就业合理合法，您打个电话也不违反原则，您就低下架子打个电话吧!”

洪源激动地说：“你们请客送礼，爸爸没有意见，给颜文茹打个电话，我也低得下架子，可是问题不是这么简单。”

田芸问道：“爸爸，是不是还有深层次的原因。”

洪源压了压心中的火说：“是有深层次的原因。最近，我们检察机关有关案件与颜文茹的亲属甚至与颜文茹本人有关，她就是以接受你为条件要我高抬贵手。”

田芸美好的愿望成了泡影，心中又是一片空白，不知不觉眼眶里滚下两行泪珠。

凌春芳呆住了：“真是冤家路窄。”

洪涛恳求道：“爸爸，是不是还有别的办法?”

洪源不语。

田芸伤心地："爸爸，我就不为难您了。"

她放下筷子，双手捂着脸往外跑。

亮亮放下勺子喊着："妈妈，你怎么哭了，你哪里去呀！"

张宝宽家　晚上

张宝宽气愤地指着颜文茹："你说得好轻松，由市财政借给玉池山铅锌矿房地产开发商朱宏昌1000万元，你不知道，我们平湖市一直在搞赤字财政，这1000万元从哪里拿。尤其是那次斗殴案发生后，我已经指示市公安局和检察院联合侦破此案，还指示他们查清招投标中是否有徇私舞弊行为。现在我清楚了，你为什么一次又一次敦促我为玉池山矿解决资金问题，是因为你插手了工程招投标，是你在徇私舞弊！"

颜文茹毫不掩饰："是我又怎么样，你去问他们，我打过你的牌子没有。颜文茹是我颜文茹，张宝宽是你张宝宽。"

张宝宽怒不可遏："不管你打不打我的牌子，我们两人是什么关系，明摆在这里！"

颜文茹几乎把眼珠翻了出来，坐到他的对面："我沾了你的光，得了个'市长夫人'的美称。但是你别忘了，年轻时，你说红花要靠绿叶扶，夫妻二人不可能都花香千里，必有一个做绿叶。我听了你的，当了十几年的科员。后来组织部门认为这样做对我太不公了，才给了我一个副局长。一晃又是4年了，去年组织部提名我当局长，常委会上你投反对票，现在我也四十有六，红花不像红花，绿叶不像绿叶，还要受你的气。"

张宝宽："不管这么多，你所做的那些事情今后如果要算账，都会算到我的头上！"

颜文茹："你不要以为我坏了你的事，我弟弟颜东升为了保住你，吃了多少苦头？而你和崔玲混在一起，不明不白，这又怪谁！我告诉你，玉池山铅锌矿房地产开发招标，我是插了手，而且也得了好处，不然，丽娜在香港注册南光实业公司哪有那么多钱！你敛了财去玩女人，可是我敛了财是为了孩子，为了我们这个家！"

"唉！"张宝宽气瘫了："一旦败露，我，你，还有孩子，我们这个家全完了。"

颜文茹见张宝宽已经心动，忽然冷静下来，给张宝宽端来一杯茶，坐到他身旁，温情地："宝宽，你不是常对我说，一名领导干部要处险不惊，不管风吹雨打，胜似闲庭信步吗？怎么为了这点儿事气急败坏了？"

张宝宽没有应声，端起茶杯呷了一口。

颜文茹柔声细气地："宝宽，我是说了些气话，那是在气头上。当务之急是化险为夷。尽管外面有些风声，但还未形成山雨欲来之势，一切都还来得及。"

张宝宽问："市财政借给1000万元？"

颜文茹满有把握地："市财政局我已经讲好，只要你默认就行了。"

检察长室　白天

仇军辉和柯楠疾步走入，洪源问道："情况怎样？"

仇军辉对柯楠说："你汇报吧！"

柯楠："张市长已向市公安局打招呼，说玉池山铅锌矿事情已经平息，10栋商品房建设资金缺口已经解决，要求不追究开发商朱宏昌的刑事责任，让工程尽快复工。据我们了解，张宝宽已批准由市财政借给朱宏昌1000万元填补资金缺口。"

洪源家客厅　白天

洪源刚进屋，看到孙子亮亮从沙发上摔下来，哇哇地哭着，鼻孔流着血。他急忙将亮亮抱起用纸揩着脸上的血，但一个鼻孔仍然血流不止，他大声喊着："老凌，快拿棉絮来，亮亮流鼻血了。"

凌春芳从厨房走出："亮亮怎么啦！"

凌春芳慌忙地从客厅壁柜里拿出一团药棉，拧成一个棉球，给亮亮塞上。

亮亮用小手擦着眼泪："我要妈妈……"

洪源问："他妈妈没来？"

凌春芳接过亮亮："上午，田芸来把亮亮交给我后，什么都没说就气冲冲地走了。我喊都没有喊住，直往外跑，头也不回。"

洪源心往下沉，半天说不出话来。

门被推开。

洪涛下班回来了，见亮亮鼻孔里塞着棉球嘴皮上还有血，突然一惊："亮亮，你?!"

凌春芳心痛地："我在厨房做饭，亮亮在沙发上玩，不小心摔了下来。"

洪涛抱过亮亮："亮亮，身上疼吗？"

亮亮在洪涛怀里乱蹬乱打："我要妈妈，我要妈妈……要妈妈……"

洪涛问亮亮："你妈妈哪里去了？"

亮亮哭诉着："她说她到很远很远的地方去了……"

洪涛惊愣了："她真的走了！"

凌春芳："她到哪里去了？"

洪涛气愤地："她说到青海去打工！"

凌春芳呆了："到青海打工，亮亮离得开他妈吗？你们的家不就散了吗？"她转身对着洪源："老洪呀，你就给颜文茹打个电话吧……"

洪涛支开凌春芳："妈妈，爸爸绝对不会打这个电话的，你们把我养大，帮助我建立了家庭，我也不能再劳累你们，更不能在感情上折磨你们，我和田芸都受过专业教育，走到天涯海角都能挣到一口饭吃。既然田芸已经走了，我也跟着走。如果以后我们在外面混出个模样来，一定回来报答你们，如果碌碌无为，我们也无脸再回来。"

凌春芳撕心地："洪涛，我们就你这么一个子女，你们离得开我们，我们离不开你们……"

亮亮哭叫着："奶奶……"

洪源气极地："你们冷静，都给我冷静！"

洪涛竭力控制着自己："爸爸，您为我们操心操够了，我已经下了决心，就只当我早出生三十年，下放到了大西北。"

洪源痛苦地："你们把亮亮留下……"

亮亮大声哭叫着："不，我要妈妈，我要妈妈……"

洪涛："亮亮少不了妈妈，我和田芸也少不了亮亮。"他抱着亮亮双膝跪下："爸爸，妈妈，我们走了，请你们多保重……"

凌春芳拉着洪涛："洪涛，不能，你们都不能走……"

洪涛抱着还在哭叫的亮亮往外跑。

凌春芳追出门："洪涛、亮亮，你们不能走！"

洪源呆呆站立，肝胆俱裂。

洪源住宅前，霪雨霏霏　清晨

洪涛抱着亮亮向街道上奔跑，义无反顾。

“洪涛……亮亮……”凌春芳一边呼喊一边跑，最后滑倒在地。

检察长室　白天

洪源在一张材料纸上沉重地写下“辞职报告”四个字，然后抬起头向窗外望去。

一道电光掠过，一声闷雷响起，一阵暴风雨来临。

他低下头提起笔，想写，写不下去，扔下笔，将纸撕成两片。

王铁流推门进来，从地上捡起两块纸片一惊：“洪检？”

洪源问：“铁流，你说我这个职是辞还是不辞？”

王铁流不解：“为什么要辞职，是谁逼你辞职？”

洪源苦不堪言。

这时高凤阳进来，见桌上撕开的《辞职报告》，故意问王铁流：“王局长，是你的？”

王铁流摇了摇头。

高凤阳忙走近洪源：“洪检，我们检察院少不了您呀。您德高望重，只要坐镇一下，情况就大不一样。”

洪源愤然地：“内外交困，不辞行吗？”

王铁流：“洪检，您一向用斯大林同志的话教育我们，共产党人是特殊材料制成的，您怎么现在软弱了呢？”

高凤阳关切地：“洪检，您家里发生的事情我已经知道了，我正是来和你商量这件事的。我想，还是由院里派两名同志去青海把您儿子、儿媳妇和孙子追回来。您儿媳妇田芸不用到旅游局去，就在检察院安排。现在涉外案件比以前多了，需要外语人才，向人事部门争取编制的事情我去跑，担子由大家承担。”

洪源没有吭声。

高凤阳：“洪检，您在检察机关干了几十年，现在年近花甲，安排一个子女也合情合理。”

王铁流赞同道：“洪检，这是一个好办法。”

高凤阳：“洪检，我看就这样定了吧！”他转身要走。

洪源大声地：“凤阳同志，不能这样做！”

高凤阳：“谁家没有子女，安排子女就业是我们义不容辞的职责。”

洪源：“正因为这样，我们检察院还有 20 多名干部的子女没有安排，我一直于心不安，我怎么能优先安排我的儿媳妇，再说检察机关并非就业中心，不是随随便便就可以进来的！”

这时，一名女机要员拿着文件夹走进来，对洪源说：“洪检，上海市人民检察院发来的电传。”说话间将“电传”递给洪源。

高凤阳敏感地：“上海市检察院？”

洪源接过电传后说：“高检、王局长，我谢谢你们的好意。”

高凤阳、王铁流出去了，洪源念着“电传”：“裴蕾预定疗程已完，记忆开始恢复。医院意见：可在出院后，加强记忆训练。如同意出院，我们可以派人护送，如何，请回电。”他思索片刻后对女机要员说：“给上海市人民检察院回电。”

女机要员记录着。

洪源口授：“感谢贵院大力支持，我们同意裴蕾出院，请派人护送，经费由我院负责。”

女机要员：“是！”

平湖机场　白天

满脸红润的裴蕾在上海市人民检察院两名女干警的陪护下走下舷梯。

一名干警问裴蕾：“裴蕾，平湖机场离市区有多远？”

裴蕾回答说：“乘车不到 20 分钟就可到达，大概 10 公里。”

另一名干警说：“平湖市检察院会派车来接我们。”

机场另一处　白天

一架从香港至平湖的客机在跑道上滑行一段后停下，崔玲和张丽娜走出机舱口时，扫视了一下机场，然后款款走了下来。

机场停车场内　白天

柯楠和丰登引着裴蕾和上海的两名女检察干警向一辆丰田面包警车走来。

崔玲和张丽娜在丁家驹、颜文茹和戈穹的簇拥下，向不远处的两辆轿车走去。丁家驹突然发现了裴蕾，低声地对崔玲道：“那不是裴蕾吗？”

崔玲一看心中一怔，悄悄地说：“她怎么也在这里，没有一点儿病态！”

两路人群越来越近，裴蕾看到了崔玲和丁家驹，尖叫一声：“啊！”躲到了柯楠身后。

柯楠和丰登的目光立即向崔玲和丁家驹射出，四人的目光聚到了一起。

上海来的两名女检察干警警惕地意识到这情景不寻常，看看这边，又望望那边。

戈穹不知这中间的缘由，以为柯楠的目光是对他来的，他狠狠地瞪了柯楠一眼。

丰田面包警车内　白天

柯楠关切地问裴蕾："裴蕾，没有事吧?"

裴蕾沉着脸没有回答。

柯楠安慰道："不要怕，我们会保护你的。"

裴蕾感动地："楠姐!"将脸紧紧靠在柯楠肩上。

颜文茹的轿车内　白天

颜文茹指着坐在副驾驶位子上的戈穹向身旁的女儿介绍说："丽娜，这位是你爸爸的秘书。"

张丽娜笑了笑道："妈妈，你的介绍过时了，我到香港去之前，他不就是爸爸的秘书吗，我也见过他，但不知他的尊姓大名。"

戈穹扭过头来自报家门："姓戈，大动干戈的'戈'，名穹，苍穹的'穹'。"

张丽娜含笑而温存地："一听就是一个大闹天宫的人物。"

戈穹表现地："如果我说是戈壁滩的'戈'，苍穹的'穹'，那你就会说'一片空白'!"

颜文茹夸奖道："戈穹当秘书才两个多月，就比以前滑稽多了。"

戈穹谦虚地："今后还要请颜局长多教诲。"他的头转过来后再也不想转回去。在与颜文茹说话的时候，总是瞟着张丽娜。眼前的张丽娜今非昔比，她的美全方位地表现出来。除了那张漂亮的脸外，一件半透明的连衣裙把她身上能够显露的部分都显露出来了。

对戈穹，张丽娜本来淡然视之，但戈穹的目光久久地在她身上游离，引起了她的注意，他具有男人的体态和气质，而且儒而不愚，谈吐生趣。

颜文茹那双能穿透人脑袋的眼睛已经看到了什么，心中的天平在衡量着。

崔玲的豪华轿车内　白天

崔玲突然改变主意对开着车的丁家驹说："家驹，送我到省城。"

丁家驹问："你不是和张丽娜专程来平湖研究海天实业发展方案的吗?"

崔玲反问道："你刚才不是看到了吗?"

丁家驹为她壮着胆："如果是怕裴蕾告发，完全没有必要，这婊子我可以收

拾她。”

崔玲阴沉着脸：“不，我要让张宝宽来了这个难。家驹，你告诉张宝宽，就说我本来到了平湖，因为生他的气而离开了平湖。”

丁家驹问道：“你真的要去省城。”

崔玲：“还能有假，马上调转方向上高速公路。”

柯楠家客厅　清晨

“真是难得来的客人！”叶萍像迎接亲人一样将裴蕾和上海来的两名女检察干警迎到屋里。

柯楠向裴蕾介绍：“裴蕾，她是我妈妈。”

裴蕾亲切地喊着叶萍：“阿姨！”

叶萍拉着裴蕾的手：“哎呀，好漂亮、乖巧的姑娘！”

柯楠又介绍说：“这位是我男朋友，宋振声。”

裴蕾有些迟钝地：“宋……”

柯楠启发她：“宋先生！”

裴蕾跟着：“宋先生。”

宋振声满面微笑地：“裴蕾，你现在还是东亚公司的员工，你安心疗养，公司照发你的工资。”

裴蕾有些惶惑：“东亚公司？”

柯楠：“现在东亚公司已经更换领导，宋先生是美国兴亚集团特派代表，任公司总经理。你在上海治疗的全部费用都是宋先生个人支付的。”

裴蕾激动着：“恩人……”

宋振声：“不要这样讲，我已经把你当成我的妹妹。”

裴蕾：“以后我叫你……”

丰登接着说：“叫他姐夫。”

室内一阵欢笑声。

柯楠卧室　白天

一名上海女检察干警拿出医院《病人出院单》给柯楠：“这是医生的嘱咐，继续服药，加强记忆训练，但不能提及痛苦往事，以免精神受到刺激。”

柯楠接过病人出院单看着。

上海女检察干警：“医生说病人既有大脑严重受伤，也有精神刺激的影响，如果再度受到精神刺激，可能导致病情反复。”

柯楠问：“裴蕾在医院情绪怎样?”

上海女检察干警：“情绪忧郁，一提及往事就流泪，我们只好回避，另外，情绪不够稳定，有时喜怒无常。”

柯楠问：“你们分析呢?”

上海女检察干警：“这个姑娘本质很好，可能受了很大的伤害。但她非常注意自己的声誉，而且在痛苦和忧郁中潜在着一种积极向上的力量。这正是我们需要的，我建议你们引导和激发她的这种力量，在你们的感召下，让她自觉地讲出跳楼自杀的真实原因。”

柯楠：“我们检察院领导已将这一任务交给了我，裴蕾暂时住我家。”

省城，咖啡店内　白天

崔玲端着牛奶杯：“张丽娜这次是奉母亲之命回平湖的，主要任务是要选派一名代表参加海天实业的管理。”

丁家驹即问：“为什么?”

崔玲反问丁家驹：“人家百分之二十四点五的股份，放得了心吗?”

丁家驹又问：“你答应了?”

崔玲说：“我的股份和她一样多，平起平坐，控股的朴望东都答应了。再说，他们的代表一来，今后公司遇到麻烦事也就有人斡旋了。”

丁家驹担心着自己：“那我怎么办?”

崔玲给他交底：“你还是当你的总经理，她派的人当你的助手。”

丁家驹问：“张丽娜为什么自己不出任?”

崔玲：“她能出任吗，她一出任不就露了馅。”

丁家驹打听道：“有可能是她舅舅颜东升。”

崔玲摇头：“张丽娜恨透了他，她妈妈本想要颜东升作为一个股东，但张丽娜坚决反对，颜文茹只得屈从女儿，把弟弟撂在一边。”

丁家驹又打听说：“张丽娜有男朋友了吗?”

崔玲问：“这姑娘开始想在香港找，可是人家见了她总是找不到感觉，所以她依然把目标放在内地。”

江岸　夜

月牙既挂在天空，也沉在江底。

戈穹紧靠着张丽娜的肩膀，边走边说："我原本一介书生，自从当上你爸爸的秘书后，我向他学到了许多书本上学不到的东西，我觉得自己太幼稚了。我看到在市场经济的海洋里，最有魅力的是金钱。一名全国知名作家来平湖，只有市文联主席迎送，而一名带着几千万元人民币的私营业主来平湖，都是警车开路，党政要员陪同。不仅如此，铜臭还制约着人与人的感情。当我从茫然中醒悟的时候，碰上了你。我佩服你的勇气和胆略，只身一人到国际大都市香港闯荡。我比你早四年来到这个世界，可是我却落后了。不过我不甘落后，这一步我会尽快迈出去的。"

张丽娜听了戈穹的一席话，心里甜滋滋的。但是，经过一次失败爱情的她变得成熟了许多。她问戈穹："你凭什么迈出去？"

戈穹开始有点窘迫，但心念一闪，很快找到了答案："在一些人看来，当商海弄潮儿资本是第一位，我却不以为然。我认为，商海弄潮，风浪滔天，投之以勇，斗之以谋。"

张丽娜被他击中了兴奋点，接着问道："你什么时候迈出去？"

戈穹说："主要是寻找契机。商人把握了机遇，就等于拥有了财富。我认为，现在我们两人互为机遇。"

张丽娜咯咯地笑道："现在你还是你，我还是我，怎么互为机遇！"

戈穹毫不掩饰："所有核反应的过程都是反射性物质的聚合与裂变的过程，如果有你与我的结合，今后彼此将由此改变一生。"

张丽娜不以为然："我佩服你的口才，你怎么不去当律师？"

戈穹自信地："能当律师的人就能当谈判代表，当经纪人，而且我的英语较好，与老外谈判，不要翻译。"

张丽娜半真半假地笑道："如果谁找你做老公，出国不必带翻译。"

戈穹不禁一喜，追问道："你说的是'谁'，是不是有所指？"

张丽娜含笑不语。

海天娱乐城　夜晚

张宝宽的轿车停在大门前，丁家驹忙迎上来打开车后门，张宝宽从车上下来，戈穹也跟着下来。

张宝宽回过头对戈穹说："戈秘书，我在这里和丁总商量点事儿，你先回去，3 小时后和司机一道来接我。"

桑拿房　夜晚

房内只有张宝宽和丁家驹。他们洗浴后每人披着一条浴巾进入干蒸室。

干蒸室　夜晚

丁家驹拿开捂在鼻子上的湿毛巾，说："这次崔玲确实生了很大的气，她说她没有想到，一个统率600万人口的平湖市委代书记、市长竟然拿不下一个17岁的黄毛丫头。"

张宝宽委屈地："不是我拿不下，而是我不忍心拿下。你想想，一个17岁的打工妹跳楼自杀，留下失去记忆的后遗症，我要是干预她治病，不等于扼杀她吗？我的行为不也是一种犯罪吗？"

丁家驹毫不客气地："当初你不是也干预过吗？可是洪源等一伙人阳奉阴违，说什么裴蕾的记忆恢复无望，你信以为真，可是他们都在暗暗地给裴蕾治病。现在裴蕾已经初步恢复健康，恢复记忆，并且已经从上海回到了平湖。张市长，我劝你不要心慈手软，到头来自己成了刀下鬼！"

张宝宽很反感地："你们为什么一步一步给我施加压力？"

丁家驹直视着他："什么原因你自己清楚！"

张宝宽愤然道："即使裴蕾知道我张宝宽做了什么坏事、丑事，她跳楼自杀也与我无关呀！丁家驹，我们都是男子汉，不是妇人见识，你告诉我，裴蕾究竟是怎么从牡丹江到平湖来的？她与崔玲有什么见不得人的事情？她肚子里的那个胎儿到底是谁的？"

丁家驹冷笑道："我无可奉告，你还是去问崔玲吧！"

张宝宽气极地："在我对这些情况一无所知的情况下，我对裴蕾下了毒手岂不充当了他人的刽子手？"

丁家驹神秘地说："我听说，市检察院千方百计为裴蕾治好病，并不是施什么仁慈，而是要让裴蕾开口说话后，把你的问题供出来，张市长，项庄舞剑，意在沛公哦！"

张宝宽信了，他深深地叹了一口气。

丁家驹在张宝宽心火上再加一勺油："洪源组织一伙人抓住裴蕾跳楼事件不放，声称要抓大鱼。现在裴蕾在一个叫柯楠的女检察官家里疗养，并由柯楠做裴蕾的人性感化工作。我不知道，一名普通检察官与你这位平湖第一官结了什么仇？"

市长室　白天

张宝宽吩咐戈穹道："小戈，你到市人事局档案室查阅市检察院检察干警柯楠的个人资料，然后向我报告。"

戈穹立即回答说："张市长，不用查，柯楠，我认识，她今年26岁，2007年7月于中国政法大学毕业后分配到平湖市人民检察院反贪局工作，现在已经是检察员。"

张宝宽问："你这样熟悉？"

戈穹说："她在中国政法大学读书时我也在北京上大学。"

张宝宽："她家在平湖市内？"

戈穹："她爸爸、妈妈都是玉池山铅锌矿矿工，以后住到城里来了。"

张宝宽："你认识她父母亲吗？"

戈穹："她父亲叫柯龙，于去年病逝。"

张宝宽："病逝了！"

戈穹："母亲叫叶萍。"

张宝宽一愣："叶萍！"

戈穹："张市长，您认识他们？"

张宝宽："以前我当矿工时和他们是工友。"

他问戈穹："柯楠怎么样？"

戈穹心情复杂地："她读书时是学校的高材生，在市检察院也出类拔萃，可是这人爱钱，男朋友是美国一个大富商的儿子。"

张宝宽："她为什么没去美国？"

戈穹："她不仅没去美国，反倒把人家弄到平湖来了，那人就是东亚公司现在的老总宋振声。"

张宝宽暗暗叹了一口气，自言自语："柯楠是叶萍的女儿……"

戈穹："张市长，您要了解柯楠的什么情况，我都可以弄到。"

张宝宽："不用了，我就问这些。"

戈穹："张市长，我走了。"他退了出去。

张宝宽仰靠在椅子上，思绪回到了27年前的玉池山铅锌矿。

二十七年前，玉池山铅锌矿大樟树下　夜

夜间巡逻的桑轱子吃着叶萍给的熟鸡蛋摇摇晃晃地走后，张宝宽与叶萍紧紧依偎在一起。

张宝宽期待地望着叶萍："叶萍，我们结婚吧!"

叶萍为难地："我也想过，但还需要等一段时间。"

张宝宽不解："为什么?"

叶萍心思沉重地："我爸爸还在接受审查，暂时没有结论，我想等到组织上给他作结论证实他没有大的问题时，我们结婚。宝宽，你出身贫下中农家庭，根正苗红，我怕影响你的前途。"

张宝宽并不在乎这些："我虽然是青年突击队队长，还不就是天天拿着风钻采矿，前途再光明也是矿井灯照着的。"

叶萍试问道："假如领导要提拔你，因为我父亲的问题而影响了你，你会后悔吗?"

张宝宽站起来："我对着天上的月亮、星星发誓，无论有什么影响，我都无怨无悔!"

叶萍张开双臂："宝宽!"她将宝宽紧紧抱住，亲着，吻着，久久不愿松开。

新房内　夜

面积不到10平方米的旧房，铅锌矿尘染过的墙壁上挂着一张金光四射的毛主席画像，画像下贴着一个红色的"忠"字。木床是旧的，但被子却是崭新的，被子中央放着一个大红"囍"字。

张宝宽和叶萍不停地给来闹新房的矿工们分发喜糖，桑轱子将手伸到盘子里抓了一把，接着一阵哄抢，一盘子糖光了。憨厚的柯龙没有抢到，桑轱子拿出两颗递给他："柯龙，让你也分享分享他们的幸福。"

矿革命委员会主任室　白天

张宝宽蹑手蹑脚地走了进来，看见赵主任，问道："赵主任，是您找我?"

赵主任热中有冷地："是呀，坐吧!"

张宝宽依然躬身地站着。

赵主任脸上露出几丝微笑："祝贺你呀!"

张宝宽抱歉地："我和叶萍举行了一个简单的婚礼，您工作忙，我没有请您，今天也忘记给您带喜糖。"

赵主任又恢复了严肃："我叫你来不是要吃你的喜糖，而是祝贺你上大学!"

张宝宽喜形于色："赵主任，革命委员会定了我!"

赵主任一笑："我想定你。"

张宝宽感动得不知怎么表示："赵主任，我一辈子也不会忘记您的大恩大德！"

赵主任停了停："现在还不能这样讲。"

张宝宽想问但又有点怕："……"

赵主任郑重地："现在要看你自己的态度。"

张宝宽激动地："上大学，还有不愿意的，我家祖宗三代给地主做牛做马，现在我能上大学，是枯树发芽、铁树开花！"

赵主任严肃地："亏你还记得你的出身！我问你，你为什么经不起糖衣炮弹的袭击，竟与叶萍结婚？你知道她父亲是什么人？她父亲是反党反社会主义的黑帮分子，现在还在接受审查。像你这样好的苗子怎么同一个有严重家庭问题的人结婚。"

张宝宽凄苦地："赵主任，我们的婚姻是经过领导批准的。"

赵主任打起政治官腔："你们第二矿区的领导受'唯生产力论'的影响，只知挖矿，没有一点儿阶级斗争观念。"

张宝宽的心并没有动摇，他对赵主任说："赵主任，我感谢您，现在我已经同叶萍结婚，如果我不符合条件，我愿意放弃。"

赵主任站起来瞪着眼睛："张宝宽，你这个政治糊涂虫，现在的年轻人是为革命而读书，上不上大学不是你个人的事，我们玉池山铅锌矿革命委员会推荐你上大学是考虑整个矿山将来革命和生产的需要！"

张宝宽不知所措地呆呆地望着赵主任："赵主任，怎么办呢？"

赵主任轻松一笑："那好办，你们第二矿区没有革委会，不是一级政权组织，没有婚姻批准权，即使批了也无效。鉴于你与叶萍已成事实婚姻，你和她可以写一个解除婚姻的申请交给二矿区。"

张宝宽急了："不行，赵主任，我会对不起叶萍的，我们山盟海誓过！"

赵主任怒了："什么山盟海誓，那是小资产阶级的狂热，你怕对不起叶萍，就不怕对不起革命事业？这样吧，叶萍的工作我来做！"

新房内　夜

张宝宽独自一人坐在床上闷着。

叶萍推门进来。她眼睛红了，脸上布满了泪痕。张宝宽搂着她："叶萍，那个大学我不上，我不离开你！”

叶萍哭诉着：“不行，今天赵主任找我谈话时说我用资产阶级糖衣炮弹腐蚀了你，还说我毁了一棵好端端的苗子。宝宽，我不能误了你的前途，我已经当着赵主任的面表了态，我们解除婚姻。”

张宝宽的眼圈也湿了：“叶萍，你真的表了态。”

叶萍从口袋里拿出已写好的《解除婚姻关系申请书》：“我们明天把它交上去。”

张宝宽搂着叶萍，久久没有松开。

叶萍开导着：“宝宽，你的成长就是对我最大的安慰。”

灯光暗了下来，这一夜，他们在痛苦中甜蜜。

市长室　白天

张宝宽从27年前回到现实。他叹息着，他的画外音：“叶萍，我对不起你，但是我们总不能成为冤家呀！”

高凤阳从门外进来，喊道：“张市长！”

张宝宽冷淡地：“你来了。”

高凤阳自已坐下面带愧色地说：“张市长，裴蕾从上海治病回平湖了。”

张宝宽问道：“身体状况怎样？”

高凤阳回答说：“记忆功能基本恢复，但是不能受刺激。”

张宝宽揶揄地：“当初，你们检察院有人怀疑我与裴蕾有什么关系，现在裴蕾恢复了记忆，应该揭发我了！”

高凤阳洗清自已道：“张市长，我可从来没有这样怀疑过您。洪源为什么要这样做，您是清楚的。”

张宝宽急忙问道：“现在裴蕾说了些什么？”

高凤阳说：“办案人员还没有向她询问。”

张宝宽又问：“听说你们将她安排在一个叫柯楠的检察官家里继续疗养？”

高凤阳说：“这是洪源同志安排的，让柯楠用爱心来感化她。”

张宝宽拉长了脸：“你们只喊人手紧，精力不够，然而，为了一个跳楼自杀的女人恢复记忆功能花费那么多人力、物力，你们院到底是人民检察院还是社会福利院？”

高凤阳站起来走近张宝宽：“张市长，在对待裴蕾的问题上，您有什么具体指示？”

张宝宽很反感地："这样的小事要我作具体指示，平湖市就是有 100 个书记、市长，也还少了！凤阳，我还是那样说，裴蕾至今我还不认识，她和我没有任何关系，到底怎么处理，你们自己去办！"

第九集

柯楠家　白天

柯楠一进门就亲切地喊道："裴蕾!"

裴蕾从卧室跑到客厅："楠姐!"她对着厨房说："阿姨，姐姐回来了!"

厨房里传出叶萍的声音："知道了，等一下就吃饭。"

柯楠从提袋里拿出两瓶药给裴蕾："这是省中医研究所研制的一种新的中成药，能增强脑细胞再生功能、记忆功能，每天吃 3 次，每次吃 4 片。饭前饭后都可以。"

裴蕾说："记住了，每天吃 3 次，每次吃 4 片。"

柯楠又拿出几张报纸，说："我怕你在家里闲得无聊，特地买来了最近几天的《平湖晚报》，不然天天关在家里，关久了会成桃花源中人的。"

裴蕾告诉柯楠："我在学校读书时很爱看报。"

柯楠打开一张坐下和裴蕾一起看着。

报纸上：头版头条醒目的标题《张宝宽视察城市建设》，并配有一幅张宝宽视察时的照片。

裴蕾念着："昨天下午，市委代书记、市长张宝宽视察了我市城市建设。视察时，他指出，搞城市建设要大视野、高起点、大手笔。"她对身边的柯楠说："楠姐，平湖市确实气派、美丽。"

柯楠指着照片说："平湖市的张市长是城市建设专家。"

裴蕾看着照片。

柯楠注视着裴蕾，看到她脸上的表情十分平静，便有意问道："裴蕾，你见过我们的张市长吗?"

裴蕾摇着头："没见过，但在电视上看到过。"

柯楠又问："听人家说过他吗?"

裴蕾答道："没有。"

柯楠翻开另一张。

叶萍端着菜碟走到餐厅，喊着："楠楠、裴蕾，吃饭了。"

柯楠收起报纸和裴蕾走进厨房，很快各自端着菜碟和饭碗出来。

餐桌中央是一个砂罐，叶萍用勺子给裴蕾舀上一碗："这是黑母鸡炖天麻，是滋补大脑的。"

裴蕾推辞着："阿姨，这碗给您，我自己来。"

副检察长室　白天

高凤阳神情严肃地问柯楠："裴蕾跳楼自杀原因的侦查有什么进展吗？"

柯楠尽管感到他问得很突然，但还是做了回答："裴蕾在飞机场停车场偶然碰到崔玲和丁家驹时受了惊，之后只要提到崔玲和丁家驹，她就神情不安，不是惊叫，就是哭泣。如果强行追问，刚刚恢复的记忆功能又会受到损伤，我想让她的情绪稳定一个时期再进行一次询问。"

高凤阳又问："她在谈话中提到过其他人或对其他人有惊恐的表现吗？"

柯楠说："没有。"

高凤阳皱起了眉头："这个案子就这样拖下去也不是一个办法。你尽快地对她进行一次询问，如果没有什么新的进展，就让她回牡丹江。"

柯楠慎重地问道："这是检察委员会的意见？"

高凤阳冷了脸："柯楠，我是分管反贪工作的副检察长，难道你对我的指示还要问出处！"

柯楠坦然地："高检，我是一个普通的检察员，检察委员会的决定和检察长的指示我都会执行，但是我可以发表个人意见，供领导参考。我认为在裴蕾情绪还没有稳定的情况下，不能匆匆忙忙对她进行询问，更不能让她回牡丹江。如果你刚才的意见是检察委员会的决定，我立即执行，如果是你个人的意见，我希望你慎重考虑，以免使这个案件成为悬案。"

高凤阳瞪大了眼睛："柯楠，你是年轻气盛，还是目中无人？"

柯楠感到受了冤枉，申述道："我既不是年轻气盛，更不是目中无人，我只是尽到一个办案人员尤其是一个检察官的责任！"

高凤阳感到失了体面，耍起了副检察长的权威："我指令你必须在一个星期内对裴蕾进行一次询问，如果她不是涉案人员，限令她离开平湖回牡丹江。"

柯楠直率地问道："高副检察长，如果我们过早询问刺激了裴蕾引起她旧病复发，由谁负责？裴蕾现在还是东亚公司员工，东亚公司仍然按月发给她病休工资，裴蕾没有涉嫌犯罪，我们检察院没有权力取消她的员工资格，也不能要她离开平湖回牡丹江！”

高凤阳理屈词穷，最后亮出底牌：“柯楠同志，我明确告诉你，我说的不是我高凤阳本人的意见。”

柯楠反问：“难道是洪源检察长的意见？”

高凤阳气愤地站起来：“是直接领导洪源同志的市领导的意见。”

柯楠轻蔑地一笑：“我们国家实行的是法治，不是人治，不是谁的官大就听谁的。你作为一名副检察长，应该懂得这个道理！”

洪源家客厅　夜

凌春芳兴奋地对洪源道：“下午洪涛来电话，说他和田芸都在青海的格尔木找到工作了，洪涛受聘在一所中学教书，田芸在一家工程公司管资料。”

洪源欣慰地说：“让他们在艰苦的环境里锻炼锻炼也好。”

凌春芳接着说：“可是田芸身体不大适应，还有亮亮，虽然放在幼儿园，如果洪涛与田芸晚上同时加班就没有人接。”

洪源嘘了一口气：“困难总会是有的，我退下来后，我俩一起到青海给他们当保姆。”

门铃响了，凌春芳去开门，进来的是王铁流。

洪源喊道：“铁流，怎么这时候来了。”

王铁流说：“有一件事要向您汇报。”

凌春芳端来一杯茶，然后转身：“王局长，你们谈。”

洪源递给他一根烟：“你说吧！”

王铁流未点燃烟就开始了：“今天下午，高检找柯楠谈话，指令她在一个星期内对裴蕾询问一次，如果没有什么进展，限令裴蕾离开平湖回牡丹江。高检还给柯楠施加压力，说这是一位市领导的意见。”

洪源问：“柯楠通过接触裴蕾有了一点眉目吗？”

王铁流点燃烟后说：“柯楠向裴蕾侧面问过，而且还指着报纸上张宝宽的照片给裴蕾看过，裴蕾表情没有异常，而且说，她从来没有见过张宝宽。我和柯楠分析，裴蕾跳楼自杀与张宝宽没有关系，而且裴蕾手中也不会有张宝宽的把柄。”

洪源一针见血地：“张宝宽之所以关注和干扰我们对裴蕾事件的侦查，完全是崔玲牵着了他的鼻子，而且这件事与丁家驹不无关系。”

王铁流点着头："我和柯楠也是这样认为。"

洪源继续分析说："我可以断定，裴蕾事件后面还有大案。现在有裴蕾做人证，还有保存的胚胎做物证，这个案子一定可破，只是需要一段时间。"

王铁流提出一个疑点："裴蕾所怀的胎是不是丁家驹的？"

洪源反问："你认为呢？"

王铁流说："我和柯楠分析过，丁家驹只是崔玲的马仔，如果裴蕾是被丁家驹糟蹋的，崔玲完全可以甩掉丁家驹，不会给张宝宽施加压力来摆平此事。"

洪源接过他的话："如果有了嫌疑对象，且胚胎作亲子鉴定，真相就大白了。这绝不是一般的男女作风问题。省委和省检察院领导对这一案件的侦查十分重视，省委副书记佟风指示，一定要千方百计尽快侦破此案，不管涉及谁都要一查到底。"

王铁流增强了信心，但仍有些担心，他直言道："我们侦破颜东升涉嫌受贿一案以来，市检察院领导一直有两种声音。高凤阳同志总是干扰侦查，如果还是这样下去，这一系列案件很难破开。"

洪源点了点头："侦查与反侦查的根子主要在内部，但是我们现在没有抓到可靠证据，高凤阳要表演就让他再表演一番，我们把眼睛擦亮点。"

张宝宽家客厅　夜

高凤阳挪了挪屁股，更靠近张宝宽了，他说："我们的办案人员说只要提起崔玲和丁家驹，裴蕾就惊恐起来，可是提到你时，她神情平静，而且说她从来没有见过你。张市长，我问一句不该问的话，是不是有人借裴蕾来讹诈你？"

张宝宽沉思着。

张宝宽家客厅外　夜

颜文茹将耳朵贴近装饰板偷听着。

张宝宽家客厅　夜

高凤阳暗暗观察看张宝宽的神态。

张宝宽抬起头说："凤阳，裴蕾的事你暂不管它，到时会有人跳出来的，尤其是那胚胎是一个重要的物证。"

高凤阳松了一口气："只要裴蕾的事与你无关，我就放心了。"

张宝宽问："颜东升涉嫌受贿案和玉池山铅锌矿房地产开发招商涉嫌徇私舞弊案的侦查现在怎样？"

高凤阳低声说："现在还没有查到新的线索。"

张宝宽忘形地："身正不怕影子歪，让他们查吧！"

枫叶湖畔　夜晚

夜已很深，风也有了点儿凉意，水上运动基地看台上，乘凉、聊天的人已逐渐离去，戈穹和张丽娜紧紧地依偎在一起。

戈穹惬意地："你爸爸知道我要下海，十分赞成，并说'先下湖后下海'。"

张丽娜猜测道："他是不是要你先在平湖商海里锻炼，然后再到香港，到国外。"

戈穹赞许说："你真聪明，你爸爸正是这样为我设计的道路。"

张丽娜故意问："他要你下到平湖的什么地方？"

戈穹兴奋地："平湖最大的外资企业——海天实业。他说，他已经向海天实业的老板打过招呼。"

张丽娜又问："什么时候下？"

戈穹告诉她："你爸爸说，如果是别人，他一句话就行了。但是对我却不能，因为我是他的秘书，怕人家说闲话，他要我向市委组织部写个报告，先留职停薪，今后进可攻，退可守。"

张丽娜再问："他还说了些什么？"

戈穹说："他要我们在平湖少在一起露面。还教诲我，既要举重若轻，也要举轻若重，因为中央有规定，像他这个级别的领导干部的子女不能在本地经商办实业。"

张丽娜雄心勃勃地："海天实业今后不仅要在平湖发展，而且还要拓展到海外。"

戈穹惊奇地问："你爸爸对海天实业也是情有独钟，我感觉到你们家与海天实业有什么关系。"

张丽娜不敢正视，便笼统地道："这只能说海天实业有影响力。"

平湖化纤厂前　白天

鞭炮轰鸣，鼓乐声声，"海天实业收购平湖化纤厂典礼"甚是隆重。

张宝宽和朴望东、崔玲、丁家驹、戈穹在礼仪小姐们的护引下走上主席台。

典礼主持人洪亮的声音："下面由中共平湖市委代书记、市长张宝宽先生，海天实业投资商朴望东先生、崔玲女士，海天实业总经理丁家驹先生，副总经理戈穹先生，为海天实业收购平湖化纤厂剪彩。”

欢快的进行曲中，五人先后剪断一条红色绸带。

张宝宽刚放下剪刀，电视节目主持人就将采访话筒伸到他面前：“张市长，海天实业以1000万元人民币收购平湖有名的特困企业平湖化纤厂，对此，您有何感慨？”

张宝宽兴致勃勃地说：“海天实业刚刚在平湖落户，就为平湖排忧解难，这更加激发了我们优化投资环境扩大对外开放的积极性，借予一片风水地，投桃报李总有情。我希望海天实业海阔天空地发展。”

东亚公司门前　白天

宋振声夹着公文包向大门走去，不断地和来往的员工打着招呼。

宋振声办公室　白天

宋振声刚走进办公室坐下，两位穿灰色制服的城管队员大步跨进门。

其中一名出言不逊：“宋总，冒昧打扰没有意见吧？”

宋振声客气地：“请坐下说！”

开始说话的队员亮出证件：“我们是市城管大队的，你们东亚公司正在运输基建垃圾，要交垃圾处理费5万元，已交3万元，还欠2万元。”

宋振声很清楚这件事，忙回答说：“我们公司财务部主任说，市政府已优惠2万元。”

另一名队员跷着二郎腿，拉腔拉板地：“市政府优惠是一句空话，他们又不给我们钱。你们外资企业有的是钱，要什么优惠。”

宋振声受了委屈：“不是我们要市政府优惠，而是市政府主动提出要优惠。这样吧，我们不要这个优惠，我通知财务部，你们去拿钱。”

一城管队员语气和缓了些：“宋总，你不要生气，我们可以采用变通的办法，优惠1万元，再交1万元。”

宋振声立刻答应：“我通知财务部立即将钱打到你们单位的账上。”

这一名队员：“不，我们要带现金。”

宋振声解释说：“我们公司有规定。大额资金一律不拿现金。”

另一城管队员讥讽地：“1万元算什么大额，人家海天实业收购特困企业挥笔就是1000万元。”

宋振声反感地：“海天是海天，东亚是东亚，各有各的规矩！”

两城管队员站起来欲走，其中一名嬉皮笑脸地："宋总，我们走了，后会有期！"

两名队员走后不久，一名公司员工就来向宋振声报告："市城管大队向世纪商城建设工地下达《停运通知单》，我们所有运输垃圾的车辆被堵在工地。"

宋振声问："什么理由？"

那员工："说我们没有及时交纳垃圾处理费。"

宋振声火冒三丈："完全是敲诈勒索！"他抓起听筒拨完号码："柯楠，你天天查案子，有人在我们公司敲诈勒索，你们查不查？"

张宝宽家　傍晚

张宝宽一进屋见戈穹在，就夸奖道："海天实业收购化纤厂这一举措，社会反响强烈，这一招，戈穹策划得好哇！"

戈穹更加踌躇满志，但说话语气却有些谦逊："我也只是初试一剑。海天实业的投资者不直接参加管理，而直接管理的丁家驹有胆无谋，急功近利，致使海天实业在平湖无声无息。'人以道分高下，物以名分类别'。企业的品牌与形象塑造是高水平商战的游戏规则，想把生意做大、做强，重在别出心裁，谋略取胜。我们海天实业没有制造业，其品牌不是产业，而是企业本身。这次我们拿出1000万元，救活了一个特困企业，安置了200余名下岗工人，从而使海天得到了社会的承认，它必将产生不可估量的经济效益和社会效益。"

张宝宽笑声不断，他对女儿说："丽娜，你要跟戈穹好好地学。"

张丽娜冷不防："戈穹，你不要把一切功劳都归于自己，不是爸爸拍一板能行吗？平湖化纤厂的实际资产在2000万元左右，这次净赚的1000万元应该归功于爸爸。"

颜文茹忙制止："丽娜，在外面你千万别说漏了嘴哟！"

戈穹发热的头脑蓦然冷了下来，他换一个话题问张宝宽道："张叔叔，我听丁家驹许多次提到南光公司，也提到过丽娜，是不是丽娜与南光公司、南光公司与海天实业公司有什么关系？"

张丽娜忙反问道："是，怎么样？不是，又怎么样？"

戈穹已感觉到话中有音："'是'与'不是'，是主与宾的关系。如果'是'，我可以当家做主，放开手脚，鸟飞鱼跃；如果'不是'，我仍然只是一名打工仔，蹑手蹑脚，受人制约。"

颜文茹若明若暗地：“‘不是’当着‘是’来干。”

戈穹心领神会：“有您这句话我心里就踏实了。”

颜文茹问戈穹：“下一步有什么计划？”

戈穹得意地：“下一步我的重点仍然放在‘规模效应’上，我们再收购或兼并几家目前效益欠佳而又有发展前途的企业，组建海天集团。”

颜文茹问张宝宽：“海天实业与东亚公司比，哪家实力雄厚？”

张宝宽答道：“东亚的背后是美国兴亚集团，几百亿美元的资产，它在平湖的世纪商城建成后，可以独领平湖及周边十四县市的消费潮流。”他对戈穹说：“戈穹，不是我给你泼冷水，你有点头脑发热，其结果不是昙花一现，就是海市蜃楼。你看东亚公司的宋振声不声不响，踏踏实实，他们的世纪商城的建设速度在平湖是没有先例的。你要虚心向东亚的宋先生学习。”

戈穹脸上一下子起了鸡皮疙瘩。

张丽娜见状忙为戈穹解围：“戈穹，我们出去走一走。”

颜文茹不让：“快吃晚饭了。”

张丽娜借故说：“我好久没吃平湖的土菜了。”

江岸　黄昏

晚风阵阵，江涛拍岸。宋振声独自在江边徜徉，他想，自己既是为了事业也是为了柯楠而到平湖来的，可是自己却出现了从未有过的孤独。柯楠十天半月见不上一面，在一些人的眼中，宋振声似乎是一个钱庄的老板，他们一伸手就要拔几根毛，拔不到毛，就嘲笑、讥讽。他站在岸边遥望蒙蒙江面，让江风带走心中的烦闷。

忽然，身后传来吟诗声：“月下江流静，荒村人语稀……”

他扭转身来：“柯楠，你怎么知道我在这里？”

柯楠娇昵地：“白天你发虚火，必然要消化情绪，你看那些电影、电视里，人一孤独、烦愁，就往海边跑，平湖没有海，只有湖，所以我就来了，怎么样，没有猜错吧！”

宋振声笑道：“不愧是侦查员。”

柯楠问：“为什么发火，谁敲诈了你们？”

宋振声苦笑着：“事情已经过去了，如果我说出来，你们又要查它数天半月。”

柯楠惊奇地问："有那么严重?"

守振声收口了："没有，是我夸大其词。"

柯楠抱歉地："振声，这一段我工作忙，没有陪你，听说世纪商城施工速度很快，我也没有去看一下。我妈妈批评我说，这样下去振声会有意见的。振声，今天你就是批评我，骂我，我都能接受。"

宋振声笑道："孤独时心中是有气，但一见到你，气就消了。"

迎面，两个人影搂在一起，借助淡淡的月光，柯楠看清楚了，那是戈穹与张丽娜。她拉着宋振声的手欲回转："不打扰别人了。"

柯楠和宋振声还未打转，戈穹发现了他们。

月光下，两对恋人双双对视了一下。

海天实业戈穹办公室　白天

戈穹第二天上班时仍闷闷不乐，他正看着一叠会计报表时，马飞进来："戈总!"

戈穹问了声："马飞，什么事?"

马飞恭维地："戈总，我们保安队准备给您配一名保镖。"

戈穹反问："配保镖?"

马飞点头："嗯!"

戈穹又问："丁总配了没有?"

马飞答道："我还没有问他。"

戈穹望着天花板想了想："保镖，我现在不要，如果临时需要由你指派。不过，我给你的保安队增加一项工作任务，注意收集我们竞争对手的商业情报。商场如战场，在这个战场上必须'知己知彼'，才能'百战不殆'。"

马飞忙问："戈总，有目标吗?"

戈穹轻蔑地："这还用问，在平湖的外资企业中还有哪一家能和我们抗衡，有谁在与丁总和我争高下。"

马飞躬身道："戈总，我明白。"

市郊公路上　白天

宋振声驾驶的轿车中速行驶在市郊公路上，一辆宝马从后面鸣笛风驰电掣而来，宋振声稍稍打了一下方向盘将车让开。

后面的宝马如箭一般超了过去，突然一个急刹。

宋振声发现后立即使劲刹车，由于惯性，车头险些撞击宝马的车尾。宋振声忙下车，见车并未碰上，准备回驾驶室。

宝马车内　白天

马飞瞪着如刀的眼睛命令老三和老四：“快下去，给他点颜色看看！”

市郊公路上　白天

老三、老四跳下车大摇大摆地走到宋振声面前，气势汹汹地：“你他妈的瞎了狗眼，敢撞我们的车！”

宋振声气愤地：“你们凭什么骂人，明明是你们突然刹车，再说我也没撞上你们的车！”

老三用手指着宋振声的鼻子：“要是撞了老子的车，不早就要了你的命！”

老四也叫着：“以后你放明白点，见了我们的车早让路！”

宋振声火冒三丈：“你们欺人太甚！”

老三双手叉腰：“是谁欺人太甚，我们正要找你算账。”

宋振声质问道：“算什么账，我以前从未见过你，更没有欺负过你们。”

老四逼近道：“你没欺负我们，可欺负了我们的老板！”

宋振声大声反问：“谁是你们的老板，我怎么欺负了他？”

老三握着拳头：“你还不认账！我问你，你是不是强占了他人的女朋友？”

宋振声如雷轰顶：“你们说什么？”

老四走近宋振声的车，扭开了轮胎气门。

老三与老四上了宝马后，车一溜烟跑了。

宋振声站在车旁气得发抖。

公园假山　黄昏

宋振声怒火冲天，大声质问柯楠：“你除了我，还有没有过男朋友？”

柯楠受了很大的侮辱，激愤他：“我早就对你说过，除了你，我不会再去爱任何人！”

宋振声：“为什么有人说我强占了他们老板的女朋友？”

柯楠反问：“他们是谁？他们的老板又是谁？”

宋振声：“最清楚的莫过于你自己！”

柯楠突然醒悟了，她指着假山前的一块石头：“你坐下来，我给你讲清楚。”

宋振声没有坐下，背对着柯楠。

柯楠委屈地走到他身边："他们说的那个老板一定指的是戈穹。他以前是张市长的秘书，现在是海天实业的副总经理，七年前我考上中国政法大学，他也考上了北京的一所大学，同在一个城市念书，当然有过交往，但完全是正常的、纯洁的。毕业后，我们都分回了平湖。戈穹一直追我，我总是拒绝，但他一直不放弃，还对我说，他的女朋友非我莫属。一直等到你来平湖东亚公司任职后他才死了心，但对我耿耿于怀，并把你作为他没有战胜的情敌而实行报复。"

宋振声仍不相信："我早就看出来了，那次我们俩人在咖啡店，他也跟着来咖啡店，后来我们俩人在平湖岸边散步，他和他现在的女朋友挡住我们的去路，可是你从来不向我提及你们过去的事情。现在我才明白，你为什么不留在美国，为什么迟迟不同意与我结婚，我从美国来祖国平湖，只身一人，正需要人帮助和支持，我是一名未婚男性，正需要女性的温存和柔情！"

柯楠气愤、痛苦、内疚交织在一起，但她竭力克制着："振声，除了你对我与戈穹的关系是误解外，其他的一切我都能接受。你来平湖后，我很少陪伴你，对你的生活，我也很少过问和照顾，我确实很内疚，我对不起你，但是我从心底里深深地爱你。我知道，你一直爱着我，来平湖后也一直呵护着我，我得到了一名未婚女性从未婚夫那里应该得到的一切。对你我没有半句不是的话可说，我只有一个请求，请求你理解我，因为我是一名检察官，检察官的工作具有一定的特殊性。"

宋振声心中的气还没有全消，他说："正因为我理解你，我才来平湖，才一次又一次地自我消化情绪。但你要知道，大海再大也不是没有边的，理解是有限度的。"说完，便向通往公园大门的路走去。

柯楠追上去："振声！"

宋振声没有停步，也没有回头。

戈穹卧室　夜

迷离的灯光下，戈穹疯狂地吻着张丽娜，一会儿吸着嘴唇，一会儿吮着舌头，一会儿将手伸到她的胸下。

张丽娜一身酥软了，两手紧紧抱着戈穹的头。

戈穹抽出伸到张丽娜胸前的手，将张丽娜抱到床上："丽娜，明天你去香港，今晚你就不走了吧。"

张丽娜双手捧着戈穹的脸喃喃地："我的一切都属于你……"

戈穹热血沸腾，双手搂起丽娜，拉开她背后的拉链，然后自下而上地脱下，接着自己三下五除二，脱得只剩下一条裤衩，最显青春活力的部分已经开始勃动。

突然电话铃响了，戈穹极不耐烦地拿起话筒又迅速放下，嘴里骂着："真讨厌！"

戈穹刚上床，包里的手机又响了。他下床，拿出手机："我是戈穹……什么，这次出厂的40辆车被查封！"

张丽娜一听一骨碌坐起："什么，被查封！"

戈穹听着电话："……省里来的人查封的……我马上联系。"

说完他放下了听筒，张丽娜焦急地："你快讲，到底是怎么回事？"

戈穹忙告诉她："电话是销售部打来的，今天出手的40辆车被省工商局查封了，丁家驹要我们立即打通关节。"

张丽娜问："丁家驹为什么自己不出面？"

戈穹气极地说："我到海天实业以后，丁家驹处处刁难我。"

张丽娜道："我已经看出，这个人内心很毒。"

戈穹无奈："丽娜，你马上给你爸爸打电话。"

张丽娜为难地："爸爸只管理平湖，管不了省里，崔玲还住在省城，要她去斡旋。"

戈穹摇着头："我怎么能指挥她。"

张丽娜心中没有了主张，她搂着戈穹说："戈穹，想不到我们第一次就遇上这样一个不吉利的插曲。"

省会，宾馆客房　夜晚

穿着洁白睡衣的崔玲对着听筒："对他张宝宽我早就说过，平湖有多大，他的权力就只有多大。"

躺在床上的丁家驹阴沉着脸对着话筒说："张宝宽现在也不会听你的了！"

崔玲也沉着脸："这件事不能让他轻松而过。家驹，你不要急，我会有办法的。"崔玲放下听筒，在房间转悠着。

一会儿后，她抓起床头电话听筒，摁下了一个号码："张丽娜，我是崔玲，海天实业的事你知道吗？"

戈穹的卧室　夜晚

光着膀子和背的张丽娜接着手机："我知道了，明天我跟我爸爸讲。"

崔玲敦促道："这件事不办好，你不能回香港。"

张丽娜一怔："噢！"

崔玲继续说："你问你爸爸，100万美元的无形资产是做什么用的，上次裴蕾事件未摆平，现在40辆车又放不了行，他是在诚心合作，还是在诚心拆台？"

张丽娜急得几乎哭了起来："崔玲姐，您别生气，我马上给我爸爸讲。"

张宝宽卧室　夜

张宝宽还没有睡，他手拿听筒，怒形于色："崔玲要拆就让她拆！"

张丽娜哭诉着："她说40辆车放不了行，我不能回香港……"

张宝宽壮胆道："香港不是她的，她有什么权力！"

张丽娜仍哭着："一切手续都是她办的，你别看她说话柔声细气，但诡计多端。她还说什么裴蕾事件你没有摆平。"

颜文茹敏感地问张宝宽："裴蕾事件！裴蕾与你有什么关系？"

张宝宽冲着颜文茹："你不要大惊小怪，崔玲是用裴蕾事件讹诈我，实质上她与裴蕾有勾当！"

颜文茹质问张宝宽："她与裴蕾有勾当关你什么事？"

张宝宽怒不可遏："借刀杀人！"

颜文茹更疑惑了："以前你怎么没有向我透一点儿？"

张文宽反问颜文茹道："你是不是在怀疑我？"

颜文茹逼近张宝宽："物以类聚，人以群分，跟崔玲跑的女人是一路货色！"

张丽娜哭叫着："你怎么和妈妈吵起来了呀，这不是诚心让我活不成吗？"她手中的听筒落到地板上。

丁家驹办公室　白天

马飞像旋风一样跑进来报告："丁总，40辆车放行了！"

丁家驹自得地："我知道。"

马飞问："是戈穹找张宝宽打通的环节吧？"

丁家驹轻蔑地一笑："还是张宝宽哀求崔玲在省里疏通的渠道。"

马飞惊讶地："崔玲真是神通广大！"

丁家驹摇着椅子："神一通，路路通！"

马飞不解地问："既然崔玲有那么大的本事，为什么你不直接找崔玲，而绕了一个圈？"

丁家驹冷笑道：“你管你的保安，这里面的文章你不必知道。”

餐厅包厢　白天

戈穹恭敬地站起举杯为张宝宽敬酒：“张叔叔，我敬您一杯！”

张宝宽没有站起，只抬了抬手中的酒杯：“坐下来，慢慢喝。”

戈穹兴奋地：“40 辆车全出手了，就这一下净赚 600 万元。”

张宝宽摇了摇头：“这 600 万不是好赚的！”

戈穹惊疑地望着张宝宽：“还有麻烦？”

张宝宽反扣上包厢的门后：“麻烦倒没有，但有条件。”

戈穹问：“什么条件？”

张宝宽没有立即回答，反而问戈穹：“裴蕾跳楼自杀事件你知道吗？”

戈穹一愣：“知道，您为什么问这个？”

张宝宽低声说：“裴蕾是崔玲带到平湖安排在东亚公司打工的，后来也不知什么原因跳楼，虽然自杀未遂，但崔玲心中一直不安。”

戈穹忙问：“裴蕾自杀是不是与崔玲有关？”

张宝宽回避道：“崔玲表白与她无关。现在裴蕾的身体在康复，崔玲想给她一点关爱，将她安排到海天实业工作。”

戈穹轻轻地：“这不算什么条件！”

张宝宽暗暗叹了一口气后说：“没有那么容易。”

戈穹不解：“怎样？”

张宝宽接着说：“一些人却要抓住裴蕾事件做文章，始终控制着裴蕾，这样的事情我不便以行政手段干预，想由你来周旋。”

戈穹问：“现在裴蕾在哪里？”

张宝宽说：“在柯楠家里。”

戈穹愣住了：“……”

张宝宽见戈穹的表情异常：“你不是和柯楠很熟吗？”

戈穹吞吞吐吐地：“是熟……”

张宝宽吃了一口菜：“听你说同在北京读过书，也算是同学。”

戈穹“嗯”了一声。

张宝宽敏感地：“你们以前是不是有过感情纠葛？”

戈穹忙说：“没有！没有！”

张宝宽问：“现在关系总还可以吧？”

戈穹含糊地：“同学关系嘛。”

张宝宽端起酒杯与戈穹的杯碰了一下：“这件事就交给你了，不过要做得体面些。”

第十集

专案组办公室　白天

王铁流风急火急地跑进来，正好柯楠和丰登在。

丰登问："王局长什么事这样急？"

王铁流忙说："市公安局来电话，说玉池山房地产开发商朱宏昌在郊区的皓月山庄嫖娼被抓，请他嫖娼的是颜东升。现在朱宏昌被治安留置在皓月派出所。我已与皓月派出所联系，请他们协助你们调查，主要查找玉池山房地产开发招投标涉嫌徇私舞弊的线索。今天，我要参加检察委员会会议，你们两个现在立即出发。"

柯楠、丰登收拾桌上的卷宗准备出发。

王铁流补充道："皓月山庄地处风景旅游区，来往人员多，容易打草惊蛇，你们着便装，开丰田面包车挂民用牌照。"

柯楠问："颜东升被留置了吗？"

王铁流说："朱宏昌被抓前，颜东升就离开了皓月山庄。"

皓月派出所前　白天

一辆丰田面包车穿过一条绿树掩映的旅游路，在派出所门前停下。

柯楠和丰登从车上下来，走进派出所。

皓月派出所询问室　白天

面对威严的检察官和警官，朱宏昌心里有些发毛。

这次由丰登和皓月派出所所长询问，柯楠担任记录。

所长用鄙夷的目光对着朱宏昌，厉声地："朱宏昌，你在皓月山庄做了些什么？"

朱宏昌较老实地回答："嫖娼。"

所长接着问："妓女是哪里来的？"

朱宏昌交代说："是人家从城里带来的。"

所长："谁带来的？"

朱宏昌："颜东升。"

所长追问："他为什么请你嫖娼？"

朱宏昌低着头不敢回答。

所长提高声调："朱宏昌，对你嫖娼应该依照《中华人民共和国治安管理处罚法》进行处罚，而且据查，你有前科，应该受到从重处罚。"

朱宏昌急了，哀求道："只要你们不治安拘留和劳动教养我，我愿意接受经济上的重罚。"

所长严肃地："罚款不能代替治安拘留。"

朱宏昌慌了神，哀求道："如果治安拘留，我会身败名裂，妻子会和我离婚，孩子不认父亲。我求求你们对我从轻处理。"

所长警告道："你不与我们合作，拒不交代自己的违法行为，公安机关能对你从轻吗？"

朱宏昌擦着脸上的汗珠："我老实……我交代……"

所长再问："颜东升为什么请你嫖娼？"

朱宏昌交代说："他是玉池山房地产开发工程中介人，我给了他中介费。"

丰登逼视着问："给了他多少中介费？"

朱宏昌注意到所长和丰登的脸色，欲言又止。

丰登陡然站起来："这个数字你总不会忘记吧！"

朱宏昌身体战栗着，仍然不敢讲。

所长也站起来："朱宏昌，你刚才讲的话就不兑现了？"

朱宏昌吞吞吐吐："一共240万元，……已给120万元……剩下的在工程完工后付清……"

丰登步步紧逼："他怎么为你们捞到了这项工程？"

朱宏昌装糊涂："不清楚。"

做记录的柯楠助威道："你能说，不清楚？"

丰登再次警告道："朱宏昌，你自己清楚，你以非法手段捞到玉池山房地产开发权，又在矿工中搞非法集资，并制造了殴打矿工的恶性事件，昨天晚上又接受颜东升的性贿赂，在皓月山庄嫖娼，今天我们对你够客气的了，然而你现在还在遮遮掩掩，不想作彻底交代，后果将会是怎样的，你要明智点！"

所长接着问："你为什么找颜东升作中介人？"

朱宏昌说："因为颜东升的姐姐颜文茹是市长的夫人。"

丰登接着问："颜文茹出面没有？"

朱宏昌说："我不清楚。"

丰登："你给颜东升120万元中介费后，他给别人没有？"

朱宏昌："颜东升这人很狡猾，对我守口如瓶。"

丰登："你给中介费时有什么手续？"

朱家友："颜东升不肯立据，但我是在银行转的账，不是付的现金，银行有据。"

所长问："昨天颜东升是怎么请你嫖娼的？"

朱宏昌交代："昨天晚上，颜东升请我和玉池山铅锌矿矿长杜天明吃了晚饭。之后，我们三人一起到海天娱乐城打了两个小时的保龄球，然后在三楼咖啡厅喝了咖啡。接着他给我和杜天明每人安排一个小姐到皓月山庄过夜，杜天明说他在皓月山庄熟人多怕被人发现没来，只有我跟着颜东升并带着一名小姐来了。"

丰登问："颜东升与杜天明之间有什么交易？"

朱宏昌："肯定是有的，不然杜天明为什么那么听颜东升的话。不过他们很诡秘，具体情况我不清楚。"他乞求道："只要你们对我从轻发落，我可以协助你们弄清情况。"

所长正告道："朱宏昌，你要相信党的政策，要积极配合司法机关查清玉池山房地产开发招商中的徇私舞弊事件。"

朱宏昌连连点头："我知道了。"

郊区公路上　白天

太阳西斜，公路旁绿化带的影子已经盖住了整个路面，丰登驾驶丰田面包车行驶在从皓月山庄返回城区的公路上。

丰田面包车内　白天

透过挡风玻璃可以看到一个加油站，坐在副驾驶位子上一身便装的柯楠对丰登说："把油加足，省得明天耽误时间。"

丰登将方向盘向右打了一下，车驶进了加油站。

柯楠从反光镜里面看到后面一辆车号为"00001"的轿车也开了进来，她立即对丰登说："让开！"

丰登不知何故，问道："为什么？"

柯楠："你没看见00001号，那是张市长的车，让他先加油。"

丰登迅速将车让到一旁。

00001号车内　白天

张宝宽，对丰田面包车的礼让行为看得清清楚楚。他对司机说："你看人家多有礼貌！"

他透过车窗，看到柯楠向加油站营业窗口走去。突然他发现了什么，自言自语："这姑娘好像她哟！"趁车正在加油之时，他下了车。

加油站内　白天

张宝宽有意做了几下轻松的伸展动作，然后目不转睛地望着正在购买油票的柯楠。

柯楠办完手续返回时，正与张宝宽对面，张宝宽看得更清楚了，心里念着："像，太像了。"脸上情不自禁地流露出几份欣喜。

"张市长，您好！"柯楠礼貌地喊道。

"姑娘，谢谢你们的礼让！"张宝宽想多与她交谈几句。

"没什么。"柯楠与张宝宽擦身而过后回过头来，"市长，再见！"

张宝宽看着她的背影，思忖着："她难道是叶萍的女儿？"

00001号车内　白天

车开动了，张宝宽问司机和新来的秘书小贾："贾秘书，你们知道那辆丰田面包车是哪个单位的吗？"

小贾说："不清楚。"

司机说："从车号上看不出来。"

张宝宽又问："那位姑娘你们认识吗？"

司机回答说："有点儿面熟。"

专案组办公室　白天

王铁流和柯楠吃着方便面，丰登打开纸盒盖，用筷子拌着。王铁流催着道："快吃吧，洪检就要来开会了。"

丰登一边吃一边问柯楠："楠姐，你那位宋先生平常一个人的时候也吃方便面吧？"

柯楠："他一忙起来，一日三餐，餐餐方便面。"

丰登俏皮地："楠姐，谈恋爱到底是什么滋味？"

柯楠笑道："你问我，不如自己实践实践。"

丰登叫着穷："没钱买房子，谈了也结不了婚。"

洪源在门口听到了，一进来便接过丰登的话："真要买房子结婚，我借给你。"

丰登："你就那么几块钱的工资，有多少钱？"

洪源："我也是穷光蛋，多的没有，一两万块还拿得出。"他坐下："好吧，到时候找我，现在开会。"

柯楠问王铁流："高检没来？"

王铁流看着洪源说："听洪检发布信息吧。"

丰登关上了房门。

洪源情绪较高，但声音却压得较低："首先向大家通报一个情况，我省近一段时间发生了几个大要案件，为了排除地方关系网的干扰，省检察院决定抽调一批办案人员异地办案，我们院里的高凤阳副检察长被暂时抽调出去了。从现在起，专家组就我们四位同志，工作任务更重了。"

柯楠、丰登听着，心里好像明白了什么。

洪源接着说："这一次突破朱宏昌对我们侦破402案有很大的作用。它说明颜东升利用姐夫的特殊身份充当中介人，从中牟取利益不是偶然的，而是一贯的。但是颜东升特别狡猾，我们即使抓到了他拿不到赃，他还会'死猪不怕开水烫'，而且也还会丢车保帅。因此，我们对他仍然采取欲擒故纵，秘密监控，待主要证据到手后再采取强制措施。对朱宏昌，我们给他一个立功的机会，暂不采取强制措施。但是我们不知道朱宏昌放了以后，会不会逃避或与颜东升搞攻守同盟，我想听听大家的意见。"

王铁流对丰登说："丰登，你这次对朱宏昌询问得不错，你说说。"

丰登看了看柯楠："我认为朱宏昌既不会跑也不会与颜东升搞攻守同盟。其一，朱宏昌的妻子对他很好，两个女儿都在平湖市任国家公务员，他害怕他嫖娼的事情传播出去，女儿会没面子，希望从轻发落；其二，他还欠颜东升120万元中介费，正想赖账。"

柯楠补充说："我们第二次询问他时，他辩护说，按合同给中介人中介费不算行贿，因此，他希望检察机关不追究他涉嫌行贿犯罪，愿意与我们合作。"

王铁流分析道："杜天明与颜东升必有勾结，而我们根本没有掌握这方面的证据，如果对朱宏昌采取强制措施，不利于我们对杜天明的侦查。"

洪源听后果断地说："铁流，你们去皓月派出所，对被留置的朱宏昌进行一次政策教育，并与皓月派出所协商，对朱宏昌的治安处罚也放后一步。"

柯楠家　晚上

裴蕾坐在沙发上一边看电视一边学着编织毛衣。门铃响了，她缓缓起身开门。

进来的是戈穹，他打量着裴蕾问道："请问你就是裴蕾小姐吧？"

裴蕾见他形色匆匆，忙转身往里面走。

"裴蕾，是不是来客人了？"叶萍从里面出来。

"叶姨！"戈穹忙喊道。

"是小戈哦。"叶萍走进客厅。

戈穹注视着客厅通往卧室的过道，可是裴蕾进去后再也没有出来。

叶萍心中起疑问道："小戈，你有事吗？"

戈穹亲切地："好久没有来看您了，真对不起。"

叶萍反感地："你们工作忙，不要来看我。"

戈穹不请自坐："叶姨，柯楠晚上会回来吃晚饭吧？"

叶萍礼节地给他倒了一杯茶："不一定，工作一忙，就回来得很晚，你如果有事找她就给她打个电话吧。"

戈穹苦涩地："我给她打过电话，她总是说忙，没时间，我知道她对我有意见，所以今天是特地来和她谈心的。"

叶萍不客气地："小戈，不用了，楠楠早就有男朋友了。"

戈穹："做不了朋友，那份感情总还存在，总不能见面都不行吧！"

叶萍下起逐客令："小戈，听说你现在当老总了，在平湖也是有头有面的人物，等一下如果楠楠把男朋友也带来了，多难堪呀！"

戈穹赖着道："我不见柯楠可以，但我想找你家的裴蕾谈谈。"

叶萍突感惊奇，质问道："你找她什么事？"

戈穹故意大声地："我们海天实业正在对外招收员工。"

叶萍忙站起走到里面将过道的门关上。

戈穹见大声也无用便放低了声调："我听说你们养着她负担也够重的，因此想把她招到我们海天实业，工种由她选择，待遇从优。"

叶萍虽然不知他的具体用心，但感到来者不善，推辞道："她现在正在

养病。”

戈穹仍不放弃：“我们可以为她治病，还可以招工后上班，工资照发。”

叶萍明确告诉他：“你们能给的条件，东亚公司早就给她了。”

戈穹一怔：“噢！”

叶萍再次下逐客令：“小戈，裴蕾不会去你们公司，我不准你打扰她，也不准你打扰我们家！”

戈穹仍赖着不走：“我想与柯楠商量一下。”

叶萍打开门：“戈穹，你必须立即离开我家！”

裴蕾从里面出来，愣住了。

戈穹欲走近她。

叶萍警告道：“戈穹，你再不出去，我就对你不客气！”

这时柯楠和宋振声从门外进来，俩人同时一怔。

市政府大院前　白天

半醉半醒的桑轱子摇头晃脑地来到大门前，他偏着头看着左侧的牌子，念着“平湖市人民政府”，接着一声嬉笑，“对，宝宽就在这里当市长。”他拍了一下衣服上的灰尘，旁若无人地径直往里面走去。

两名保安将他挡住：“请问，你找谁？”

桑轱子满不在乎：“我找谁，到这里还能找谁，不就是找里面官当得最大的张宝宽吗？”

保安问：“请问你的证件。”

桑轱子：“证件写在脸上。你们告诉张宝宽，就说玉池山铅锌矿一个以前小名叫‘山狗子’的老头子来找他！”

保安质问道：“你找张市长有什么事？”

桑轱子：“我找他有什么事还要向你报告？”

保安耐心解释着：“老人家，这是我们的制度，如果你反映情况可以找市信访办。”

桑轱子不耐烦地：“我跟张宝宽说的事信访办管不了！”

保安依然很客气：“老人家，有什么事我们一定代您向张市长反映。”

桑轱子神秘兮兮地：“那事情，只有天知、地知，他知，我知，你们不能知！”

一名保安不耐烦地骂了起来:“神经病!”

桑钻子怒了:“你骂人,我告到张宝宽那里,你要下岗的!”

大门内,值班室内的保安负责人拨通了市长办公室的电话:“张市长,门口有一名来自玉池山铅锌矿自称小名叫‘山狗子’的老人一定要见您。”

电话里传来张宝宽的声音:“送他到我办公室来。”

众保安目瞪口呆。

市长接待室　白天

已经醒了些酒气的桑钻子一进接待室,秘书小贾又是倒茶又是敬烟。桑钻子一生中从来没有受到过这样的礼遇。

张宝宽进来了,桑钻子虽然不是闰土见鲁迅那样子,但右手也在衣襟上擦了几下后才伸出去,嘴里生硬地喊着:“宝宽市长!”

张宝宽忙握住他的手:“还是只叫我宝宽好。”

贾秘书愣住了。

桑钻子笑得露出一口黄牙:“我还怕你不见我呢!”

张宝宽问道:“保安没有欺负你吧?”

桑钻子忙说:“没有,没有!”

张宝宽递给他两包烟:“拿着吧!”

桑钻子眯着眼睛看着烟盒的商标。

张宝宽问道:“钻子哥,是不是你们矿长派你来找我批钱的?”

桑钻子摇着头:“矿长还请我不动呢!”他连吸了两口烟后悄悄地说:“我今天来有一件非常重要的事情告诉你。”他看到贾秘书在场停住了。

张宝宽向小贾使了一个眼色,小贾出去了。

桑钻子从张宝宽对面坐到他旁边:“宝宽,你现在还认识我,就说明你更记得一个女人。”

张宝宽不问自答:“叶萍。”

桑钻子感叹地:“一个多好的女人!”

张宝宽问道:“听说后来叶萍和柯龙结了婚?”

桑钻子叹着气:“女人命苦啊!”

张宝宽一惊:“叶萍怎么啦?”

桑钻子心酸地叹了口气:“当时你上大学后,矿里就收回了你们住的那间房子，叶萍搬到了集体宿舍。她还时常遭到人们的白眼。也就在这个时候，更惨的事情发生了……”

画面翻卷：

矿井下　白天

柯龙刚装完一车矿石，头顶就掉下来一块块大小不一的石块，他大声喊道：“塌方了，塌方了！”

正在采矿的工人们顶着如雨的石头从里面往外跑。

一名跑出来的矿工喊着：“叶萍还困在里面。”

柯龙来不及思索，冒着生命危险冲向险区，片刻后他双手搂着被石块打昏的叶萍冲出来，一块巨大的石头砸在他的腰部，他倒下了，但双臂拼命地撑着，没有让石块打在叶萍身上。

矿山医院简陋的病室　白天

柯龙在叶萍搀扶下在病室走来走去。

叶萍痛心地：“柯龙，是你救了我，你是为我受重伤的。”

一名护士送来一张《检验报告单》。

《检验报告单》上：“丧失生殖功能。”

柯龙一看：“噢！”两腿软了。

叶萍使劲地抱住柯龙，扶着他坐到床上，她拿过《检验报告单》，心头如触了电一样，栽倒在柯龙怀里失声痛哭。

柯龙强忍着痛苦：“叶萍，不要哭，我不结婚，不要孩子……”

叶萍抬起头，拭干泪水，双臂抱住柯龙：“柯龙，我嫁给你！”

市长接待室　白天

画面回到现实：

桑轱子继续讲着：“柯龙出院后便与叶萍结了婚，前几年我们矿山停工后，柯龙和叶萍就搬到平湖城里来了，可惜柯龙没有福气。”他动容了：“去年，柯龙得了一场大病，去世了……”

听到这里，张宝宽的心沉了：“我也该感谢柯龙！”

桑轱子极神秘地：“宝宽，你说怪不怪，柯龙与叶萍结婚后却生了一个孩子！”

张宝宽并不感到惊奇，分析说：“可能是柯龙的生殖功能恢复了。”

桑轱子绘声绘色地："你听我慢慢讲。"他点燃一支烟后，"我记得你 1975 年 1 月 10 日晚上与叶萍度过了最后一晚，1 月 11 日办了解除婚姻手续。两个多月后，也就是'三八'妇女节柯龙和叶萍结婚，可是当年国庆节的前一天也就是 9 月 30 日，叶萍就生了孩子，俗话说'十月怀胎'，不说要 10 个月，也不说 9 个月，8 个月总要吧。为什么只 7 个月还差 8 天叶萍就生了孩子呢！"

张宝宽问道："是不是我走后，叶萍就与柯龙同居了？"

桑轱子连连摇头："没有，发生塌方事故前，叶萍与柯龙都没有任何意思。"

张宝宽有惊喜也有疑惑："他们结婚和生小孩的时间你没记错吧？"

桑轱子肯定地："我虽然好喝酒，但酒醉心明，结婚是'三八'节，生孩子是国庆节前一天，你自己去算！"

张宝宽又问："叶萍在什么地方生的孩子？"

桑轱子说："在柯龙家里。"

张宝宽又问："你怎么知道孩子是 9 月 30 日生的？"

桑轱子像说评书一样："国庆节前一天，我们二矿区食堂杀了两头猪，每个矿工分 1 公斤肉。那天柯龙在加班，分给他和叶萍的两公斤肉是我送他家去的。我一走进她家的门就听到了婴儿的哭声。我看见叶萍依偎在床上，怀里抱着孩子。"

张宝宽心里也在掰着手指。

桑轱子问张宝宽："你和叶萍结婚是什么时候？"

张宝宽："头年 12 月 1 日。"

桑轱子算着："从这天至第二年 9 月 30 日叶萍生孩子刚好是 10 个月，你与叶萍最后一晚至她生孩子是 9 个月 10 天，我问过医生妊娠期是 9 个月零 7 天，这说明你和叶萍解除婚姻前，叶萍就怀了孩子。"

桑轱子拍着张宝宽的肩膀："宝宽，这孩子是你的！"

张宝宽喜出望外地问："这孩子是不是柯楠！"

桑轱子一惊："你认识柯楠？"

张宝宽欣喜地说："我听说过，没有见过她，更不知道她就是我的女儿。"

桑轱子叹息道："你们父女总该相认呀！"

张宝宽忧心地："这么多年来，我对叶萍没有关照，对柯楠更没有尽责，她们母女会不会不原谅我？"

桑轱子自告奋勇："我愿意为你们父女牵线搭桥！"

高尔夫球场　白天

球赛还在举行，戈穹帮张宝宽拿着衣服，两人离开赛场向停车场走去。

张宝宽问："柯楠那里的工作做得怎样了？"

戈穹喉咙里像梗了东西："我去……去过了。"

张宝宽再问："有难度吧？"

戈穹尴尬地："现在当国家检察官的柯楠已经不是学生时代的柯楠了。"

张宝宽顺着说："万事万物都处在不断变化中，人更不例外。"

戈穹又顾及着自己的面子："因为您对我说，要做得体面点，所以我只与她进行了一次和平交涉。"

张宝宽侧过头瞟了戈穹一眼："不能采取过激行动，记住了吗？"

戈穹唯命是从："记住了。"

张宝宽教诲道："斗智与斗勇比较，斗智更难斗，你如果觉得有很大的难度也就算了，我听说柯楠既善斗智也敢斗勇，真正斗起来，你还不是她的对手。"

戈穹不禁打了一个寒战，脸面无处可放。

枫叶湖游路　傍晚

枫叶湖一片喧闹，各条游路上穿着鲜艳服装的游客汇成彩色的河流，涌动不息。

宋振声开着车缓缓驶进了一条两水夹堤的湖中路，阳光透过杨柳树枝的缝隙，银片般地洒落在挡风玻璃上。

车内　傍晚

柯楠穿着一套新颖的休闲服坐在位子上，她问宋振声："今天张市长为什么约你？"

宋振声也很讲究，一身西服革履。他一边握着方向盘，一边回答道："张市长来电话说，枫叶湖南侧是新规划的开发区，要我去看看。"

柯楠又问："为什么要我也去？"

宋振声说："他已经知道我俩的关系，可能是出于客气吧。"

柯楠思忖着。

宋振声瞄了柯楠一眼："怎么问这个？"

柯楠说："没什么，随便问问。"

宋振声挖苦道："你们检察官，真是太敏感了，对什么事情都要问一个为什么，总以为与什么案子有关。"

柯楠一本正经："事物的必然性总是存在于偶然性之中，许多事情，偏偏又那么凑巧。"

宋振声好像察觉了什么："怎么，是不是张市长与你手中的那个案子有关？"

柯楠抽象地说："我不是指的具体事情，而是讲的一般规律。"

宋振声："少在我面前摆弄哲学，我也不是没有学过，什么欧洲古典哲学，黑格尔的辩证法我都啃过，只是中国的老庄哲学有点晦涩难懂。"

柯楠笑道："你开你的车好了。"她指着前面横着的游路："交叉路口，注意减速。"

枫叶湖开发区　清晨

车驶出湖中交通路，前面豁然开朗，一片平展的土地上搭起了一排排工棚，工棚两侧矗立着巨大的招商广告。

张宝宽已经提前到达，与开发区负责人指指画画着。

离张宝宽站立的地方还有10余米，宋振声就停了车，张宝宽忙迎了来。他把招商的诚意和见到宋振声、柯楠后的喜悦一层层堆在脸上。还隔两三米，就大声喊着："宋先生、柯小姐！"

宋振声、柯楠也迎上去，异口同声："张市长！"

张宝宽两手分别握着他们的手不停地抖动着。尤其是听到柯楠喊他"张市长"时他差一点喊出了"楠楠"。他问柯楠："还记得吗，在郊区加油站我们见过面。"

柯楠微笑着说："张市长，您的记性真好。"

张宝宽怕与柯楠谈久了把宋振声晾到一边，忙引导他们参观已经三通一平的开发区，并兴致勃勃地介绍着："枫叶湖是平湖的子湖，历代不少文人墨客在此泛舟吟诗，沉绽了深厚的文化底蕴。可是以后她却藏在深闺人不识了。通过近几年的开发与建设，枫叶湖已经是今非昔比，处处散发着墨的清香。现在我们开发它的南侧，主要是建设文化体育设施，丰富人们的精神生活。宋先生如果有兴趣在这里开发的话，我们市委、市政府将给予最优惠的政策。"

宋振声略有兴趣地："现在我们正集中力量建设世纪商城，以后可以考虑在枫叶湖选择一些项目，到时候还要请张市长多多关照。"

张宝宽满面笑容地对柯楠说："过去，我们市委、市政府天天喊对外开放，招商引资，就是苦于没有人牵线搭桥，可是我们却没有发现美国兴亚集团董事局主席未来的儿媳妇就在我们平湖，真可谓'有眼不识金镶玉'。"

柯楠有些歉意地："只怪我平时孤陋寡闻，没有尽到自己的责任。"

张宝宽欣慰地："以后好了，我们要与美国兴亚集团联系就找你，你有什么要求也只管提出来。"

文化茶楼前　清晨

这茶楼是亭阁式建筑，古朴雅致。

门口挂着一副木刻的黑底绿字楹联："清坐使人无俗气，虚堂尽日转温风。"

张宝宽和宋振声、柯楠一到楼前，几名官员忙迎上来，恭敬地说："张市长，里面都准备好了！"

茶楼内　清晨

品茶厅画栋雕梁，大理石的茶桌，藤质椅子，高档茶具。陈列台上，大小玻璃器皿内装着的各种名贵茶叶近百种。因茶楼傍湖而建，透过花格窗帘，可近观枫叶湖的清涟，远眺平湖市区美景。

宋振声凭栏远眺不禁吟诵道："四面湖山归眼底，万家忧乐到心头。"

张宝宽见宋振声兴致正浓，指着墙上的一幅幅字画，对秘书说："贾秘书，你肚子里有点古代的墨水，给宋先生介绍介绍。"然后对柯楠说："我们坐一坐。"

在服务小姐的引导下，张宝宽和柯楠在一张茶桌旁坐下。

服务小姐走到桌前问道："二位喝什么茶？"

张宝宽："每人一杯银针。"接着问柯楠："行吗？"

柯楠随意地："陪您喝一杯吧！"

服务小姐走了，张宝宽双眼圆睁着，目光一丝不漏地集中到柯楠身上。忽然，他眼前出现模糊的影像，叶萍的身影出现了，而且与柯楠重叠在一起。他心里一遍一遍地："像，像，太像了！"

柯楠感到很不自然，她发现张宝宽的目光里有着一种不可言状的神秘。

张宝宽也有些尴尬，他本想问问柯楠的妈妈，但又不便，于是笼统地问："家里人都好吗？"

柯楠回答说："我爸爸去世了，妈妈身体还行。"

张宝宽关切地说："干检察工作这一行很忙，你要多挤点时间回家照顾你妈妈。"

柯楠感动地："谢谢张市长的关心和嘱咐。"

张宝宽问："参加工作几年了？"

柯楠道："四年。"

张宝宽："听说你是中国政法大学的高材生！"

柯楠："谈不上高材生。"

张宝宽："我们平湖市中国政法大学的毕业生屈指可数。前天我还对市委讲师团的负责人说，到时候要请你们这些既有理论又有实践的司法工作者给市委学习中心组讲法制课。如果以后请到你，就不要推辞了。"

柯楠谦虚地："恭敬不如从命，到时请领导们指正。"

张宝宽好像有很多话要对柯楠讲，但总是难以启齿，只好随便地聊起了法制。他说："当前治安状况不佳，犯罪出现了一些新的特点，例如青少年犯罪呈上升态势，还有跨国犯罪、恐怖犯罪等。"

柯楠补充道："另外还有一些特别值得警惕的犯罪形态，如家族犯罪。有些领导干部利用自己手中的权力，不择手段地为子女、亲属牟取好处。他们的家人和亲属又以自己的特殊身份用各种名义大肆敛财。到后来，一人落马，全家覆没。"

张宝宽的脸上一下子像爬上了好多虱子似的，他咧了咧嘴唇："你讲得很有针对性，我们领导干部不要身居高位而忘乎所以。"他趁此机会问道："目前在我们平湖市的市级领导中还没有这种现象吧？"

柯楠笑道："市委、市政府两个班子，一个班长，你应该比我更清楚。"

张宝宽的耳膜像钢针刺了一样，轰隆作响，他梗着喉咙说："我们现在还没有发现。"

柯楠凄苦地笑了一下："贪官不是如苍蝇一样，睁眼就可以看到的。一个人的人生具有两面性，在脑袋里有两颗灵魂在斗争，正如歌德的一首诗所写的'有两种灵魂在我的胸中，这一个要跟那一个分离。一个沉溺于粗俗的爱欲/以执著官能迷恋人间/一个强烈地超脱尘寰/奔向那圣贤的领域。'/一名党的领导干部，也常常处于欲望与尊严的矛盾中，当个人欲望强烈膨胀后，他便丧失人格、良知、党性原则，最终蜕化变质。"

张宝宽如坐针毡。

这时，宋振声看完墙上的字画后走过来："柯楠，你又在班门弄斧讲法律，不怕张市长笑话你！"

柯楠笑道："我们在谈歌德的诗。"

绿地旁　傍晚

张宝宽虽与颜文茹散步，但心里却一点儿不悠闲，"家族犯罪"四个字一直在他耳边回响，"一人落马，全家覆没"字字句句敲击着他的心弦。

颜文茹见他心神不安，问道："宝宽，你今天怎么啦？"

张宝宽没有理睬。

颜文茹急切地问："是不是东窗事发了？"

张宝宽叹了一口气："山雨欲来风满楼呀！"

颜文茹坐到张宝宽身旁："高凤阳不是说这个案子停下来了，办案人都抽调到其他科室去了吗？"

张宝宽气恼地："他们是在搞缓兵之计。一切都在照常进行，而且高凤阳已被调虎离山，抽到省检察院搞异地办案去了。洪源这个人很强悍，而且他是省管干部，只半年时间就要退下来了，现在调不走，下不来。"

颜文茹提醒张宝宽："王铁流总不是省管干部吧，他是反贪局局长，主管颜东升一案。除王铁流外，听说柯楠是案件主办人。"

张宝宽摇着头："就是把王铁流、柯楠调走也可能无济于事。"

颜文茹："走一步算一步，只要拖到洪源退下来就有办法了。"

检察长室　白天

市检察院政治部赵主任拿着两份文件走进来报告："洪检，市委组织部派人给我院政治部送来两份《任免通知》。"

洪源问："任免哪些人？"

赵主任回答说："王铁流任市公安局巡警支队政委，免去市人民检察院反贪污贿赂局局长职务；柯楠任共青团平湖市委副书记。"报告完后，他将两份文件呈给了洪源。

洪源一巴掌打在桌上："这完全是釜底抽薪！"他将两张调令递给赵主任："赵主任，请你们政治部反馈市委组织部，我们不能执行这两份《任免通知》。"

赵主任问："理由呢？"

洪源："他们要问理由，你要他们来问我！"

赵主任建议说："洪检，最好您到组织部去一趟，说明一下情况。"

洪源没有回答。

赵主任好心地说："洪检，得罪了他们，今后会给我们小鞋穿的。"

洪源气愤地："我就不相信平湖的天下就是某个人的！"他停了停，转换了一下语气："老赵，你是政治部主任，组织纪律性应该是很强的。我向你交一个底。我们不执行这两份调令，手中是有尚方宝剑的。王铁流与柯楠正在承办一个反贪大案，这个案子在省里已经挂了号，专案组人员是通过省里有关领导圈定过的，我们无权异动。有人指使组织部门调走王铁流与柯楠，就是冲着这个案子来的。你说这是什么行为！"

赵主任敬佩地望着洪源："洪检，你这么一说，我明白了，真理在我们手中，我支持你。不过，这次调动任命对柯楠个人是件大事，她是由科员破格提为副处级。"

洪源："对优秀的年轻干部破格提拔未尝不可，柯楠也符合条件，但是提拔干部是有程序的，要经过考察、公示，为什么一纸通知代替了一切。由此可以看出某些人的用心。赵主任，我刚才谈的'尚方宝剑'是保密的。对这两份任免通知只能由我一个人顶着。我相信组织部门也是屈服于某些人的压力，我们一顶，他们也好交差。"

赵主任刚走，王铁流与柯楠就进来了。

洪源问："怎么，就得到消息了。"

王铁流："洪检，到底是怎么回事？市公安局来电话，要我今天去市巡警支队参加见面会。"

柯楠："团市委也来电话催我去报到。"

洪源："这是有人在釜底抽薪，我已将任免通知顶回去了。你们是经省委副书记佟风批准的专案组成员。到底是省委大，还是平湖市某个人的权势大！柯楠，这次他们提你一个副处级，如果你怕失去机会的话，我同意对你放行。"

柯楠郑重地说："洪检，这个副处级有几斤几两，我并不看重，而且这种破格提拔很不正常。我很看重'国家检察官'这个神圣的称号，这是人民给我的重托。"

市长室　夜

晚上，洪源被请进张宝宽的办公室。

张宝宽又是请坐，又是倒茶。然后以十分恭谦的口吻对洪源说："老洪呀，这一段时间我事情一忙就顾及不上检察工作了，听政法委的同志汇报说，你们的'严打'抓得很不错，批捕与起诉工作都很主动。这样一抓，平湖的社会治安就好多了。"

洪源趁此机会说："就是人手比较紧，以前我们向编委写过报告，要求增加5个编制，现在还没有批下来。同时车辆也少，尤其是办案经费很紧张。"

张宝宽回答说："编制的事情，可能要到机构改革结束后综合调剂。办案经费的问题，我跟市财政局讲一下，不过期望值不要太高。目前你们可以将其他方面的工作压一压，把人力和财力集中到'严打'上。"

洪源汇报说："我们也是这样做的，例如对反贪工作我们就有些削弱，对一些举报一直没有查证落实，有些案子还没有结案。"

张宝宽忙说："我绝对不是要你削弱或放松反贪工作，只是说现在不作为重点。今天你谈到这里，我想顺便了解一下这方面的情况。"

洪源如实汇报说："现在举报的比较多，已经立案的有9起，每起案件调查难度都很大。你批示要我们查处的玉池山房地产开发招商涉嫌徇私舞弊案，现在还在侦查中。"

张宝宽插话说："玉池山矿工闹事事件已经平息了，据我所知主要是资金缺口大，现在增加了投资，问题也就解决了。"

洪源将计就计，继续汇报案情以探虚实："据我们初步调查，问题不小，明为公开招投标，实为暗箱操作，有人从中渔利。"

张宝宽移动着桌子上的茶杯，说："我一向尊重司法部门独立办案，从不为任何人打什么招呼，该查的查，该捕的捕，该起诉就起诉，我不干预。"

洪源推心置腹地："不管怎样，能考虑某方面因素的，我也不会不考虑，心肝都是肉做的，谁又能担保亲戚朋友不出点差错。可是法律是不能亵渎的，它不是橡皮筋，因此遇上非查、非捕、非起诉不可的案子，我就没有办法了。"

张宝宽："你说得很有人情味，于法律、于情感，都过得去。"

他呷了一口茶后："老洪，还有一件事我想和你谈谈。"

洪源看着他："你说吧。"

张宝宽的脸色有点沉："据反映，市委下的人事任免通知你拒不执行？"

洪源早有思想准备："组织部门首先违反组织原则，事先没有征求我们的意见，连招呼都没有打，根本没有把我们市检察院党组放在眼里，他们下达的任免通知，我们能接受吗？”

张宝宽无以对答：“他们是有些疏忽了，不过人还是要放行，一个是不宜在检察机关工作，另一个是提拔重用。”

洪源的语气也加重了些：“检察工作与其他工作一样，以人为本。王铁流恰恰是我们检察队伍中的优秀代表。他是犯过‘防卫不当’的错误，但那是在8年前他刚刚转业到检察机关的时候。现在他变得老练、沉稳多了。他办案铁面无私，所办的案子没有一起被法院退补的。如果把这样优秀的检察官调出检察机关，对我市检察工作是一个损失。再说柯楠，对她破格提拔我没意见，她确实是一名优秀的年轻干部，对于组织部门没有按程序办事我也理解，但是近一段时间她手中的事情不便移交，我正准备向市委组织部报告，要求留一段时间。”

张宝宽本来脸色很难看，但还是没有发脾气，对洪源他很了解，越硬越不服，他脸上立即由阴转晴：“老洪呀，我一看你办事这么认真，确实敬佩，我比不上你。我常常想，岁月不饶人，我已经是年过半百的人了，到了多栽花少栽刺的时候了。你比我大几岁，我更不用多说，你自己看着办吧！”

第十一集

风情苑　夜

最后一批顾客走出店门，两扇门渐渐关上。

楼上的灯光也黯淡下来。

包厢内　夜

门紧闭着，颜文茹与弟弟颜东升对坐，桌上只有两杯清茶。

颜文茹低沉的声音："你姐夫近几天心里很不踏实，用他的话说，现在到了'山雨欲来风满楼'的时候，洪源查我们一家已经查红了眼，没有人头落地，他是不会罢休的。"

颜东升心里虽然惧怕但嘴上却在宽慰姐姐："你转告姐夫，他们从我口里得不到任何东西。"

颜文茹向前倾着身子："他们还可以从另外的渠道取得证据，我做的中介业务次数多，数额大，千里金堤也有溃于蚁穴的时候。你姐夫分析，省委为什么批准洪源提前结束学习回平湖，省检察院为什么抽调高凤阳异地办案，洪源为什么有那么大的胆顶着市委的人事任免通知不执行，省里一定已经暗中介入，到时候，还会由幕后到幕前。他们只要掌握了铁的证据，即使你不认账，也可以给你定罪。"

颜东升有些恐惧了："只要给我定罪我必死无疑。"

颜文茹："古人道'未雨绸缪'，你要有所准备。"

颜东升忙问："怎么办？"

颜文茹："先把东西准备好，到时见机行事。"

颜东升："你呢？"

颜文茹："我手中香港的护照还没过期。"

颜东升："姐夫呢？"

颜文茹低声地："我和你姐夫的关系你还不大清楚的，现在的张宝宽不是以前的张宝宽了，他对我实行的是淡化处理。到时候各凭各的本事，他的本事不会比我们的差。"

颜东升急了：“我手中还没有东西!”

省城宾馆客房　夜

崔玲轻飘地：“这事我包了，先买一个小国的护照，落个脚避避风雨，再运筹下一步。”

颜东升感激涕零：“崔小姐，我不知该怎么谢你!”

崔玲冷冷一笑：“不用感谢，我只要你去办一件事，其实也是为你自己办事。”

颜东升忙说：“只要我办得到的事我都会去办。”

崔玲咧着嘴笑道：“举手之劳。”

颜东升挪了挪位子：“你吩咐。”

崔玲问：“你还记得我在平湖宾馆客房给你20万美元的情景吗?”

颜东升答道：“记得。”

崔玲：“当时除我之处还有谁?”

颜东升：“还有一位长得很靓的姑娘，后来她到套间去了。”

崔玲：“你认识她吗?”

颜东升：“她跳楼自杀事件传开后，我才知道她叫裴蕾。”

崔玲：“她为什么要自杀?”

颜东升：“据说与检察机关询问她有关。”

崔玲：“这个裴蕾知道我给了你20万美元，钱是我同她一道从银行取的。我给你时她虽然在套间，但听到了，你拿钱走后，她发现我包里的钱没有了。”

颜东升：“检察机关询问过她了?”

崔玲：“是我在此之前叮嘱过她，所以检察机关询问她时，她可能没有讲或讲得很含糊，检察机关不能将其作为证据。所以她现在被检察机关控制了。”

颜东升：“她不是失去记忆了吗?”

崔玲：“现在又开始恢复了。”

颜东升：“除此之外，她是不是还知道些什么情况?”

崔玲：“这个你就不要问了。总之，‘隐患不除，后患无穷’。”

颜东升惊惧：“你是要我除掉她，我可从来没有杀过人!”

崔玲凶狠地：“非杀了她吗?”

颜东升：“不杀?”

崔玲又一声冷笑。

枫叶湖游艇码头　夜

月光下，一对对情侣或登艇或上岸，笑语声声。

颜东升、朱宏昌刚到码头，两名露着背膀的陪游小姐就迎了上来。她们各自摆出一个姿势："先生，我行吗？""先生，真帅呀！"

朱宏昌对颜东升说："你点一位，我就免了。"

颜东升对小姐说："我们是同性恋。"

朱宏昌问颜东升："你不要小姐？"

颜东升："今天我只要你陪我。"然后一阵干笑。

两位小姐用奇异的目光扫视一下他们，退了下去。

颜东升与朱宏昌的游艇离岸而去。

湖中游艇上　夜

颜东升问："市财政借给的1000万元到账没有？"

朱宏昌满意地："已经到了。"

颜东升大方地："我姐姐说，这一次就不要酬金了。"

朱宏昌感动地："这笔恩情账我以后会还的。"

颜东升更慷慨地："你上次欠的那120万元中介费我也不要了。"

朱宏昌以为颜东升开玩笑："我不会赖账的。"

颜东升摇着头笑："我不是怕你赖账，是互通有无。"

朱宏昌很敏感："你是不是有事要我帮忙。"

颜东升赞扬道："真是高智商。"

朱宏昌毫不推辞："你只管讲。"

颜东升环视四周湖面，见周围空空荡荡，问道："你知道裴蕾跳楼自杀事件吗？"

朱宏昌忙回答："闹得满城风雨的事还能不知道。"

颜东升极亲切地："宏昌兄，我们是多年的朋友，所以我也不把你当外人，现在有人要制约裴蕾，我请你帮忙。"

朱宏昌神秘地问："怎样制约？"

颜东升压低声音并将嘴贴到朱宏昌耳朵边道："只要她彻底失去记忆功能就行了。"

朱宏昌立即道："注射药品？"

颜东升兴奋地："不愧是医生的丈夫。"

朱宏昌一怔："你是要我妻子干？"

颜东升毫不隐晦："我看中的就是这一点，听说裴蕾到你妻子那里去打针。"

朱宏昌忙摆手："我妻子不会干这种事。"

颜东升放大声音："既然我冒险把这件事讲给你听了，我也就不会找其他人了，不管是谁干，都由你来为我解难。"

朱宏昌嘘了一口气，没有回答。

颜东升沉思了一会儿说："换种方式行不行？"

朱宏昌问："什么方式？"

这时一只游艇从旁边擦过。

颜东升打开电瓶开关，使游艇开到另一边。

游艇停了，颜东升继续说："上次你手下的保镖与矿工的那场斗殴干得很漂亮。你的保镖就是你的心腹，可不可以由他们干。"

朱宏昌问："你有什么方案？"

颜东升把头靠近朱宏昌："药品由我弄，你派一两名保镖趁裴蕾一人在外或将她诱骗出来，然后将配好的药品注射进去。"

朱宏昌说："这倒是一个好办法。不过我手下的保镖办事讲究干净利索，从不留下后患，假如他们提出一不做二不休怎么办？"

颜东升凶狠地："只要他们不留痕迹就行了。"

朱宏昌拍着胸脯："绝无痕迹。"

颜东升："但是我要证据。"

朱宏昌："这个套路我懂，不过保镖的报酬不会用免去的中介费作抵吧？"

颜东升没有思索，满口答应："由我另外付给，先付 10 万元，完成后再给 10 万。"

朱宏昌摇着头："听说现在行情变了。"

颜东升："再加 10 万元。"

朱宏昌："这还差不多。"

平湖　白天

蓝天下，平湖湖面浮光掠影。裴蕾在宋振声、柯楠、丰登陪同下乘坐一只旅

游快艇飞向湖中的青螺岛。

青螺岛　白天

这是一个神奇的湖中小岛，数十座小山峰，峰有胜景，百余处井、台、亭、庙，处处有典故。

柯楠等四人穿行在各个景点，不时留影。裴蕾显得特别开心。

古井旁　白天

裴蕾对柯楠说："楠姐，我们来一张。"

柯楠热情地站过去："好的！"

宋振声拿着相机调着焦距："好，笑！"

"咔嚓"一声，胶卷上留下了二人的倩影。

柯楠喊着："丰登，我们三人来一张。"

裴蕾对丰登微微笑了一下。

丰登上来。

柯楠让他站中间。

又一声："咔嚓！"

郊野　白天

一辆轿车在空旷的一片果园旁停下。

车内　白天

坐在驾驶室的朱宏昌扭过头对颜东升说："重赏之下，必有勇夫。两位弟兄已经请好了，还是我跟你讲的，二位弟兄会干得干净利索，不留任何蛛丝马迹，以免后患！"

颜东升点头："我已经问过了，按计划行事！"

朱宏昌问："你需要见他们吗？"

颜东升忙摇头："不要，不要，而且不要对他们提到我。"

朱宏昌一笑："你真聪明，不授人以柄。"

他接着说："老弟，什么时候？"

颜东升："越快越好。"他从包里拿出 10 扎"老人头"，"你点数，10 万。"

朱宏昌接过钱："还有 20 万？"

颜东升爽快地："见证据后立马兑现！"

朱宏昌伸出右手："好！"

颜东升忙抬起右手："看你的！"

古钟鼎下　白天

柯楠的手机响了，她打开手机走到一旁。

宋振声半真半假地："丰登，裴蕾，你们来一张！"

丰登羞涩地："不，不……"

裴蕾也害羞地把头侧向另一边。

柯楠走过："对不起，我有点急事提前走一步。"

宋振声有些不快："大家兴趣正浓呢！"

柯楠对他娇媚一笑："我还要你送我……"

丰登帮着柯楠说话："宋先生，女人最需要的是男人对她的呵护。"

宋振声笑他："我们走后，你一定要好好地呵护裴蕾哟！"

裴蕾一愣："楠姐！"

柯楠走近裴蕾："裴蕾，丰登同志挺好的，他一定会很好地呵护你。晚上我来接你。"

平湖湖面　白天

一艘快艇离岛而去，艇上只有柯楠、宋振声和大副。

岛上射蛟台　傍晚

湖上的天气说变就变，白天烈日当空，傍晚天空乌云翻滚。

游人均已离去，射蛟台上只有丰登和裴蕾二人。丰登如导游一样向裴蕾讲解着："相传古代这平湖有一条蛟龙，蛟龙一发狂，平湖就涨大水，湖区人民水患不断。以后，许多英雄人物到这里来射蛟，所以后人把这个地方叫射蛟台。"

裴蕾听得入了神。

丰登问："裴蕾记住了吗？讲一遍给我听听。"

裴蕾闭着眼睛想了一下，复述道："古时候，这里有一条龙，很坏……大家恨它，要射它……"

丰登表扬她："至少可以给 80 分。"

天空一声雷响，裴蕾忙捂着耳朵，丰登走近她，欲抱但又不敢。

密密的荆棘中，一个穿着迷彩服的人影端着"掌上宝"对着丰登和裴蕾偷偷录像。

裴蕾说："丰登哥，我们下山去吧！"

丰登："不要怕，这湖上天气一天有三变，等一会儿就会云开雾散，我们隔湖观赏平湖城夜景，真是美极了。"

裴蕾兴奋地："听你的。"

两人一边说一边向山下一个小亭子走去。

荆棘丛中的人影也在秘密移动。

雨，小亭　夜

夜幕下沉，细雨沥沥。

丰登和裴蕾躲进小亭。

又一声巨雷，裴蕾扑向丰登："丰登哥，是不是蛟龙来了，我好害怕！"

丰登双臂抱着她："大自然中，并没有蛟龙，不要怕！"

这时，两个黑影在丛中蠕动。

丰登双臂松开裴蕾，害羞地："裴蕾，我今天……"

裴蕾问："今天怎样？"

丰登鼓起勇气："今天水喝多了点，我现在……"

裴蕾羞涩地低下了头。

丰登："裴蕾，不要怕，我只要一分钟。"说完，他向亭外雨中跑去，背对着小亭撒起尿来。

突然，两个雨衣裹着的黑影跃到裴蕾身后，其中一人张开雨衣将裴蕾全身包了起来。

"啊——"裴蕾一声惊叫。

丰登返回小亭呼叫着："裴蕾！裴蕾——"

平湖大桥　夜

两辆警车呼啸而过。

岸边　夜

一条渔船已经离岸，船上机声低沉，灯火熄灭。

岸上一块大石头后面，一个人影还在偷偷录像。

湖中传来女人的惨叫声。

省城宾馆客房　白天

电视机屏幕上：

裴蕾被夹在两个穿雨衣人的中间登上渔船，渔船远离而去。

湖中传来一声惨叫。

录音还未完，崔玲就欣喜地叫着：“这是裴蕾的声音！”

她关上电视机，对颜东升说：“干得真漂亮！”

颜东升像商人讨债似的：“崔小姐，我的承诺兑了现……”

崔玲坐到沙发上不在乎地：“我的承诺也会兑现，但办护照不比迁移，手续复杂，要时间。不过最多不会超过半个月。”

颜东升催道：“尽可能快一点！”

柯楠家餐厅　白天

叶萍端着饭碗没有动一下筷子，眼泪不停地往下淌。

柯楠劝着：“妈妈，裴蕾出了事，谁不心痛，但是痛也没有用了，饭还是要吃呀！”

叶萍哭诉着：“裴蕾对我挺有感情的，天天阿姨前阿姨后，还帮我打毛衣、洗菜、擦地板……”

柯楠也放下了筷子：“其实我比您更喜欢她，她叫我姐姐叫得多亲切，但是现在已经是这样了。”

叶萍放下饭碗：“柯楠，妈妈从来不问你的公事，但是我总弄不清，一个案子查了两三个月，还扯出了一个打工妹，意外事件还发生了两次，我还听裴蕾说，你给张市长的照片给她看，问她认不认识，这是一个什么案子，从牡丹江扯到平湖？”

柯楠解释道：“妈妈，这是案子中的事情，我不能告诉您。”

叶萍理解地：“我不问你案子上的事情，我只问一句话：这个案子与张市长有什么关系，是他作指示要你办案，还是他犯了什么法，或他是证人什么的。”

柯楠一怔：“妈妈，您为什么问这个？”

叶萍忙自圆其说：“他是一市之长，我怕你年轻气盛，不分君臣上下。”

柯楠耐心地：“妈妈，您放心，您的女儿开始成熟了。”

叶萍忙问：“妈妈不问你了，只希望你快点把案子破了好与振声完婚。”

休闲屋　夜

屋子不大，只有柯楠和宋振声两个人，宋振声问柯楠：“裴蕾在青螺岛失踪的案子破了没有？”

柯楠回答说：“还没有。”

宋振声："是他杀？"

柯楠："司法机关已经排除他杀。"

宋振声低声问："丰登这人怎么样？"

柯楠摇头："丰登不是那种人。"

宋振声："是裴蕾自己跑了？"

柯楠："有可能吗？"

宋振声分析道："没有可能，要跑，早就跑了，而且手中没有钱，加上记忆还没有完全恢复，就是跑了也能找着。"他沉思着："既然这三种可能都没有，那就是人间蒸发。"

柯楠一笑："看不出你还具有很强的侦查素质，一会儿判断，一会儿假设。"

宋振声懊悔地："如果裴蕾真的是被害了的话，当时我与你不该提前走。"

他突然回忆起："我们回平湖城里后，你一个人匆匆忙忙走了，到底什么事呀！"

柯楠如往常一样："案子上的事。"

宋振声一笑："这我就不便问了。"

市长办公楼前　白天

张宝宽同小贾从办公楼内走出来，小贾忙打开车门。

戈穹忙跑上去："张叔叔，我开车来接您。"

张宝宽问戈穹："有事吗？"

戈穹："有事。"

张宝宽对小贾和他的司机说："我坐戈穹的车，你们回家吧。"

车内　白天

戈穹边开车边对张宝宽说："听说裴蕾失踪了。"

张宝宽问："在哪里失踪的？"

戈穹："听说是同柯楠去青螺岛后失踪的。"

张宝宽又问："去了哪儿？"

戈穹："可能跑了，也可能死了，市检察院也就不了了之了。"他加重语气对张宝宽说："张叔叔，这完全可以追究柯楠的责任。当初她拿着裴蕾做文章，要揭幕后，抓大鱼，现在连人都没了。"

张宝宽为柯楠辩护道："柯楠那样做也不是没有道理。"

戈穹发现张宝宽的态度变了，不解地："张叔叔，您不是对柯楠抓住裴蕾事件做文章很有意见吗？如果您不方便，我去向上级司法机关举报。"

张宝宽反问："你举报她什么？裴蕾是柯楠撵走的，还是谋杀的，你有什么证据？"

戈穹张口结舌。

张宝宽轻蔑地看了戈穹一眼："戈穹，真正抓住裴蕾事件做文章的不是柯楠。"

戈穹问："是谁？"

张宝宽毫不掩饰："是洪源。"

大街　清晨

东方才露出一线霞光，街道上行人、车辆陆续增多。一行人从地上捡起一张传单。

传单上写着：致洪源同志的一封公开信。

落款是：平湖市 40 名中层干部。

这名行人问身旁的同伴："洪源是什么人？"

那同伴："平湖市人民检察院检察长呀！"

一市民家中　白天

几名中老年市民争看传单，一名戴眼镜的老年人大声说："你们不要争，我念给大家听。"接着他绘声绘色地念了起来："洪源同志：我们本不想冒昧打扰你，但义愤难平，又不得不打扰你，听说你最近一段时间很忙。为整垮平湖市的一名主要领导干部，今天抓捕这个，明天传唤那个，连从东北来的打工妹也不放过。如果你还有点人性的话，该收场了！"

念到这里，一位老者道："太过分了！"

戴眼镜的市民接着念："检察长先生，你知道吗，你要整的那名领导恰恰是平湖人民十分敬重的清官。他来平湖任职十年，平湖发生了令人瞠目结舌的变化，难道你们没有看到吗？"

大家议论着："是呀，好多在外地工作的平湖人回来找不到方向了。"

戴眼镜的市民继续念着："你要整的那位领导是清官还是贪官，人民是一面镜子。我们虽然不能代表平湖人民，但是我们却有切身感受。坦率地说，我们中很多同志为了感谢这位领导对部门、单位工作的支持，曾给他送过红包，可是都

被他拒收或退回了，他曾多次说过，金杯、银杯不如老百姓的口碑。平湖人民说，那位领导如果早回平湖十年，平湖可能比现在发展得更快一些。”

市民们有的点头、有的思索、有的叹息。

戴眼镜的市民：“还有呢！”他念着：“尊敬的检察长先生：时代在淘汰你，人民在唾弃你，你何必要赖在检察长这个位子上呢，干脆自己铺设台阶，申请辞职，漂亮下台吧！”

海天实业丁家驹办公室　白天

“哈哈哈……”丁家驹看完传单一阵狂笑。

“丁总，什么事这么高兴呀？”他的女秘书李桃芝问。

“你自己看。”丁家驹将传单递给李桃芝。

李桃芝接过传单粗略地看了一下：“这与你有什么关系呀，你又没犯法。”

丁家驹得意地：“这里面的奥妙你不清楚。”接着吩咐道：“叫马飞来！”

李桃芝放下传单立即出去。

丁家驹电话未拨通。

马飞大步进来：“丁总！”

丁家驹将传单递给他：“你找一家私人印刷厂把这传单翻印1万份，在午夜广泛散发。”

专案组办公室　白天

“一派胡言！”王铁流看完传单一巴掌打在桌上。

丰登气愤地：“后面一定有人操纵！”

柯楠一针见血地：“这是在给我们施加压力！”

丰登站起：“我们找市委去评理。”

王铁流压着他：“张宝宽是市委代书记，你找谁评理？”

柯楠轻蔑地：“平湖市又不是张宝宽个人的！”

洪源进来静静地听着。

丰登：“洪检，我们为你鸣不平！”

洪源淡然一笑：“鸣什么不平，对传单我一笑了之。”

丰登认真地：“说不定有人把它当真。”

洪源毫不在乎：“我早就预料到了，让他们去当真吧。”

柯楠慎重地：“洪检，您必须有所准备，我估计会有暴风雨来临。”

王铁流很坚毅："就是十二级台风也刮不倒我们!"

洪源："你们坐下来，现在唯一的办法就是加快侦破速度，我们分析一下，还需多少时间?"

丰登心情迫切："我看半个月差不多了。"

洪源问："依据呢?"

丰登回答说："玉池山房地产开发招商徇私舞弊案的侦破已经有了眉目，我们可以此为突破口，加强攻势。"

柯楠接着说："我看时间增加一倍，一个月内可以告破。"

洪源问王铁流："铁流，你说?"

王铁流有把握地说："一个月内不告破，我这个反贪局局长引咎辞职。"

洪源斩钉截铁地："好! 现在我宣布三条：一是继续按预定计划进行侦查；二是严格保密，不许走漏任何风声，从明天起专案组转移至郊外一栋被没收的别墅办公；三是秘密监控颜东升和相关对象。"

咖啡店包厢内　晚上

颜文茹特别亢奋，她对戈穹说："下一步，你串通几名市人大代表，向市人大常委会写一份质询案，由市人大常委会敦促洪源辞职。"

戈穹懂行地说："现在不是召开代表大会期间，市人大常委会不一定受理。"

颜文茹给他打气："现在正是火候，市人大常委会受不受理你别管。"戈穹发誓般地："对洪源，下面千斤顶，上面泰山压，非敦促他辞职不可!"

张宝宽卧室　深夜

张宝宽和颜文茹刚刚上床，灯光还没有熄灭。

颜文茹侧向张宝宽："拉下洪源，这一次碰上了机遇。"

张宝宽问道："什么机遇?"

颜文茹："你没看见《致洪源同志的一封公开信》，大街小巷到处都有，还听说部分市人大代表向市人大常委会写了质询案，质询洪源，敦促他辞职。"

张宝宽问："要他辞职?"

颜文茹坐起来："对呀! 他虽然是省管干部，但还是人民代表选出来的。人民代表当然有资格质询他，甚至罢免他。"

张宝宽又问："你怎么知道的?"

颜文茹睁大眼睛："你以为我是闭目塞听的人呀，外面好大的风声!"

张宝宽自言自语："市人大常委会怎么没有向我汇报？"

颜文茹躺下乘机吹枕头风："人家以为你真要垮台了，避嫌！"

张宝宽嘘了一口气："我明天去找他们。"

市人大常委会会议室　白天

庄严的国徽下，挂着"平湖市第四届人大常委会第九次会议"的红色会标。

主持会议的市人大常委会主任说："最近，我们收到了10名市人大代表提出的一份质询案，要求质询市人民检察院检察长洪源。这次会议之前我们已将这份质询案复印完发给了各位委员，今天的会议就是讨论这份质询案。"

委员们发言踊跃，争论激烈。

第一位委员："俗话说，民心不可辱，平湖市部分中层领导干部和部分市人大代表分别用传单和议案形式揭发洪源同志的错误，这在平湖撤地建市后是从来没有过的。这说明洪源同志已经失去了民心，由他继续担任市人民检察院检察长必定会严重损害人民检察官形象，因此必须敦促他辞职。"

第二位委员："散布传单是文化大革命的遗风，严重影响社会的安定，对此我们市人大常委会必须严加制止，不能有丝毫的支持。对部分市人大代表的质询案我们还需进一步调查，据说有人在幕后操纵，并有贿赂行为。"

第三位委员："是不是有人在幕后操纵，是不是有贿赂人大代表行为，要拿出证据来，不能用'据说'作为理由。在这样重要的会议上，一切'据说'都是无效的。"

第四位委员："我认为张宝宽同志是一位勤政廉洁的领导干部，他在平湖的政绩有口皆碑，洪源拿别人开刀而最终要将刀尖点向张宝宽，是别有用心！"

第五位委员："你说别有用心，用心在哪里？是洪源想夺权，还是洪源公报私仇？"

第六位委员："洪源同志是省管干部，我们可以征求省委组织部的意见。"

第七位委员："听说张宝宽向我们市人大常委会打过招呼，希望我们尊重人民代表的意见，言下之意就是要质询洪源，我现在要问主持会议的市人大常委会主任：这是张宝宽个人的意见，还是市委常委的集体意见？"

主持会议的主任坦然回答："张宝宽同志是向我打过招呼，但没有说是市委常委的集体意见，但他是市委代书记，对他的意见，我们也应有所考虑。"

第八位委员说："对他的个人意见，我认为可以不予考虑。"

主持会议的市人大常委会主任问大家："其他委员还有什么意见？"

第九位委员发言："我建议要洪源同志列席我们的会议，对10位人大代表质询案中提出的问题作出回答或者解释。"

几名委员附和着："可以要洪源同志来，我们听听他的意见。"

"我同意这个意见！"

"兼听则明，偏听则暗嘛！"

……

市人大常委会大楼前　白天

洪源走下车，仰头凝视了一下大门上方悬挂的国徽，径直向门内走去。

市人大常委会会议室　白天

洪源面对国徽礼貌地站起，环视了一下委员们，然后说："市人大常委会主任、各位委员：首先，我感谢市人大常委会对我们检察工作的支持，也感谢各位委员对我的关心与爱护。我担任平湖市人民检察院检察长已八年时间，在这八年里，我有许多工作没有做好，个人也有很多缺点，我愿意接受人大代表和市人大常委会的批评与监督。检察机关是国家法律监督机关，也是国家机器的一个重要组成部分，它的行为代表国家，维护的是国家和人民的利益。检察机关如果不能公正执法，必然亵渎国家形象，损害国家和人民的利益。对于检察长这个职务我并不看重，但是对于检察长所肩负的责任我却视如泰山。因为，我是人民代表选举出来的，代表国家和人民执行法律。我在这个岗位上一天，我就要保证这一天我领导的检察机关公正执法，不失丝毫。在当前党风和社会风气还存在一些问题的时候，要做到公正司法很不容易，但是我们绝不能因此而让步，为了维护法律的威严，就是把身家性命搭上去，我也在所不惜。对于委员们刚才提出的问题，我理应立即如实作出回答，但是这些问题大部分与案情有关，一个案件没有侦查终结的时候，是不能对外透露的。这样说，不是不相信大家，而是侦查工作的需要。今天，面对庄严、神圣的国徽，面对600万平湖人民的代言人，我保证，在一个月内侦破整个案件，给平湖人民交一份满意的答卷。如果不能，我不仅引咎辞职，而且请求组织上给予我严肃处理！"

平湖大道建设工地　白天

车水马龙，人声鼎沸。张宝宽听完工程负责人汇报后说："我们要把平湖大道建成全省第一流的大道，在大道两旁再造一座平湖城。你们要在保证工程质量的前提下，加快工期，争取在国庆前通车。”

秘书小贾的手机响了，他接电话：“好，我马上将情况向张市长汇报。”

张宝宽和工程负责人握过手后准备上车。

小贾报告说：“市人大来电话，市人大常委会讨论了洪源质询案，并请洪源到会回答代表的提问，洪源在会上保证一个月内侦破整个案件，如果不成，他引咎辞职。会上有委员提出，质询案是几名不明真相的代表在别人操纵和贿赂下写成的，市人大常委会将对此事进行调查。”

张宝宽伤感地：“现在他们也不听我打招呼了……”

郊外别墅，专案组办公室新址　白天

一栋风格独特的两层楼房，绿树掩映，道路幽深。

丰登开着一辆挂民用牌照的丰田面包车在别墅前停下。

别墅内　白天

丰登刚推开贴有“专案组”的房门，王铁流就问：“怎么样？”

丰登报告说：“发现了情况。”

王铁流给他倒了一杯凉开水：“柯楠马上就来，一起汇报。”

窗外传来小车停车声，丰登向外望着：“柯楠姐来了。”

王铁流给柯楠准备着凉开水。

柯楠大步跨进来。

王铁流：“丰登，你先讲吧！”

丰登报告说：“据监控人员反映，颜东升昨天去了他老家云山乡白云村，那里是他的老家，颜东升中午在白云村他二叔家吃中饭，下午到后山父母坟前扫了墓。”

王铁流思索着：“清明节过去快两个月了，现在扫什么墓？”

柯楠接着说：“今天中午颜文茹到了颜东升的酒店——吟风阁，负责监控的侦查员着便装进去就餐，发现颜文茹与颜东升在一个包厢里谈了很久。午饭后，吟风阁门口贴出了转让的广告。”

王铁流分析道：“这些迹象说明，颜东升正准备外逃。我们现在立即分头和平湖市各家银行联系，冻结颜东升在银行的存款，如发现颜东升外逃，立即采取强制措施。”

颜东升家 儿子颜成刚的书房　白天

颜东升一进门，对坐在书房看书的儿子说：“成刚，爸爸想找你谈谈。”

颜成刚推了推鼻梁上的眼镜架，惊奇地说："这是开天辟地头一次。"

颜东升坐在床上问："什么时候高考？"

颜成刚："还是和以前一样，7 月上旬。"

颜东升："填报志愿了吗？"

颜成刚："要在考试后填报。"

这时吴兰送来两杯茶。

颜东升："你的第一志愿准备报哪个学校？"

颜成刚："如果考分比较高，我准备报中国政法大学。"

吴兰插话："中国政法大学是全国重点大学。"

颜东升撵着吴兰："你去做你的事吧，我想单独与他谈谈。"

吴兰很反感："你们父子是不是有什么秘密怕我听到？"

颜东升瞅了吴兰一眼："看你想到哪里去了！"

颜成刚不高兴地："你们一碰面就争嘴！"

吴兰转身："好，我走，你们谈。"

颜东升心情很沉重："成刚，以前我很少管你，今后更难了，你要锻炼自己的自理能力，遇事多思考，意志要坚强。"

颜成刚对父亲的谈话感到突然："爸爸，您是不是要去哪儿？"

颜东升知道自己说话露了破绽："我是说我事情忙，顾不上你。"

颜成刚懂事地："爸爸，你千万不要为我担心。"

颜东升语重心长地："成刚，爸爸同意你报考中国政法大学，并建议你选择国际法专业，同时学好外语，为今后出国做准备。"

公园竹林旁　白天

戴棕色眼镜的颜强悠来转去，颜东升环顾了一下四周，向颜强走去，将黑色提包交给了他。

荷花镇汽车出租店　白天

颜强提着黑色提包和另两名男青年走进店内，店老板一看是检察院的人曾经来找过的颜强，不禁胆战，但他立刻镇静下来，问："租车吗？"

颜强说："租车。"

店老板："什么车？"

颜强："草绿色小货车。"

店老板："什么牌照?"

颜强："军用牌照。"

店老板："多长时间?"

颜强："三天。"

店老板："交身份证复印件和2000元押金。"

银行会计室内　白天

正在查看账簿的柯楠的手机响了。

荷花镇汽车出租店店老板电话报告："颜强租用我们店里草绿色小货车已去西南方向!"

柯楠回话："明白。"她合上手机后对丰登说："立即追捕颜强!"

荷花镇街道上　白天

颜强开着草绿色小货车驶出荷花镇。

银行门前　白天

柯楠和丰登跳上三菱吉普警车，紧急发动。

警车加速前进。

第十二集

水泥公路上　傍晚

太阳收起了最后一缕晚霞，田野、道路渐渐模糊。颜强扔下半截烟头，驾着草绿色小货车疯狂行驶。

砂石公路上　傍晚

柯楠驾驶着三菱吉普车，速度一快再快，她对着对讲机："我是柯楠，'三菱'已抄近路在前面堵截目标。"

身旁的丰登警惕地注视着前方。

水泥公路上　傍晚

王铁流在丰田面包警车内回话："我在目标的后面追击，现在还没有追上目标。"

车内还有两名检察干警。

水泥公路上　夜

夜色沉重，四周黑暗一片。

草绿色小货车内，颜强死死地把油门踩到底。

砂石路与柏油路连接处　夜

"三菱"驶出砂石路，一个左拐，上了柏油路，柯楠放慢车速瞭望前方，两束灯光由远而近向"三菱"射来，柯楠稍稍打了一下方向盘，车行路中。她对着对讲机："丰田，丰田，目标已经发现，我们挡住了它的去路！"

对讲机里，王铁流的声音："我们正在追击，正在追击！"

草绿色小货车越来越近。

柯楠脚踩刹车，把车停在路中间。她和丰登俩人持枪下车。

一声刺耳的刹车声，草绿色小货车被迫停下，颜强和两名手持匕首的青年下了车。

车灯照射下，柯楠看清了草绿色小货车前面的军用牌照，对面三人中，一人戴眼镜，身体较瘦，他就是颜强。

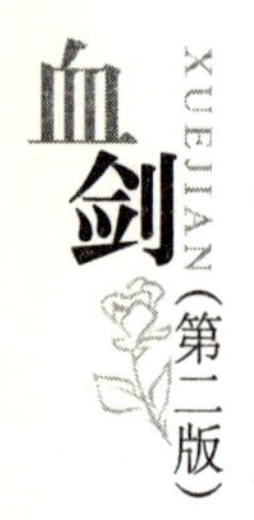

颜强一看挡路的是警车，知道不妙，再一看对面的两个人都拿着手枪，他一个手势，命令两个青年做好准备。

“颜强！”柯楠将枪口对准他的脑袋：“我们是检察干警，你放明白点！”

颜强从腰间拔出一支手枪，一声冷笑：“你没看清楚，我们几个人，你们几个人？”

柯楠与颜强对峙，另两名凶手向丰登扑去。

柯楠警告道：“我命令你们放下武器！”

颜强哼了一声：“这话只对你的下级有效！”他与柯楠相持不下。

两个凶手逼近丰登，丰登一脚踢掉一人手中的匕首，另一凶手向丰登扑来，被踢掉匕首的凶手再度冲上，丰登以单对双，一阵格斗。丰登寡不敌众，向一名凶手的上方开枪，子弹从凶手头顶飞过。二凶手因手中无枪吓倒在地。

颜强听见枪响，目光斜视了一下，柯楠乘其不备，冲上去用枪尖打下了他的眼镜。颜强是近视眼，黑夜里更难看清对方。一名凶手见状，冲过来欲接过颜强手中的枪。

柯楠纵身向前一跃挡住了那凶手，颜强绕到柯楠身后欲开枪，柯楠一闪，到了另一边，将枪口对着颜强：“颜强，举起手来！”颜强左顾右盼，企图逃离。

这时，颜强身后两束强光射来，警笛声越来越近。颜强老实地低下了头，垂下了双手。追来的法警给他戴上了手铐。

丰登打开驾驶室，拿出黑色提包问颜强：“这里面是什么？”

颜强回答：“金器和玉器。”

王铁流和一名法警打开车厢后门，只见里面放着若干纸箱，王铁流问：“纸箱里装的什么？”

颜强：“都是文物。”

审讯室　夜

室内亮如白昼，颜强正在交代涉嫌贩卖、走私文物犯罪事实：“……这是我第三次贩卖文物，准备运往广西。”

柯楠：“准备卖给谁？”

颜强：“没有固定对象，有人要，我们就出手。”

柯楠严厉地：“颜强，你除了涉嫌贩卖、走私文物外，还涉嫌其他犯罪，你要老实交代。”

颜强装蒜不作回答。

柯楠问："你和颜东升是什么关系？"

颜强答："我是他侄儿。"

柯楠："他曾经被检察机关刑事拘留过，你知道吗？"

颜强："知道。"

柯楠："你以前跟他做过些什么事？"

颜强："为他开过几次车。"

柯楠："运过一些什么东西？"

颜强："都是些家里用的家具和电器，例如沙发、电视机。"

柯楠气愤起来："颜强，你不老实！你车上黑色提包里的金器和玉器是谁的？"

颜强不敢回答。

柯楠："你不要以为我们没有掌握证据，其实在一个月前，检察机关就盯住你了！"

颜强交代说："那个黑提包是我叔叔颜东升给我的。"

柯楠："他要你怎样？"

颜强："他要我把它顺便带到广西我姑妈家保管。"

柯楠："颜东升被检察机关刑事拘留前几天，你到过他家吗？"

颜强："没有去过。"

柯楠："颜强，你又不老实，这一次我们为什么抓你，你以为是因为你贩卖、走私文物吗？这只是我们的意外收获。"

颜强慢慢抬起头窥视着柯楠和丰登，柯楠与丰登目光逼视着颜强。

颜强不敢久看。

柯楠提高嗓门道："颜强，你三次贩卖和走私文物，已经涉嫌犯罪，现在我们给你一个立功的机会。"

颜强重新开口了："我想想！"

柯楠不让他乘机思考对策，她避开正面问话，开始旁敲侧击："你运文物的那辆车是谁的？"

颜强："借的。"

柯楠："向谁借的？"

颜强："一名个体户。"

柯楠："借过几次。"

颜强："四次。"

柯楠："你借那辆车为颜东升转运过什么东西？"

颜强不答。

柯楠再度加重语气："颜强，为什么我们一见到你就能叫出你的名字。难道我们是瞎蒙的吗？你抬头看看正面墙上。"

颜强抬起头，灯光照射下，"坦白从宽，抗拒从严"八个字反射出令人心悸的光芒。

柯楠："颜强，你看清楚没有？"

颜强："看清了。"

柯楠："你是想从轻，还是想从严？"

颜强："我坦白，坦白……"

柯楠："我们听你坦白。"

颜强："我记不清是哪一天了，反正是在我叔叔被刑事拘留前几天，叔叔要我帮他秘密转移家里的保险柜。晚上，我借了那辆车，还邀了三个朋友，其中两个就是今天你们抓的那两个哥儿们。"

柯楠："首先到了颜东升家？"

颜强："先到我姑父张宝宽家。"

柯楠："干了些什么？"

颜强："准备抬他家的保险柜，但是太重，四个人抬不动，后来就没抬。"

柯楠："以后呢？"

颜强："到了我叔叔家，也就是颜东升家，把他家的保险柜抬上了车。"

柯楠："你将保险柜转移到了什么地方？"

颜强战战兢兢："……"到了喉咙口的话又吞了进去。

柯楠规劝他："颜强，你离立功只有一步之遥，总不能前功尽弃吧！"

颜强："我立功，我讲……我先将保险柜放在我婶婶吴兰的弟弟单位的一个军用仓库，后来……"他又停下来。

柯楠："后来是不是又转移了？"

颜强："是，过了半个月，又转移了……"

白云村盘山公路上　白天

三辆警车盘旋在云雾缭绕的崇山峻岭间。

一辆警车内　白天

颜强坐在两名法警中间

村舍前　白天

这是一栋修缮后的传统民房。三辆警车开到屋前停下，王铁流、丰登、四名法警和颜强陆续从车上下来。

山民们纷纷涌来看热闹，三名司机从车上下来，将他们挡在屋外。

村舍内　白天

颜强的叔祖父颜春生和老伴忙从里屋出来。

颜强用土话说："二爷，他们是市检察院的干部，是取叔叔家的保险柜的。"

颜春生耳朵不聪，问："什么?"

颜强："取叔叔的保险柜!"

颜春生扭头要走："你们要我的命都行，就是要那个东西不行!"

王铁流出示证件："这是我们的执法证和搜查证!"

颜春生忙摇头："我不识字，不管你什么证不证。"

王铁流对颜强说："你用土话告诉你二爷，我们依法强制搜查。"

颜强对颜春生道："二爷，你就是不肯，他们也要搜查，法律有规定。"

颜春生听完颜强的话，迅速地站到了前屋通往后屋的门口，他这么一站，恰好是此地无银三百两，王铁流和法警们将颜春生抱到一边后推门而入。

里屋内　白天

这是一个自然的山洞，但成了住房，房内放着一张大木床，靠石壁的一边立着一顶大木柜，另一边摆着一张大木桌。王铁流眼睛盯着那张大木柜，但是柜门没有上锁。他判断保险柜不会放在木柜内，于是对法警们说："抬开木柜，看看背后!"

很快，木柜被抬开了，只见柜后石壁上凿有一洞，洞口的铁门用一把旧式铜锁锁着。颜春生和老伴哭哭啼啼地进来。王铁流向颜强命令道："要你二爷把石洞门锁打开!"

颜强用土话说："二爷、二奶，他们要你们把锁打开，不开不行!"

颜二爷的老伴战战兢兢地从口袋里掏出一片长长的铜钥匙。

沉重的一声“吱呀”，石洞门开了，绿色保险柜在手电灯光的照射下清晰可见。

王铁流问：“保险柜钥匙在哪里？”

颜强回答：“二爷这里没有。”

颜东升家　白天

戴着手铐的颜东升和吴兰被法警从屋内押出，押上两辆警车。

吴兰喊叫着：“我儿子晚上放学回来要吃晚饭的……”

平湖市第十中学　白天

柯楠兴致勃勃地走进校门，操场上学生们生龙活虎。

校长室　白天

柯楠说：“刘校长，你们学校高三学生颜成刚的父母亲因涉嫌经济犯罪已被检察机关刑事拘留，颜成刚现在还不清楚，为了不影响他的学习，我想找他谈谈。”

刘校长立即答应：“好，你坐一坐，我派一名老师去叫一下。”说着走出校长室。

柯楠从报架上取下一张报纸看着。

片刻后刘校长返了回来。

柯楠说：“刘校长，我曾经在十中读初中，还是你们的校友呢！”

刘校长高兴地：“我们十中培养出了一名优秀的女检察官，今后多为我们保驾护航。”

柯楠热情地：“义不容辞。”

这时一位老师带着颜成刚走进来，颜成刚很有礼貌，进门就喊：“刘校长！”

刘校长忙端凳子：“你们坐。”接着向他们介绍道：“这位是平湖市人民检察院的检察员柯楠。”接着又向柯楠介绍道：“这位老师是颜成刚同学的班主任殷老师。”接着他对颜成刚说：“颜成刚同学，柯楠同志代表检察机关找你谈一件事情，你一定要正确对待。”

文质彬彬的颜成刚感到很突然，不安地望着柯楠。

柯楠怕颜成刚难以接受，于是先从学习谈起：“颜成刚同学，听说你是高三毕业生，快参加高考了，准备好了吗？”

颜成刚回答说：“想考一所重点大学。”

柯楠问："文科还是理科？"

颜成刚答道："文科。"

柯楠又问："准备报考哪类专业？"

颜成刚说："法律。"

柯楠很高兴："以后我们是同行了。"

颜成刚拘谨地笑了。

柯楠将椅子向前移了移，说："颜成刚同学，既然你以后的理想是做一名法律工作者，我们就更好谈了，先告诉一个令你痛心的消息，你父亲和母亲分别因涉嫌经济犯罪，已被平湖市人民检察院刑事拘留，这件事你一定要有一个平静的心态。"

颜成刚被这突如其来的消息惊呆了，"哇"的一声，抱头痛哭。

柯楠继续说："颜成刚同学，对这件事，你一定要正确对待，对你父母亲的问题，司法机关一定会依法作出公正的处理。你千万不能影响学习。"他对刘校长和殷老师说："刘校长、殷老师，颜成刚同学高考前的生活，等一下我们研究一个意见。"

刘校长立即答复："从今天起颜成刚同学由走读转为住宿。"

殷老师接着说："我会关照的。"

柯楠说："颜成刚的学习和生活所有费用我们检察机关会从查封他家的财产中抽出一部分垫付给学校。"

刘校长对颜成刚说："颜成刚同学，检察机关垫付的钱，我们把它放到学校财务室，你需要时到那里去支取。"

颜成刚擦着眼泪感激地："我听你们的……"

柯楠亲切地说："我叫柯楠，颜成刚同学，以后你有什么困难可以到检察院找我。"

审讯室　白天

吴兰一进来就哭着说："我想见我儿子，我儿子没有离开过妈妈一天……"

柯楠以理解的口吻说："吴兰，可怜天下父母心，你放心不下你儿子，是情理之中的事情。现在我告诉你，你和颜东升刚刚被刑事拘留，市检察院就派人到了第十中学，与学校联系让他由走读转为住宿，并为他垫付所需费用，还给你儿子做了思想工作，他现在情绪稳定多了。"

吴兰半信半疑："你们不是骗我的吧？"

柯楠严肃地："我们代表检察机关讲话还能骗你，你如果不信，我问你，你儿子是不是叫颜成刚，是不是戴近视眼镜，是不是学的文科，是不是准备报考法律专业？"

吴兰坐直身子："我信，我感谢你们检察官！"

柯楠问："吴兰，你是因什么事情被刑事拘留的？"

吴兰答道："涉嫌窝赃。"

柯楠："是不是这样？"

吴兰："是。"

柯楠："颜东升每次得来的钱、物，是不是都交给了你？"

吴兰心里有些紧张，回答时嘴里打哆嗦："交给了我。"

柯楠："放在哪里？"

吴兰："有些存入了银行，有些放进了保险柜。"

柯楠："颜东升第一次被检察机关刑事拘留前，是谁组织人转移的保险柜？"

吴兰："是我。"

柯楠："下面你如实交代每笔赃款和每一件赃物的来源。"

吴兰："颜东升没有对我讲过。"

柯楠提高嗓门："吴兰，你不要装糊涂！"

吴兰哭诉着："检察官，我不是装糊涂，我实在不清楚。年轻的时候，颜东升很喜欢我，他有了钱以后就喜新厌旧，常常在外面泡小妞。"

柯楠："这并不能说明你对他涉嫌犯罪的事实一点儿都不清楚。你不是一般家庭妇女，而是一名有中级职称的财会人员。在你家的保险柜里，有你对每一笔钱、物进出的记录，并将单位和姓名用代号表示，你难道能说你不知道吗？"

吴兰低着头，身了有点发抖。

柯楠加强攻势："你家保险柜里有1000多万元的财物，其中有多少是合法收入你是清楚的。现在你不坦白交代，如果今后受到从严处罚，你会后悔莫及的。"

吴兰脸色发黄，眼珠不停地翻动。

柯楠两眼盯着吴兰："你想清楚没有？"

吴兰鼻子一酸哭起来："我也是在为颜东升活受罪……"

柯楠厉声地："你现在还执迷不悟，要做他的牺牲品？"

吴兰渐渐抬起头来："我愿意坦白交代，我请求司法部门对我从宽处理……"

柯楠问："玉池山房地产开发工程中介费有120万元，这笔钱自己留了多少，送出去多少，送给了哪些人？"

吴兰交代说："听颜东升说，送给了杜天明30万元，他是玉池山铅锌矿矿长，是招投标的拍板人物。"

柯楠追问："还有90万元呢？"

吴兰摇头："我不知道。"

柯楠："玉池山房地产开发工程招投标时，颜东升的姐姐颜文茹到处活动，颜东升不会不给她好处费吧？"

吴兰："颜东升什么事都对我讲，唯独他与姐姐、姐夫的事一点儿都不讲。"

柯楠："为什么？"

吴兰翻了翻眼珠："颜东升在外面玩女人，被我抓住过把柄，怕我报复他，告发他和他姐姐、姐夫。"

柯楠接着问："崔玲给颜东升20万美元，其中15万美元是委托颜东升送给有关领导的，颜东升转送给了哪些领导？"

吴兰："我只知道送出去了，不知他送给了谁。"

柯楠："到底知不知道？"

吴兰："我只怀疑他送给他姐姐一部分，但没有证据，我再说一遍，颜东升与他姐姐、姐夫的经济往来，对我一直是保密的。"

柯楠："你们家保险柜里现在还藏着些什么东西？"

吴兰："现金300万元，存款和有价证券700多万元，还有金器和玉器。"

柯楠："吴兰，我告诉你，现在保险柜里除你作的记录外已经空空如也。"

吴兰一惊："那些东西哪里去了？"

柯楠问："昨天颜东升到云山乡白云村他二叔家去过一次，你知道吗？"

吴兰："不知道。"

柯楠："颜东升将里面的东西转移，交给颜强。途中，颜强落入了法网。"

吴兰大声哭了起来："颜东升根本没有把我当他的妻子看待……"

柯楠郑重地："吴兰，你要积极配合检察机关查清颜东升的问题，争取立功。"

吴兰较老实："我一定配合，不过我有一个请求，我想和我儿子见一面。他性格内向，又面临高考，我怕他发生意外。”

柯楠：“我们会考虑你的请求。”

审讯室　白天

颜东升仍然如前一次一样狡猾。

柯楠严厉地：“颜东升，你不能再抱任何幻想了。”她从案卷中拿出一叠清单，“这是从你家保险柜中搜查到的文字记载。”颜东升望着厚厚的一叠记账单，额头上冒出了汗珠。但他很快又镇静了：“这些记账单上的数字都是虚的。”

柯楠：“一点也不虚，而是你昨天去你叔叔家将保险柜中的东西全提走了。”

颜东升望了柯楠一眼低下了头。

柯楠：“我们已经从你侄儿颜强手中缴获了企图转移的金器和玉器，你存入银行的钱也已依法冻结。”她从卷宗中又拿出一叠清单：“你是不是要看看我们登记的清单。”

颜东升摇了摇头。

柯楠：“你心中有数，一共是多少？”

颜东升：“1000万元以上。但是，我三个月前下了海，已经不是国家工作人员。”

柯楠冷笑了一声：“法律条文没有错，但是你忘了你自己三个月前是市招商局项目科科长，你的许多地下中介行为都是在你任科长期间发生的。玉池山房地产开发工程中介是什么时候？”

颜东升低头不语。

柯楠：“这个项目什么时候招标，什么时候开工有档案资料可找，你不回答我们同样可以以档案资料作证据。”

颜东升慢慢抬起头，两眼有些呆滞。

柯楠再问：“想清楚没有，这笔中介业务是什么时候发生的？”

颜东升回答：“一年前。”

柯楠：“你得了多少中介费？”

颜东升：“120万元。”

柯楠：“送出去了多少？”

颜东升：“30万元。”

柯楠：“给了谁？”

颜东升："杜天明。"

柯楠："还送出了多少？"

颜东升又要赖："没有。"

柯楠："在这个项目招投标中，你姐姐颜文茹出面活动没有？"

颜东升承认："她出面和杜天明打过招呼。"

柯楠："你感谢她没有？"

颜东升生怕说漏嘴，一字一句地："她是我姐姐，我不能害她。"

柯楠："你这是丢车保帅。"

颜东升狡猾地说："反正没有给她钱。"

柯楠："你要老实交代。"

颜东升无动于衷。

柯楠转换一个问题："崔玲给你 20 万美元，你是怎样分配的？"

颜东升想了想："如果保险柜里有记载就按记载定案。"

柯楠："这么大的数字你记不清，还要查记载？"

颜东升不答。

柯楠："再问你，你把这 20 万美元中的 15 万美元转送给了谁？"

颜东升紧闭着嘴。

柯楠："刚才问到的这两笔只是从你家保险柜中查获的一小部分，其余的你要一一交代。"

颜东升抗拒不答。

柯楠严厉地问："颜东升，你什么时候第一次见到裴蕾的？"

颜东升一怔："谁？"

柯楠重复着："裴蕾。"

颜东升装蒜："没见过。"

柯楠："没见过裴蕾，你为什么要雇请杀手干掉她？"

颜东升的脸陡然间变得惨白，但他竭力克制着："我根本不知道这是怎么一回事。"

柯楠怒不可遏："颜东升，你在重大问题上装聋作哑，拒不交代，你花 30 万元巨资向朱宏昌雇请杀手，现在人证、物证俱在，你还存侥幸心理。"

颜东升表面虽然平静了些，但心里依然发慌。

柯楠站起来指着颜东升："你为什么要雇请杀手干掉裴蕾？"

颜东升顽抗着。

杜天明住宅前　夜

杜天明提着一个旅行包走出楼梯口，借助昏黄的路灯穿过一条街巷走向空荡的大街。

一辆红色的士开过来，他一抬手，车停了，他拉开后门钻了进去。

的士车内　夜

司机问："到哪里？"

杜天明即答："跑长途。"

司机："先预付押金。"

杜天明拿出10张老人头递给他："行了吧！"

司机又问："到底到哪里？"

杜天明："先上高速公路，再去武汉。"

司机迅速调过车头，顺着大街向北飞驰而去。

杜天明望了一下车后方向，见大街上空无一车，这才松了一口气。

杜天明住宅前　夜

红灯闪烁，一辆警车，停了下来。

王铁流、丰登和两名公安警察从车上下来迅速进入楼梯口。

探监室　白天

颜成刚泣不成声。

吴兰没有哭，她安慰儿子："成刚，你还有一个多月就参加高考了，一定不要因为爸爸、妈妈而影响了考试，一定要有一个良好的心态。"

颜成刚擦着眼泪："妈妈，您放心，我一定会考好的。"

吴兰："你的卡上还有钱吗？"

颜成刚："一切费用市检察院已经向学校垫付了，我不需要钱。"

吴兰感激地："你就听检察院柯楠姐姐的话。"

颜成刚："妈妈，你有什么就说了吧，说完了早点出来，我离不开你……"

吴兰再也忍耐不住："成刚……"泪如雨下。

审讯室　白天

柯楠和丰登再次提审吴兰时，她态度好多了。

吴兰交代说："颜东升与别人发生经济往来的时间长，人数也比较多，我一下子难说上，请你们给我笔和纸，我一边回忆一边写，一定如实交代清楚。只是他与他姐姐、姐夫之间的经济关系我确实不清楚。不信你们可以问我的邻居，我与颜东升三天一小闹，十天一大闹，他怕我抓住他姐姐、姐夫的问题要挟他。"

柯楠问："既然你和颜东升的感情不好，他为什么把所得的赃款都交给你保管？"

吴兰："他虽然在外面玩女人，但为了孩子，并不想与我离婚。这就是现在社会上流传的'外面彩旗飘飘，家里红旗不倒'。"

别墅，专案组办公室　白天

王铁流在汇报抓捕杜天明的情况："犯罪嫌疑人时时刻刻都在注视着我们的一举一动，杜天明对潜逃早有准备，不仅人跑了，而且赃款也转移了。我们在他家依法搜查时，一无所获。"

柯楠说："他是研究生，高级工程师，不可能像其他刑事犯罪嫌疑人一样躲在森林或山洞里。他逃跑有两种可能：一是出境，二是隐姓埋名到外地当高级打工仔。"

洪源说："出境的可能性不大，因为时间短，办手续来不及。当高级打工仔的可能性大，他妻子说，去西部的可能性大，西部大开发，他有用武之地。"

柯楠说："据吴兰书面交代，颜东升不仅利用姐夫、姐姐的权力充当工程项目中介人不择手段敛财，而且大肆行贿，接受过他的贿赂的有处级干部 4 人、国家工作人员 12 人。同时根据吴兰的交代，颜文茹和张丽娜去香港，很有可能向香港转移了赃款。"

洪源默默点头。

柯楠继续说："从张丽娜的男朋友戈穹进入海天实业任副总经理的种种迹象分析，张丽娜在海天实业可能占有股份，现在颜东升丢车保帅，从他那里很难打开缺口，因此我们必须另辟蹊径。"

洪源稍稍思量后果断地作出决策："颜东升已涉嫌受贿、行贿和预谋故意杀人犯罪，对他由刑事拘留转为依法逮捕，进一步深挖犯罪。鉴于吴兰态度较好，问题已基本交代，她儿子又面临高考，从明天起，对她实行取保候审。对杜天

明，我们与有关部门联系，实行网上追逃。根据大家的分析，张宝宽和颜文茹很有可能把财产转移至香港，以女儿张丽娜的名义在香港注册了什么公司，然后又以外资形式入股海天实业。对这一情况，我立即向省检察院汇报，请求省检察院与香港有关部门联系协助调查。对裴蕾事件的侦查仍然按原方案操作。"

老干部疗养院　白天

颜文茹走到大门口问保安："张市长住在几楼，哪个房间?"

里面一位护士迎上来："张市长身体有点不舒服，正在休息。"

颜文茹耍起态度来："我只问他住哪个房间?"

护士仍礼貌地问道："请问您一定要见他吗?"

颜文茹："我是他爱人，你说该不该见!"

疗养室　白天

门铃响了，秘书小贾打开门。

颜文茹一进来劈头盖脸地质问："你住到这儿来了，怎么不告诉我一声?"

张宝宽睁眼看了一下又闭上了。

小贾解释说："张市长晚上失眠，白天没精神。"

颜文茹对他说："贾秘书，我与他谈件家务事。"

小贾："好，颜局长，你们谈。"转身出去了。

颜文茹坐到床边，推了张宝宽一下："吴兰放了，杜天明跑了，牢房里的颜东升是我的亲弟弟，情同手足，他前几天跪在我们父母的墓前发过誓：就是尖刀插到了心脏，也不会出卖姐夫和姐姐。宝宽，你放心，颜家的人是不会连累你的!"

张宝宽听到了，但还是不睁眼。

颜文茹的心火冒上来了："你就是身体再不舒服也还能说话呀，怎么一下哑了?"

张宝宽猛然坐起来："你给我住嘴，我不许你再提颜家，就是你和颜家的人一起借着我的影响力、背着我大敛钱财。到头来账都算到我的头上，说我在搞家族犯罪。"张宝宽气愤至极。

颜文茹恼羞成怒："你把罪过都推给我颜家，只要推得了，我颜家都承受，坐牢，掉脑袋，在所不辞。但是你不要忘了，到底是谁拉你下了水，崔玲不是我颜家的人吧？那 15 万美元是谁托颜东升送来的，现在这 15 万美元是谁一肩承担了？是我颜家的人在代你坐大牢，说不定还要代你掉脑袋！事情到了这种地步，你还在分什么张家、颜家，你这是什么德行！好吧，我向你打包票，我颜家的人为保你这个主帅可以车死马亡！"

张宝宽依然气不顺，心不安："你打得了颜家的包票，打不了洪源的包票！他是全国优秀检察长，不是粮食局长，他们查处颜东升的专案组的成员，是从检察官中抽出的精兵良将，一个个就像过了河的卒子，就是为拿下主帅而横扫车马。"

颜文茹鄙夷地看着张宝宽："这么说我们就去自首啰？好一个八尺男儿，骨头是软塑做的！"

张宝宽认真地："要对付洪源不能只靠胆略，必须有自己的心理防线，兵来将挡，水来土掩，处惊不乱，化险为夷。"他挺直身子提高声音说："戈穹与丽娜谈恋爱并进入海天实业后，社会上议论纷纷，各种猜度都有，人言可畏啊，说不定今后我们会兵败海天。"

"你的意思是我们从海天退出来？"颜文茹问。

"怎么样？"张宝宽反问。

颜文茹竭力反对："海天刚刚红火起来，我们就退出来，太可惜了！再说，退出海天后丽娜怎么办？"

张宝宽坚持要退："要免灾不得不破财。这个道理丽娜不会不懂。"

颜文茹问："怎么退？"

张宝宽站起来有意背朝颜文茹："很容易，到崔玲那里拿回原来的合同书，把股金抽出来就行了。"

颜文茹走近他，半认真半讥讽地："你去找她，我不吃醋，你们旧情一叙，什么事都好办。"

张宝宽两眼望着窗外："现在我去既打眼又招风。"

颜文茹的眼圈拉成了三角形："难道还要我去？"

张宝宽正色地："嗯！"

颜文茹忍无可忍，指着张宝宽："你要娘娘去向妃子求情，天下哪有这等奇事！"

张宝宽急转过身："你把自己比作娘娘，那我就是皇上，皇上和娘娘的关系是皮与毛的关系，皮之不存，毛将焉附？"

颜文茹倒在床上，大哭起来："要我向情敌乞求，比要我死还厉害呀……"

省城，茶楼　白天

透过玻璃窗可见一幢一幢直插蓝天的大厦。

崔玲与颜文茹坐在偏僻的一角。

"是你要退股，还是张宝宽要退股，你们这不是要海天实业短命！"崔玲质问颜文茹。

颜文茹委屈地："崔小姐，我们退股后，你们的海天实业在平湖还是可以照常办下去。"

崔玲板着脸："我明告诉你，当初是谁跑到香港找我和朴望东？世界这么大，中国这么大，我们为什么要选择在中国的平湖投资兴业，不就是看着他张宝宽来的。他的股份中为什么有100万元是无形资产，也不就是看着他是市长。这意味着什么，意味着海天实业在平湖有生存和发展的土壤，现在你们要退出来，给实业造成的损失将不可估量。"

颜文茹的嘴不比别人笨："我佩服你的眼光，也赞赏你的直率。你们是商人，商人就是要赢利，你们看上张宝宽就是看重他的利用价值。因此，为了获得越来越丰厚的利润，一步一步把他推向深渊，到最后你们携带万两黄金溜之大吉，而他却可能成为千古罪人。现在他已经觉醒，他不能再被人利用，所以要退股，而且《中华人民共和国合同法》明文规定，股东有退股的自由。"

崔玲听后一阵冷笑："颜女士可能只看了《合同法》的上文而没有看下文，退股者对因退股造成的损失应负完全责任。"

颜文茹一慑，哑口无声。

崔玲乘势进击："我知道，张宝宽退股的目的是害怕检察机关查处他巨额财产来源不明，可是他总该清楚，如果我把那15万美元的事抖出去，他受得了吗？"

颜文茹好像捞到了一根稻草："他涉嫌受贿犯罪，你就不涉嫌行贿犯罪？外国人在中华人民共和国境内违法犯罪，按中国的法律查处，对这一点你应该懂吧！"

崔玲讥讽道："我不是没有学过中国的法律，对行贿罪的量刑没有死刑，而对受贿罪的最高量刑是死刑。我就不相信张宝宽只接受过我的贿赂。另外你别忘了，听说颜东升送15万美元时你颜文茹在场，哦，你跑得了吗？"

在平湖被人戏称"凤姐"的颜文茹在崔玲面前自惭形秽。

崔玲突然放松脸上的肌肉，稍许一笑："颜女士既然来了，我不看僧面也看佛面，张宝宽硬是要退股，我们可以坐下来谈。"

手机响了，崔玲说："就到我住的宾馆的茶楼见面。"她合上手机对颜文茹说："颜女士，一位先生有急事找我，我们改日再谈吧！"

颜文茹瞪着眼睛："你这是下逐客令！"

平湖老干部疗养院，疗养室　白天

颜文茹遭到崔玲的戏弄后，回到平湖就找张宝宽出气。她指着张宝宽的鼻子："你哪里是要我去找崔玲申请退股，明明是你和那婊子演双簧，活活折磨我。这日子我过不下去了，你干脆将我赶走，把她接到家里来。"

张宝宽被她惹怒了："这日子你过不下去，我又能过下去？外面早有传闻，你在桑拿房玩鸭子，在宾馆睡小白脸，我张宝宽已是戴绿帽子的邮政局长了！"

颜文茹暴跳道："你血口喷人！"

张宝宽拍着茶几："我有铁的证据！"

一个茶杯从茶几上掉下来，摔得粉碎。

颜文茹坐下后吐了一会儿气，然后说："宝宽，既然这日子我们都无法过下去，干脆分道扬镳。"

张宝宽毫不犹豫："离婚也可，分居也可，你说怎么办就怎么办。"

颜文茹："反正财产都跟丽娜走了，我们只走人。"

张宝宽："你去哪里？"

颜文茹："我到丽娜那里去，你退下来后再来。"

张宝宽反对："不行，你这一走，不是捉襟见肘？"

颜文茹："如果不分开，就只能像抗洪抢险一样，严防死守，只要颜东升、杜天明的防线不倒，我们就倒不了。"

张宝宽问："如果吴兰的防线崩溃了呢？"

颜文茹满有把握："她不知道颜东升与我家的经济往来。"

张宝宽问道："这么说只要杜天明不被抓到，第一道防线不会有问题？"

颜文茹："其实我们不必这样惊慌失措。"

张宝宽恍然大悟："洪源精通《孙子兵法》，我却一知半解。孙子说'将军军事，静以幽，正以治'，这就是说，冷静以求深思，严正而有条理，引申开来就是处险不惊，临危不乱，以静制动。"

第十三集

颜东升家客厅　夜

颜成刚的心情比以前好多了，他一进门就兴奋地告诉吴兰：“妈妈，今天柯阿姨到我们学校看我了。传授她参加高考的经验，还说高考之后，她辅导我填报志愿。”

吴兰欣慰地：“你就听柯阿姨的话 。”

颜成刚：“妈妈，报考要交照片。”

吴兰：“你爸爸不是带你照过了？”

颜成刚：“照片是爸爸去取的，您帮我找一找。”

吴兰：“好，妈这就给你找。”

颜东升家卧室　夜

吴兰走进卧室打开壁柜的一页柜门，再用钥匙打开一个小抽屉，拿出照片。她喊着：“成刚，照片找到了，彩色的，小二寸。”

颜成刚跑进房间接过照片后，出了卧室。

吴兰再从小抽屉里拿出一叠条据，第一张为借条，上面写着：

借　条

今借到颜东升人民币拾万元整。

具借人：童先胜

2012 年 5 月 5 日

吴兰自语着：“童先胜是谁？东升为什么借钱给他？”

接着她喊着儿子：“成刚！”

颜成刚进来：“妈妈，什么事？”

吴兰问：“你知道柯楠姐的手机号码吗？”

颜成刚回答：“知道！”

吴兰：“你打电话给她，说我找她有事。”

颜成刚："好，我马上拨她的手机。"

平湖市人民检察院传达室　白天

一辆丰田面包警车驶出大院。丰登开车，柯楠坐在他旁边。

颜东升家客厅　白天

颜成刚见柯楠来了，心里有说不出的喜悦，总是围着柯楠转。

吴兰对儿子说："成刚，妈妈找柯楠姐有点儿事，你到自己房里去看看书。"

柯楠对颜成刚说："成刚同学，我和你妈妈谈完事后再到你房间。"

颜成刚走后，吴兰拿出那张借条递给柯楠："今天我在柜子里找成刚的照片时发现一张借条。可是借钱的童先胜我不认识，借钱的时间是颜东升第一次刑事拘留被释放之后，这个童先胜为什么在这个时候向颜东升借钱，而且颜东升没有告诉我。"

柯楠问："那一段时间有哪些人到你家来过？"

吴兰说："来的都是过去和他合作过的伙伴，他们都很有钱，根本不需要借钱。还有一个亲戚来过，他借钱不需要写借条，我感到这中间有疑点，所以向你们报告。"

柯楠思忖了一下又问："有没有以前没有到你们家或很少到你们家来过的，这一次来了呢？"

吴兰："没有。"

柯楠："是不是到你们家的风情苑酒店去过？"

吴兰："听颜东升说是有些人去过。"

柯楠："去过的人中有没有过去给颜东升或你们帮过什么忙的人？"

吴兰思索一会儿后："听颜东升说，他被刑事拘留后有人为他斡旋过，这人去过几次风情苑。可是没有说叫什么名字。"

柯楠："吴兰，我们非常欢迎你的这种态度和行为，这张借条我们先收下，查清后我们再把情况告诉你。"

颜东升家颜成刚书房　白天

颜成刚正在看书，柯楠和丰登进去，他立即礼貌地站起来，喊道："柯楠姐！"

柯楠指着丰登："成刚同学，我给你介绍一位大哥哥，他叫丰登，是平湖大学法律专业毕业的。"

颜成刚："丰哥！"

丰登问："你准备得怎么样了？"

颜成刚羞涩地："心里还没有底。"

柯楠："记住三条：平时打好基础，考前抓住重点，考时临场发挥。"

丰登补充说："忘掉一切烦恼伤心事，进入任你翱翔的智慧天地，沉着，多思，发挥自如。"

吴兰进来："成刚，姐姐、哥哥们的经验记住没有？"

颜成刚感动地："记住了！"

为民诊所　白天

这是一个只有一个门面的街道私人诊所。

柯楠和丰登走进去，一位穿着白大褂的个体医生正在给一名患者开处方。他见进来的是检察官，微笑着点头，说："坐，我一下就完了！"

一会儿后，患者拿药走了，柯楠客气地问道："请问你是童先胜大夫吧！"

那个体医生忙答："我就是。"

柯楠出示证件后说："我们两位是市检察院的，向你了解一个情况。"

童先胜："你讲吧。"

柯楠问道："能不能到里面谈？"

童先胜忙起身："好，里面请。"

三人进房后，柯楠开始了询问："你认不认识颜东升？"

童先胜答道："认识。"

柯楠："你同他有些什么往来？"

童先胜听后，心里一惊，但脸色镇静："过去我们是同事，他是市第二看守所所长，我是狱医，以后我辞职开了个私人诊所。"

柯楠再问："你们之间有什么经济往来吗？"

童先胜知道颜东升已经被检察机关抓去了，猜想两位检察官一定是为那张借条而来，只得说："我借过他 10 万元钱。"

柯楠："既然你做过公安工作，请你讲详细点，什么时间，什么地方借的？哪些人在场？"

童先胜张口结舌："好像是 4 月 30 日，在他家里，有颜东升和他老婆在场。"

柯楠变得严肃起来："童先胜，你曾经当过狱医，是警察队伍中的一员，有反侦查能力，今天我们询问你，你却编造故事，连何时、何地、何人都编造得出来。”

童先胜有些紧张，问道：“何以见得？”

柯楠盯着童先胜：“颜东升已被依法逮捕，我们对他家进行了依法搜查，人证、物证都在我们手中，你编造的时间、地点、人物与事实不符。”

童先胜嘴里打哆嗦：“我……我……”

柯楠怒目而视：“你应该清楚，对赃物是要依法没收的，这10万元借款同属赃物，难道你既愿意代人受过，又愿意代人退赃。”

童先胜忙摇头：“不！我如实向你们反映情况。”

柯楠的语调平缓了些：“你说吧！”

童先胜老实了些：“今年5月初的一天，市第二看守所所长范立保来诊所找我，范立保说，颜东升被刑事拘留关押在市第二看守所时，他为颜东升帮过忙，颜被释放后为表示感谢送给他10万元。他买房子欠着钱，装修还需要钱，不想把钱退回，但是又怕今后被人告发，心里忐忑不安。为防万一，我们一商量，以我的名义写了那一张借条，交给了范立保。当天，他就将借条给了颜东升。”

柯楠：“你不怕颜东升今后找你还钱？”

童先胜：“当时范立保也写了一张借条给我。”

柯楠：“以后范立保给了你什么好处？”

童先胜：“他们看守所进了我6000元的药品。”

平湖市人民检察院传唤室　白天

询问人除王铁流和丰登外，还有市公安局纪委沈书记。范立保自认为作案手段高明，反而指责检察机关：“王局长、沈书记，是不是你们在哪一个侦查环节上出了问题，弄错了对象。”

王铁流轻蔑地：“范立保我告诉你，不是我们的侦查环节出了问题，而是你在反侦查的环节上出了问题。”

沈书记规劝道：“你在作案时想得很聪明，以为由童先胜出具了借条就可不算你涉嫌受贿，事实上是对你涉嫌受贿多了一个证人，聪明反被聪明误。”

王铁流亮了一下两张借条：“既然你是向颜东升借钱，为什么要童先胜这个中间环节？”

在铁的证据面前，范立保再也抵赖不了了。他说：“市检察院副检察长高凤阳调到检察院以前是市公安局副局长，我们是很好的朋友。颜东升被刑事拘留后，高凤阳打电话给我，要我多关照。市第一看守所关押的胡沅浦猝死后，高凤阳又打电话给我，要我巧妙地将这一信息告诉颜东升。我没有问，但心里清楚，胡沅浦可能是颜东升涉嫌受贿案的证人。第二天，我值班时便把颜东升提到教育室，教育他遵守狱规，情绪要稳定，不要像关押在第一看守所的胡沅浦一样情绪不稳定而突发脑溢血死于看守所。我的巧妙就在于让人家认为我向颜东升通报胡沅浦死亡的消息纯属偶然。任何人抓不着辫子。所以检察院第一次传讯我时，我蒙混过了关。”

王铁流问：“你为颜东升通风报信造成了什么样的后果？”

范立保：“导致颜东升全盘翻供。”

王铁流：“以后颜东升给了你什么好处？”

范立保继续交代说：“颜东升被释放后，请我吃饭，问我有什么困难，我把家里欠债的情况告诉了他，他出手大方，一次就给了我 10 万元。我心里很怕，于是用三角借债的方式来反侦查，结果弄巧成拙。”

王铁流又问：“颜东升向高凤阳酬谢了吗？”

范立保：“颜东升想酬谢高凤阳，但被高凤阳拒绝了。高凤阳曾对我说，权与钱比，权是第一位的，有了权更好捞钱。”

王铁流：“高凤阳为什么要为颜东升通风报信？”

范立保：“他没有对我讲，我也没问。”

别墅，专案组办公室　白天

洪源大步流星走进来，见三人都在，还没落坐就说：“下午的会议提前到上午来开，争取时间就是胜利。”

王铁流、柯楠、丰登各自收起桌上的案卷。

洪源情绪高昂地说：“省纪委和省检察院领导认为，高凤阳之所以为颜东升通风报信，后面必有人授意或指使，为不影响整个案件的侦破，对高凤阳暂不惊动，对范立保先实行监视居住。”他从公文包里拿出一份电传说：“今天，青海警方发来电传，杜天明在西宁露面，现在可能去了青海西部。”

王铁流立即请缨：“洪检，我在部队时曾经在青海待过三年，对那里的地理环境比较熟悉，去青海追逃的任务就交给我吧！”

洪源问：“听说你爱人又病了？”

王铁流说："已经好转了。"

柯楠也请缨："洪检，请派我和丰登去完成这一任务。"

洪源思虑了一下："还是铁流同志带两名侦查员赴青海，争取在青海警方的协助下，尽快抓捕杜天明。"

王铁流表示："我们一定千方百计完成任务。"他突然想起洪源的儿子、儿媳已去青海打工，问道："洪检，你儿子、儿媳不是已到青海打工去了吗？你就亲自领队吧！"

洪源一笑："现在我走得了吗？如果你碰上他们，代我鼓励鼓励。"

王铁流家　白天

何文英在厨房将中药罐从气灶上端至案板上准备炒菜，从客厅传来开门声，她从脚步声的辨别知道是铁流回来了，忙将冒着热气的药罐从案板上藏进台下柜子里。

王铁流喊着："文英！"走进了厨房。

"小虎回来了吗？"何文英问。

"没有。"王铁流说。

"这几天他们学校进行月考，我也没有时间辅导他。"何文英一边炒菜一边说。

"我也忙，也顾不上辅导小虎。"王铁流一边说一边接过何文英手中的锅铲。

"还没放盐呢！"何文英告诉他。

"妈妈！"小虎背着书包进来了。

"洗手，准备吃饭。"何文英摸着小虎的头说。

"太阳从西边出来了，今天怎么爸爸炒菜！"小虎特别高兴。

"才刚刚接过你妈妈手中的锅铲就得到了你的表扬。"王铁流边炒边说。

"我最爱吃爸爸炒的菜。"小虎打开水龙头洗着手。

"好，菜炒完了，准备吃饭。"王铁流端着刚炒的一盘菜走出厨房。

何文英、小虎分别端着饭菜到餐厅。

三人刚坐下，小虎对何文英说："你怎么没吃药？"

王铁流一惊："文英，你是不是又病了？"

小虎："爸爸，你几天没回家了，妈妈病了，在吃中药。"

王铁流问："药呢，我去为你熬。"

何文英没有作声。

小虎忙去厨房："我去找。"

王铁流跟到厨房。

何文英："我自己来。"

王铁流端着药罐出来，小虎拿来一个杯子，王铁流倒着药汤。

小虎问妈妈："妈妈，你怕爸爸知道才把药罐藏起来的，是吗？"

王铁流一边倒一边问："文英，不严重吧？"

何文英："还是那个毛病，例假失调。"

小虎幼稚地问："例假失调是什么病？"

王铁流："讲了你也不懂。"

小虎："明天我去问老师。"

何文英："小虎，千万别问老师，人家会笑话你的。"说完，她一口将药喝了下去。

三人开始吃饭，王铁流望着何文英蜡黄的脸色，几次停下筷子想说但难于启齿。

何文英看出来了："小虎爸，是不是又要出差？"

王铁流为难地："我已经领了任务，去一趟西北。"

青藏高原　白天

"呜——"一列客车沿着铁路奔驰在广袤的高寒草原。

车厢内　白天

身着便装的王铁流和两名侦查员靠在椅子上似睡非睡。

广播里："各位乘客，本次列车的终点站格尔木车站很快就要到了。格尔木，青海西部的一颗明珠，随着我国西部大开发战略的实施，这里春潮滚滚，热浪袭人，格尔木各族人民欢迎您的到来！"

王铁流和两名侦查员从行李架上拿下旅行袋准备下车。

洪源家　傍晚

洪源回到家里，见凌春芳以泪洗面，愣住了："怎么啦？"

凌春芳："今天我打电话给洪涛，问他们近段情况，发现洪涛声音低沉，在我反复追问下，他才说亮亮摔成骨折了，弄得不好会残废……"

洪源一惊："现在呢？"

凌春芳说："正在医院做手术。"

洪源："洪涛还怎么说？"

凌春芳："他说，他和田芸刚刚找到工作，不便天天在医院陪护，如果有可能，让你和我去青海格尔木一趟。"

洪源为难地："现在怎么行……"

凌春芳泣不成声。

洪源安慰妻子："铁流同志正在格尔木侦查一个案子，我委托他先去看看……"

青海格尔木市一家医院　白天

洪亮左腿打着石膏躺在病床上，田芸坐在身旁。

王铁流和两名侦查员手持鲜花走进病室。"田芸！"王铁流喊道。

田芸愣住了："王叔叔，你们怎么到这里来了？"

王铁流："听洪检讲，亮亮摔伤了，我们来看看他。"

田芸惊奇道："洪涛接家里打来的电话才一个小时，你们坐直升机也没有这样快呀？"

王铁流开玩笑道："我们坐的宇宙飞船。"他仔细看了看亮亮的左腿："不要紧吧，他爷爷、奶奶急得很呢。"

亮亮吃力地："爷爷、奶奶……"

王铁流问田芸："洪涛呢？"

田芸："上班去了，晚上他来换我。"

王铁流："这几天我们轮流陪护。"

田芸更奇怪了："你们三个男子汉，齐刷刷来格尔木到底干吗？"

其中一名侦查员："一不拐卖人口，二不贩卖毒品。"

另一名侦查员："专抓逃犯。"

田芸："抓我们吧，我和洪涛也是逃出家门的。"

王铁流微笑道："好啊，同我们一路回去吧！"

田芸："你养活我们一家三口？"

王铁流认真地："好，好，别开玩笑了。实话告诉你，我们三个真是来抓逃犯的。听你公公来电话说亮亮摔伤了，特地来看看。我们就住在附近，确实是可来陪护。"他问田芸："这里有从平湖来的人吗？"

田芸：“从平湖来的只有我们一家三口，可从咱们省里来的倒有一些。格尔木是青藏铁路的起点，其他开发项目也有很多，特别是搞工程建设的高素质技术人才在这里很走俏。”

一商业楼建设工地　白天

高高的脚手架和巨大的起重臂下，车水马龙。王铁流和两位侦查员向工地走去，一名现场保卫人员立即跑过来向他们出示小红旗：“同志，对不起，工地正在施工，谢绝进入。”

王铁流出示证件立即介绍：“我们是检察干警，想找一个人。”

保卫员：“谁？”

王铁流拿出一张照片：“就是他，名字叫杜天明。”

保卫员忙说：“没有！”

王铁流又问：“工地上的人你都认识吗？”

保卫员：“认识。”他再次亮出小红旗，“你们没戴安全帽，站在这儿危险，赶快离开！”

住宅建设工地　白天

人来车往，机声隆隆。

戴着安全帽的王铁流问一位工程负责人：“听说，你们工地招聘了一批工程技术人员？”

那负责人回答说：“是招聘了。”

王铁流：“有没有招聘一个叫杜天明的高级工程师？”

那负责人回忆一下说：“没有。”

王铁流拿出杜天明的照片问：“照片上的这个人来应聘过吗？”

那负责人一眼认出：“来过，我还亲自同他谈过，他学历很高，是搞矿井和隧道建设工程的，但是他不叫杜天明。”

王铁流：“叫什么？”

那负责人想了想：“好像是叫楚天舒，‘极目楚天舒’中的楚天舒。”

王铁流：“‘楚天舒’现在在哪儿？”

那负责人：“我们这里是商品房建设工程，与他的专长不对口，他没有聘上。”

王铁流：“你知道他到哪儿去了吗？”

那负责人："我觉得他是一个人才，就介绍他到我一位朋友的单位去了。那是一家路桥公司。"

王铁流："那家公司在哪儿?"

那负责人："他们完成这里的工程后转战到兰州去了。"

兰州郊外，桥梁建设工地　白天

化名"楚天舒"的杜天明戴着安全帽和太阳镜站在工作平台上指挥着工人们浇注混凝土。

一技术员问："楚工，这混凝土要求强度是多少?"

"楚天舒"熟悉地回答："设计标准 +1.645 倍'均方差'。你告诉搅拌机现场工程师，必须保证混凝土强度。"

他不时地吹着口哨，一车又一车混凝土注入厢梁中。

这时，另一名现场工程师走过来，对"楚天舒"说："楚工，有人找你，我来指挥。"

"楚天舒"刚问过："谁"，王铁流和两名侦查员已站到他身后。

王铁流突然一声："杜天明!"

"楚天舒"回过头见是王铁流叫他，一下子呆若木鸡。

王铁流拿出《刑事拘留证》，一名侦查员拿出手铐，突然，两名身材魁梧的工人挡住他们质问道："你们凭什么抓我们的高级工程师?"

杜天明见机拔腿就跑，王铁流和两名侦查员准备追击，这时几名工人围住他们："凭什么抓人?""拿出证件来?"

两名侦查员突破重围追赶杜天明。

王铁流亮出证件和《刑事拘留证》大声道："工人同志们，我们是平湖市人民检察院检察干警，杜天明涉嫌受贿犯罪潜逃到这里，化名'楚天舒'被你们工地聘用。我们已与你们市公安部门取得联系，他们在我们的《介绍信》上盖了公章。"他亮出有关证件后郑重地说："工人同志们，我们已经向你们讲明了情况，你们再要围困就是妨碍我们执行公务了!"

一名工人立即声援："只要是追逃，我们协助!"

王铁流立即向杜天明逃跑的方向追去。

医院 CT 室外　白天

何文英对着一个小窗口："大夫，我拿检验结果。"

窗口内，大夫："你叫什么名字？"

何文英回答："何文英。"

那大夫："做了几天了？"

何文英："两天，本来当天就有结果，我来迟了。"

那大夫打开门出来："你的家人或亲属来了没有？"

何文英一怔："怎么！很严重？"

那大夫立即收口："不是。"

何文英急问：" 大夫，我到底怎么了？"

那大夫沉重地："需要再做一次。"

何文英："今天就做吧！"

那大夫："不，要你爱人或亲属来后再做。"

何文英有所悟："是不是怀疑我有……"

那大夫："不是，因为你体质不好，有人陪同好一些。"

何文英支撑不住了，两手扶在墙上，那大夫立即将她扶住。

平湖市检察院机要室　白天

洪源向电讯机要员口授："请发两份密传电报：一，传甘肃省兰州市公安局：根据侦查需要，请求将在该地抓获的犯罪嫌疑人杜天明就地关押，请予支持为谢。二，传在甘肃兰州市公安局接待室等候的王铁流，我院已与兰州市公安局联系，请将杜天明就地关押至兰州市公安局看守所，王铁流在审讯杜天明之后立即返回平湖，另两名侦查员原地待命。"

兰州市公安局看守所审讯室　白天

王铁流和两名侦查员坐下后，杜天明被当地两名警察押了进来。

王铁流对两名警察说："给他解下手铐。"

手铐被解除。

杜天明很平静，两眼直视着王铁流，还没等王铁流开口他就说话了："王局长，真对不起，辛苦你们了。"

王铁流也比较客气地："不要这样讲，只要你与我们配合就行了。"

杜天明老实地："我会配合。"

王铁流问："你为什么要逃到大西北来？"

杜天明答："我涉嫌经济犯罪，怕检察机关查处。"

王铁流："你交代自己涉嫌经济犯罪的具体事实。"

杜天明："去年上半年，在玉池山房地产开发招投标中我搞公开招标，实际是暗箱操作，让没有经济实力的朱宏昌中了标，造成了工程不能如期完工，而且朱宏昌在矿工中搞的非法集资，我明明知道但没有制止，导致了一场斗殴事件的发生。同时我还接受了朱宏昌的中介人颜东升30万元人民币的贿赂，这是我最大的过错。"

王铁流："你怎么会让朱宏昌中标的？"

杜天明："朱宏昌很有心计，他为了捞到这个项目的开发权，请出颜东升当中介人，颜东升是市招商局项目科科长，有项目初审权，更重要的是，他是张宝宽的内弟。"

王铁流："招投标时谁出过面？"

杜天明："颜东升的姐姐颜文茹，实实在在地说张宝宽没有出面，但还是看的张宝宽的面子。"

王铁流："颜文茹出面找你时，她怎么说？"

杜天明："她说张宝宽很器重我，说我年纪轻，又是硕士生，有办事能力，准备提拔我当副市长，当时我的政治欲望强烈，信了她的话，结果欲望变成了堕落。"

王铁流："你还有其他经济问题吗？"

杜天明："没有。"

王铁流："你能不能给自己打包票？"

杜天明："能。"他接着说，"我们玉池山矿已经是贫矿，正在破产重组，矿工们靠拿最低生活保障费维持生活。在我任职期间只搞了房地产开发一个项目。我就是有再大的贪心也没有条件。"

王铁流："你为什么要逃跑？"

杜天明："颜东升第一次被刑事拘留时我就在观风向，准备跑，不久他被释放了，他第二次被抓捕后，我预计你们一定掌握了重要证据，肯定会拔出萝卜带出泥，也就是说会带出我，所以我就逃跑到大西北，受到了几个单位的欢迎，我选择了兰州的一家路桥公司。在那里我负责现场施工指挥，待遇高出我当矿长时工资的两倍，工人和技术人员都很尊重我。所以你们到工地抓我时，他们为保护我而围困你们，当时，我很感动。我想，假如我一直从事工程技术工作，一定是一名优秀的高级工程师，能够真正体现我的人生价值，我后悔自己不该从政，更恨自己不该官欲和金钱欲熏心。”

王铁流打断他的话：“从政也可以成为一名优秀的领导干部，关键是要经受得住各种考验。”

杜天明动情地：“现在我真想回到火热的西北大开发中去，天天和建设者们滚在一起，可是等待我的却是高墙铁窗，我人生最好的年岁将在那里度过……”

王铁流平静地说：“杜天明，你今天确实配合了调查，而且反思也较深刻。根据平湖市人民检察院的指示，为了有利整个案件的侦查，决定将你暂时就地关押在兰州。”

“嗯……”杜天明哭了。

高速公路上　夜

一辆警车在黑幕中如闪电掠过。

高凤阳自己驾车，恨不得插翅而飞。

老干部疗养院疗养室　夜

张宝宽问颜文茹：“高凤阳什么时候能到？”

颜文茹：“他说晚上 10 点前能到。”

张宝宽看表：“现在已过 10 点了，打他的手机。”

颜文茹用自己的手机拨着高凤阳的手机。

门铃响了，张宝宽开门，高凤阳气喘吁吁地进来，手机还在响着。

颜文茹：“先喝杯水，擦下脸。”

高凤阳：“你们久等了。”

高凤阳喝了杯冷开水，用干毛巾擦了下汗：“我没有请假，今天晚上还要返回省城。”

张宝宽打听道：“你办的什么案子？”

高凤阳：“省物资厅厅长涉嫌受贿贪污案。”

张宝宽：“多大金额？”

高凤阳：“已查出 500 多万元。”

颜文茹打断他们的话：“自己的事都管不了，还管人家。凤阳，你这么急赶回来找我们一定有重要情况。”

高凤阳心急如焚：“省检察院抽调我异地办案是怀疑我干扰了 402 案件的查

处，我一直人在曹营心在汉。这几天，我发现洪源到了省检察院，省检察院主管反贪侦查工作的副检察长肖义山接待了他。同时，这几天我和范立保失去了联系，打电话到他单位、家里都说不知道，他手机整天关机。凭我在公安机关干了20多年的经验，我估计他出事了。”

张宝宽问：“范立保是谁?”

高凤阳说：“范立保是市第二看守所所长。”

张宝宽问：“你与他失去联系与我们有什么关系?”

高凤阳恍然大悟：“张市长，你还不知道这回事?”

张宝宽一愣：“什么事?”

高凤阳气急败坏地质问颜文茹：“颜局长，你弟弟颜东升第一次刑事拘留，你要我设法为他通风报信，并说这是张市长的意思，可是张市长至今都还不知道。”他对张宝宽说：“我通过范立保给颜东升传递了胡沅浦已经死亡的消息，致使颜东升全盘翻供而获得释放。这一次，颜东升和他妻子同时被刑事拘留，他们一定供出了范立保，所以范立保也就被隐匿了。如果范立保供出了我，我就会涉嫌渎职犯罪，张市长，我是看着你的面子才拿政治生命做赌注的!”

颜文茹嘘了一会儿气后问高凤阳：“凤阳，假如范立保供出了你，你不会把我当炮灰吧?”

高凤阳沮丧地：“颜文茹，怎么说我拿你做炮灰，分明是你拿我当炮灰。”

颜文茹把脸一翻：“高凤阳，你不要嫁祸于人，明明是你为了当检察长而讨好张市长，怎么把我牵扯进去了，好汉做事好汉当！你与范立保为颜东升通风报信的事与我颜文茹毫不相干!”

高凤阳逼视着她：“颜文茹，你卑鄙！无耻!”

张宝宽拉高凤阳坐下，故作姿态地：“凤阳，不要生气，我们家里的事情连累了你。这件事颜文茹虽然没有对我讲，但事情发生在我家里，我负有责任。你要生气，对我生，要骂，骂我，现在已经到了这一步，只能化险为夷了。”

高凤阳有意指出利害关系：“张市长，颜东升涉嫌受贿案的暴露，给你造成了很大的舆论压力，颜文茹一旦被牵扯进去，这种压力你更难承受。”

张宝宽感到事态严重，他想与高凤阳单独谈谈，于是对颜文茹说：“文茹，你就在这儿休息，我送一下凤阳。”

颜文茹怒气冲天：“你们两人勾结起来出卖我?”

张宝宽与高凤阳没有理睬，径直向门外走去。

翠竹亭　夜

这是建在竹林中的茶酒亭，一亭一桌，亭与亭之间相距较远。

张宝宽和高凤阳在服务小姐的引导下走进一竹亭。

服务小姐："二位先生饮什么茶?"

张宝宽："我来一杯龙井。"

高凤阳："我喝咖啡。"

服务小姐："宵夜呢?"

张宝宽心急地："平湖小吃，共100元，你去安排。"

服务小姐："好的!"

高凤阳不平地："张市长，我是死心塌地跟着你的。可是颜文茹同志却要了我。"

张宝宽也很气愤："她不仅要你，有时还要我。"

高凤阳撕破情面："张市长，我真想去告她，我虽然会受到处理，但她得到了恶果报应，可是我想，这样做必然会连累你。"

张宝宽问："你要范立保给颜东升通风报信，有什么把柄在范立保手中没有?"

高凤阳回答："没有。"

张宝宽又问："以后颜东升给你什么好处没有?"

高凤阳："他要给我10万元钱，我没有接受。"

张宝宽隐讳地说："这就看你自己了。"

高凤阳暗暗一笑。

服务小姐将茶和小吃陆续端上来，问道："先生，喝什么酒?"

张宝宽看了一下高凤阳。

高凤阳说："今晚我赶回省城，要开车。"

张宝宽对服务小姐说："我们以茶代酒。"

服务小姐走了，张宝宽举起茶杯："凤阳，对不起，牵连了你!"

高凤阳也举起咖啡杯："你既是领导又是朋友，为了你，我心甘情愿。"

张宝宽的心绪很乱，想请高凤阳帮他清理清理："凤阳，你的侦查分析能力强，帮我分析分析。"

高凤阳没有推辞，说："我最近对具体情况一无所知，只能主观臆断。"

张宝宽点点头："也行。"

高凤阳分析道："司法机关把翻了供的犯罪嫌疑人再次抓起来，没有铁的证据是不会这样做的，所以这一次无论颜东升怎么抵赖都逃脱不了惩罚。"

张宝宽问："其他方面的情况呢？"

高凤阳说："洪源排除我后，必然加快办案进度。"

张宝宽："现在只逮捕了颜东升，对他妻子吴兰实行了取保候审。"

"杜天明跑了，据说还未抓到。"张宝宽问道。

高凤阳："不见得。"

张宝宽："何以不见得？"

高凤阳："杜天明是高级知识分子出身，社会经验不足，作案手段不会高明，反侦查能力同样会很差，即使逃跑了也容易抓到。如果抓到杜天明后对他实行异地关押，不就封锁了消息吗？"

张宝宽："有道理。"

高凤阳问："张市长，你家与杜天明、朱宏昌一伙到底有什么关系？"

张宝宽："我能保证我与他们无关系。"

高凤阳又问："与裴蕾事件呢？"

张宝宽："更无关系。"

高凤阳："当时您为什么要我干预对裴蕾事件的侦查？"

张宝宽："我也是受人之托。"

高凤阳："听说裴蕾以后失踪了。"

张宝宽："市检察院对外是这么说，你认为呢？"

高凤阳："很有蹊跷。"

张宝宽："这么说裴蕾没有失踪？"

高凤阳："很难说。"

张宝宽："为什么？"

高凤阳："侦查中常常真真假假，假假真真，有意混淆视听。"

张宝宽："你不愧是一位老侦查。"

高凤阳："洪源一直抓住裴蕾做文章，可能会钓出大鱼来。"

张宝宽沉思着。

玉叶亭　夜

丁家驹和他的文秘李桃芝、马飞及另两名保安队员已经喝得醉醺醺的。一保安队员指着翠竹亭里的张宝宽说：“那个竹亭里的不是张市长吗？”丁家驹顺他手指的方向看去：“对，是张宝宽，他对面坐的我不认识？”

另一保安队员说：“我认识，那是市检察院副检察长高凤阳，原来是市公安局副局长。”

马飞问：“你是不是被他抓过？”

那保安：“我还没有进过宫呢。”

马飞又问：“你怎么认识他？”

那保安：“我是从电视新闻里认识的。”

丁家驹对大家说：“你们不动，我过去敬杯酒。”

翠竹亭　夜

丁家驹端着一杯酒摇摇晃晃进来喊道：“张市长！”转过身对高凤阳：“高副检察长！”他恭敬地：“不知道你们在这里宵夜，小弟敬二位领导一杯。”

张宝宽没有站起来，只是举了一下茶杯，高凤阳抬了抬屁股。

丁家驹发现他们没有酒，大声叫着：“小姐，拿瓶‘酒鬼’酒来！”

服务小姐跑步拿来一瓶“酒鬼”和几个酒杯。

丁家驹给他们每人斟满一杯。

张宝宽推辞道：“高副检察长晚上要开车，我本不大喝酒。”

丁家驹举起酒杯：“酒逢知己饮，这杯一定要喝下去。”说完，他仰天一口吞下。

张宝宽喝了一口，高凤阳不想喝。

丁家驹不放过高凤阳：“高副检察长看不起我是吗？”

高凤阳将一杯酒一口清，然后回敬丁家驹：“来而不往非礼也，我敬你一杯。”他倒满两杯，端起一杯没有碰就一口喝下。丁家驹毫不示弱，也一口吞下。

张宝宽推着丁家驹：“好了，好了，你们都不能喝了！”

丁家驹踉踉跄跄走出翠竹亭，李桃芝忙跑过来扶住他。

高凤阳问张宝宽：“那人是谁？”

张宝宽说：“海天实业的老总。”

高凤阳不服气地：“今天不是要开车回省城，我非把他灌翻不可！”

张宝宽问："你没事吧？"

高凤阳不在乎他："平时一斤的酒量，今天顶多三两。"

玉叶亭　夜

马飞和两名保安酒醉饭饱兽性大发，从另一竹亭抢过三名小姐，每人搂着一个。几名男青年追过来，欲夺回这三名小姐，双方对打起来。

丁家驹大发雷霆："你们住手，这是在丢我的丑！"

翠竹亭　夜

高凤阳看见玉叶亭的情景对张宝宽说："那边打起来了。"

张宝宽："是非之地，不可久留，我们走！"

病室　白天

"文英！"王铁流一走进病室就扑倒在何文英身上。

"铁流，不要为我担心，一切情况我都知道，我心里承受得了。"何文英反而安慰丈夫。

"文英，都是我没有照顾好你，拖延了时间……"

"铁流，你是男子汉，怎么能流泪，要坚强些。"何文英为王铁流擦着眼泪。

王铁流抬起头来："文英，我坚强，你更要坚强，这种病只要不是晚期，手术成功就没有大的问题，这一段时间我天天陪护你。"

一名医生和一名护士同时进来。

王铁流苦求着："医生，您一定要治好我爱人的病，她是为支持我的工作而耽误了治疗。"

医生："病人和家属都要有良好的心态，要与医生配合。"

王铁流："我知道了。"

医生："为了争取时间，今天下午就进行手术。"他对王铁流说："不过手术之前，你还得签字。"

护士将一铁板夹和一支笔递给王铁流。

王铁流拿着笔的手不停地发抖，最后缓缓签下了自己的名字。

第十四集

柯楠家　白天

“嘭嘭嘭……”一阵忽轻忽重的敲门声。

正在客厅织毛衣的叶萍惊疑了，明明有门铃，为什么敲门？她没有立即开门，而是通过观察孔窥视门外，警惕地注意着外面的动静。

又是一阵敲门声，接着传来似生似熟的声音：“请问，叶萍同志是住在这儿吗？”

叶萍放下手中的毛衣站起：“谁呀？”

门外：“是我，桑轱子！”

叶萍一愣：“桑轱子！”忙开了门。

“吱呀”一声门开了，桑轱子喜笑颜开：“叶萍，还认识我吗？”

叶萍忙把他迎进门来：“怎么不认识，玉池山矿最有名的桑轱子！”

桑轱子与那天见张宝宽的仪表大不一样了，他理了发，穿上了张宝宽送给他的那套七成新的灰色西服，只是少了条领带，脚上穿着一双新解放鞋。手里还提着一篮鲜花和一袋水果。他见到叶萍，一阵傻笑。

叶萍欣喜地问：“今天是什么风把你吹来的？”

桑轱子眉开眼笑：“是东风把我吹来的，想不到吧！”

叶萍接过他手里的东西：“听说你喝酒的钱都没有，还买这些东西？”

桑轱子摇头晃脑地：“你不知道，意义重大呀！”

叶萍忙着倒茶，桑轱子边把花篮放到醒目的地方，边对叶萍说：“为买这篮花我跑了好几家花店，尤其是要买新鲜的、红色的、芳香的玫瑰。”

叶萍觉得有些不对头，态度变得严肃起来：“桑轱子，你拿着去送情人吧！”

桑轱子又一阵傻笑：“叶萍，别误会，这花不是我送给你的。”叶萍：“人老了，还是那么油腔滑调的。”她突然想起：“我忘了给你拿烟了。”

叠轱子忙掏口袋：“烟，我自已有。”他掏出一包“大中华”。

叶萍惊奇了：“桑轱子，发了什么财，抽这么高档的香烟？”

桑轱子一边打火一边说：“没发什么财，只是过去交了个好运，现在得到了好报。”

叶萍坐下来漫不经心地织着毛衣，她猜想到桑钻子今天一定是为一件事情而来，但没有发问，看他怎么讲。

桑钻子吸了浓浓的一口烟开始了他的说客使命：“叶萍，你还记得27年前的一个夜晚，在那棵大樟树下吧?”

叶萍有点生气了，叫起了他的外号：“山狗子，你严肃点，不然我把你轰出去!”

桑钻子见状立即一本正经起来：“我怕你产生误会，干脆实话实说，今天是张市长，就是那个张宝宽派我来看你的，鲜花和礼品都是他送的。”

叶萍愣住了：“他叫你来的?”

桑钻子：“是他派我来的，还特意给你写了一封信。”说着，他从口袋里掏出一封信递给叶萍。

叶萍拆开信，张宝宽的画外音：

叶萍同志：

你好！并问柯楠好！

自从那天一别，转瞬27年，320余次月圆月缺，9800多个日日夜夜，可我从来没有忘记我们那段短暂的甜蜜生活。每每想起，我总觉得愧疚，我对不起你！当时你是为我的政治前途而毅然决然离开我的。然而，当我走入仕途后，我又陷入了迷惘……我常常想，假如我还是一名矿工，我们还在一起，也许生活得更充实、更幸福一些。我真希望人生再来一次。

叶萍，我走后给你造成的是孤独、痛苦，我感谢柯龙老弟，是他呵护了你，使你从孤独、痛苦中解脱出来。不幸的是柯龙过早谢世，我悲哀至极。在此，我向他鞠躬……

人生虽短，儿女情长。当一个人走过自己的人生大半里程后，回头看，最值得痛爱的是自己的子女。柯楠是一个出类拔萃的孩子，这是你的骄傲，我也为之欣慰。此时此刻我该向她说点什么呢……

如果你愿意的话，我们会面一次。打扰了，请多保重！

张宝宽

即日

叶萍看完信，平静的心被搅乱了，泪水止不住地往下流。她转过身再次看着信，思绪纷繁。她的画外音：

“宝宽，不要说什么对不起。我们的分离要说是错，那是社会的过错，我们虽然分离了二十余年，但是我一直念着你……你毕业以后，分配到外地工作，没有给我来信，我不怪你，但是你到平湖十年，为什么没有给我一声问候……宝宽，不，我应该称你张市长，我们现在的关系是高官与平民的关系。我不理解，你今天为什么派桑轱子来看我，你的信为什么那么伤感，你为什么？为什么呀……”

柯楠从门外一进来就喊着：“妈妈！”她看见沙发上坐着一位陌生老人。

桑轱子忙问：“是柯楠姑娘吧？”接着自我介绍：“我是玉池山铅锌矿矿工，和你爸爸、妈妈是同事。”

叶萍对柯楠说：“楠楠，这位是桑叔叔。”

柯楠礼貌地：“桑叔叔！”

桑轱子眯着眼睛审视着柯楠：“长得既像你妈，又像你爸。”

柯楠感到奇怪：“我这是第一次听人说我长得像我爸！”

桑轱子知道说漏了嘴，忙自圆其说：“外表不像内心像。”

叶萍机敏地瞅了桑轱子一眼。

桑轱子点了点头。

柯楠看见妈妈脸上还有泪痕，玻璃柜上放着一篮鲜花，再看沙发上吞云吐雾的桑轱子，猜想这里面必有什么奥妙。

叶萍看出了女儿的猜疑，解释道：“柯楠，这篮鲜花是玉池山矿的老同事托桑叔叔送来的。”

桑轱子连声道：“是他们送的，他们送的！”

柯楠将脸上的疑云变成了淡雅的微笑：“妈妈，你们谈，我去做饭。”说着往里面走去。

叶萍瞪了桑轱子一眼，说：“桑轱子，把嘴闭紧点！”

桑轱子点点头：“我不会失言。”然后低声问：“你是不是愿意与宝宽见面？”

叶萍忧郁地：“可以见面，但不是最近……我再想想。”

叶萍卧室　夜

叶萍放下毛衣，仰枕床头。精神纷乱，理不出一个头绪来。她的画外音：

“张宝宽派桑钻子来要我与他见面的真正目的是他要认柯楠。可是，我又怎么对得起接受柯楠并抚养柯楠成人的柯龙？”

她沉浸在27年前的回忆中。

27年前，柯龙家　夜

叶萍用双手抚摸着下腹部忍着呕吐。

柯龙进来，发现叶萍脸色苍白，问道：“身体不舒服？”

叶萍喃喃地：“总是想吐。”

柯龙忙拉着她：“快去医院吧。”

叶萍：“要去明天去。”

柯龙着急地：“晚上要吐怎么办？”

叶萍：“去不去医院，我想和你商量一下。”

柯龙：“商量？”

叶萍羞涩而为难地：“我爱你就不瞒你，我怀孕了。”

柯龙又高兴又怀疑：“医生不是说我没有生育能力吗？”

叶萍鼓起勇气：“柯龙，我实话告诉你，这孩子是张宝宽的。他和我离婚不到两个月，可是孩子已经两个多月了。”

柯龙心里猛惊，但他很快克制着，没有回答。

叶萍：“如果你不能接受，我明天就去医院。”

柯龙在床前转悠了几步，沉重地说：“你把他生下来吧，这孩子我认了。”

叶萍卧室　夜

“妈！”柯楠推门进来，打断了叶萍的回忆。

“快洗澡，我给你找衣服，洗了澡，早点儿休息。”叶萍准备下床。

“妈，我想先和您谈谈。”柯楠坐在床沿将脸靠着妈妈。

“我知道你要谈什么。”叶萍摸着柯楠的脸。

“您怎么知道呀？”柯楠撒娇地。

“一定是谈桑叔叔代人送来的那篮鲜花。”叶萍毫不隐瞒，“那是年轻时候与

我要好的一位朋友托他送来的。”

“他派人送花就说明他现在很想念您。”柯楠对妈妈娇甜地一笑。

“唉！”叶萍轻轻叹了一口气。

“妈妈，您不是一直催着我和振声结婚吗，我之所以拖着，一是近段工作太忙，二是我对您老人家放心不下。女儿希望有一位伯伯或叔叔呵护您……”柯楠深情地望着妈妈。

“楠楠……”叶萍抱着柯楠。

“妈妈，托人送花给您的那位朋友现在怎样，他是不是有那种想法?”柯楠娇羞地问。“不，不，他是有家有室的人。”叶萍的眼圈湿润了。

“那他为什么托人送花?”柯楠又问。

“楠楠，妈妈以后会告诉你的……”母女俩的脸紧紧贴在一起。

茶楼　夜

桑轱子对张宝宽说：“叶萍虽然没有明说柯楠是你的，但是她瞪着眼睛对我说：‘桑轱子，把嘴闭紧点。’她是怕我把那事告诉柯楠。”

张宝宽不禁喜悦：“柯楠是一位非常优秀的检察官。”

桑轱子告诉张宝宽：“叶萍同意见你，但不是最近。”

张宝宽自言自语：“她也知道现在不是时候……”

桑轱子问：“你知道她现在为什么不见你?”

张宝宽：“我对不起她们母女！”

桑轱子：“宝宽，要不要我约柯楠与你见面?”

张宝宽：“我们已经见过面，只是我没有说穿那层关系。”

桑轱子：“听说她查起贪官的案子来厉害得很，你当官这么多年，常在河边走，哪有不湿鞋，切莫碰上她找你啦！”

张宝宽一笑：“你看我像一个贪官吗?”

桑轱子摇头：“应该不是贪官，叶萍是为了你的政治前途与你离婚的，你成了贪官对得起她，对得起你还未相认的女儿柯楠?”

张宝宽：“正因为叶萍怕我是贪官，所以她现在不见我……”

桑轱子：“宝宽，我去跟她讲，要她不要从门缝里看人，把人看扁了。”

张宝宽：“不用了。”他从口袋里掏出300元钱：“轱子，今天劳累了你，这钱给你住旅社和做路费！”

桑轱子感动不已："宝宽，我在矿山也是做的你的人哦！你风光，我也沾光……"

专案组办公室　白天

洪源带着仇军辉进来，柯楠和丰登忙喊着："仇科长！"洪源对他们说："根据侦查工作的需要，侦查监督科科长仇军辉参加我们专案组。在王铁流同志请假期间，由仇军辉负责专案组日常领导工作。现在开会，由柯楠和丰登汇报近段侦查情况。"

柯楠打开案卷后说："根据颜东升爱人吴兰的交代，张宝宽在海天实业可能占有股份，于是我们开始对海天实业资金来源进行调查。工商和银行等部门证实，海天实业资金1000万美元，其中从韩国转来510万美元，从香港两家银行分别转来45万美元和20万美元。其余都是内资。根据以上情况分析，海天实业可能由三家股东组成，总资本1000万美元，其中韩国商人朴望东占股百分之五十一，属控股方，另两个股东中一个是崔玲，另一个可能是张宝宽的女儿张丽娜。她们入股的股金主要是内资。这种分析正确与否，只有去香港调查后才能有结论。"

洪源问丰登："你还有什么要补充的?"

丰登说："去香港调查海天实业资金来源，是我们侦破张宝宽和颜文茹受贿案的一个新的突破口，但是调查难度较大。"

仇军辉接着说："有利条件也有。香港已经回归，我们的调查会得到香港有关方面支持的。"

洪源思索稍许后说："去香港调查是侦破这一案件的关键，我立即向省检察院汇报，请求省检察院尽快与香港有关方面取得联系。柯楠与丰登是一对老搭档，你们做好赴港调查的准备。"

香港　白天

维多利亚海湾波光粼粼。

字幕：香港

繁华的大街，高楼林立，车流如潮。

某工商机构内　白天

柯楠和丰登认真查阅和抄录有关资料。

某银行内　白天

柯楠和丰登在银行职员的协助下查调电脑账本。

山间公路　白天

一辆高级轿车行驶在弯弯的山间公路，公路两旁青山碧水。

透过挡风玻璃可以看到，驾车者是崔玲，副驾驶位子上坐着丁家驹。

温泉山庄　白天

崔玲的车进入温泉山庄，这里青山拥抱，绿树成荫，风格各异的沐浴池、休闲屋、娱乐厅、别墅一片又一片。各条道路上人来车往，甚是热闹、繁华。

车停了下来，丁家驹先下车，然后给崔玲打开车门。

浴池前　白天

服务员引导崔玲和丁家驹走到门前，礼貌地问："二位来一个单间吧?"

丁家驹斜视崔玲："我从平湖来就是向你汇报的。"

崔玲爽快地："好吧!"

单间浴池内　白天

水花喷放，池清见底，仅仅盖住三点的崔玲兴趣很浓，时而潜入池底，时而仰面朝天。丁家驹穿着一条裤衩，时而托着崔玲，时而搂着戏耍。

一会儿后，两人同时坐到池旁。丁家驹挑逗地望着，崔玲却有些冷漠。

休息厅　白天

丁家驹低声对崔玲说："昨天晚上我看到张宝宽在平湖翠竹亭宵夜，神色紧张，依我观察这一次他很难免灾。"

崔玲鄙视地："平湖第一官拿不下一个检察长，活该!"

丁家驹问："崔小姐，张宝宽不会带出你吧?"

崔玲无所谓地："我与他就15万美元一件事，中国的刑法我看过，对行贿的惩处不如对受贿重，而且我是外商，为平湖市引进项目而行贿，如果检察机关要追究我，颜东升第一次被刑事拘留后，他们就不会放过我。"

丁家驹："想不到你对我国的法律还有所研究。"

崔玲："这也是需要。"

丁家驹环视四周，见没人，又问道："你认为裴蕾事件了结了吗?"

崔玲反问："你怎么认为没有了结?"

丁家驹："我就不理解，裴蕾第一次跳楼自杀未遂，警方查了两个多月，而这次只查了几天后就停下了。裴蕾到底是他杀、自杀，还是失踪，警方向社会没有一个交待。"

崔玲："你是不是心中很不踏实？"

丁家驹："能踏实吗？她是我从牡丹江弄来交给你的，虽然是奉你之命，但我是执行者。"

崔玲喝了一口牛奶："现在你就放心吧。"

丁家驹不禁惊喜，他将嘴靠近崔玲的耳朵："是不是有人把她干掉了？"

崔玲扭着头："真正的聪明人平时是装糊涂的，你就糊涂一些吧。"

丁家驹亢奋起来："按你这么说海天实业不会受到任何影响。"

崔玲："海天实业是朴望东控股的，他又没有违反中国的法律。"

丁家驹仍忧心："张宝宽一倒台，我们不就失去保护伞了吗？"

崔玲："他那把保护伞我们早就没用了，现在没他保护，我们的车不照常被放行。"

丁家驹崇拜得五体投地："崔小姐，我还要重新认识你。"

崔玲问："戈穹还听你的话吗？"

丁家驹轻蔑地："这小子，野心勃勃，还想和我较劲。"

崔玲："现在对他的方针是四个字：利用、控制。今后只要张宝宽落马，以她女儿张丽娜名义入股的百分之二十四点五的股份必然被依法没收，到那时，两个'山'字叠起来，请'出'。"

森林　白天

树木参天，枝叶蔓坡。丁家驹端着猎枪，瞄着一只奔跑的野兔，枪响，兔子中弹倒地。

"哈哈哈！"丁家驹一阵狂笑。

马飞迅速地跑过去捡起那只兔子后又跑向丁家驹："丁总，你对枪这玩意儿很熟练！"

"我可不是哗众取宠的戈穹，八百斤的母猪一张寡嘴。"丁家驹又举起枪瞄着树上的山鸡，枪响，山鸡却飞了，他口里骂着，"他妈的，山鸡也猾了！"他把枪抛给马飞，"你来吧！"

马飞瞄准一只斑鸠，扣动扳机，一声枪响，斑鸠落地。他得意地："丁总，芦苇荡中的保安队训练基地那儿，野猪、獐子等野生动物更多，以后我们到那里去打猎。"

丁家驹叮嘱马飞："马飞，我们在芦苇荡中的训练基地切莫让戈穹那小子知道！"

马飞效忠地："丁总，对戈穹，只要你使一个眼色，我就可以立即收拾他。"

丁家驹："现在还没有到刀枪剑戟的时候。"

马飞跟在丁家驹屁股后面："丁总，我的待遇你是不是再考虑一下？"

丁家驹瞄准着又一只斑鸠。

张宝宽卧室　夜

张宝宽在床上辗转反侧，颜文茹更心神不安，她拉开灯坐起来问道："现在情况到底怎么样？"

张宝宽气极地："你没有观察到，家里的门槛就是政治寒暑表，现在还有谁敢到咱家来，不少人等着看大戏呢！"

颜文茹问："有具体信息吗？"

张宝宽："洪源把消息封锁得很紧，现在我们必须通过别的渠道获得准确信息，然后才好有的放矢地行动。"

床头电话铃声响起，光着膀子的张宝宽不耐烦地拿起听筒。

听筒里张丽娜的声音："爸爸，平湖市检察院派人到香港调查过了！"

张宝宽陡然一惊："你怎么知道的？"

听筒里，张丽娜："有人对我讲了。"

张宝宽问："调查人是谁？"

听筒里，张丽娜："他们说，一女一男，女的姓柯，男的姓丰。都只20多岁。"

张宝宽："调查什么问题？"

听筒里张丽娜的声音："听说是调查南光公司的资金来源。爸爸，怎么办呀？"

颜文茹接过听筒："丽娜，你不要惊慌，更不要害怕，不过你现在千万别回来。"

听筒里，张丽娜哭泣着："妈妈，他们不会到香港来抓我吧……"

颜文茹喊着："丽娜，你一定要冷静，千万不要胡思乱想。"

张宝宽接过听筒，听筒里："嘟嘟嘟……"张丽娜已经挂机。

颜文茹愤恨地："我早就听说过所谓402案件的主要办案人是一个叫柯楠的女检察官。她喊着口号要抓幕后大鱼。检察院内部的人说，她和洪源一样，办起案来把脸一铁，六亲不认。”

张宝宽不语。

颜文茹：“我还听说，她过去和戈穹有过一段感情纠葛，以后美国的宋振声一来，她就傍上了，这样的人还能在检察队伍里？”

张宝宽神情复杂，暗暗哀叹。

颜文茹凶狠地：“如果洪源和柯楠弄得我们下地狱，我就要弄得他们家毁人亡！”

张宝宽怒目而视：“你敢！”

颜文茹冲着他：“我有什么不敢，蹲大牢，脚镣手铐，不如和洪源、柯楠同归于尽。”

张宝宽指着颜文茹的鼻梁：“颜文茹，我警告你，你要是指使人伤了他们一根毫毛，我要亲手宰了你！”

颜文茹撒起泼来：“现在大祸临头，你还站在他们一边，要亲手宰我，你现在就宰吧！”

张宝宽溜下床呵斥道：“你再撒泼，就给我滚！”

颜文茹跳下床，冲向张宝宽一阵哭闹：“张宝宽，你这个负心的男人，我嫁给你得到了什么好处！”

张宝宽反问道：“我娶你又得到了什么好处！”

颜文茹一阵哭闹后软了下来，她抱着张宝宽：“宝宽，现在我们谁也不责怪谁，我就是上刑场也不会回头望一眼，但是我最放心不下的就是丽娜，我们连累了她，我们就是去死也要保护她……”

市旅游局　白天

楼亭交错，芳草萋萋，市旅游局仿佛就是一个旅游景点。颜文茹下车后沿着一条花径向办公楼走去。

颜文茹办公室　白天

颜文茹一进来就拨电话：“戈穹，马上到我办公室来一下！”

她刚放下听筒，一名机要员送来一夹文件：“颜副局长，新来的文件很多，有时间看吗？”

颜文茹忙回答：“就放在你那里，有空时我来看。”

机要员刚走，又一名干部进来：“颜副局长，目前新景点建设中有几个问题

急需解决，我急着要向你汇报。”

颜文茹说：“哎呀，这一段太忙了，今天上午没时间，下午再说吧！”

那位干部递上手中的文字材料：“我写了一个简要的汇报资料，你先看一看。”

颜文茹接过材料：“好吧，我看过后再商量。”

那干部转身时看见颜文茹心慌意乱的样子，心中暗暗发笑。

戈穹跑步进来与那位干部碰了个满怀。戈穹忙赔礼道：“对不起。”

那干部：“没关系，当老总的是忙一些！”

戈穹看了那干部一眼，但没有回话。

颜文茹对戈穹说：“把门关上。”

戈穹关上门后问：“颜姨，您一定有急事找我？”

颜文茹：“丽娜来电话了吗？”

戈穹：“昨天晚上打来了电话，情绪有些不安，我要她回平湖一趟，她没有答应。”

颜文茹摇头：“现在她回来不是时候。”

戈穹一愣：“有麻烦？”

颜文茹忧心地：“是有点儿麻烦。”

戈穹没有再问，想让颜文茹讲下去。

颜文茹故作轻松地：“还是丽娜舅舅的事情，市检察院总怀疑我和丽娜的爸爸与颜东升有牵连。”

戈穹迎合颜文茹的心理：“那个洪源我知道，办起案来脸面如铁铸一般，不讲一点儿情面。”

颜文茹：“他还操纵几名激进分子戴着高倍显微镜，专门找丽娜爸爸和我的岔子。”

戈穹：“那些人是谁？”

颜文茹：“首当其冲的是柯楠。”

戈穹若无其事地重复着：“柯楠。”

颜文茹注视着戈穹：“你应该认识她吧！”

戈穹尴尬地：“认识。”

颜文茹追问：“只是认识？”

戈穹表白：“认识几年了，但没有什么。”

颜文茹逼视着他："不会吧，我听说你们以前谈过。"

戈穹结舌地："我们根本没有进入谈的阶段……"

颜文茹拉腔拉板地："年轻人谈恋爱是正常的事情，丽娜就是知道了也没有什么事，不过人家却不是这样。"

戈穹忙问："柯楠她怎么了？"

颜文茹怒火中烧："她把对你的怨恨发泄到我们头上，公报私仇，再一次拿丽娜的舅舅开刀，还叫嚣要挖后台，这不明明是要搞垮丽娜的爸爸和我吗？"

戈穹也气愤了："她！"

颜文茹忙说："戈穹，自从你和丽娜明确恋爱关系后，你的前途、命运就和我们张家连到一起了。丽娜的爸爸和我在平湖这么多年也难免有点小小的差错。"

戈穹问："检察院那边在怎么做？"

颜文茹低声地："柯楠和一个姓丰的到香港对丽娜的南光公司的资本来源作了调查。戈穹，我现在明确告诉你，丽娜在海天实业、南光公司占有百分之二十四点五的股份。柯楠到香港作了调查，就是想把丽娜和你也端出来，到时候，我们这一家子全会毁到她手里！"

戈穹心里发毛，一连打了几个寒噤。

颜文茹火上浇油："戈穹，我们家早就把你当成儿子看待了，我和丽娜她爸倾其所有扶持你们，设想先入股海天实业壮大资本，然后独立出来，把生意做大，并做到国外去。可是现在不仅一切都将会化为泡影，而且我们还将成为阶下囚。"

戈穹忙问："张叔叔打算怎样办？"

颜文茹："他说，但愿平安无事，如果躲不过这场灾难，我们死也要保住丽娜和你。现在南光公司的情况在柯楠手中。"

戈穹眼睛愤然发红："我要给她点厉害看看！"

平湖机场　白天

柯楠和丰登刚走下舷梯，就被仇军辉迎上了一辆警车。

小会议室　白天

洪源、仇军辉在听取柯楠和丰登的汇报。

柯楠说："在香港有关方面的协助下，经多方调查查明，今年 5 月初，张宝宽在香港以女儿张丽娜的名义注册了南光实业有限公司，注册资本为 50 万美元，几天后汇入中国银行平湖分行 25 万美元，这说明，南光实业公司在海天实业确

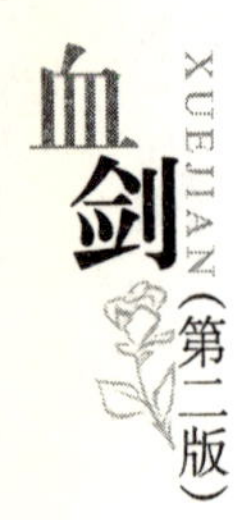

实有股份。”

洪源叹息道：“张宝宽这位有30年党龄的领导干部最终卷入了涉嫌犯罪的旋涡，而且还是一家子，我作为他的同事，曾经得到他培养的下级，为之惋惜！”

柯楠继续汇报：“崔玲在香港注册了三维实业公司，同在5月上旬，三维公司向中国银行平湖分行汇入45万美元。”

仇军辉插话：“这说明崔玲的三维公司在海天实业也占有股份。而且，崔玲和张丽娜还向海天实业注入了内资。”

柯楠：“她们注入的内资也绝非一个小数字。”

丰登：“为什么崔玲一直待在省城遥控海天实业，为什么海天实业违法拼装的汽车，省里能开绿灯，这些奇怪现象必有谜底。”

洪源：“你们分析得都有道理，这次柯楠和丰登去香港调查使我们的侦破工作获得了重大突破。我和仇军辉同志立即去省城，向省纪委和省检察院汇报，柯楠和丰登继续侦查涉案人员的新动向。”

郊外旅游公路　清晨

夜雨过后的早晨，空气特别清新，还沾着雨滴的树叶在太阳的映照下银子般闪闪发光，一辆豪华中巴旅游车行进在去郊外生态公园的公路上。

车内　清晨

叶萍问柯楠：“振声今天也会去生态公园吗？”

柯楠说：“现在他有点儿事，等会儿再来。”

叶萍：“他只身一人在平湖，你要多陪他一些时间。”

柯楠：“我跟他讲了，近一段忙一点，他能理解我。”

叶萍：“人家嘴上是那么说，可是心里就不一定了，你们的事也该办了。”

柯楠：“妈，我已经同他说好了。”

生态公园门前　白天

中巴在公园门前停下，柯楠与叶萍下车后伫立园前昂首眺望。眼前是一片黛绿的群山，嵯嵯峨峨的山势，突突兀兀的峰峦，一条小河从绿林深处流出，河水清澈见底。

柯楠举起相机，给妈妈来了张留影后，挽着妈妈的手走进公园。

公园内　白天

这里全是自然美景，没有刻意的人工建筑。游人除了观赏外，还能隐隐约约听到兽的啼叫和鸟的歌鸣。

柯楠母女沿着一条石阶走进一片松林。林中阴凉、幽静。

柯楠一边走一边对叶萍说："妈妈，我发现您近几天有心事。爸爸去世后，我就是您最亲的亲人，您什么事都可以对我讲。"

叶萍怀旧地："其实也没什么，那个姓桑的叔叔代人送来一篮鲜花后，引起了我对往事的一些回忆，但是一想到这些事情，我就陷入无限的痛苦之中，不愿别人提起。我已是风烛残年，别无所求，只希望你和振声相亲相爱，幸福美满。"

东亚公司　白天

金色的阳光照射下，东亚公司更加充满生机。宋振声锁好车门后大步走进公司大门，门前保安礼貌地向他打着招呼。

宋振声办公室　白天

宋振声用钥匙打开办公室的门，清理着桌上的文件，这时一名员工送来几份报纸和一封信。宋振声首先拆开信件，信的文字不长，宋振声低声念着：

宋振声先生：

首先我作为平湖市的一名市民，不仅感谢你来平湖投资东亚，而且敬佩你对爱情的坚贞。莎士比亚曾经说过："大海有崖岸，热烈的爱却没有边界。"你为了在平湖就读高中时与柯楠的那份恋情，远涉重洋来到平湖，堪为天下男性中的楷模！

可是今天我要向你发问："在你离开平湖再来平湖的七年时间里，她又做了些什么呢？她在北京的四年大学生活中，和谁结伴而行，形影不离，沉浸在热恋的甜蜜中？在夜晚的灯影里，在公园的纪念塔下，在郊外的丛林中，她常常和谁卿卿我我，呢呢喃喃……这些你知道否？"

当然，我不排除她很爱你，但你是否看到她爱的内涵。一个用高倍显微镜来查找人们身上的缺陷和伤痕，置人于死地而后快的人，能给你多少爱，又能爱你多久？法国作家司汤达把恋爱归为四种类型：热情之恋、趣味之恋、肉体之恋、虚荣之恋。恋爱在柯楠的眼里，连第四种类型都够不上，她认为只不过是一种游戏。

宋先生，你对信中写的这些可能有反感，但是到了你自食其果的时候，才会感悟到我的话句句是诤言。不过到那时已经晚了。

祝你明天更灿烂！

一位怀着良好用心的人

宋振声再抖信封，里面掉出一张照片。

照片上：两人合影，柯楠把头靠在一男性的肩上。

宋振声看过后，两手颤抖，气得脸色发紫，眼眶冒火。

生态公园花卉广场　白天

广场上人不是很多。柯楠想带妈妈去赏花，一辆小车在广场右侧突然“嚓”的一声停下，柯楠拉着妈妈的手向广场左侧走去。

“叶萍！”张宝宽喊着。

叶萍转过身来蓦然一怔：“噢，你！”

张宝宽从车子那边大步追上来，当接近叶萍时，他却又站住了，两人对视着，默默无语。

柯楠被这情景愣住了，心里发问：“张宝宽怎么追到这里来了？”她灵机一动，走上前恭敬地：“张市长！”

张宝宽与叶萍痛苦的尴尬被打破了。

“柯楠！”张宝宽喜形于色，他紧紧握住柯楠的双手，好像让心里要说的话通过手都传递出来。

柯楠抽出手：“张市长，您今天也有这种闲情逸致？”

张宝宽还是尴尬地：“我来看看。”

张宝宽的秘书小贾从车子前走过来对柯楠说：“柯楠同志，张市长和你妈妈旧友邂逅，让他们谈一谈。”

柯楠转身对妈妈说：“妈妈，你陪张市长走一走。”说完便有意和小贾向一条花径走去。

林中小亭　白天

张宝宽嗫嚅地：“对不起，这么多年来，我没有来看你……”

叶萍：“还记得我，我就心满意足了。”她看到张宝宽脸上一阵红一阵白，接着说：“过去的事就让它过去，不要说什么‘对不起’。”

张宝宽低着头：“不久以前我到过玉池山铅锌矿，桑轱子把你的情况都对我讲了，我有一种负罪感。”

叶萍神情木讷地：“我也曾经想和你长谈一次，但是觉得现在还不是时候。”

张宝宽问：“为什么？”

叶萍：“我很难说清楚。”她见张宝宽神态复杂，问道：“你为什么委派桑轱子看我后，不几天又来找我，而且这样突然？”

张宝宽试探地：“你是不是听到了什么风声？”

叶萍反问道：“你为什么问这个？”

张宝宽涩涩地：“我怕你听到了一些关于我的闲言碎语，如果你同意的话，我想和柯楠单独谈一谈。”

叶萍问：“是公事，还是私事？”

张宝宽吞吞吐吐：“我也说不清。”

叶萍郑重地：“如果是公事，你是平湖市市委代书记、市长，可以通过她的领导找她。如果是私事，没有我的允许你不能单独找她。”

张宝宽期待地：“我希望能得到你的允许。”

叶萍发现张宝宽不仅脸上神色不安，而且心中底气不足，追问道：“市长大人，你到底犯了什么事？”

张宝宽做出平静的样子：“我没有犯事，但是一个人尤其是一名领导干部，孰能无过。”

叶萍已经猜到张宝宽要谈的事可能与柯楠手中的案子有关，愤然道：“宝宽同志，我不希望你给我们带来烦恼。”她不想和张宝宽继续谈下去，故意大声喊着：“楠楠！”

柯楠：“妈妈！”她快步向妈妈走去。

叶萍：“我们回去吧！”

张宝宽讨了个没趣，但很快调整心态，热情地：“柯楠同志！”他的目光表现出几丝渴望与无奈。

柯楠问：“张市长，有什么事吗？”

张宝宽笑容满面地：“上次在枫叶湖时我曾说，请你们这些既有理论又有实践的司法工作者给市委学习中心组讲法制课，我已经做了安排，第一课就由你讲，怎么样？”

柯楠：“领导给我一次学习锻炼的机会，当然不能推却。请问您，我讲课安排在什么时候？”

张宝宽：“本周星期五下午是市委学习中心组集中学习的时间，就安排在这时候。”

柯楠问：“我上次汇报过，我选择的课题是，《对当前几种腐败现象和犯罪形态的剖析》，不知您是否同意？”

张宝宽：“行吧！”

柯楠：“讲课时我准备对事不对人地联系点实际，例如有的领导干部经不起金钱的诱惑，一家子陷了进去，又譬如有的已经陷得很深，然而他们没有丝毫的醒悟，甚至存在侥幸心理，最后摔得更惨等。”

这时，一团不祥的黑雾笼罩在张宝宽的心头，刚才松弛点儿的神经，陡然绷得紧紧的，但他的脸上依然是平板表情：“你的分析击中要害，令人深思！”

柯楠问张宝宽：“张市长还有其他事情吗？”

张宝宽凄苦一笑：“没有了。”

柯楠没有和他握手，但微笑着：“再见！”她挽着妈妈的手向公园深处走去，张宝宽望着她们离去的背影自怨自艾。

峭壁　白天

明媚的阳光照射着一片峭壁，游客争相留影。柯楠委托一名游客给她和妈妈拍了一张。然后母女俩向另一景点走去，柯楠问道：“妈妈，张市长是特地来找您的？”

叶萍惋惜地说：“以后你就别提他了，张宝宽已经不是原来的张宝宽了。”

柯楠：“该忘却的就忘却吧！”

叶萍有意转移话题：“振声什么时候来接我们？”

柯楠看了看手表说：“他说11点以前来，现在快12点了。”

她拨振声的手机，手机内：“对不起，用户没有开机！”

平湖岸边

宋振声在石滩上走来走去。风吹、浪击，怎么也消化不了他的情绪。

宋振声的别墅　夜

夜色浓浓，别墅区一片幽静，柯楠急匆匆地向一栋别墅走去。

别墅内　夜

宋振声横躺在床上呆滞地望着天花板。他听到客厅里的脚步声，知道是柯楠，闭上了眼睛。

柯楠走进卧室，忙问：“振声，身体不舒服？”

宋振声装着没听到。

柯楠推着他的身子问道：“你到底怎么了，吃饭了吗？”

宋振声侧着身，背朝柯楠。

柯楠茫然了："生我的气？"

宋振声不语。

柯楠坐到床沿用手摸他的额头。

宋振声猛地拨开她的手："你给我走开，我现在需要安静！"

柯楠不禁惊愕。她立即控制自己，温文尔雅地："振声，有话坐起来好好说，如果是我错了，你批评我，我一定能改正。如果是工作不顺心，说出来，我可以开导开导你。"

宋振声坐起来，像一头被斗急了的烈狮，怒视着柯楠："我问你，我回美国的七年时间内，你到底和哪些人谈过恋爱？"

柯楠被这突如其来的质问蒙住了，她冷静了一下，重复他的质问："你问我，你回美国七年时间内，我跟哪些人谈过恋爱，是吗？"

宋振声两眼瞪着她。

柯楠："你怎么突然问这个问题？是谁在捣鬼？"

宋振声提高声调："现在是我问你！"

柯楠冷静地："不管是谁问，我早就告诉你了，你回美国后，一些人不知道我已有男朋友，追过我，都被我婉言谢绝了。只有戈穹一直追我，但是我一直没有向他表示那份感情。他现在的女朋友是张宝宽市长的女儿张丽娜。"

宋振声仍然怒不可遏地："你是检察官，最讲究人证、物证，现在我手中人证、物证都有。"他从床头的公文包里拿出那封信，"你自己去看！"

柯楠抽出信封中的信和照片，一边看一边用牙紧紧地咬着嘴唇，眼睛里闪烁着愤怒的目光，她遭受了人生最大的侮辱，大声叫着："无耻！"她拿着信封和照片往外跑："这是侵犯公民的人身权利，我要到公安局去报案，向法院起诉！"

宋振声跳下床追上来："柯楠！"他追到客厅，"你报案也好，起诉也好，都与我无关，我只要你给我讲清楚，到底是怎么回事？"

柯楠坐在沙发上喘着气，泪珠一颗颗冒出来。

宋振声几乎是歇斯底里："我现在心里在滴血！你讲，到底是怎么回事？"

柯楠以检察官的理智抑制着情绪的冲动，她说："振声，我理解你，你应该生我的气，任何人都受不住这种打击。我判断，这是一封报复信。这几个月来，我是一个重大涉嫌受贿犯罪案的主要办案人，涉嫌犯罪数额之大、涉及人员之

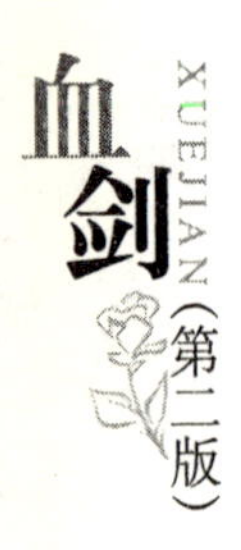

多、犯罪嫌疑人职务之高，在平湖市是没有先例的。一些犯罪嫌疑人在不择手段地反侦查，他们想通过破坏我和你的关系，从情感上、名誉上折磨我，动摇我办案的决心。这信的字迹我不熟悉，内容完全是编造的，照片上的这个男性我并不认识，这照片是可以拼出来的。只要获得我的人头照后，就可以把我的头接到别的女人的脖子上。你不信，可以把这张照片拿到市公安局技术检验室去检验。振声，你来自科学技术高度发达的美国，应该相信高科技作案已经不是罕见的事。"

宋振声的情绪平静了一些，但对柯楠的解释并未不完全相信。他痛苦地用双手托着腮帮，沉思着。

柯楠含着泪说："振声，你对我的话很可能不会全信，但是我必须讲出来。我还要告诉你，你是我的第一个恋人，自从和你相爱后，我再没有向任何人表示过爱，除了和你拥抱、亲吻以外，再没有与任何男性拥抱、亲吻过。我现在以我的人格向你担保，我的身体的每一个部件都是完整的，你如果不相信，明天我们就可以去本地或外地的任何一家医院去检查，这也是我人生第一次向一位男性公开我的隐私……"说完，她倒在沙发上放声痛哭。

宋振声被感动了，他抱起柯楠："楠楠，我只是问你，到底怎么回事，而不是相信那一切都是真的。"

柯楠含着泪道："这信和照片是谁指使人干的，我心中清楚，他与我承办的那个大案的涉案人员有关。那些人一不做、二不休，说不定以后你还会收到恐吓信、恐吓电话，甚至遭到袭击，你要有所准备。"

宋振声："会有这么严重？"

柯楠："有的贪官和黑恶势力紧密勾结，什么事都干得出来。"

她温存地对振声说："振声，你一定还没吃晚饭，我给你做饭。"

宋振声："不，我有方便面，已经很晚了，你还要回去。"

柯楠："不，我今天不回去，你睡房间，我睡客厅沙发。"

宋振声不解："为什么？"

柯楠警惕地："现在犯罪嫌疑人成了热锅上的蚂蚁，有可能孤注一掷。"她亮出腰间的手枪："我今天特地带了这个，当你的警卫员。"

第十五集

平湖市检察院 1 号会议室　白天

检察委员会会议还未开始，其严肃气氛就已表现出来。两名司法干警站立，与会人员纷纷关闭手机等通讯工具，更重要的是省人民检察院副检察长肖义山和平湖市委副书记黄长江亲临会议。同时被抽调到省检察院异地办案的高凤阳也回来参加会议。

洪源主持这次会议。连续几个白昼黑夜累得他脸色蜡黄。他首先站起介绍道："大家应该认识，今天省人民检察院副检察长肖义山和平湖市委副书记兼纪委书记黄长江同志出席我们的检察委员会会议。"

顿时，大家的目光都集中到这两名领导的身上，只有高凤阳板着脸，几乎没有什么表情。

洪源接着说："平湖市人民检察院 402 号案件经过两个多月的侦查，已经获得了重大突破。这个案件本来是案中案，但现在又带出了另外一系列重大案件。省纪委和省检察院对此非常重视，决定由省检察院与平湖市检察院联合成立专案组继续开展侦查，深挖犯罪。这是上级领导对我们的信任。这个专案组由省检察院副检察长肖义山亲自负责。昨天，肖副检察长已经率专案组部分成员到达平湖。我们的工作也得到了平湖市委的重视与支持，尤其是市委副书记兼纪委书记黄长江给我们撑腰壮胆，使我们顶住了压力，排除了阻力。"洪源扫视了一下大家，讲话的速度放慢了些，"在这个会议上，我的心情沉重而又矛盾，一方面为我们平湖市有这样一支不畏权势秉公执法的好的检察队伍而欣慰，另一方面又对在我们这支队伍中的极个别人，尤其是在领导层中有个别人在此案的侦破工作中扮演不光彩的角色而痛心。为了整顿和建设好我市检察队伍，市纪委决定将对相关人员予以严肃查处。下面请黄副书记宣布市纪律检查委员会的决定。"

这时高凤阳突然站起，抢在黄长江之前讲话，他说："不用宣布，我知道接受审查的是我高凤阳。因此，在黄副书记还未宣布市纪委的决定时我想讲几句。在侦查颜东升涉嫌受贿一案过程中，我和洪源同志在侦查形式与方法上是产生过一些意见和分歧，这在检察工作中是允许的，也是正常的，有的意见虽然出自我的口，但那却是有关领导的指示。检察机关不是独立王国，必须自觉地接受地方党委的领导。在不明白领导葫芦里卖什么药的前提下，执行上级领导的错误指示贻误了工作，这是可以理解和宽容的。如果因此而大动干戈，今后还有谁干检察工作。我的话讲完了，我现在离开会场。”

黄长江严厉地：“高凤阳，你不要太放肆了，你坐下来。”

高凤阳缓缓坐下。

黄长江提高嗓门：“我们刚才让高凤阳讲话，是想听听他犯错误的思想基础，既可有的放矢地帮助他，也有利于在座的各位检察官明辨是非。可是他的发言令人失望。高凤阳在市检察院侦查颜东升涉嫌受贿一案中，与有关人员勾结，为犯罪嫌疑人和案件相关人员通风报信，给侦查工作造成了极大的阻力。事实胜于雄辩，高凤阳所犯错误并不是在侦查形式和方法上与洪源同志存在分歧，而是徇情枉法。鉴于这种情况，平湖市纪律检查委员会作出决定并报市委同意，对高凤阳实行‘双规’，即在规定的时间和规定的地点讲清自己的问题。现在正式执行这个决定，高凤阳离开会场。”

两名纪检干部从门外走到高凤阳身后，高凤阳下意识地瞟了洪源一眼转身走出会场。那两名纪检干部跟在他后面。

黄长江继续说：“高凤阳同志是一名在公安、检察战线上工作了20多年的领导干部，过去还曾因见义勇为受到市委、市政府的嘉奖。然而他在近几年却个人欲望尤其是权力的欲望恶性膨胀，不惜拿原则和法律做交易，讨好可以给他封官晋爵的某些领导，与其结成政治同盟。今天他的那种政治同盟的崩溃，从反面说明政治不是赌注，领导干部绝不是政治赌徒。我希望在我们平湖市检察队伍中不再有第二个高凤阳出现。”

接着是肖义山讲话。他的讲话如同他的名字一样，山一样的沉重、坚毅。他说：“腐败是要付出代价的，司法腐败的代价是人民的灾难。腐败者也同样要付出代价，这个代价就是腐败者本身。高凤阳今天就付出了这种代价，而且还没有完。只要我们对照一下《中华人民共和国刑法》第九章渎职罪的条款，就知道更严厉的惩处在等待着他。我建议大家对这个问题多作一些深入思考。关于案件侦破问题我们专案组将召开专门会议研究，不过我可以告诉大家，我们面临的是一场复杂而艰巨的斗争。这一次采取省、市两级检察机关联合办案的形式，就是让基层检察机关的同志尤其是年轻的检察工作者在侦破重、特大案中受到锻炼。为了加强办案速度，征求洪源同志的意见，原有的402号专案组人员，一并参加专案组的工作。专案组由我任组长，平湖市人民检察院检察长洪源和省人民检察院反贪局副局长蒋群政任副组长。”

平湖宾馆　白天

中午，空气好像被压缩了似的，变得凝滞、燥热。

张宝宽的轿车驶到宾馆门口，秘书小贾下车打开车门，张宝宽走下汽车，额头上冒着汗珠。

客房　白天

张宝宽惶恐地走进来，颜文茹见他的脸色不对，知道出事了，自己也慌了神。忙问：“宝宽，出事了？”

张宝宽像一个泄了气的皮球：“快完了，什么都快完了！”

颜文茹迫不及待：“你说呀，到底是什么情况？”

张宝宽：“省检察院来了专案组，市纪委已经对高凤阳实行‘双规’。”

颜文茹：“市纪委没有向你请示？”

张宝宽：“这一次他们是边斩边奏，黄长江是在市检察院宣布决定之前向我报告的。”

颜文茹故意问：“什么理由‘双规’？”

张宝宽道：“说他在办案中徇情枉法，为犯罪嫌疑人通风报信。这一次，他们真的是项庄舞剑，意在沛公了。”

颜文茹又问：“省专案组谁负责？”

张宝宽说：“省检察院来了一个叫肖义山的副检察长，如果不是冲我来的，不会有这样的阵容。”

颜文茹沉思一会儿后：“事到如今，我们不能不考虑后路。”

张宝宽：“你马上打电话给丽娜，要她就待在香港，千万别回平湖。”

颜文茹：“如果到了迫不得已的时候，我们也只能三十六计走为上计。”

张宝宽摇着头：“肖义山一来，我肯定就被盯上了，还能走得了吗！”

颜文茹的心差一点蹦到了口里，脸色变成了紫红色，她一声“宝宽”，扑倒在沙发上：“我们全家都完了……”

张宝宽急中生出一智：“如果检察机关掌握了我们在香港注册的南光公司的

情况，必然要我们交代注册资本和在海天实业的股份是从哪里来的。一、200 万美元，不是一个小数字，它将要付出血的代价。现在我们的唯一出路就是迅速找到一个被借的债主。”

颜文茹像在茫茫大海中寻找到了一叶救命的小舟，蓦然从沙发上坐起来：“找谁？”

张宝宽急切地：“你立即去香港找吕少凡先生，就说我们的注册资本 200 万美元都是向他借的，他不会不看我这个老同学的面子。”

颜文茹站起：“我立即动身。”

张宝宽提醒她：“从平湖肯定走不了，你去省会机场乘飞机。”

张宝宽嫂嫂家门前　白天

这是坐落在山边的一栋小楼房。张宝宽的车在门前停下，小贾首先下来，未等他打开车后门，张宝宽的侄孙们走过来抢先打开了门。

一声声“爷爷”，张宝宽回答不及。

“叔叔！”张宝宽的侄儿走过来。

“你妈在你家还是在你大哥家？”张宝宽问。

“在我家，她听说您来，病都好多了。”张宝宽的侄儿说。

张宝宽嫂嫂房内　白天

张宝宽走进房亲切地喊着：“嫂嫂！”

张嫂坐在一把木椅上，双目已经失明，她听到喊声，双手向前摸着：“宝宽，你回来了。”

“嫂嫂，我好长时间没有来看您了，今天是来看您的。”张宝宽站到她面前，让她用手抚摸。

“宝宽，你比以前瘦了，是不是工作太辛苦了？你忙就不要来看我，我什么都好。”张嫂拉着张宝宽的手。

“嫂嫂，我再忙也要来看望您，我生下来母亲就去世了，我是吃您的奶水长大的，我爸爸病逝以后，又是您和哥哥培养、教育我成人的，您的恩情我永世不忘。”

“宝宽，你再不要说那些事，嫂嫂只希望你们一家平平安安的。”张嫂抓着张宝宽的手不放。

张宝宽坐到嫂嫂身旁：“嫂嫂，听说您有病不愿治。”

张嫂："我今天七十有八了，差不多了，不浪费你们的钱了。"

张宝宽从包里拿出5000元钱塞到嫂嫂手中："嫂嫂，这点钱是给您治病和作生活费的。"

张嫂欲将钱推回给张宝宽："我要这么多钱也没有用，你们城里开支大，你留着自己花。"

张宝宽给嫂嫂理了理头发："嫂嫂，您有病一定要治，千万别惦念我。"他有些伤感地对身旁的侄儿说："我以后有可能来得少了，一切都委托给你们兄弟了。"

省会国际机场外　白天

天空湛蓝湛蓝的，新建的候机大楼气势非凡。机场的停车场上车辆密密匝匝。

一辆白色轿车驶进停车场，从前门走出的男子很快打开后门，打扮得雍容华贵且鼻梁上架着一副墨光镜的颜文茹走下车。另一名男子跟着下车后，按开车后盖，取出一个黑色皮箱，然后3人朝着国际航班候机大厅走去。

高速公路上　白天

一辆三菱吉普警车疾驰如飞。

车内　白天

车内，王铁流看了看表对司机小董说："能不能再快一点?"小董把油门一脚踩到底。丰登问王铁流："省检察院派人到机场去了吗?"

王铁流："派了，但是颜文茹手中有几本签证，都是用的化名，省检察院没有颜文茹的照片资料，而且她特别善于伪装。"

候机大厅内　白天

颜文茹在两名青年的护送下走进国际航班候机大厅，她显得很沉稳，若无其事一样，不时和一青年交谈。但是，她内心却很慌张，不时朝大厅门口张望。另一名青年为颜文茹办着行李托运。

验票开始了，颜文茹随着队伍走到验票入口处，将机票和签证递给验票人员。

候机大厅前　白天

仇军辉、丰登三步并作两步，跑入大厅。

验票入口处　白天

机票人员对照签证上的照片仔细审视着颜文茹，疑惑地问道："你叫方琴?"

颜文茹面不改色："我是叫方琴，四四方方的方，弹琴的琴。"

站在验票员旁穿着便衣的省检察院侦查员严肃地："你的身份证。"

颜文茹不愧是旅游局副局长，沉着地答道："不是有签证就不需带身份证了吗?"

此时，仇军辉、丰登分别从两边冲上去冷不防地一声："颜文茹!"

颜文茹听到这突如其来的喊声，呆滞地望了一下两边穿着检察装的王铁流和丰登，刹那间，她的小提包从手上掉了下去，她腿一软，身子趴在入口处的金属护栏上。

审讯室　傍晚

颜文茹与平时判若两人，她双手戴着手铐，卷曲的黑发一半披在肩上，一半遮掩着低垂的头。她一坐到石墩上就觉得一下子矮了半截。但她又佯装镇静，那双贪婪的善于察言观色但已经黯淡无神的眼睛，直望着仇军辉和丰登。仇军辉例行地出示证件："颜文茹，看清楚没有?"

颜文茹不理睬。

仇军辉提高嗓门，严厉地："颜文茹，今天由我们两位审讯你。"

颜文茹不知羞耻地说："我是市旅游局副局长，提审我也得由你们的检察长或副检察长来。"

仇军辉用蔑视的目光怒视着她："颜文茹，你还摆什么副局长架子，我们郑重地告诉你：你现在是一名犯罪嫌疑人，我们代表检察机关审讯你!"

颜文茹："俗话说，'龙游浅滩遭虾戏'，我已经身陷囹圄，只能任人宰割……"

仇军辉愤慨地站起："颜文茹，你借用俗话指桑骂槐，真不识时务!"

颜文茹毫不在乎地："你们问吧!"

仇军辉："你先交代你单独收受贿赂的事实。"

颜文茹极不耐烦地："你去问那些行贿的人，他们说有几次就是几次，送了多少就是多少。"

仇军辉拿起一叠旁证材料："你不要以为我们没有掌握事实，这些都是证据。"

颜文茹耍赖地："既然你们已经证据在握，我的交代不是多此一举。"

仇军辉："我们要你交代，就是给你一个机会，希望你走坦白从宽的道路。根据刑事诉讼法的有关规定，即使你不交代，只要证据充分确凿，也同样可以认定。你要放明智点。"

颜文茹不语。

仇军辉又问:"颜文茹,你交代你与张宝宽共同受贿的事实。"

颜文茹继续耍赖地:"如果张宝宽交代了,以他交代的为准,我不否认;如果张宝宽没有交代,说明我没有与他共同受贿。"

仇军辉警告道:"颜文茹,你顽抗到底绝没有好下场。我告诉你,我们已经在香港作了周密调查,我问你,你女儿张丽娜是怎么在香港注册南光实业公司的?你们家在海天实业有多少股份?"

颜文茹一下子慌了神,惊恐地望着仇军辉和丰登:"我没有想到,没有想到……"

仇军辉:"颜文茹,你开始以为我们蒙你或者诈你,现在该清楚了吧!"

颜文茹最担心的是女儿,她试探地问:"你们抓我女儿张丽娜没有?"

仇军辉:"我郑重地告诉你:她如果涉嫌犯罪逃不脱;如果没有涉嫌犯罪,我们不会冤枉她。"

颜文茹泣诉着:"她是无辜的,我希望你们宽容她,她意志脆弱,我担心她挺不住……"

仇军辉乘势逼近:"你不与检察机关配合,叫我们怎么宽容?"

颜文茹老实地:"我一定配合,请你们给我一点时间好好想一想。"

市委常委会议室　白天

平湖市委、市人大、市政府、市政协四大家正副职汇聚于斯,进行一月一次的政治学习。

张宝宽照例主持学习,他说:"今天下午是市委学习中心组既定学习日,为了把学习搞得活一些,根据市委讲师团的建议,特邀请市检察院检察员柯楠给我们讲法制课。柯楠同志毕业于中国政法大学,在检察院工作已有 7 年时间,可以说既有理论又有实践。她今天讲授的题目是《对当前几种腐败现象和犯罪形态的剖析》。现在柯楠同志还没有到,大家先阅读一下上次发的学习资料。"

他的讲话刚结束,会议室的门被推开了,走在前面的是柯楠,但后面跟着省检察院副检察长肖义山和市检察院检察长洪源。张宝宽的脸霎时变了色,睫毛一上一下地跳动。他用双手撑着桌子站起来表示对他们的欢迎。

会议室内还有几个空位子,参加学习的人员彼此挪动着,让肖义山、洪源、柯楠坐在张宝宽的两旁，大家目光惊疑地对着他们四人。

洪源没有坐下，他对坐在他右侧的张宝宽说："张市长，今天省人民检察院副检察长肖义山同志来执行一项任务，先打扰一下大家的学习。"

张宝宽惶恐地点了点头。

洪源扫视了一下参加学习的人员，指着肖义山向大家介绍："这位是省人民检察院副检察长肖义山同志，现在请他讲话。"

肖义山站起环视会议室后说："今天可以说是一个巧合，平湖市委学习中心组不是请柯楠同志讲对当前几种腐败现象和犯罪形态的剖析吗？我们检察机关所执行的任务也正是这方面的内容。根据我们的周密侦查，平湖市委代书记、市长张宝宽涉嫌受贿犯罪，且数额巨大，经省人民检察院检察委员会研究决定报省委备案，对张宝宽依法刑事拘留，现在正式执行这个决定。"

张宝宽暗暗叹了一口气，转了转呆滞的眼珠，扫视了同他在平湖共事十年的四大家领导，然后微微低下了头。

肖义山将一张《刑事拘留证》放到张宝宽面前，张宝宽提起他那支数千次批文件、批钱、批干部的笔，写下了自己的名字，不过"张宝宽"三个字没有以前那样潇洒，字体散了架，连笔画也在颤抖。

肖义山对张宝宽说："走吧！"

张宝宽拿起桌上的提包，缓缓站起，他走到门口时还回过头来望了一下每次参加市委常委会议时他坐的那把椅子，是那把椅子使他的家族暴发，也是那把椅子把他送下了地狱。此刻他回眸这把椅子，是恋还是恨，他自己也说不清楚。接着他的目光由这把椅子移到柯楠，他真想喊一声"楠楠"，但他怕给柯楠脸上抹黑，忽然间，眼圈湿润了。

柯楠没有回避他的目光，憎恨、恻隐兼而有之。

走廊上　白天

两名司法干警给张宝宽戴上了手铐。

市委常委会议室　白天

会议室恢复了平静，柯楠礼貌地站起，向大家行了个鞠躬礼后开始了她的讲课："各位领导，刚才的这段插曲绝不是有意安排的，如肖义山副检察长所说完全是一种巧合。在正式讲课之前我还向大家通报一个情况，张宝宽的妻子颜文茹涉嫌共同受贿和窝赃犯罪，市检察院检察委员会已决定对其依法刑事拘留，颜文茹在省城国际机场正准备登机出境时被擒获。在此之前，张宝宽的内弟颜东升涉嫌受贿犯罪被依法逮捕；颜东升的妻子吴兰涉嫌窝赃犯罪，刑事拘留后被取保候审；颜文茹的舅侄颜强涉嫌转移赃款和走私文物犯罪已被依法逮捕。这可以算得上一个家族涉嫌犯罪的典型案例。这是一种值得我们高度警惕的犯罪形态，尤其是中国加入世界贸易组织后，在当今全面深化改革开放和市场经济的大潮中，这种犯罪形态在逐渐加剧。但是家族犯罪并不是孤立存在的，它与其他犯罪形态亦有内在的必然联系……”柯楠的声音抑扬顿挫。

审讯室　白天

张宝宽一进门便看到了坐在对面的柯楠、丰登，彼此目光对视。柯楠指着张宝宽身后的一个石墩说：“坐下吧！”

张宝宽缓缓坐下。

柯楠与丰登同时拿出《检察人员工作证》对张宝宽说：“张宝宽，人熟礼不熟，你看到我们的证件了吗？”

张宝宽：“看到了。”

柯楠：“我叫柯楠，他叫丰登，都是平湖市人民检察院检察干警。今天由我们依法提审你，你申不申请回避？”

张宝宽凝视着柯楠，脑海里闪过叶萍的话：“没有我的允许，你不能找柯楠谈。”然后摇着头：“我不申请回避。”

柯楠：“你叫什么名字？”

张宝宽：“张宝宽。”

柯楠：“还有别的名字吗？”

张宝宽：“没有。”

柯楠：“什么时候出生的？”

张宝宽：“1952 年 6 月 9 日。”

柯楠：“今天刚好是你 50 岁生日。”

张宝宽：“天命之年，灾星降临。”

柯楠：“哪里人？”

张宝宽：“平湖市东坪县人。”

柯楠：“什么学历？”

张宝宽：“大学。”

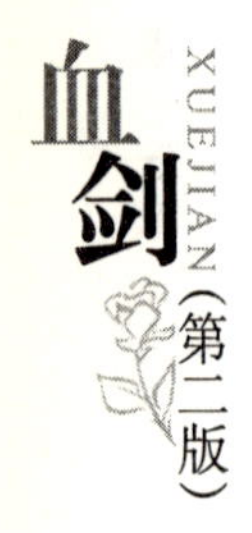

柯楠："曾经从事过哪些工作，担任过哪些职务？"

张宝宽："当过农民、矿工、矿山青年突击队队长，大学毕业后，当过工厂技术员、副厂长，十年前调回平湖市，先后任市建设局副局长、局长，副市长、市长、市委代书记。"

柯楠："你是因什么问题被刑事拘留的？"

张宝宽："涉嫌受贿犯罪。"

柯楠："张宝宽，党和政府对涉嫌犯罪以及犯罪人员的政策你知道吗？"

张宝宽："知道，坦白从宽，抗拒从严。"

柯楠："你打算怎样？"

张宝宽不语。他脑海里浮现出叶萍的身影，耳边回荡着她的声音："我与你离婚，是我对你付出的最大的爱，你能获得前途就是对我的最好的回报和慰藉……"他羞愧地望了柯楠一眼，低下了头。

柯楠发现他神情不对，问道："张宝宽，你在想什么？"

张宝宽低沉地："那些都是与本案无关的事情。说实在的，我不想抗拒。以前，我几次碰到你，我也曾想主动向你交代我的问题，但是我没有这个勇气，总存在着一种侥幸心理。现在这种心理状态已被打破。"

柯楠郑重地："我们检察机关欢迎你的这种态度，你应该相信检察机关会依法办事，下面请你如实交代你的问题。"

张宝宽愧疚地："我是一个农民的儿子，在党的教育培养下一帆风顺，当上了市委代书记、市长。开始我很淳朴，也很廉洁，但是当上副市长之后情况发生了变化。"他吸了一口气，停下了。

柯楠忙问："你身体没有不舒服吧？"

张宝宽回答："现在没有。"

这时一名管教干部递给张宝宽一瓶矿泉水。

柯楠："你慢慢讲。"

张宝宽懊悔地："现在回想起来，是我鬼使神差，坏在两个女人手里。第一个女人是我现在的妻子颜文茹。"

柯楠敏感地："颜文茹不是你的第一任妻子？"

张宝宽佩服柯楠的敏感，从"现在的妻子"五个字中判断出他原来还有过妻子。他点头道："颜文茹是我的第二任妻子，她有能力，挺聪明，会社交。她在平湖有‘凤姐’之称。我走上领导岗位后，我便成了她社会交往的一张牌。她瞒着我帮人家揽工程，做中介，了难，从中牟取好处。不仅她自己这样，而且还推出了她的弟弟颜东升，颜东升这人随机应变，办事天衣无缝，得到了我的赏识，他打着我的招牌在审批项目中给予优惠政策时，用权力、原则做交易，大肆敛财。有的我知道，有的我根本不知道。现在我的思想很乱，理不清头绪，请你们给我一点时间，我把我知道的一笔一笔写出来。但是，我在收受贿赂时只收公家的钱物，从不收个人的钱物，不卖官。这样做能给人以假象。所以，在你们审理我内弟的案件并怀疑我涉案时，出现了40余名处级干部联名写信为我正名并状告洪源的事件。”讲到这里，张宝宽突然不讲了，低着头不敢正视柯楠。

柯楠问：“还有一个女人呢？”

张宝宽缓缓抬起头尴尬地：“还有一个女人是崔玲。”

柯楠平静地说：“你讲吧！”

张宝宽痛心地：“崔玲是今年2月份到平湖来的，她为平湖引进外资项目，我作为平湖的市委代书记、市长，理所当然地欢迎她。她为了争取更多的优惠政策，曾给我送美元被我拒绝了，我不是不爱钱，而是怕崔玲这人靠不住而翻船。此后，颇有心计的崔玲打听到我的老家在东坪县，尤其是打听到，我是吃嫂嫂的奶水长大的，于是她专程去东坪县看望我78岁的嫂嫂。她的这一举动感动了我，使我相信了她，彼此之间的往来也就无所顾忌了。”这时他脸上起了鸡皮疙瘩，羞愧地低下了头。

柯楠向丰登使了个眼色，丰登对张宝宽说：“张宝宽，涉及隐私的事情你可以不讲具体过程。”

张宝宽抬起头来继续交代：“在崔玲的美色和金钱的诱惑下，我成了她的俘虏，被她牵着鼻子一步一步走向罪恶的深渊。”

丰登问：“你除接受她的性贿赂外，还接受了她多少金钱的贿赂？”

张宝宽：“接受她的现金就有一次，15万美元，是通过颜东升给我和我爱人的。后来她帮助我女儿办理了移居香港的手续并为其在香港注册了南光公司。”

柯楠问：“你女儿的南光公司在海天实业占多少股份？”

张宝宽：“百分之二十四点五。”

柯楠：“按这个比例应交纳股金245万美元，而实际上香港南光公司只转来了25万美元，还有220万美元呢？”

张宝宽一五一十地说："我和颜文茹开始想把存入银行的赃款全部转入香港南光公司的账上，但是内地资金出境控制严格且手续极其复杂，于是我们只带了40万美元现金去香港，后来汇入平湖市海天实业25万美元，所欠的220万美元中，我以权力作为100万美元入股，此外的978万元人民币折合120万美元入股，一共是245万美元的股份。从那以后，我用手中的权力一次又一次为海天实业非法拼装进口汽车开绿灯，还以市政府的名义低价向海天实业整体出卖市化纤厂，造成国有资产流失1000万元。"

柯楠接着问："你认识裴蕾吗？"

张宝宽："不仅不认识，而且从来没有见过。"

柯楠："她跳楼自杀与你有没有关系？"

张宝宽："我想应该没有任何关系。"

柯楠："你为什么在回答的前面加上'我想'两个字？"

张宝宽："是因为有人说与我有关。"

柯楠："谁？"

张宝宽："崔玲。"

柯楠："她怎么说裴蕾跳楼自杀与你有关？"

张宝宽："崔玲在平湖宾馆客房里要将15万美元给我的时候，裴蕾在里面的套间。当时我说要崔玲将钱给颜东升，再由颜东升给我。崔玲说裴蕾在套间里听到了，还将门打开一条缝看到了我。裴蕾跳楼自杀事件发生后，崔玲总是用这个要挟我。我怕事情败露，曾几次暗地指使高凤阳阻止对裴蕾的治疗，实质上我充当了崔玲的杀手。幸好你们不信邪，顶住压力，送裴蕾到上海治疗，使她逐渐康复。不然我会欠下血债。"

柯楠："你对裴蕾跳楼自杀原因有没有做过分析？"

张宝宽："我曾经思考过。我认为她自杀与崔玲有关，如果无关，崔玲为什么要我充当她的杀手。同时我还认为最直接的原因是谁造成裴蕾怀孕。这绝不是一般的男女偷情。"

柯楠："你心中有没有嫌疑目标。"

张宝宽："想过，但没有证据，我不能随便怀疑。"

柯楠："崔玲入股海天实业的245万美元是她自己的吗？"

张宝宽："不知道。"

柯楠："今查明，崔玲的股份中大部分是内资，你了解一些线索吗?"

张宝宽："崔玲行为诡秘，我不清楚。"

香港，出租房　晚上

字幕：香港

张丽娜摁着一个又一个电话号码，不是没有人接就是用户没有开机，最后拨戈穹的手机，通了，她对着听筒喊着："戈穹，家里没人接电话，爸爸、妈妈的手机都没开机，是不是出事了?"

已成惊弓之鸟的戈穹几乎哭了起来："丽娜，张叔叔和颜姨都被检察机关刑事拘留了。"

"哇!"张丽娜一声哭叫，倒在椅子上。

听筒里，戈穹的声音："丽娜，你怎么啦，你要冷静……"

专案组会议室　白天

肖义山分析着案情："张宝宽和颜文茹落网，并不意味着整个案件侦破的结束，恰恰相反，一个新的侦查任务摆在我们面前。崔玲在海天实业有245万美元的股份，而崔玲只从香港三维公司汇来40万美元，还有205万美元是用1670.77万元人民币折合成的，而且是从我省省城几个银行的好几个账号转入平湖海天实业的账号的。这笔巨款是不是崔玲的?裴蕾跳楼自杀未遂事件发生后，崔玲为什么一次一次要挟张宝宽，要张宝宽干预对裴蕾的治疗，企图致裴蕾于死地，崔玲为什么这么害怕裴蕾?裴蕾为什么要自杀?是谁致使裴蕾怀孕?今天专案组会议就围绕这些问题进行深入分析，作出下一步侦查工作的部署。"

洪源首先发言："我认为崔玲除张宝宽这个后台外，还有后台，这个后台不在平湖而在省城，不仅职位高，而且把持着重大权力。如果不是这样，海天实业非法拼装的进口汽车被省工商局查封后为什么又放行了，而且以后一直开绿灯。为什么崔玲只用了几天时间就为张宝宽的女儿张丽娜办好了移居香港的一切手续，为什么崔玲一直住在省城遥控海天实业。我认为，这个后台在省委省政府领导层中，或是在省直重要职能部门主要负责人中。"

柯楠接着发言："崔玲的一贯伎俩是性贿赂与金钱贿赂双管齐下，然后牵住人家的鼻子。我分析，崔玲在省城的这个后台同样是这样被崔玲抓住。裴蕾很可能是崔玲用于性贿赂的牺牲品。"

丰登说："崔玲这人十分狡诈，惯于单线联系，不留把柄，她有美国国籍，

行为诡秘，我们如果不拿到真凭实据她是不会低头的。”

仇军辉说：“我们可以从海天实业被查封的汽车是怎样被放行的入手，找到关键人物，然后有针对性地开展侦查。”

肖义山点了一下头。

省检察院反贪局副局长蒋群政：“据原专家组人员介绍，裴蕾被引下的胚胎还被秘密保存着，当查找到嫌疑对象后，可以用胚胎作亲子鉴定，从而可以解开裴蕾自杀事件之谜。”

肖义山：“除平湖市检察院原专案组人员知道外，省检察院来的同志还不清楚，裴蕾既没有被他杀，也没有自杀和失踪，而是被秘密转移了。”

专案组几名成员突然一惊。

肖义山：“老洪，你把那段戏剧性的情节给省里来的同志介绍介绍。”

洪源对柯楠说：“柯楠，这场戏是你导演的，你讲。”

柯楠：“总策划还是洪检察长。”她环视了一下大家后，“那是半个多月前的一天，玉池山房地产开发商朱宏昌为了立功，急急忙忙来市检察院向我报告说，颜东升要他雇请两名杀手让裴蕾重新失去记忆功能。我立即将这一情况向洪源检察长和王铁流局长作了汇报。”

随着柯楠的介绍，淡入以下画面：

半月前，检察长室　白天

洪源向王铁流和柯楠分析说：“颜东升要伤害裴蕾必受崔玲指使，现在颜东升与朱宏昌只有口头协议，没有任何证据，我们如果逮捕颜东升，他必会抵赖，更不会交出幕后，反会打草惊蛇。我们不如将计就计，麻痹崔玲和颜东升，然后我们再等待时间。”

王铁流道：“要朱宏昌答应颜东升，为颜东升雇请两名杀手干脆干掉裴蕾，但杀手不能与颜东升见面，以便我们的人员装杀手制造‘干掉’裴蕾的假象，而暗地将裴蕾转移。”

王铁流提出：“干没干掉裴蕾，颜东升必然要取证。”

洪源说：“我们可以现场录像，然后由朱宏昌交给颜东升。”

半月前，青螺岛古钟鼎旁　白天

裴蕾、丰登、柯楠、宋振声彼此留影。

柯楠手机响，她到一旁回答道：“明白了！”然后她回到古钟鼎旁对宋振声说：“对不起，我有点急事提前走一步。”

宋振声有些不快：“大家兴趣正浓呢！”

柯楠娇媚一笑：“我还要你送我……”

湖面上　白天

柯楠与宋振声乘坐的水上快艇流星般地飞向平湖城。

雨，小亭　傍晚

丰登和裴蕾在亭中避雨，一声巨雷，裴蕾扑向丰登：“丰登哥，是不是蛟龙来了，我好害怕！”

半月前，雨，湖边　夜

一条机动渔船靠岸。

穿着雨衣的王铁流和柯楠用雨帽盖住了头，然后用面具蒙上了脸。

雨，小亭　夜晚

两个黑影从丛林中蹿上来。

树丛中有人在秘密录像。

丰登双臂松开裴蕾，羞涩地对裴蕾说：“裴蕾，我今天……”

裴蕾问：“今天怎样？”

丰登鼓起勇气：“今天水喝多了点，我现在……”

裴蕾害羞地低下了头。

丰登：“裴蕾，不要怕，我只要一分钟。”说完向亭外林中跑去。

这时两个蒙面人绕到裴蕾身后，一个张开雨衣包住裴蕾，迅速扯下面具，小声地：“裴蕾，我是楠姐，我来接你的。”

“哇——”裴蕾还是惊叫了一声。

两蒙面人挟着裴蕾向山下跑去。

丰登返回小亭呼叫着：“裴蕾！裴蕾——”

湖边　夜晚

两个蒙面人挟着裴蕾上了渔船。

岸上一块巨石后一个人秘密在录像。

离岸不远湖面的渔船上　夜

柯楠小声对裴蕾说：“丰登今晚在岛上还有点事，我们来接你。现在雨停了，湖面空旷，我们两人像电影明星一样，念念嗓子。先每人哭叫一声，然后每人大笑一声，你先念。”

岸边巨石后　夜

还在进行秘密录像。

湖中传来一声惨叫：“哇……”接着一声沉重物落水的声音。“咚!”

平湖城郊　夜

一辆辆警车呼啸出城。

专案组会议室　晚上

画面回到现实。

专案组成员都嘘了一口气。

柯楠说：“我们制造干掉裴蕾的假象后，将裴蕾隐秘地送到上海她原来治疗过的医院继续疗养，并继续委托上海市人民检察院派人对她实行监护。”

肖义山情绪高昂：“这场戏演得好，给我们彻底侦破此案创造了条件。”他提高嗓门说：“下一步的侦查工作分三路：一路，派柯楠去上海，与医院联系，加强对裴蕾的治疗，并做好思想感化工作；二路，秘密控制崔玲，防止她潜逃；三路，通过省工商局调查为海天实业非法拼装汽车放行的黑幕，查找崔玲在省城的后台。同时我们还要加强对海天实业的监控，防止崔玲、丁家驹转移资金和财产，保护外商朴望东的合法权益不受损害……”

第十六集

公园广场　清晨

天刚放亮，广场上万人汇集，音乐悠扬。

叶萍和老年妇女跳起扇子舞，她动作轻盈、娴熟。

中青年女性在练木兰拳，柯楠做着示范表演。

还有的人在舞剑、练太极拳或做广播体操。

太阳出来了，朝霞隐退，晨练的人们纷纷离去。柯楠和母亲正走出广场，突然被几名熟悉的人围住了。一名中年男人问："检察官小姐，听说张宝宽和他的夫人被你们抓起来了，什么事，这么严重？"

柯楠回答说："伸手必被捉。"

叶萍一怔："张宝宽是贪官！"

一名年长者："听说他够廉洁的，每年都退出不少红包。"

另一名女同志："那些都是表面文章，做给人家看的。"

又一名市民："历史上许多皇帝坏在太后的手里，听说张宝宽坏在颜文茹手里。"

一市民："我还听说张家千金移居香港了。"

又一市民："柯楠，告诉你们的检察长，你们拉下了平湖第一贪官，平湖人民为你们请功！"

叶萍神情木然，回家的路上她问柯楠："张宝宽真有问题？"

柯楠反问："妈妈，您认为张宝宽怎么样？"

叶萍："当时他来自农村，本分、纯朴，也很聪明、能干。"

柯楠："以后呢？"

叶萍："他上大学以后，我就再没有见过他了……"

柯楠问："您跟张宝宽很熟，查处他的问题，我需要回避吗？"

叶萍："他不争气，活该，你们该怎么查处就怎么查处。"

柯楠："妈妈，我今天又要出差。"

叶萍问："振声知道吗？"

柯楠："我已经跟他讲了，他理解和支持我。"

上海某医院办公室　白天

字幕：上海

医生向柯楠和上海市人民检察院一名女干警介绍说："裴蕾第二次治疗比第一次治疗效果更好，记忆功能恢复较快，但还是不能受到精神刺激。"

柯楠问道："大夫，裴蕾是一个重大刑事案件的知情人，我们如果现在对她询问甚至涉及隐私，会不会给她的精神造成损失？"

医生："你们如果必须要询问，也要讲究方式方法，尽量用交谈式，涉及隐私更要慎重。如果她精神受到刺激病情出现反复，今后更难治疗。"

外滩　白天

裴蕾在柯楠的带领下走上外滩，眺望滔滔黄浦江、高耸入云的东方明珠塔，心情开朗。

柯楠问裴蕾："上海市检察院的两位姐姐和你到过哪些地方？"

裴蕾柔声地："外滩也来过，到了南京路，还到了一些地方，记不清了。"

陈毅塑像前，柯楠问："这位伟人你认识吗？"

裴蕾："上面写了，他叫陈毅，是元帅。"

柯楠："他是新中国上海市第一任市长。"她拿出相机，"来，我给你照一张。"

上海吴淞口　白天

裴蕾和柯楠与一名上海女检察干警在吴淞口公园前留影，然后步入公园。

三人沿着江边大道一边走一边谈。

柯楠："裴蕾，这里美吧？"

裴蕾："美。"

柯楠："美在哪里？"

裴蕾："大江出口，宽阔无边。"

柯楠："裴蕾，你以大海为背景，来一张单人照。"

裴蕾依栏杆站好，柯楠举起相机。

上海检察干警："真漂亮！"

裴蕾含笑。

柯楠按下快门。

上海检察干警："裴蕾，你们那里不是有牡丹江吗？"

裴蕾："牡丹江也很美。"

柯楠挽着裴蕾的手臂："裴蕾，你能不能讲讲你是怎么从牡丹江到平湖来打工的？"

裴蕾愣住了，她停下脚步凝望着柯楠和上海检察干警。

上海检察干警："裴蕾，你不是叫我们姐姐吗，妹妹有什么话不能对姐姐讲吗？"

柯楠："如果有不便对外讲的事情，我们一定为你保密。"

裴蕾感动地："两位姐姐，你们不要把我看得很坏，我是被别人害成这样的。"

柯楠同情地："我们知道，不然我们为什么为你治病，为什么这样关爱你？"

三人在林中石凳上坐下来。

柯楠："裴蕾你讲吧！"

裴蕾的眼圈湿润了，缓缓地说："我本是一名高中二年级学生，我和同学们一样有美好的理想，可是一场灾难在我家发生了……"

淡入：

5个月前，冬日，牡丹江市裴蕾家　白天

裴父半卧在床上，裴母用勺子喂着玉米糊，裴父吃力地吞着。

裴母告诉裴父说："下午，我再去找厂长，他们不拿钱送你去医院，我就赖着不走。"

裴父："不行，工厂产品卖不出，哪有钱付医疗费。我的病不治了。"

裴母含着泪水说："不行，我们就是讨米也要把你的病治好。"

站在一旁的裴蕾摇着父亲的肩膀："爸爸，您一定要治病，我准备休学，到南方打工，每月寄钱回来。"

裴父痛心地："裴蕾，我和你妈就你这么一个女儿，我就是死，也不能让你辍学。"

裴蕾紧咬着嘴唇，控制着自己，但泪水仍然如雨点般洒落下来。

哈尔滨火车站　白天

春运未到，车站广场仍见民工在流动。

裴蕾背着一个蓝色背包向售票厅走去。一名中年男子举着一块招工的牌子在

售票厅外来回走动。几名年轻姑娘瞄了一下牌子上面写着的招工启事扫兴离去。裴蕾正准备过去看看时，那男子走了过来，他仔细打量裴蕾一番后道："小姐，外出打工的吧？"

裴蕾："嗯！"

那男子放下手中的牌子："你看看这条招工启事。"

裴蕾站住了，只见启事上写着：

招收文秘1名，未婚，女性，20岁以下，身高1.62米以上，品貌端庄，性格温顺，高中以上文化，会普通话。一旦录用，待遇从优。

裴蕾仔细地看后道了一声："谢谢！"然后向售票厅走去。那男子转身瞧着裴蕾离去时轻盈曼妙的倩影，见她虽有几分稚气但风姿不凡，于是赶紧追上来："小姐，你怎么不报名，凭我目测，你行呀！"

裴蕾审视着举牌子的人，疑惑地问："听口音，你不也是哈尔滨人吗，怎么为南方的老板招工？"

举牌子的人解释说："南方来的老板住在宾馆里，我是他雇用举牌子的。"

裴蕾又问："那老板叫什么名字，为什么只招一名女秘书？"

举牌子的人说："那老板说他姓丁，是一名女外商的总代理，他这次是专程来哈尔滨为那个女外商招文秘的。"

裴蕾幼稚地问："你不是骗人的吧？"

举牌子的人拿出身份证道："这是我的身份证，上面有我的姓名和家庭住址，跑得了和尚跑不了庙，我不会骗你。"

飞机上　白天

裴蕾坐在丁家驹身边，她心里仍然很不踏实，丁家驹对她说："南方人和北方人比，不仅生活习惯不同，而且思想观念也不同，你要尽快适应。"裴蕾漫不经心地听着。

宾馆客房　白天

丁家驹引裴蕾走进房内。

等候在房里的崔玲一看裴蕾长得如花似玉，喜得两眼眯成了一条缝。

裴蕾以为是给崔玲当文秘，心里一块石头落了地。她彬彬有礼地喊道："阿姨，您好！"

崔玲不高兴了："不要叫我阿姨，叫崔姐。"

裴蕾忙改口："崔姐。"

丁家驹向崔玲介绍："她叫裴蕾，今年17岁，家住牡丹江市，高中读了两年后辍学了。"

崔玲关心地问："为什么要出来打工？"

裴蕾回答："挣钱给爸爸治病。"

裴蕾问崔玲："崔姐，是给您做事吧？"

崔玲："你不要问这个，先要适应这里的环境。裴蕾，你是北方长大的孩子，现在到了南方，南方与北方不同，北方人首先接受的是黄河文化，而南方人接受的是海洋文化。还有，南方人比北方人更看重时间和金钱，比如说，一个人的黄金时段是青春时期，青春就是一种资源，女人的美丽也是一种资源，关键在于你怎么开发。因此到了南方要入乡随俗，放开一点。"

裴蕾听到这些话，心里感觉到有点儿酸，不好意思地低下了头。

时装店　白天

各种高档、时尚服装令人眼花缭乱。崔玲带着裴蕾逛了一阵后，在一个柜台选择了一套新颖性感的春装。裴蕾在服务小姐的引导下走进试衣间。

豪华歌舞厅　夜

穿上新装的裴蕾更靓了，崔玲也不逊色，换上了一套颇为性感的时装。她们走进厅内时，各种目光不约而同地投来。

演出还未开始，多数座位上坐了客人，有的是一对情侣搂在一起，有的是"三陪"小姐依偎在老板怀里。

崔玲问裴蕾："以前进过歌舞厅吗？"

裴蕾答道："从来没有进过。"

崔玲开导说："到了这样的场所，就如孙悟空取下了紧箍咒，一切都放开了。"

裴蕾感到茫然。

崔玲告诉她："等一下还有一位先生来，你要多多亲近他。"

裴蕾问："谁？"

画出淡出：

吴淞口公园内　夜

裴蕾突然停止，眼泪直往下流，突然"哇"的一声扑倒在柯楠怀里。

柯楠抚摸着裴蕾的头："裴蕾，那个先生是谁？"

裴蕾已经昏厥，脸色苍白。一辆急救车风驰电掣驶进公园。

省工商局局长室

蒋群政和仇军辉进来时，局长夏至刚刚接完电话。蒋群政问道："请问，你是夏局长吧？"

夏至答道："对，我是夏至。请坐！"接着拨电话："请送两杯茶来！"

蒋群政坐下后说："我们俩分别是省检察院和平湖市检察院的，我叫蒋群政，他叫仇军辉。"

仇军辉介绍说："蒋群政同志是省检察院反贪局副局长。"

夏至："听说过。"

女公务员送来两杯茶。

蒋群政继续说："我们在平湖市侦破一个案件时，发现平湖海天实业用进口汽车配件非法拼装汽车销售，你们省工商局曾于一个月前查扣了40辆，但是不几天又放行了。这到底是个什么情况，我们想了解一下。"

夏至沉默了一下说："是有这么回事。那是一个月前，有人举报平湖市海天实业用进口汽车配件拼装进口汽车销售，我们认为，拼装汽车是国家有关部门明文禁止的，于是派出人员查扣了即将销售的40辆。但是几天后省政府一位领导打电话给我，说对海天实业的汽车应该放行。理由有三条：一是海天实业用的进口汽车配件进货渠道正规，没有走私行为；二是海天实业是外资企业，给地方增加了税收；三是对拼装汽车，上级虽然明文禁止但不少地方仍然有禁不止，上面也未严厉查处。按照这位领导的意见我们不仅对已查扣的放了行，而且以后一直开绿灯。"

蒋群政问："你们局里有这位领导的电话记录吗？"

夏至："当时是我接的电话没做记录。"

蒋群政又问："省政府这位领导是谁？"

夏至认真地："这是省政府领导的公务活动，你们省检察院无权了解。"

蒋群政解释道："我们不是了解省政府领导的公务活动，而是侦查一个案件的需要。"

夏至极严肃地："如果你们认为这位领导违纪或涉嫌有关犯罪，可以向中纪委、最高人民检察院或监察部举报。要他们来向我做调查。省级检察院怎么能查处省级领导的问题，这个原则和程序，你们应该懂。"

蒋群政再次解释："我们绝没有认为这位领导违纪或涉嫌犯罪，而是想通过这件事了解其他一些情况。"

夏至推脱道："如果是这样，你们去找省政府办公厅，要他们帮助你们。"

蒋群政还在耐心争取："夏局长，你把问题想复杂了，我们确实只了解一些情况。"

夏至极反感地："是你们把问题复杂化了，对领导同志正常的公务活动你们也要拿显微镜照一下，有这个必要吗？"最后他下了逐客令："对不起，我要开会去了。"

深圳　白天

字幕：深圳

高楼林立，车流奔涌

崔玲乘坐的出租车在一家豪华美容院前停下，崔玲从车里出来后进入了美容院。

深圳火车站　白天

穿着便装的丰登与一名男法警和一名女法警走向出站口。

专案组小会议室　白天

与会的只有肖义山、洪源、蒋群政和仇军辉。肖义山沉重地说："我们派出的几路人马都开展了一系列侦查活动，尤其是去上海的柯楠终于使裴蕾开口提供情况了，但是在讲到关键问题时由于情绪激动病情出现反复。省工商局局长夏至，官官相护，拒不提供指使他放车的那个省政府领导的姓名。崔玲也由省城躲到了深圳，看起来我们前面山重水复，但是我们只要把侦查中得到的一些线索综合起来分析，仍可以找到新的突破口。"

洪源接着说："我认为裴蕾是崔玲作为性贿赂的礼物献给某位领导的，以后那位领导成了海天实业的保护伞。"

蒋群政点头："我也是这样认为的。"

肖义山问："为什么以后裴蕾又由崔玲带到平湖来打工呢？"

蒋群政说："道理很简单，迎新辞旧。"

仇军辉："裴蕾是丁家驹骗来交给崔玲的，丁家驹是知情人，可不可以传唤他！"

洪源反对道："丁家驹很狡猾，他即使知情也不会交代，反而会使真正的对象藏匿更深。”

仇军辉：“只要有嫌疑对象，然后用裴蕾引下的胚胎作亲子鉴定，一切就真相大白了。”

肖义山用笔轻轻地敲着桌子：“现在嫌疑对象在省级领导中，省级检察院怎能查处省级领导的问题！”

洪源：“就像当初我们平湖市检察院如果没有省委和省检察院的支持，根本不敢动张宝宽一根毫毛。”

肖义山继续说：“现在我们遇到的情况与你们当时不同，你们掌握了具体对象，也有一定事实，而现在既无具体对象又无具体事实，仅仅是一种分析，怎么向中纪委和最高人民检察院汇报，但是我们又绝不能让犯罪嫌疑人隐藏在我们眼皮底下。”

他沉思了少许果断地说：“通知柯楠，如果裴蕾病情好转，将她带回平湖，引蛇出洞。”

平湖家家乐超市　白天

宽敞的大厅内，商品琳琅满目，顾客熙熙攘攘。柯楠、丰登引着裴蕾乘坐电梯上至二楼，有意这里看看，那里逛逛。偶尔有几名顾客注视或回眸着他们。

走至时装区，柯楠问裴蕾：“裴蕾，我买一件连衣裙送给你，你喜欢哪种款式自己挑。”

裴蕾不好意思，推辞道：“不，楠姐不要买。”

柯楠拉着她的手：“姐姐给妹妹买衣服理所应当。”她对丰登说：“丰登，你们男青年最爱看女孩穿什么样的衣服？”

丰登：“这也因人而异。”

柯楠问：“裴蕾呢？”

丰登打量了一下裴蕾后说：“裴蕾身材苗条，皮肤白皙，性格文静，最适合淡妆。”

柯楠笑着道：“审美观还不错嘛！”

丁家驹办公室　白天

丁家驹正在看一张报表，他的女秘书李桃芝跑进来：“丁总，你说怪不怪。”

丁家驹问：“什么事大惊小怪的？”

李桃芝神秘地：“以前社会上不是传说裴蕾死了吗，昨天我却看见了她！”

丁家驹不信："那是鬼。"

李桃芝："你才鬼呢！我是在超市里看到的，她身边还跟着一男一女。"

丁家驹一惊："真的！"

李桃芝："我亲眼看到的还会有假？"

丁家驹急切地问："你听到她说话没有？"

李桃芝："她说了话，不像有精神病。"

丁家驹故作镇静："她死也好，活也好，不关我的事。"他有意打了一个喷嚏，对李桃芝说："桃子，你到药店给我买点儿药来。"

李桃芝："什么药？"

丁家驹："感康。"

李桃芝撒娇地："昨天晚上我要你盖点儿东西你不盖，让你感冒，我不买！"

丁家驹哀求道："下次一定盖。"

李桃芝："下不为例。"说着转了身。

丁家驹喊道："桃子，你的手机给我用一下。"

李桃芝不解："你自己不是有吗？"

丁家驹："我爱用你的。"他递过自己的手机，"换着用。"

李桃芝走后，丁家驹关上门，用李桃芝的手机拨着崔玲的手机。

丁家驹低声地："崔小姐，裴蕾没有死，昨天在超市有人看见她了。"

深圳某宾馆客房　傍晚

在发型、服装上判若两人的崔玲猛然惊慌："她还活着？"

手机内，丁家驹的声音："她不仅活着，还能讲话。"

崔玲："你密切关注，有情况及时报我。"

崔玲没有关机，接着拨了一个手机号："我是崔玲，我现在在深圳，我告诉你，裴蕾没有死，她在平湖出现了……"

专案组组长办公室　白天

仇军辉急速进来见只有肖义山一人，忙报告："经电话监控，崔玲在深圳打了梁维成的手机，将裴蕾还活着的消息告诉了他。"

肖义山震惊了："梁维成！"

仇军辉："对，就是那个省委常委、常务副省长梁维成。"他递上手中的资料，"这是文字资料。"

肖义山激动地："好，蛇果然出洞了，一切工作照常进行。"

省委机关，佟风办公室　白天

佟风将刚进来的肖义山和洪源请到会客室，亲自给他们倒着茶。

肖义山接过空茶杯："佟副书记，我来。"

三人都倒上茶后，肖义山拿着一份电话记录说："省纪委已将你们汇报的情况向中央纪委作了汇报，中纪委要我们发现和掌握线索，他们即将派调查组来我省进行深入调查，还指示立即将裴蕾引下的胚胎作亲子鉴定。"

肖义山："作亲子鉴定需要采梁维成的血。"

佟风："我已经想出了一个办法。"

省政府机关院内　白天

一辆采血车开到省政府办公厅前，一条"领导带头义务献血奉献爱心"的横幅挂在两棵树中间。

省政府领导和工作人员接踵而来，梁维成走在其中。有人对他说："梁副省长，您也献血。"

梁维成指着横幅："上面不是写了领导带头吗？"说着他走上采血车。

护士亲切地叫了声："梁省长！"

梁维成："省长前面还要加一个'副'字。"

护士问："献多少？"

梁维成说："500 毫升。"

护士："这次规定每人只献 300 毫升。"

梁维成卷起衣袖，一根针插进了他左臂的血管。针管里出现了鲜红的血液。

专案组组长办公室　白天

肖义山接电话："……噢，不是……也不是……"他放下听筒："他妈的，这是有人狸猫换太子！"

洪源问："肖副检察长，是不是亲子鉴定出结果了？"

肖义山："经医科大学鉴定，那胚胎不是梁维成的，也不是裴蕾的。"

蒋群政走过来："有这种事！"

肖义山判断："一定是有人把裴蕾引下的胚胎换走了。"他问洪源："老洪，那胚胎一直保存在哪里？"

洪源："一直保存在市公安局技术侦查科库房的冷藏柜。这次也是从那里提出的。”

肖义山：“可能出现三种情况：一种是引胎时就有人换走了；二种是存放后被换走了；三种是拿出鉴定时有人换了。”

蒋群政：“立即成立侦查小组，尽可能找回真胚胎。”

肖义山：“这是司法机关内部人员犯罪，侦查难度大，即使破了案，真的胚胎也可能被毁掉了。尤其是一个星期后梁维成将出国考察，我们必须在一个星期内侦破此案，并拿到证据。”

洪源：“我建议双管齐下，一方面侦破偷换胚胎一案，尽可能找回真胚胎；另一方面继续做裴蕾的工作，动员她揭发梁维成。”

省政府机关，梁维成办公室　白天

梁维成问省工商局局长夏至：“这次省工商出国考察团的手续都办好了吗?”

夏至恭敬地：“都办好了，只等您定时间，以便购买机票。”

梁维成：“就定在后天吧。”

夏至：“提前了?”

梁维成：“这几天没有重要事，走得了。”

夏至：“准备怎样走?”

梁维成：“从上海出发，先到美国洛杉矶。”

夏至：“整个考察时间呢?”

梁维成：“暂定20天，可能延长，在资金上准备充分一点儿。”

夏至走近梁维成神秘地：“梁副省长，前几天省检察院和平湖市检察院来人向我调查您为平湖海天实业汽车放行事情。”

梁维成发怒地：“省检察院有什么资格调查一名常务副省长的情况，这不是儿子向老子兴师问罪?”

夏至小声地：“是不是有人在搞您的名堂?”

梁维成：“他们还说了些什么?”

夏至：“我把他们轰了出去。”他接着神秘兮兮地：“听说省检察院副检察长肖义山带领一个专案组到平湖，抓了张宝宽夫妇还不过瘾，声称要挖后台，抓大鱼。”

梁维成：“让他们去挖，去抓吧。”

招待所客房　夜

肖义山从浴室出来准备睡觉，门铃响了，肖义山打开门见是洪源：“老洪，

怎么这么晚还来？”

洪源还未坐下就开始汇报：“今天一天，我们一直在市公安局技术侦查科调查，经查明，裴蕾引下的胚胎，是由当时担任裴蕾跳楼自杀事件侦查任务的市公安局刑侦支队队长兰鹏翔从医院手术室拿到市公安局交给技侦科库房员的，此后这名库房员去省公安干校学习，由另一库房员童虹接替其工作。我们对这三人都进行了询问。他们既不承认自己换了胚胎，也没有提供任何线索。”

肖义山：“蒋群政从省里打来电话，他们在省公安厅技侦处也没有查到任何线索。搞技术侦查的人员作案手段高明，难以侦破。现在时间很紧，希望就在裴蕾身上寻找突破口，千方百计让她揭开黑幕。”

省政府机关大院　白天

两辆高档中巴停在省长办公楼前，省政府官员站成一排欢送梁维成率省工商代表团出国考察。梁维成、夏至等与欢送的官员一一握手。

欢送的官员一个接一个地：“祝你考察成功！”“一路平安！”

梁维成正准备上车时，一辆高级轿车开了过来，车停后，佟风从车上下来。梁维成走过来：“佟副书记，您也来了。”

佟风笑了笑：“我不是来欢送你的，恰恰是留下你的。”

梁维成被这突如其来的消息惊呆了：“佟副书记，这是怎么回事？”

佟风道：“省委高书记从北京给我打来电话，省委将在最近召开常委会议，专题研究经济工作，你是常务副省长，非出席会议不可。因此，省工商代表团出国考察推迟进行。”

梁维成：“我出国考察是经省委常委会讨论通过了的。”

佟风：“我现在传达的是省委书记的指示！”

梁维成难堪地站立着，心跳加速。

夏至走上来：“佟副书记，我们还是可以去吧？”

梁维成语气很重：“一并推迟。”

马飞宿舍　夜晚

昏暗的单人宿舍里，只有一张木床。马飞躺在床上不停地打着呵欠。他坐起翻起垫子拿出一个小塑料包，打开包，里面只有一个小纸包，嘴里骂道：“妈的，就没有了！”他打开小纸包，拿出锡纸，点燃白粉，大口大口地吸食着，一下子飘逸起来。

手机响了，马飞答道："丁总请客，盛情难却，我一定到！"

酒楼包厢　夜晚

丁家驹举起酒杯："马飞，今天老兄敬你一杯！"

马飞站起："老兄敬酒，小弟受宠若惊。"

丁家驹干后问："保安队训练得怎样了？"

马飞自得地："总算有了成效。"

丁家驹："从今天起，给我配两名保镖。"

马飞："要谁你自己点。"

丁家驹："我看老五和老六还行。"

马飞："我明天就带他们到你的办公室报到。"

丁家驹："俗话说'养兵千日，用兵一时'，最近说不定要用你们一下。"他从皮包里拿出1万元推到马飞面前："这几个小钱你拿去花，如果你们的队伍拉得出、打得响，我给你们的奖赏就不止这几个小钱了。"

马飞："我马飞及其小弟们为老兄效劳不惜以生命作代价！"

两人一阵狞笑。

柯楠家　傍晚

叶萍和裴蕾看着电视，柯楠开门进来，她身后跟着一位年轻的女检察干警，柯楠热情地介绍着："妈妈，裴蕾，这位是我的同事小黄。"

裴蕾望着柯楠："楠姐！"

柯楠对裴蕾说："裴蕾，叫黄姐。"

裴蕾迟钝而羞涩地："黄姐。"

小黄握着裴蕾的手："裴蕾，我今天特地来看你。"

叶萍问："楠楠，你们还没吃饭吧？"

柯楠回答道："吃了。"她从包里拿出两张放大的照片坐到裴蕾身边："裴蕾，我们在上海吴淞口公园的照片我把它放大了。"

裴蕾看着照片，脸上露出了微笑。

小黄："裴蕾真漂亮。"

叶萍倒来三杯茶，柯楠对妈妈使了个眼色，叶萍会意："小黄，你们坐，我到邻居王姨家有点儿事。"她又对裴蕾说："裴蕾，你和黄姐多聊聊，我等一下就来。"

裴蕾微微点头。

叶萍开门出去，关上了门。

柯楠问："裴蕾，还记得上海吴淞口你讲过的事情吗？"

裴蕾问："什么事？"

柯楠："你和崔玲在歌舞厅，以后来了一位先生。"

裴蕾的仇恨一下涌上心头："就是他害了我！"

小黄暗暗打开了包中的微型录音机。

柯楠亲切地："裴蕾，你把怎么害你的事情讲出来，两位姐姐为你做主。"

裴蕾痛苦地："我欠了他的钱……"

柯楠："如果这钱真的要偿还，我为你分忧。"

裴蕾感动地："楠姐，你太好了。"

柯楠："你冷静一点，慢慢说。"

裴蕾揉了揉眼睛："当时在歌舞厅崔玲对我说，'等一下还有一位先生来，你要多亲近他'，我问谁，她朝门口一指……"

淡入：

5个月前，豪华歌舞厅　夜

一位40余岁，风度翩翩的先生从门口走来，崔玲忙迎上去将他带到预留的座位。

那男人扫视了一下四周，觉得在这种环境有失身份，便对崔玲说："找个半封闭包厢吧！"

半封闭包厢　夜

包厢设在二楼看台上，三面封闭，只有一面是敞开的，观众可以看到一楼舞台的表演。

崔玲指着裴蕾向那位先生介绍说："这位姑娘叫裴蕾，牡丹江人。"接着她又指着那位先生对裴蕾说："这位先生姓梁，你就叫他梁大哥。"

柔和的灯光下，梁先生注视着裴蕾，眼睛陡然一亮。这姑娘确实娇美，那脸像柔嫩的白玫瑰一样，当抬头看人时，一下子又泛起红晕，变得像淡雅的红玫瑰，两线浓黑眉毛嵌着一对发亮的大眼睛。

裴蕾以为梁先生是崔玲的丈夫，没有拘束，礼貌地叫了一声："梁大哥。"

梁先生用勺子搅着面前的一杯咖啡说："欢迎你，裴小姐！"

裴蕾伸出一双红酥酥的手端起咖啡杯。

梁先生问道："你家住牡丹江？"

裴蕾一愣："您知道我是牡丹江人？"

崔玲忙说："我跟他讲的。"

梁先生："我们还是半个老乡呢。"

裴蕾："梁大哥，您也是东北人？"

梁先生："在东北上过大学。"

裴蕾心里平静了些："您到过牡丹江吗？"

梁先生赞赏道："假期和同学们去过，牡丹江姑娘名不虚传，漂亮、聪慧。"

崔玲见梁先生对裴蕾颇感兴趣，进而介绍道："裴蕾不仅外美，而且内秀，是作家、诗人，和你一样才貌双全。"

裴蕾越听越觉得有点不对头，疑惑地望着崔玲。

透过包厢敞开的一方，他们看到大厅内，灯光变得朦朦胧胧，演出开始了。

舞台上　晚

刺耳的音乐声中，一群性感女郎和打着赤膊的男演员亢奋登场，跳起快节奏的舞蹈。

豪华客房　夜

与崔玲的客房相比，这房间更高一档，梁先生、崔玲、裴蕾坐在会客室。

梁先生亲切地问裴蕾："是第一次到南方来吧？"

裴蕾说："第一次。我正上高二，爸爸生病没有钱治疗，我就辍学南下打工了。"

梁先生："打工能挣多少钱，能治好你爸爸的病？"

裴蕾不语。

梁先生关切地："你爸爸患的什么病，需要多少钱？"

裴蕾痛苦地说："食管癌，医院说做手术和治疗，至少要 15 万元。"她的眼圈湿润了，"医生还说，手术越快越好，不然我爸爸会有生命危险。"

崔玲乘机说："裴蕾，你不要急，你爸爸治病的钱我全部负责。"她从包里拿出两叠"老人头"："今天给你 5 万元，4 万元交治疗和手术费，1 万元作生活费。"

裴蕾惊愕了，圆睁着眼望着崔玲，两手发颤，钱落在地板上。

崔玲躬身拾起钱，再次放到裴蕾手中："裴蕾，你要相信我和梁大哥，我们会关心你，永远关心你的。”

裴蕾睁开泪眼看了看崔玲和梁维成后，又看了看手中的老人头，忽然，脑海里一片黑云掠过，她仿佛看到了只有半条性命的父亲，听到了父亲的呻吟。

崔玲用餐巾纸给裴蕾擦着眼泪：“父母对子女即使只有滴水之恩，子女也该涌泉相报。裴蕾，你明天就把钱寄回去。”

裴蕾又看了看手中的钱，感觉到这钱决定着父亲的生死。她擦着眼泪，羞赧地说：“崔玲姐，以后我挣了钱还你。”

崔玲：“不用还，只要你为梁大哥服好务，以后我还会给你钱。”说完，她转身走出房间并随手带上了门。

裴蕾两眼呆滞，手中的“老人头”也在颤抖。

梁先生将右手搭在她肩上，裴蕾用手捂着脸，梁先生将脸贴近她的耳朵：“裴蕾，不要怕，梁哥不是那些跑江湖的生意人。我会像爱妻子一样爱你，像关心我女儿一样关心你。”说着顺手将她搂在怀里。

灯光渐渐暗下来，一会儿后黑暗里传出“哇哇”的叫声，接着是一阵凄厉的哭声。

窗外夜空　深夜

电闪雷鸣，狂风骤雨，参天的大树在狂风暴雨中倾斜。

淡出

柯楠家　深夜

裴蕾回到现实，她再也支撑不住了，倒在沙发上号啕大哭，柯楠、小黄忙将她扶起。

柯楠家门外　白天

叶萍从对门邻居家出来，邻居王奶奶客气地：“有空再过来坐。”

叶萍热情地：“你有时间也到我家来坐坐。”

王奶奶：“好！”接着关上了门。

叶萍正掏钥匙开门，楼梯间电灯突然熄灭，4 个蒙面人闪到叶萍身后，一个将一条手巾塞进叶萍口里，一个用绳子绑住叶萍后将其放倒。另一个抢过叶萍手中的钥匙开门。

门开后，四个蒙面人冲进客厅，其中一个扯断了电话线。

裴蕾一声尖叫：“啊！”一蒙面人搂住她往外拖。

柯楠闪到一边对着手机："我是柯楠，我在……"两个蒙面人冲过来抢掉了她的手机。

柯楠怒吼着："你们要干什么？"

小黄跃到门口挡住门，一蒙面人冲上来推开她。小黄一手死死抓住放有录音机的黑提包，一手还击。

柯楠纵身跳到茶几后掏出手枪："我们是检察干警，谁敢再动，我就开枪。"

蒙面的马飞也掏出手枪对着柯楠："别以为只你有这玩意儿！"其他蒙面人也掏出手枪。

柯楠大声喊："小黄你快走！"

小黄趁蒙面人拖裴蕾之机钻了出去，另一蒙面人追上来，柯楠一把将其抓住，马飞向柯楠扑过来，柯楠左右防御，但寡不敌众。

马飞对那蒙面人说："把她带走作人质！"然后两人再次扑向柯楠。

大街　夜晚

一串警报声呼啸而过。

第十七集

柯楠家　夜

叶萍被救起，她断断续续说："歹徒绑架柯楠和裴蕾后开车逃跑了。"

仇军辉、兰鹏翔等检察和公安干警们纷纷从屋内出来。

车内　夜

柯楠与裴蕾分别被绑架在两辆宝马车内。开车的歹徒死死踩着油门，疯狂驾驶。

城郊　夜

两辆宝马车如闪电般在公路上划过，消失在黑暗中。

市检察院大院内　夜

一场特殊战斗即将开始，20 余辆大小警车，100 余名检察干警、公安干警荷枪实弹集结在市检察院大院操场，在白炽灯光的映照下，这支队伍显得更加威武雄壮。

省检察院副检察长肖义山、平湖市委副书记黄长江、市检察院检察长洪源、市公安局局长徐江海站立在操场的水泥台阶上。

王铁流跑到洪源面前请缨道："洪检，请安排我的任务。"接着补充："我爱人的伤口已经愈合。"

洪源铿锵有力地："等候命令！"

各路队伍都齐了，洪源站在台阶上发动员令，声音排山倒海：指战员同志们，今天晚上的行动是平湖市人民检察院与平湖市公安局的一次联手出击。我们的任务就是缉拿丁家驹、马飞等一伙黑社会性质凶犯，解救柯楠、裴蕾两名人质。现在我代表行动指挥部发布命令：市公安局刑侦支队支队长兰鹏翔，带领 40 名特警搜查海天进口汽车修配中心，市检察院反贪局局长王铁流带领 5 名检察干警和 5 名法警搜查江岸公寓丁家驹的住宅，市治安支队组织 15 名警察搜查海天娱乐城，市交警支队迅速安排警力把守全市各交通要道，检查一切出城车辆。在搜查中，除抓捕丁家驹、马飞等一伙凶犯外，对可疑对象一律留置审查，对已经逃离的凶犯跟踪追击。同时由市检察院安排人员做好柯楠母亲叶萍和未婚夫宋振声的安全保卫工作，防止凶犯狗急跳墙。丁家驹的所谓‘保安队’实质上是一个带黑社会性质的团伙，他们手中有武器，我们必须保持高度警惕，保护人质和群众的安全，尽量做到没有牺牲。同时，海天实业是一家外商投资占很大比重的外资企业，我们要保证企业财产不受损失。他看了一下手表后一声令下："现在是晚上10时，各路队伍立即行动!"

100余名英勇将士分别奔向各个目标。

海天实业门外　晚上

灯火黯淡，大门紧闭。

全副武装的特警迅速闪开，兰鹏翔带领15名特警以迅雷不及掩耳之势翻过围墙。

海天实业院内　晚上

两名保安闻风丧胆，不战而逃，被两名特警擒获。

兰鹏翔带领几名特警冲进办公楼。

海天实业大楼内　晚上

走廊上黑灯瞎火。各房间门窗紧闭。

兰鹏翔等穿过走廊从另一头冲下楼。

车间　晚上

兰鹏翔等冲至车间前，两名保安掏出手枪："这里是仓库重地，不准入内。"

兰鹏翔道："我们是公安，赶快放下武器。"

二保安仍然顽抗，其中一名不知天高地厚地叫着："公安怎么样!"

兰鹏翔呵斥道："瞎了你的狗眼，里面明明是车间!"

二保安见10多支手枪、冲锋枪对着他俩，吓得浑身瑟瑟发抖，乖乖地举起双手，两名特警上去缴获了他们的枪支。

车间内，人去房空，一片漆黑。

大楼楼梯口　夜晚

4名保安被铐上手铐站立一排，10多支步枪、冲锋枪对着他们。

兰鹏翔厉声问道："丁家驹和马飞哪里去了?"

一名保安："马飞今天下午带3名弟兄出去了，丁家驹哪里去了，我不知道。"

兰鹏翔斩钉截铁地说："你们如果不讲实话，加重惩罚！"

另一名保安："我们的任务就是大楼和车间，不管老总们的事。"

兰鹏翔又问："你们保安队一共有多少人？"

两名保安异口同声："10人。"

兰鹏翔又问："还有人呢？"

一名保安回答："跟丁家驹走了。"

兰鹏翔："什么时候？"

另一名保安："今天下午我们就没有见到他们。"

兰鹏翔："马飞挟持了人质后，会藏匿到什么地方？"

二保安彼此对了一眼，面面相觑，都不敢作声。

兰鹏翔警告道："现在是你们立功的时候，谁讲谁就能得到宽大处理。"

江岸公寓，丁家驹住宅前　深夜

路灯下，一辆黑牌轿车停在宅前，车内空空。

王铁流带领的检察与公安干警下车后如闪电一般地布控，然后七八名干警跟随王铁流冲进楼梯口。

楼梯间　深夜

丁家驹住宅的双层铁门紧闭着。一警察按门铃，里面没有反应，再"砰砰砰"地敲门，里面传来女人的声音："谁呀？这么急！"

警察向里面喊话："快开门，我们查户口。"

"吱呀"一声门开了一条缝，王铁流等立即把门全推开了，一拥而入。

住宅内　夜晚

王铁流和检察、公安干警们迅速分布到各个房间，除卧室有一女人外，其他房间均无人。王铁流声色俱厉地问那女人："你叫什么名字？"

那女人小声地："我叫李桃芝，小名桃子。"

王铁流："是丁家驹什么人？"

李桃芝："我是他的秘书。"

王铁流："丁家驹哪里去了？"

李桃芝："晚上9时半走的。"

王铁流："去了什么地方？"

李桃芝："他没有说。"

王铁流："突然走的？"

李桃芝："好像是马飞打来电话，说绑架了两个女人，于是他就走了。"

王铁流："带了些什么东西？"

李桃芝支支吾吾："……"

王铁流呵斥道："带了些什么东西你不知道？"

李桃芝低声地："枪和钱。"

王铁流："家里还有没有枪？"

李桃芝："不知道。"

两名警察从卧室一堆杂物中搜出 3 支手枪。

李桃芝吓得直打哆嗦："我真的不知道屋里还有枪，我只是和他混一混。"

王铁流警告道："丁家驹已经涉嫌犯罪，我们正在追捕他，你必须配合我们，马上拨打丁家驹的手机问他在哪里？"

李桃芝驯服地："我打……打……"

王铁流两眼逼视着李桃芝，她拨通丁家驹的手机后妩媚地："是家驹吗？"

电话内，丁家驹凶狠的声音："是不是家里来了警察？"

李桃芝："不是，我没有看见什么警察。"

王铁流在一张纸写着："你说：你要到他那儿去。"

李桃芝妖气地："我睡不着，我想你，我要到你那儿去。"

电话里，丁家驹的咒骂声："你这个骚货！是不是要带警察来抓我！"声音断了。

王铁流又问："丁家驹有可能去哪些地方？"

李桃芝哀求道："我实在是怕你们，你们把枪收起来，让我好好想一想……"

王铁流给大家使了个眼色，枪口陆续朝着地上。

海天娱乐城大厅前　夜晚

治安大队的警察们没有抓到凶犯，但 10 余名嫖客和卖淫女却成了他们的战利品，一个个低垂着头被带了出来。

一名打扮妖艳的中年女人追出来质问道："你们凭什么抓我们的客人？"

治安支队负责人罗钢良指着面墙而站的一排嫖客与卖淫女："你去问，他们干了些什么！你是海天娱乐城经理，你容留妇女卖淫，你也该抓！"

支队负责人怒视着她问道："丁家驹今天来过吗？"

女经理答："他有几天没来这儿了。"

支队负责人："你知道他今天去哪里了？"

女经理："不知道。"

支队负责人："你再想想，平时丁家驹常到哪些地方去？"

女经理想了："我同他到过几个地方……"

平湖大桥桥头交通道口　夜晚

交通警察不停地举起闪着荧光的红牌，一辆又一辆出城车辆接受严格检查。

指挥中心内　深夜

室内灯火通明，通讯人员紧张地忙碌着。肖义山、黄长江、洪源、徐江海全神贯注地听着各路队伍反馈回来的信息。

耳机内，兰鹏翔在报告："我是兰鹏翔，我们在海天进口汽车修配中心一共抓了丁家驹的 4 名保安。他们交代，平湖市区对面的芦苇荡是他们保安的训练基地，柯楠和裴蕾有可能被挟持到那里。"

接着耳机内王铁流报告："据丁家驹的姘妇交代，丁家驹今天晚上 8 时接到马飞的电话后，带着一支手枪、大量现金丢下自己的车，劫持一辆红色桑塔纳的士逃跑。"

洪源听完他们的报告后命令指挥中心的电信员："立即接通市武警支队和各路队伍负责人的手机或对讲机。"

电信员报告："已经全部接通。"

洪源果断地命令："指挥中心命令市公安局武警支队舰艇大队立即派出两艘武装快艇，会同兰鹏翔率领的特警向芦苇荡进发，围剿马飞一伙，尽快解救人质；市武警支队派出 30 名武警，取道平湖大桥至芦苇荡西岸，堵截凶犯陆上退路；王铁流率领的检察和公安干警在平湖西岸地区搜索，缉获丁家驹，交警支队立即与周边各市、县交警部门联系，在交通要道安排力量拦截丁家驹、马飞的车辆。"

芦苇荡中　晚上

黑幕下沉，平湖西岸芦苇荡一片乌黑，湖风卷着雨点打得芦苇沙沙作响。

芦苇荡中央，海天实业保安队训练基地的两个芦苇棚内，飘着黄色的火苗，凶犯们用干枯的柳枝生火照明。

在芦苇棚内　晚上

柯楠和裴蕾被绑在棚子内的木柱上，裴蕾脸上伤痕累累，裤腿上渗满了鲜血。她两眼噙着泪水，处于半昏迷状态。柯楠脸上红肿，衣袖上染有血迹。

一名被称为“老三”的保安一阵淫笑后，摸着柯楠的脸说：“两个臭丫头都蛮亮呀，给我快乐快乐好不好?”

柯楠怒吼着：“你给我滚开!”

老三瞪着眼睛：“鸭子死了嘴巴硬，我要你们知道我的厉害。”他抓起一根柳条走近柯楠。

柯楠眼睛里喷出愤怒的火焰：“你有没有姐妹!”

老三：“我光棍一条，混一天得一天。”

柯楠训斥道：“你总该有父母，父母要你给黑势力当打手?”

老三油腔滑调地：“东风吹，战鼓擂，现在世界上谁也不管谁，父母能管得了我?”

柯楠质问道：“我们前世无冤，今世无仇，你为什么要折磨我和裴蕾?”

老三晃着脑袋：“端人家的碗，服人家管，我们吃了丁家驹的饭。”

右芦苇棚内　夜晚

马飞躺在芦苇堆上，点燃白粉吞云吐雾。

刘小洋和“老四”端着枪在棚子门口周围晃来晃去。

芦苇棚外　夜晚

雨越下越大，二保安有些挺不住了，老四躲进右边的芦苇棚，刘小洋躲进左边的芦苇棚。

左芦苇棚内　夜晚

老三问刘小洋：“手中有烟吗?”

刘小洋答道：“全抽完了，老四手里还有一包。”

“我找他去。”老三走出了棚子。

柯楠借助淡淡的火光仔细打量着刘小洋，好像以前见过似的，便对他说：“小老弟，好面熟哦!”

刘小洋定神望着柯楠：“好像在哪里见过。”

柯楠想起来了，忙问：“那天在沙滩上，两个小青年手持匕首追赶的是你吗?”

刘小洋一怔：“是呀!”

柯楠：“不记得了，是谁挡住了那两个小青年?”

刘小洋奇怪地："是你？"

柯楠："不像吗？"

刘小洋审视着柯楠："是你，那天是你救了我。"

刘小洋："你认识我？"

柯楠脱口而出："刘小洋！"

刘小洋更惊奇："你怎么知道我叫刘小洋？我在外面从来不用这个名字，人家叫我刘八斤，在保安队叫'老八'。"

柯楠："你妈妈总知道你叫刘小洋吧！"

刘小洋追问："你认识我妈？"

柯楠："认识！"

刘小洋："你怎么认识的？"

柯楠："那天你逃走后，你妈听邻居说我在沙滩救了你，第二天还到市检察院来感谢我，是我开车送她老人家回去的。"

刘小洋感慨地："看不出你还是一名女中豪杰。"

柯楠："你爸爸、妈妈到处找你，还以为你被警方抓了。"

刘小洋："走投无路，才上了丁家驹的船。现在又参与了绑架，前科加现行，不掉脑袋也要把牢底坐穿。"

柯楠："不要紧，你还年轻，只要你悬崖勒马，回头就是岸，如果立功还可得到从轻处理。"

刘小洋有些幼稚："你果真是检察院的？"

柯楠轻松一笑："你们要绑架我时，不是看到我掏了枪吗？我又不是黑社会，哪来的枪？"

刘小洋："当官不带长，打屁都不响。你当的什么官？"

柯楠："我是检察官！"

刘小洋："检察官，检察官可以批准逮捕我，起诉我，是不是？"

柯楠："既然你懂得这个套路，你就该清醒点！"

裴蕾被寒风吹醒，她微微睁开眼睛对刘小洋说："大哥，楠姐是个好人，以后她会帮助你的。"

刘小洋朝外张望一番，分别给她们松了松绑。

右芦苇棚内　晚上

马飞结束吞云吐雾后，兽性大发。他对老四说：“你给我把那个检察官小姐弄来玩玩。”

左芦苇棚　晚上

老四高叫着：“检察官小姐，我们的马队长要你陪陪他，只不过这里条件不好，你就委屈委屈。”说着动手去解绳子。

柯楠愤然地：“你们这些畜生！”

刘小洋忙拦住他：“保安队有规定，执行任务时不能赌博、玩女人。现在是执行任务，马队长不能带头违反队规！”

老四冲着刘小洋：“你被她收买了是不是，当起她的保镖来了，我只要到马大哥那里一告，你的颈就成了碗大个疤。”

刘小洋把老三拉到一旁：“三哥，你给马大哥献美，也不睁眼看看这美人是谁?”

老四问：“她是谁?”

刘小洋神秘地：“她既是检察官，又是平湖第一富有女人，她的男朋友是美国商人、平湖东亚公司的总经理。她就是拔一根毫毛你一世也用不完。我们何不趁此机会敲她几个钱，成功了，每人至少10万以上。”

老四道：“少打如意算盘，你说要钱人家就送来?”

刘小洋：“不信，我们俩去问问她。”他将老四拉到柯楠面前道：“检察官小姐，我替你向四哥表了态，他今天放你一马，日后你给他10万元。”

柯楠瞪着老四：“恶有恶报，善有善报！”

刘小洋：“四哥，她讲了善有善报，我们何不善待她一次。”他探出头向东遥望：“你看远处湖面上红灯闪闪，莫非是警方追捕来了，快去告诉马大哥。”

乡间公路上　夜晚

一辆红色桑塔纳的士亮着黯淡的黄灯在黑幕中逃窜。

的士车内　夜晚

的士司机无奈说：“各个路口都已设卡，市内无路可走。”

坐在后排的丁家驹对坐在副驾驶座位上的老五说：“老五，问马飞他们在哪里?”

老五拨着手机。

丁家驹立即制止："慢，我们的手机必然被警方监听了。"他将枪口对准的士司机："交出你的手机！"

司机交出手机。

老五问丁家驹："马飞的手机不也会被警方监听吗？"

丁家驹道："他是用化名上的号。"他拨通了马飞的手机："马飞，你在哪里？"

马飞在芦苇棚回答："我们在保安队训练基地。"

丁家驹命令道："现在周围封锁很严，我们必须分散转移，你们设法寻找船只沿平湖南行，然后进入南江，我们江上会合。"

马飞报告："裴蕾受伤严重，行走困难。"

丁家驹凶狠地："带不走就干掉灭口，但必须把柯楠留作人质！"

右芦苇棚　晚上

马飞走出棚子，环顾四周后叫着："老三、老四过来！"

老三和老四忙从左芦苇棚跑过来，异口同声地："大哥，什么事？"

马飞道："丁家驹命令我们沿平湖向南江转移。"

老三忙问："大哥，哪里有船？"

马飞吼着："到水边去找！"他接着问道："裴蕾现在怎么样？"

老四答道："又昏迷了。"

马飞凶神恶煞地："如果拖不走就干掉！"

老三有些胆怯："大哥，我们逃跑，路上有人拦截怎么办？"

马飞嚎叫着："我们手中的人质是做什么用的？"

平湖东边湖面　晚上

平湖湖面，两艘船艇的探照灯直射芦苇荡，艇上，头戴钢盔、身穿防弹衣的特警和武警端着冲锋枪严密地注视着前方。徐江海站立在船头甲板上。

大雨从东南方向铺天盖地卷过来。闪电用它刹那的蓝光划破黑沉沉的夜空，雷声在乌云与芦苇荡之间轰隆作响。一阵子后，闪电消失，天地又合成了一体，平湖和芦苇荡又被黑暗吞没。

芦苇荡　晚上

马飞叫喊着："老三，我们到水边去找船！老四和老八你们挟着她们跟过来！"

柯楠被挟出芦苇棚，她看见东边天空有探照灯光，使尽全身力气喊着："马飞，你们很快就被包围了，现在悬崖勒马还来得及！"

马飞回过来向老四、刘小洋吼叫着："把她的嘴塞上！"他和老三沿着芦苇丛中的一条小道在前面跑。刘小洋挟着柯楠，老四挟着裴蕾跟在后面。

柯楠行走时有意碰了刘小洋一下，然后侧身望着他。刘小洋见前面有马飞和老三，后面有老四，知道难以逃脱，也侧过头回视了柯楠一眼。

裴蕾伤口发病，两腿跪在地上，老四使劲地拖着她。

水边　晚上

一只机动渔船在风浪中摇动，马飞跳下船看见船舱里亮着一盏马灯，一个老头正在酣睡，他一脚踢醒："快开船！"

那老头从梦中惊醒，望着提着枪的马飞，吓得用被子捂住了头。

马飞将被子抓起，嘶叫着："快开船！"

那老头颤抖着："船是我儿子的，我只晚上给他看船，船上的马达我不会开。"

马飞一手将枪口对准老头的脑袋，一手从口袋里拉出两张"老人头"，问道："你会不会开？"

那老头忙说："我开，我开……"

马飞站在船头喊着："你们快一点！"

老四叫着："马哥，裴蕾这婊子，我拖不动！"

那老头说："我这船小，载不了你们这么多人！"

马飞答道："把她干掉！"

柯楠慌了，大声呵斥道："马飞，你杀人要抵命的！"

马飞如狼嚎一样："这是丁总的命令。"

刘小洋见势不妙，掏出枪后将柯楠交给老四："你挟着她上船，让我来！"

刘小洋从老四手中夺过裴蕾后退两步，老四挟着柯楠上了船。

刘小洋将裴蕾按倒在地上，提起枪朝裴蕾身旁的地面连开两枪，然后转过身上船。

马飞想下船看一眼，刘小洋用力将船头一蹬，船身剧烈摇晃，马飞是北方人，在船上有些站立不稳，他问道："死了吗？"

刘小洋肯定地："不偏不倚，对着心脏部位两枪，除非她是个妖精。"

柯楠将信将疑地望着刘小洋。

那老头加大动力，船离岸越来越远。

芦苇荡南岸　晚上

两艘武警快艇靠近芦苇荡，数十名特警和武警上岸后迅速闪开，展开拉网式搜索，野猪、麂子等野兽惊恐得四处逃窜。

夜空又升起几颗照明弹。

徐江海、兰鹏翔等由在海天实业抓到的两名保安带路，由东向西搜索。

芦苇棚前　夜

腾空升起的照明弹映照下，扑倒在地上的裴蕾微微翻动着身子。

芦苇荡南岸　夜

两个棚内人去棚空，只有未烧完的树枝仍在冒着黑烟。

兰鹏翔问那两名保安："他们会往哪里逃？"

一名保安："这里有两条路，一条路通往西岸大堤，一条小路通往南岸水边。"

兰鹏翔的对讲机里有人报告："我们已经在芦苇荡南岸发现裴蕾，已经发现裴蕾！"

徐江海也从对讲机里听到了，他立即命令："向南岸搜索！"

特警、武警们成横队，地毯式向南搜索。

芦苇荡南岸　夜

躺在地上的裴蕾满身是血，昏迷不醒。

一名特警："裴蕾，你醒醒，你醒醒！"

另一名特警将裴蕾抱起，用手指按着她的人中穴："裴蕾，你醒醒，醒醒！"

一名武警脱下上衣盖在裴蕾身上。

裴蕾经过穴位刺激渐渐睁开了眼睛。

抱着她的那名特警："裴蕾，我们是公安警察，你不要怕，马飞他们哪里去了？"

裴蕾吃力地："马飞他们挟着楠姐……乘船从水上跑了……"

徐江海和兰鹏翔也过来了，兰鹏翔问："看见丁家驹了吗？"

裴蕾微弱的声音："没有……"

徐江海对着对讲机呼叫着："舰艇大队，我是徐江海，我们在芦苇南岸，凶犯挟持柯楠从水上逃窜，你们一艘船艇来南岸接我们上艇，一艘沿平湖向南搜索。”

湖面上　夜

一艘快艇在湖面上搜索，一艘船艇向芦苇荡南岸驶来。

探照灯射出的光束横扫湖面，信号弹在天空洒下万丈光芒。

乡间公路上　黎明

天空的黑幕出现了层次，浓黑、浅黑、淡黑，原野上仍然万籁俱寂，偶尔有一两辆汽车驶过。

丁家驹劫持的的士仍在寻找逃跑路线。

大堤下　黎明

的士行至堤下，欲爬上大堤时，发动机熄火了。

车内　黎明

司机哀声道：“没油了！”

“妈的！”丁家驹命令老五和老六：“快下车。”

老五将枪口对准的士司机的脑门，准备杀人灭口。

丁家驹猛地一叫：“笨蛋，晚上枪响，暴露目标。”

老六拔出匕首，的士司机早有防备，他从右边车门钻出，纵身跳下大堤消失在黑幕中。

丁家驹咒骂老六：“你怎么让他跑了？饭桶！”

大堤内　凌晨

湖面上，雨雾蒙蒙，丁家驹等 3 名凶犯沿着江岸寻找船只。

前面江边有一个淡黄的亮点，丁家驹等走近一看是一条渔船，他们暗暗欣喜，三人忙跳上船。

渔船上　凌晨

船舱里一名中年汉子在摇晃中被惊醒，他拿起一根本棒，钻出船舱，这时 3 支手枪已对准了他。这位见惯了江匪渔霸的汉子面无惧色，大喝一声：“要钱没有，要命一条！”

丁家驹将枪口朝下，赞许道：“倒是一条硬汉子，请问尊姓大名？”

那渔民毫不回避：“江石，江水的江，石头的石。”

丁家驹压低声音说：“江石老弟，今天我们既不要你的钱，也不要你的命，只要你给我们开船！”

江石问：“到哪里？”

丁家驹说：“向南行，越快越好。”

江石口气很硬：“上面有规定，我不能给你们开船，开了要坐牢的。”

老五冒充警察：“你以为我们是谁，我们是公安！”

江石不信：“你们也是公安？”

老六把枪口对着江石的前额：“开不开船？”

江石寡不敌众，被迫放下木棒，摇响了发动机，船头的电灯亮了。

丁家驹凶恶地：“不许亮灯！”

江石质问道：“你们到底要干什么？”

“少废话，快开船！误了大事要你的命！”老五高声喊叫，并用竹篙撑开了船头。

渔船在“嘟嘟”的机声中离岸。

大堤外　黎明

公鸡啼鸣此起彼落，夜空开始透出一缕亮光。王铁流带领的队伍沿着桑塔纳的士车轮留下的痕迹，追击来到平湖西岸大堤外。

桑塔纳的士车还像死马一样停在那里。

一警察拉开门，只见司机躺在后排座位上睡觉。警察大声问道：“凶犯哪里去了？”

司机从睡梦中惊醒，一看是公安，心里平静了：“3 名歹徒劫持了我的车到这里后，车没油了，他们可能劫持渔船逃走了。”

王铁流问：“什么时候？”

司机回答：“一个小时前。”

大堤上　清晨

王铁流站在堤上转了 360 度。他一边思忖一边对周围的人说：“平湖东岸和西岸关卡密布，丁家驹不敢去；北面是通活的大江，小船难行，丁家驹也不会去；西岸是平湖的上游南江，南江两岸丘陵与山地交错，地形复杂，有利逃逸和藏身，丁家驹很有可能逆水而逃。”说到这里，他用手机向指挥中心报告道：“我是王铁流，丁家驹劫持一辆的士逃至平湖西岸后，劫持渔船有可能向平湖上游南江方向逃窜。”

手机里传来指挥中心洪源的声音："我们已经派出水上快艇！"

东方的天空渐渐变成了绯红，湖面上的朝雾也淡了几分，一只中型机动运输船自北向南驶来。

王铁流对湖中大声喊道："喂，船上的大副水手们，我们借用你们的船只，快靠岸！"

船上传来声音："我们有急事！"

一特警喊道："我们是检察和公安干警，请求你们支持！"

船减速了，船上的人站在甲板上观察岸上。

王铁流朝天鸣了一枪。

船上又传来声音："你们真是警察？"

王铁流大声回答道："不骗你们！"

湖边　清晨

船靠到岸边，王铁流拿出证件对站在船头的一个船民说："租用你的船追捕逃犯，留一名机手给我们开船，其余上岸等候。"

那名船民面带悦色："现在水匪渔霸横行，你们抓逃犯，我们无偿服务。"

王铁流问："你贵姓？"

那船民回答："姓龙，名刚，我给你们开船！"他对船上的其他人说："没有你们的事了，上岸去！"

一名身材槐梧、皮肤黝黑的青年没有下船，他向王铁流请缨说："大哥，我给你们助威！"

王铁流不许："有危险！"

那青年很自信："我当过侦察兵，给我一支枪，保证弹无虚发！"

龙刚一边发动马达，一边对王铁流说："检察官同志，牛勇能行！"

王铁流拍着牛勇的肩膀："好吧，来个警民联手。"

龙刚把马力开到极点，机船劈波斩浪逆水而上。王铁流和10余名检察、公安干警严密注视着前方，牛勇手握一根铁棍在船头导航。

老渔民的渔船上　清晨

渔船疯狂行驶，马飞还嫌速度慢，他从船缝中用枪口指着那老头："老家伙，得了我的钱舍不得烧油？"

那老头哀求道："再快，机子就要烧缸了。"

马飞威胁着："要是警察追上了，我就把你扔到江里喂鱼虾！"

那老头不敢再吭声。

船篷内，柯楠被五花大绑，嘴里塞着毛巾，只有眼睛不停地转动，警惕地注视着周围的一切。

刘小洋没有睡，他坐在柯楠的对面，两眼注视着周围。老四在船舱里睡觉。

老三站在船头四周望，发现北方的江面上一个黑点由远及近，并隐隐约约听到"嘟嘟嘟"的发动机声响，他立即向躲在船篷里的马飞报告："大哥，后面有一只机动渔船追了上来！"

马飞慌张地问："是不是丁家驹的船？"

老三再次瞭望后回答："看不清楚。"

马飞掏出枪钻出船篷，站在后舱，两眼盯着下游方向。

江石的渔船上　清晨

老五和老六分别站立在船头和船尾，丁家驹躲在船篷中睡觉。船头的老五发现前方有一渔船也在向南行驶，立即报告丁家驹："前面发现一条向南航行的船。"

丁家驹迷迷糊糊地问："可能是马飞，快，追上去，如果不是马飞，井水不犯河水，各走一边。"

江面上雾气还没有完全散开，两条船彼此之间只看得见船影，看不见人影。站在船头的老五向前方渔船喊着话："喂，前面渔船上是什么人？"

前面船上的老三一听喊话的是老五，立即回答："老五，我是老三，自己人，你们快追上来！"

老五报告丁家驹："前面是马大哥的船。"

丁家驹回答道："追上去！"

船尾的老六恶狠狠地对江石说："加大马力，追上去！"

江石却有意放慢速度，不让丁家驹与前面的船会合。

丁家驹发现船速减慢了，大声问道："船怎么慢了？"

江石解释："不是减速，这里是上游，水流很急。"

站在船尾的老六怒了："胡说！"他伸手扭着发动机上的油门按钮。

江石拉开老六的手："水流急，船速快，要翻船的！"

前面的船减速了，后面的船追了上去，两船靠近时，丁家驹跳到了马飞的船上。

老渔民的渔船上　清晨

丁家驹一见柯楠一声狞笑："检察官小姐，没有想到吧，你成了我的刀下鬼！"他一把扯下柯楠嘴里的手巾，"我问你，你是不是在暗地侦查我？你把张宝宽夫妇送进了监狱，又想把我也送进监狱，可我不比张宝宽，我不仅下不了地狱，我还要送你上天堂！"他晃了晃手中的枪，"你说裴蕾给你讲了些什么？"柯楠两眼怒视丁家驹："丁家驹，你不要问我，你做了些什么自己更清楚！"

丁家驹厚颜无耻地："当然自己知道，但是我不理解，我与你前世无冤，今世无仇，你为什么死死盯住我不放？"

柯楠轻蔑地一笑："很简单，你作了恶，我是国家检察官，我的职责就是代表国家和人民惩治邪恶！"

丁家驹抛着手中的枪："你怎么不想想，和我过意不去会有什么后果？"

柯楠毫不畏惧地："现在最需要考虑后果的是你自己，你顽抗，不仅会毁了你自己，而且还会毁了为你卖命的这帮凶犯们，同时还会毁了你的家。也会给你的妻子、孩子、亲人留下终生痛苦。"

丁家驹没有人性地："我制造了绑架人质惊天大案，但是我现在已经逃出了案发地，有可能还有一条生路，可是你却是在我的枪口下，我只要扣动扳机就可以结束你的生命，可是我不这样做，我要留着你挡子弹，要你倒在你们自己人的枪口下。"

丁家驹将枪对着柯楠的脑门，咆哮着："你还在要检察官的威风，你难道不清楚，你的生命只能用小时或者分秒计算了！"

柯楠慷慨激昂："丁家驹，我如果怕死就不会当检察官，而你绑架我作人质，却正好证明你怕死，如果你怕死，你应立即放下武器！"

丁家驹收起枪："开弓没有回头箭，我与你的性命都挂在这枪口上了！"

第十八集

江面上　清晨

天亮了，淡淡的江雾变成红霞，一会儿后红霞消失得无影无踪，南江两岸峰峦重叠，松竹滴翠。金色的阳光照射下，江面浮光掠影。

王铁流乘坐的机船逆水而上，破浪前进。检察、公安干警们虽然一夜没有合眼，但一个个仍精神抖擞地端着枪站立船头。

另一段江面上　清晨

两艘武装快艇向南疾行。

快艇上，数十名武警、公安警察、官兵或架着机枪，或握着冲锋枪，挺立在甲板上。

江岸上　清晨

老百姓驻足观看。

上游江面上　清晨

南岸上游十米一弯，水流湍急，丁家驹和马飞劫持的两只渔船在激流中摇晃。

老渔民的渔船上　清晨

马飞不习水性，在船头站立不稳，他喊着："大哥，把两只船绑起来。"

丁家驹暴跳如雷："你这个北方佬，庞统的连环计毁了曹操的八十三万人马，怎么能把船绑起来！"

就在两条渔船在激流中颠簸的时候，从北面传来隆隆的机船动力声。老六最先听到，他叫着："丁总，马大哥，你们听，是不是公安的船只追上来了！"

丁家驹吼道："把柯楠架出来挡子弹！"

刘小洋有些犹豫，马飞怒视着："你怕死？"

刘小洋无奈，只好拖着柯楠走出船舱，走至船尾。

柯楠抬头眺望，不远的江面上，一条机船急速追上来，船上警察林立，她心里涌动着一股热流。

渔船向上游逃窜，机船和快艇从下游追来，柯楠被架在渔船船尾，正好成了丁家驹、马飞抵抗的前沿。

江石的渔船上　清晨

江石看到这情景，有意放慢船速，他的船掉在老渔民的船后面，拦住了柯楠。他船上的两名凶犯正好成了警方射击的靶子。

站在船后的老六见势不妙用枪口对着江石的头："快，加大马力，冲到前面去！"

江石不耐烦地："这就是最大马力！"

懂得一点动力知识的老六又伸手把油门扭到最大限度，船加速了，他用枪敲着江石的脑袋："你妈的，嫌命长，还敢骗老子！"

一下子，这只船超过了前面的渔船。

老渔民的渔船上　白天

柯楠凝视着王铁流的机船，看见王铁流和同事们站在船头，她想喊，可是马飞用手掐住了她的脖子。

龙刚的机船上　白天

王铁流站在船头也看清了柯楠，他大声对船上的同志说："没有我的命令不许开枪，千万要保障人质和渔民的安全。"

王铁流的船离凶犯劫持的渔船越来越近，50 米，30 米，20 米……

老渔民的渔船上　白天

丁家驹用枪口对着柯楠的脑袋："你立刻向他们喊话，不要过来，放我们走，否则我就要你的性命！"

柯楠眼睛里闪烁着仇恨的火焰。

丁家驹准备扣动扳机，但手又颤抖起来，他清楚，一旦毁掉了人质，对方冲锋枪、机枪齐发，自己也就一命呜呼，他求生的欲望还没有泯灭。

马飞用枪瞄准王铁流，歇斯底里地叫着："你们再前进一步，我们就杀掉人质！"

江石不断地转动着眼珠，警惕地注视着四周，他用手暗暗地抽了抽舵把，能抽动。

龙刚的机船上　白天

几名神枪手瞄准着凶犯的头部，一个接一个向王铁流请战。

"王局长，下令吧，我保证不偏不倚让凶犯的脑袋开花！"

“铁流同志，我用生命担保，绝对不会误伤人质！”

“我们一人瞄准一个凶犯，同时开枪！”

王铁流压低声音：“不行，不能有任何闪失，必须保证人质绝对安全！”

江面上　白天

三只船在两军对垒中继续向前。两艘快艇加速前进。

老渔民的渔船上　白天

丁家驹从船篷探出头张望两岸，左岸是石头山，右岸是一片茂密的森林，他用枪对着开船的老头：“快，向右岸靠拢！”那老头战战兢兢地转舵向右。

龙刚的机船上　白天

王铁流看见渔船向右岸靠拢，大声对龙刚道：“凶犯可能加大马力，向右穿插，我们冲上去挡住凶犯的去路！”

机船快速向右穿插。

江面上　白天

两军对峙

丁家驹见渔船已处于进退两难的境地，忙用枪口顶着老渔民的脑袋，自己躲在他的身后。

王铁流大声警告道：“丁家驹，你这是孤注一掷，是自己把自己推向绝路！”

丁家驹顽固地：“我本不想这样做，是你们把我逼到这一步！”

王铁流向他指明出路：“只要你释放人质，我们仍然可以对你宽大处理！”

丁家驹更加疯狂了：“我不知道什么叫宽大，我现在需要的是人质，人质就是我和弟兄们的生命。如果我们倒在你们的枪口下，也需要有人作陪。”

王铁流回答：“如果你们要以人质作代价，我愿作为人质，换回柯楠！”

丁家驹丧心病狂地：“你替代不了柯楠，是她与我结了怨，我要用她的血肉为我祭奠，我要让你们看到，这就是一名优秀检察官的下场！”

王铁流再次警告：“丁家驹，你不要灭绝人性！”

红灯闪闪，警笛长鸣，两艘武装快艇迎着波浪前进。自古天然、单纯、宁静的平湖除战争年代外，很少出现过这种局面。

并列的两艘快艇上　白天

洪源与徐江海分别拿起望远镜瞭望，他们的视线里：前方江面上两只渔船和一只机船对峙，警方和凶犯枪口对着枪口，就如两堆炸弹即将碰撞一样。

洪源拿起对讲机：“1号快艇立即从左边穿插至凶犯的上游，阻击凶犯南逃！”

1号快艇上的徐江海回答：“我们正向前方穿插，向前方穿插！”

洪源命令：“2号快艇阻击凶犯北逃。”

2号快艇减速行驶，拦截在渔船的北面。

江石的渔船上　白天

江石见南、北、西三面分别被两艘快艇和机船挡住，立即将船摆向东侧，防止凶犯们向东逃跑。他船上的老五和老六看出了江石的用心，立即将枪口对准江石的脑袋叫喊着：“你想把我们包围起来，我要你的脑袋！”

2号快艇上　傍晚

2号快艇上的高音喇叭里传出洪源的警告声：“丁家驹，你现在是四面楚歌，你们只有放下武器、释放人质才是唯一出路！”

1号快艇上　傍晚

1号快艇上的高音喇叭里，也响起徐江海铿锵的声音：“丁家驹，我们再给你一次机会！”

老渔民的渔船上　傍晚

丁家驹已经魂不附体，缩头躲进船舱里，马飞却更加疯狂，他站在柯楠身后，声嘶力竭地叫嚣着：“我们不需要机会，我们从干这一行起，就把生命挑在枪尖上。你们就对着我开枪吧！”

柯楠挣扎着，但是马飞等紧紧抓住了她的胳膊。她凝视着对面快艇和机船上的领导和同事，眼眶不停地冒着泪花。

马飞又一次疯狂挑衅，歇斯底里地叫着：“枪不是吃素的，怎么还不开枪呀！”

2号快艇上　黄昏

在这千钧一发之时，洪源拿起对讲机，低声地：“1号，1号，为保证人质安全，我们对凶犯先放后擒。凶犯可能向西岸林中逃跑，逃跑时必然会拉开他们与人质的距离，我们及时抓住有利时机击毙凶犯，如果不成，登陆围歼。”

1号快艇上　黄昏

徐江海回答：“2号，2号，1号已经明白！已经明白！”

2号快艇上　黄昏

高音喇叭里传出洪源喊话的声音：“丁家驹，只要你保证人质安全，我们放你们一条生路！”

老渔民的渔船上　黄昏

躲在船舱里的丁家驹感到意外，他立即钻出来站在船尾回话：“我们保证不伤害人质，请你们让出一条路来！”

2 号快艇上　黄昏

高音喇叭里，洪源喊道：“东南西北，任你选择！”

江面上　晚

1 号、2 号快艇以及龙刚的机船同时后退。

老渔民的渔船上　晚

丁家驹大声地对老渔民和江石道：“快向西岸靠拢！”

老渔民立即调转船头向西岸驶去。

江石的渔船上　晚

江石看到有利时机已到，迅速将船头向东面一摆，拉开了两条渔船的距离，老五、老六惊叫着：“向左岸靠拢！向左岸靠拢！”两人同时紧靠江石，将枪口对着江石的头部。

江石摆动着舵把，渔船转头向左，但离老渔民的渔船已 10 米之远。

2 号快艇上　晚

洪源知道，这突如其来的变化给警方各个击破凶犯提供了有利条件。他对着对讲机命令：“1 号、2 号快艇迅速靠岸，向林中包围，歼灭渔船上的凶犯，各路队伍必须保证人质和自身安全！”

江石的渔船上　晚

江石猛然将船向后退，再次拉开两只渔船的距离后，抽出舵把纵身跳入水中，老五对着水中开枪，一股血水冒出水面。

龙刚的机船上，牛勇跳入水中营救江石，3 名警察和检察干警跟着跳入水中。

江石的渔船上　晚

老五被击毙倒在船舱。

老六双手举枪投降。

渔船在风浪中旋转。

龙刚的机船上　晚

江石被牛勇救起，他躺靠在船舱边，腰部一侧鲜血涌流。

王铁流命令道：“船上留两名警察，迅速将江石送往附近医院抢救，其余人员准备上岸。”

这时马飞狗急跳墙，一手架着柯楠的右臂，一手举枪对准追来的王铁流，枪响，王铁流倒下。

特警们抱起王铁流呼喊着：“铁流！铁流！”王铁流胸前鲜血流淌，他嘴里吃力地喊着：“一定要保护柯楠，保护柯楠……”

“铁流！”喊声悲天动地。

几名神枪手将枪口瞄准马飞与刘小洋，但柯楠的头在他们俩人脑袋中间，洪源怕射击失误，不敢下达命令。

老渔民的渔船上　夜

马飞两眼注视着岸上的森林，选择逃跑路线。柯楠趁马飞不备，将头侧向刘小洋，转了一下眼睛，刘小洋会意地眨了眨眼皮，并松开手，暗暗地解着柯楠背后的绳索。靠岸时船头撞在岸边一块礁石上。

船身一晃，马飞站立不稳。柯楠用力向左一摆，马飞扣动扳机时，刘小洋用力将柯楠向左一拉，柯楠头部闪开了枪口，但右肩中弹，正倒下之时，刘小洋将她托起，用手捂住她流血的伤口。马飞欲向刘小洋开枪时，在一阵枪声中倒下。

在船尾以老渔民作人质的老三和老四，见两只快艇和一只机船迅速逼近，跪倒在地举手投降，丁家驹见状，将枪口对准自己的脑袋，枪响，他的身子倒入江中。

平湖市街头　白天

中午，阳光直射下来，炎热的暑气笼罩着大地，平湖城的大街小巷都被卖报人闹得沸腾了。

“卖报，卖报，《平湖晚报》特大新闻！”

“平湖第一贪张宝宽夫妇落马！”

“平湖市检察、公安、武警联手行动，摧毁张宝宽保护下的黑恶势力团伙，反贪局长王铁流壮烈牺牲，年轻的女检察官柯楠身负重伤，渔民江石见义勇为！”

“卖报，卖报。贪官流泪，百姓开心！”

卖报人的声音一个比一个响，炒作词一个比一个有吸引力，过往行人无不抢买一张，先睹为快。

一些司机停下车，伸手买报，街上交通一时堵塞。

《平湖晚报》头版头条：

“平湖第一贪保护下的黑恶势力团伙被摧毁”

反贪局长王铁流壮烈牺牲　女检察官柯楠身负重伤

平湖市第一人民医院大楼前　白天

英雄的壮举感动了平湖人民，工人、学生、市民手持鲜花挤在大楼前，纷纷要求进入大楼看望英雄。

一名检察干警大声地解释道：“同志们，你们爱英雄、崇敬英雄的心情我们理解，但是，英雄们正在接受抢救和治疗，他们需要安静，请大家原谅！”

刘小洋的母亲端着一个砂罐挤到大门口，对挡在门前的检察干警说：“同志，这罐鸡汤已经煨好了，你代我送给柯楠姑娘。不是柯楠，我儿子刘小洋不是被当场打死，也要砍头抵命。同志，你代我把这鸡汤送给柯楠姑娘吧！”

那名检察干警耐心地：“老大娘，你的心意我代柯楠同志领了，但是东西不能收。”

一名女大学生：“检察官同志，代我把这束鲜花送给柯楠姐姐，我们向她致敬！”

一下子，一束束鲜花塞来，那位检察干警两手抱了一大抱。

手术室门口　白天

躺着柯楠的担架车推进第一手术室，洪源等检察干警和宋振声、叶萍等以及医院负责人送至手术室门口站住了。

一位穿着手术服的大夫从手术室内走到门口欲关门，洪源希冀地对他说：“大夫，一定要尽最大努力，不让柯楠同志留下伤残！”

那医生认真地：“请大家放心，我们会尽最大的努力！”

手术室的门关上了，大家还静静地站在走廊上。又一台担架车推了过来，担架上躺着渔民江石，他的左臂用纱布和绷带包扎着，他神志还清醒，不时挥动右手向大家打招呼。

洪源握着江石的手说：“江石同志，你不顾个人安危，见义勇为，可谓平湖一侠！”江石的脸上露出憨厚的笑容。

担架车被推进第二手术室。

看守所监房内　白天

十多天的囚禁生活使张宝宽消瘦和衰老多了，染黑的头发长出了白根。

铁门的小窗开了，一狱警丢进几张《平湖晚报》。

无精打采的张宝宽从地板上捡起报纸。头版头条醒目的题目映入眼帘：

“平湖第一贪保护下的黑恶势力团伙被摧毁

反贪局长王铁流壮烈牺牲　女检察官柯楠身负重伤”

“啊!”张宝宽一声惊叫，忽然间觉得天旋地转，电闪雷鸣。狂风暴雨中，他高叫着：“柯楠，这都是我的罪过啊!”他不顾一切向闪电走去，让雷电来毁灭自己。一会儿后，风停云散，张宝宽独自站在无人的旷野，眼前是一条黑色的铁轨，一列货车风驰电掣驶来，张宝宽猛然冲向铁轨，顿时火车拉响惊天动地的汽笛。火车过去了，张宝宽爬起来，旋转着，呼喊着：“天啊，我还有什么资格活在人世间!”

一名狱警走来训斥道：“张宝宽，你在干什么？你老实点!”

张宝宽恍恍惚惚地望着狱警：“我这是在哪里?”

病室　白天

裴蕾处于昏迷状态。

输液管内，药液缓缓下滴。

女检察干警小黄守护在她身边。

两名男青年急冲冲地跑进来。小黄警惕地站起问道：“请问，你们有什么事情?”

一名男青年大声地：“我们将裴蕾转到其他医院治疗。”

小黄追问：“你是她什么人?”

那名男青年气势汹汹地：“我是他男朋友。”

小黄见他们一副混混模样，态度更加严肃：“要将裴蕾转到其他医院治疗必须经我们领导批准，我马上请示我们的领导。”说完拿出手机。

二男青年冲到床边欲抱起裴蕾，小黄忙摁响墙上的服务信号按钮。

一名医生和两名护士急速跑进病室。

小黄拨通电话：“有人要强行抢走裴蕾!”

二男青年放下裴蕾，拔腿就跑。

小黄追出病室。

洪源等检察干警跑进病室。

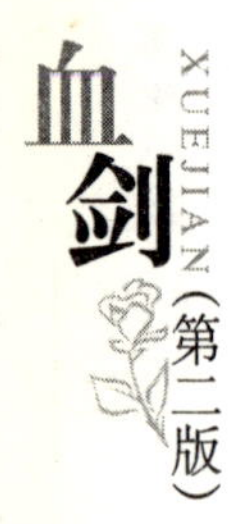

医院大门口　白天

二男青年钻进一辆的士。

小黄追至门口，的士已消失在车流中。

洪源等检察干警也追到门口，他对身旁的一位检察干警说："立即加强对裴蕾病室的警戒！"

省纪律检查委员会大门口　白天

肖义山、蒋群政夹着公文包走进大门。

省纪委小会议室　白天

参加会议的除肖义山、蒋群政外，还有省纪委的几名负责人。

佟风极严肃地："我们已向中央纪律检查委员会作了汇报，中纪委决定派出联合调查组来我省查处梁维成的问题，在调查组未到达之前，中纪委要求省纪委控制梁维成，检察机关依法追捕崔玲，同时加强对证人裴蕾的保护，省公安厅要尽快侦破胚胎被换一案。"

肖义山首先发言："我们已派出人员在深圳追捕崔玲，对裴蕾采取了保护措施。"

省公安厅负责人发言："我们公安厅已成立专案组突击侦破胚胎被换案。"

这时省纪委一名工作人员推门进来："佟副书记，我有紧急情况报告！"

佟风："请讲！"

那位工作人员："梁维成已于昨天晚上不知去向。"

平湖机场内　初夜

夜幕下的省城国际机场亮如白昼，一架波音宽体客机着地，沿飞机跑道缓缓滑行。

宋耀汉夫妇在女儿宋蔓菁及她的男朋友韦尔的搀扶下走下舷梯。

市委小礼堂　白天

哀乐阵阵，悲鸣声声。

王铁流同志追悼大会在这里举行。吊唁大厅内，王铁流同志的遗像悬挂在前台底幕的中央。

省检察院副检察长肖义山、平湖市市委副书记黄长江等党政领导，洪源、徐江海等市公检法领导，以及柯楠的母亲叶萍站在吊唁队伍的前排。

这时，宋耀汉、宋振声一家缓缓走入大厅，然后站在前排一侧。

哀乐声中，王小虎双手端着父亲的骨灰盒，在两名检察官护卫下缓缓走上前台。

一名检察官洪亮的声音：“立正——”全体检察干警齐刷刷地立正，给王铁流同志的骨灰盒行注目礼。

王小虎将父亲的骨灰盒摆放在王铁流的遗像前，4 名检察官将一面鲜艳的红旗覆盖在骨灰盒上，然后分别伫立两旁。

王铁流的妻子何文英在两名检察官护卫下，走上前台，将一个由玫瑰花编织成的花环摆放在王铁流骨灰盒前。

市委小礼堂外　白天

还有市民陆续送来花圈、花环。

市委小礼堂　白天

哀乐声渐弱，洪源向烈士遗像三鞠躬，然后转过身，用低沉的声音致词，他说：“同志们，今天我们怀着沉痛的心情悼念人民的好检察官王铁流同志。浩浩平湖为之动情，600 万平湖人民深深默哀……三天前的一个夜晚，贪官保护下的黑恶势力绑架了我们检察干警和案件证人。为了解救人质，粉碎黑恶势力团伙，我们正部署一场激烈的战斗。这时已经请假护理身患绝症妻子的王铁流毅然决然离开妻子来到战前动员的现场，主动请缨参加战斗。结果在与穷凶极恶的匪徒的战斗中壮烈牺牲。他的牺牲震惊了平湖，他的英名传遍全国乃至海外。”

“王铁流同志是一位反贪战士，有人说反贪战线是一条没有硝烟的战线，王铁流同志的牺牲正好说明反腐败斗争绝不是温文尔雅的，同样是剑拔弩张，有时还要付出血的代价。王铁流同志在部队时曾参加过祖国边境局部的自卫反击战，他没有倒在侵略者的枪口下；他多次在抗洪抢险战斗中跳入激流中打木桩垒沙包，没有被漩涡卷走，却倒在了贪官保护下的黑恶势力的枪口下，殷红的鲜血染红了平湖。王铁流同志无愧于人民检察官这个光荣称号。我们希望今天的社会多一些像王铁流同志一样的勇士，但是清除社会毒瘤的，主要是法律和制度，而不是英雄的血肉之躯。我们不希望用英雄的浴血奋战来反衬反腐斗争的悲壮和英雄人格的伟大，我们要用健全的法律和制度预防毒瘤的产生，我们呼吁全社会都高扬反腐利剑，高唱廉洁清政的正气歌。”

吊唁大厅内，空气凝固了，人们的心在泣血。

洪源接着说：“王铁流同志是一名检察官，他和他的同事们查处了数十起经济大要案件，为国家和人民挽回了巨额经济损失，但是他从不为个人谋利益。”讲到这里，洪源亮出一本红色工资存折，“他每月的工资实行四六开，即百分之六十用于家庭和个人、生活开支，百分之四十救助两个失学儿童，其中一名是他亲自抓捕后经法院判刑的一名罪犯的儿子。王铁流同志对犯罪分子铁面无情，对人民却柔情似水。他离开我们时存折上的余额只有83元。这就是一位人民检察官的财富！然而它却是万两黄金无法比的……”

柯楠病室　白天

宋耀汉一家在宋振声的引导下走进来，柯楠的妈妈叶萍喊着已经睡着的柯楠：“楠楠，你看谁来了？”

柯楠苍白的脸上泛起淡雅的容光，她没有像以往一样称呼宋氏夫妇为伯父、伯母，而是亲切地喊着：“爸爸！妈妈！”

老两口听到未过门的媳妇第一次这样称呼，激动得热泪盈眶。

韦尔和宋蔓菁先后用中国话问着：“嫂嫂，你好了些吗？”

柯楠回答：“感谢你们来看我！”

病室里洋溢着家人团聚的喜悦。

公路旁候车亭　清晨

朝霞染红了漫山遍野，公路上驶来了进城的客车。

桑轱子提着一小竹篮煮熟的茶鸡蛋和一小竹篮生鸡蛋挤上了客车。

客车披着朝霞行进在弯弯曲曲的公路上。

客车上　早上

一位年岁较大的乘客喊着：“桑轱子，两篮鸡蛋是不是送给市里的1号首长？”

桑轱子叹了一口气道：“你不是明知故问吗？茶鸡蛋是送给狱中的张宝宽的，生鸡蛋是慰问叶萍的女儿柯楠的！”

又一名乘客问：“听说张宝宽家里搜出来的钞票一个人挑不起，有这回事吗？”

桑轱子哀声地：“人一倒了霉，只能任人去评说。”

还有一名乘客：“你不要为他辩护，我听城里人说，张宝宽有四个情妇，还养了一个洋妞。”

另一名乘客流里流气地：“张宝宽今年足足五十了，就是心有余，力也不足了。”

乘客们哈哈大笑。

平湖市第一看守所前　白天

桑轱子来到看守所门前被站岗的武警挡住了，他面对扛着枪的武警大笑：“你们这不是吓老百姓吗？当年我背着枪当民兵守护矿山的时候，你们还不知在哪里呢！”

传达室走出一名狱警，问桑轱子：“您看望谁？”

桑轱子控腔拉扳地：“昔日的平湖第一官——张宝宽。”

狱警告诉他：“张宝宽的案子还没有结案，不能探监。”

桑轱子火了：“我探监与你们办案有什么关系，我一个矿工还能为他通风报信不成！我听说你们牢房里吃不饱饭，送50个茶鸡蛋给他填肚子。”

狱警说：“你可以把东西留下来，由我们转交给他。”

桑轱子无奈，只好将装茶鸡蛋的那个篮子交给狱警：“还请你给我捎句话，要张宝宽不要急，急了伤心脏，留得青山在，不怕无柴烧。今后坐牢出来同我一道摆摊子卖茶鸡蛋，同样能生活。”

狱警暗暗发笑，问：“请留下你的姓名。”

桑轱子答道：“桑轱子，桑树的桑，车轱辘的轱，老子、儿子的子。”

柯楠病室　白天

已是中午，桑轱子走进柯楠的病室时，叶萍正好到病友厨房给柯楠做吃的去了。

桑轱子小声地：“是柯楠吧！”

柯楠愣住了。

桑轱子放下手中的竹篮子：“不认识我了，我就是你爸爸、妈妈当年的同事桑叔叔。”

柯楠想起来了，忙喊着：“桑叔叔！”

桑轱子已不是在看守所时的那种神态，他一本正经地问起柯楠的伤情：“你的伤好了些吗？”

柯楠点了点头。

桑轱子伤心地：“这都是误会啊，天大的误会。”

柯楠没有理会。

桑轱子悄悄地：“柯楠，宝宽不会掉脑袋吧，方便的话，你要为他说几句话。”

柯楠感到奇怪：“桑叔叔，您怎么说这个？”

桑轱子：“我只是随便说说，宝宽早知道有今天，当年就不该与你妈妈离婚上大学。”

柯楠一怔：“什么，你说什么，当年张宝宽与我妈妈离婚？”

桑轱子也一愣：“怎么，你还不知道。”

柯楠追问：“到底是怎么回事？你再说一遍。”

桑轱子打着自己的嘴：“没什么，是我胡说，是我胡说。”

叶萍端着一碗刚熬好的汤进来，见此情景气得手发颤，碗掉到地上。她逼近桑轱子：“桑轱子，你说了什么？”

桑轱子还打着自己的嘴巴：“叶萍，我惹了祸，我走了！不过，一个人的来龙去脉是不能隐瞒的。”说完，他退出了病房。

桑轱子走后，柯楠心里怎么也平静不下来，她相信桑轱子的话是真的，她长久地凝视着妈妈。

叶萍几次张开嘴想对女儿讲，但又怕柯楠情绪激动起来难以抑制，影响身体。

柯楠看出了妈妈矛盾的心情，郑重地说：“妈妈，您与张宝宽究竟有什么样的经历，都可以对我说，我已经 26 岁，又是做检察工作的，什么打击都能承受。”

叶萍竭力地控制着悲伤，对柯楠说：“妈妈很早就想对你讲，那时你年纪小，准备你懂事后再说。你懂事后，妈又不知该怎么对你说。张宝宽和我是在玉池山铅锌矿相爱的，后来我们结了婚，三个月后矿里推荐他上大学，可是你外祖父当时被打成了黑帮分子。在那个年代，社会关系有问题的人是不能上大学的，为了张宝宽的前途，我主动提出与他离了婚，不久我发现我已经怀孕了。三个月后我和在一次矿井事故中为救我而致残的柯龙结了婚，柯龙纯朴、善良，他接受了你……”

柯楠再也忍耐不住，她转过脸失声地痛哭起来。

窗外，天空阴暗下来，稀疏的雨点打在窗户上，像泪珠一样沿着玻璃一线一线往下淌。

裴蕾病室　白天

裴蕾终于苏醒了。她吃力地睁开眼睛，看到坐在床旁的是小黄。

小黄亲切地对裴蕾说："裴蕾，不认识我了，我是黄姐!"裴蕾急切地问："小黄姐，楠姐呢?"

小黄告诉她："柯楠同志负了伤，做了手术，现在正在医院养伤。"

裴蕾伤心地："楠姐是为了我被绑架的。"

小黄："裴蕾，你不要牵挂她，安心治疗，有什么困难和心思只管告诉我。"

裴蕾欲坐起来："我想去看楠姐。"

第十九集

医院小会议室内　白天

裴蕾坐在沙发上，她比以前瘦了许多，脸色有些蜡黄，裴蕾沉静的瞳孔里，同时存在着阴影和光明。

小黄指着准备询问的仇军辉向裴蕾介绍说：“裴蕾，这位是我们检察院仇科长，今天他和我想听你那次在柯楠家还没有讲完的事情。”

裴蕾感激地：“是你们救了我，现在我什么事都告诉你们。”

仇军辉问道：“现在身体感觉怎么样?”

裴蕾讲话还是缓慢：“好多了，只是有些乏力。”

仇军辉：“如果需要，你还可以在医院疗养。”

裴蕾：“嗯!”

仇军辉：“你知道绑架你的丁家驹、马飞等黑恶势力被摧毁了吗?”

裴蕾：“知道。”

仇军辉：“他们为什么要绑架你?”

裴蕾毫不犹豫：“因为我知道丁家驹干的坏事，他害怕我把那些事情讲出去。”

仇军辉：“刚才小黄姐对你说了，现在我们听你讲。你把你要讲的话都讲出来。关于个人隐私，我们一定为你保密。”

裴蕾说：“从那晚以后，我才知道，梁先生叫梁维成，是你们省的省委常委、常务副省长。我同他在宾馆住了两晚后，他开车将我送到了市郊一个生态别墅区。”

画面翻卷：

5 个月前，别墅区　白天

小小湖泊旁，葱绿的山岭上，一片崭新的别墅。其中 A—8 号别具一格。

梁维成别墅内　白天

客厅装饰优雅。墙上由梁维成自己书写的曹操的《短行歌》诗，潇洒自如。

裴蕾抱着一只法国小狗，行坐不安，度日如年。

她接受询问时的画外音：

“梁维成星期二、四、六晚上只要不外出必来别墅。他规定我可以上附近的小镇洗发、美容或买菜，但不能和别墅内其他人接触。我后悔，在哈尔滨不该听信丁家驹的谎言，在宾馆不该接受崔玲的钱，这钱成了卖身契。我想起俄国著名作家托尔斯泰笔下的安娜·卡列尼娜，自己和安娜·卡列尼娜一样，只是贵人的玩物。每次晚上梁维成将灯一灭，我就麻木了，尽管梁维成全身心投入，我却一点也进入不了那种境界。第二天，梁维成一走，我便会从噩梦中醒来，心像被撕破似的疼痛。我觉得自己既在被糟蹋，也在一步一步堕落，我不能做梁维成的性奴，我要抗争，要与昨天告别……”

梁维成别墅前　夜晚

在别墅区内的晚霞如黑幕，到了下午6时，这里的一切也就开始浑浊了。

一辆黑色轿车开进院内。停好车后，梁维成走下车，两手各端着一个冒着热气的砂钵。

他兴致勃勃地喊着：“裴蕾，给我接东西。”裴蕾不情愿地走了出来。

别墅内　夜晚

梁维成打开壁柜拿出一瓶洋酒，自己斟了一杯。裴蕾端上已经做的4个碟菜，盛上两碗饭，递给梁维成一碗，然后坐在他的对面。

梁维成用勺子给裴蕾舀着菜：“这是海参与燕窝，刚刚在宾馆做的，两份就是一千多块。”接着补充道：“当然不是自己出钱。”

裴蕾没有吃砂钵中的海参与燕窝，总夹着自己做的黄瓜炒香肠、豆角等家常菜。

梁维成喝下一口酒后说：“北方人爱吃山珍，南方人喜食海味。”

裴蕾冷冰冰地：“那是你们这些人。”

梁维成仍然有兴趣地说：“你可能不习惯，吃多了就会习惯的。”

裴蕾没有理睬，梁维成有些扫兴了。他换了一个话题，问道：“你父亲的手术做了没有？”

裴蕾回答说：“做了。”

梁维成又问：“还需要钱吗？”

裴蕾对钱有些过敏：“我不会再要你的钱了，我是在堕落！”

梁维成不知羞耻地："不，不能这样认为，一个男人的成功，离不开一个女人默默的奉献。我是一名领导干部，又是一名诗人，我工作像哲学一样严密，生活像诗一样浪漫。自从有了你以后，我的精神更充实了。"

裴蕾并不愚昧，她说："你听说女人的奉献与男人的成功是指夫妻之间，而我们却生活在没有阳光的空间里，你是在用我的痛苦换取你所谓的幸福与成功。"

梁维成对裴蕾的情绪很反感，他还在掩饰自己："其实我并不是要你做我的二奶或情人，我一直在想几年后，送你继续学习。"

裴蕾看出了梁维成的圈套，她说："我确实想重新回到学校当一名学生，但是我不能再出卖自己的肉体，安娜·卡列尼娜式的生活我一天也过不下去了。如果你同情我，就介绍我到一个地方打工，无论多苦，我都愿干。"

梁维成无耻地："何苦啊，打工能挣多少钱，能交清你父亲的医疗费吗？再说，你已经被开垦过了。"

裴蕾睁大眼睛，气愤地："你！"

别墅卧室　深夜

仅穿着内衣的梁维成半躺在床上。

裴蕾裹着睡衣坐在床沿一动不动。

梁维成淫欲难忍，坐起来抱着裴蕾："裴蕾，今天你怎么变了？"

裴蕾坚强地："一个人总有醒悟的时候，我在这里活得越舒服越等于死亡！"

梁维成只得妥协："好，明天我就给你介绍打工的地方。"

医院小会议室　白天

画面回到现实。

裴蕾擦着脸上的泪水对仇军辉说："从那次以后，梁维成对我也就淡了。大约 10 天后他把我交给崔玲，要她把我带到平湖安排在东亚公司打工。几天后，我发现自己怀孕了。"

"怀孕后，我到一家私人诊所去做人流，要钱太多，交不起，医生说，我妊娠反应大，怕出事，不肯为我做。我想找梁维成，但我不知道他的手机号码，只知他别墅的电话号码，挂到别墅无人接电话。我找崔玲，找不着。我想找丁家驹，但我知道他不会帮助我，因为我来平湖东亚公司后在街上碰到他，他把我骗到他的别墅，一把将我压在床上，企图强奸我，我狠狠地咬了他一口，才挣扎着逃了出来。在我肚子痛得很厉害时，我怀着一线希望拨了丁家驹的手机，他不但不帮助我，反而要挟我说‘你得了梁维成的5万元钱，一切问题该自己负责。’还说‘如果警方知道了，你逃脱不了治安处罚，而且还要追缴那5万元钱。’可是那笔钱我已经给了我父亲治病。那天晚上，我肚子痛得难以忍受，我感到眼前一片漆黑，已经失去了理智。我现在都不知道自己是怎么从窗户里跳出去的。”

省纪委小会议室　白天

裴蕾接受询问的电视录像已经放完，工作人员关上了影碟机和电视机。

佟风非常气愤地说：“刚才大家观看了受害人裴蕾接受询问的录像，一名年轻的副省级干部堕落到如此程度，确实令人气愤。中纪委、监察部、最高人民检察院联合调查组已经到达我省，今天参加了这次会议，下面请联合调查组组长方慧英同志讲话。”

方组长是位五十开外的女同志，两鬓霜白，但两眼炯炯有神。她扶了扶鼻梁上的眼镜，说：“梁维成一案是性贿赂的典型案件。据《人民论坛》杂志公布的一份‘党政领导干部应谨防哪些诱惑’的调查报告显示，‘美色诱惑和性贿赂’名列首位，可见美色诱惑对官员杀伤力之大。近年来，‘性贿赂’有愈演愈烈之势。被查处的贪官多有情妇，也就是说权色交易的职务犯罪不断攀升。性贿赂与金钱贿赂总是连在一起，养情妇者必贪几乎成了一个规律。此类较之于金钱、物质贿赂，更具有危害性、腐蚀性和渗透力，已成为行贿者打开权力之门的‘敲门砖’。梁维成靠工资收入买不买得起豪华别墅，能不能养得起‘二奶’？现在我们只掌握了他接受性贿赂的部分事实，还没有掌握他涉嫌经济犯罪的事实，因此对这起案件必须深挖。现在梁维成已经潜逃，向梁维成进行‘性贿赂’并涉嫌多种犯罪的崔玲，也从深圳逃到云南边境，我们的侦破和追捕任务还很重。”

昆明大街　白天

春城，花的世界。街道两旁，大厦屋面上、居民楼的阳台上，无处不是绿葱葱，鲜花盛开。街道上，人流、车流有序流动。

出租车内　白天

崔玲嫌车速太慢，问司机：“到瑞丽要多少时间？”

司机回答说：“至少要10个小时，很急吗？”

崔玲：“嗯，有点急事，能不能再快一点。”

司机说：“你怎么不乘飞机，昆明有飞机至潞西，再从潞西乘汽车去瑞丽，一共只需两个小时。”他看了看表，“上午10时，正好有航班，我送你去机场。”

崔玲："不用了，我爱坐车。"

司机斜了崔玲一眼，只见她表面平静，但心思沉重，他没有把油门踩到极点，保持中速行驶。

昆明机场国内航班候机厅前　白天

丰登及两名女警察大步走入国内航班候机厅。

候机厅内　白天

广播里："今天上午10时由昆明飞往潞西的航班因故继续晚点，请由昆明去潞西的乘客稍候。"

丰登等焦急万分，不时观看电子屏幕上的信息和时间。

昆明至潞西的公路上　白天

崔玲乘坐的的士不时超越。

飞机上　白天

丰登等不时俯视窗外。

潞西至瑞丽的高速公路上　白天

崔玲乘坐的士疾驰如飞。

潞西机场　白天

丰登等上了一辆当地的警车。

潞西至瑞丽的高速公路上

警车呼啸而过。

瑞丽　白天

崔玲乘坐的的士行驶在瑞丽这座边陲小城街道上。

的士车内　白天

崔玲拿出10余张"老人头"递给司机："再快一点儿。"

警车内　白天

司机把脚踩到油门，不松一秒。

边境站　白天

戴着太阳镜的崔玲正将护照递给边境工作人员。

丰登等三人大步追上来。

丰登拿出证件严厉地："崔玲，我们是平湖市人民检察院检察干警和平湖市公安局干警，你在中国境内涉嫌经济犯罪，平湖市人民检察院决定对你实行刑事拘留，请你配合。”

崔玲的面色一刹那变得惨白，两只眼睛失去了光泽，脸颊的肌肉渐渐下垂，两腿不由自主地发颤。

审讯室　白天

仇军辉对崔玲的讯问开门见山、直接切入要害问题：“梁维成潜逃到了什么地方？”

崔玲打量仇军辉试探虚实。

丰登接着问：“你在深圳与梁维成联系过几次？”

崔玲开口了：“开始他想和我一道从云南瑞丽出境，我认为两人一路有些打眼，还是分开行动，出境后在美国洛杉矶会合。他现在在哪里我不知道。”

仇军辉：“你和梁维成是什么关系？”

崔玲：“我和梁维成是两年前认识的，那时我在祖国内地经商，我和他常住在一起，5 个月前，我去美国，于是给他介绍了裴蕾。”

仇军辉：“你为什么给他介绍裴蕾？”

崔玲：“为了满足他的个人生活。”

仇军辉气愤地：“简直是无稽之谈，你是用自己和裴蕾的肉体进行性贿赂。”

崔玲辩驳：“中国的刑法没有性贿赂罪名。”

仇军辉严正地：“你以 5 万元的代价获得裴蕾，然后献给梁维成，这是拐骗妇女行为，已经涉嫌犯罪。同时你以裴蕾作牺牲品，达到梁维成为你业务中介和海天实业非法拼装汽车大开绿灯的目的，现在人证、物证俱在！”

崔玲瞟了仇光辉一眼后低下了头。

仇军辉又问：“你在海天实业的 245 万美元的股金为什么是内资不是外资？”

崔玲：“这 245 万美元是由人民币折合的，大部分是在祖国内地经商赚的钱。”

仇军辉：“你在抓沙抵水，抗拒交代！我问你，梁维成在海天实业有多少股份？”

崔玲不知羞耻地：“我给梁维成介绍裴蕾后，我和他依然没有断绝关系，我赚的钱和他的钱合在一起。”

仇军辉：“你是在代他进行权钱交易。”

崔玲不语。

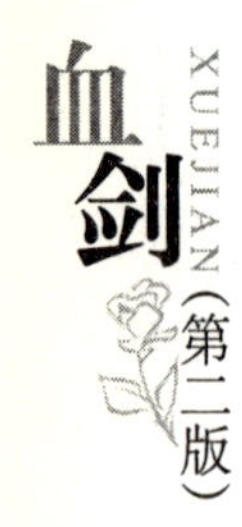

仇军辉："丁家驹组织黑恶势力绑架柯楠和裴蕾，是不是梁维成指使的？"

崔玲："梁维成一直没有与丁家驹直接联系过，他不会指使。"

仇军辉："丁家驹为什么要绑架柯楠和裴蕾？"

崔玲："我听裴蕾说过，丁家驹强奸她未遂，同时裴蕾是他从牡丹江弄来的，虽然是我派他去的，但他也有责任。他害怕裴蕾揭发他。"

仇军辉："颜东升为什么要干掉裴蕾？"

崔玲心里紧张，不敢抬头。

仇军辉愤怒地："遇到大问题你就抵赖，是想避重就轻。"

崔玲仍不敢承认。

仇军辉："你和颜东升有哪些经济来往？"

崔玲："我给了他 20 万美元好处费，其中 15 万美元由他转给张宝宽，后来他告诉我，他给了张宝宽 15 万美元。"

仇军辉："你这已经涉嫌行贿犯罪。"

崔玲辩解："我是为了东亚公司争得利益，也是为了平湖的招商引资。"

仇军辉肯定地："你的目的是为个人牟取非法利益。"

崔玲的脸色有点沉。

仇军辉："崔玲，你和张宝宽还有什么关系？"

崔玲："我和他有个人生活作风上的问题，那是偶然的，不是长期的，以后我帮他女儿办过移居香港的手续。"

仇军辉："你为什么要挟张宝宽，要他干预我们对裴蕾的治疗。"

崔玲："我是为了保护梁维成，也是为了保护我自己。"

仇军辉："妨害对裴蕾的治疗，企图使她终生失去记忆，已经涉嫌侵犯公民人身权利犯罪。你知道吗？"

崔玲心里有些慌，两眼不停地瞟着仇军辉。

仇军辉问："裴蕾人工流产后的胚胎是谁指使人换走的？"

崔玲没有听懂："我没有听清楚，裴蕾的胚胎怎么了？"

仇军辉："被人换走了。"

崔玲："我真不知道这件事情。"

仇军辉问："崔玲，你已经取得美国国籍，为什么你不在美国而长期待在祖国内地经商或做中介人？"

崔玲直言不讳："祖国内地一些官员弱点较多，容易被利用，通过他们好赚钱。"

仇军辉："你说的弱点具体指哪些方面？"

崔玲："有的贪钱，有的贪色，有的为提拔而创造所谓政绩等。"

仇军辉冷笑一声后道："崔玲，你刚才交代了一些问题，但对关键性的问题你抵赖了。你不要以为你有外国国籍，外国人在中国境内违反中国法律，按中国法律惩处，你已经涉嫌多种犯罪，应数罪并罚。现在我给你一个立功的机会：梁维成到底藏在哪里？"

崔玲心里矛盾着。

仇军辉："我现在很负责任地告诉你，我现在是依法代表平湖市人民检察院审讯你，我说话算数！"

崔玲吞吞吐吐地："他给我打过电话，他说有人帮助他从海上偷渡。"

中央联合调查组办公室　白天

方慧英等中央联合调查组成员及肖义山、蒋群政等省专案组部分成员正在听取仇军辉的汇报。

仇军辉说："崔玲交代，梁维成会从海上偷渡。我们分析这种可能性很大，因为梁维成老家在浙江，他对海上偷渡比较熟悉，他有可能潜回浙江沿海。崔玲还交代，有人为梁维成偷渡帮忙。这表明梁维成不会像农村的偷渡分子那样，躲在船舱里像牲口一样偷渡，他必定有更巧妙的偷渡方式。"

蒋群政接着分析："仇军辉同志分析得很有道理，不过梁维成不一定选择在浙江老家，他很聪明也很狡猾，一定会猜到我们会追捕到他老家。据我们这两天的调查，梁维成虽然老家在浙江，但他小时候是在福建外婆家长大的，小学和中学都是在福州郊区上的，那里同学、朋友较多，而且近年来福建沿海偷渡行为屡禁不止，梁维成很有可能潜到了福建。"

与会人员倾向于蒋群政的分析，但都没有发言。

方慧英打破了沉静，她说："对梁维成偷渡地点可以考虑他老家和外婆家的基础上再深入思考是谁能死心塌地而又有能力为梁维成偷渡帮忙。因此，我们要把侦查方向定在梁维成过去和现在的人际关系网上。"

大家无不佩服方慧英的分析高人一等。

肖义山接过方慧英的话说："据省政府工作人员反映，梁维成担任常务副省长后，他过去的部分同学、朋友常来找他帮助，其中较多的是商人，也有文艺界的，因为梁维成是诗人，还有海关、边防、公安等要害部门官员。因此，梁维成的人际关系网庞大而且复杂。”

方慧英习惯地用手轻轻地敲着沙发：“梁维成的人际关系网中，我们的视线要集中在部分要害官员上，当然对商人也不能忽视，他们也很有神通。但是这些人分布面广，我们没有那么大的精力一个一个地去调查，我们不妨把视线收拢来，在崔玲、张宝宽、裴蕾等知情人口中寻找线索。”

招待所　白天

仇军辉和小黄询问时裴蕾依然很安静。仇军辉问：“你住在梁维成别墅的时候，见过梁维成的熟人和朋友吗？”

裴蕾想了想摇着头，然后说：“好像没有见过。”

仇军辉：“有没有别人到他的别墅去过？”

裴蕾说：“让我再想想。”

小黄给裴蕾倒了一杯茶

裴蕾慢慢抬起头：“我想了，没有。”

仇军辉再问：“裴蕾，梁维成和你在一起时向你提到过什么人吗？”

裴蕾点头：“提到过。”

仇军辉：“你慢慢说。”裴蕾：“刚到他的别墅时，我很不情愿，天天闹着要走。梁维成做我的工作，说他的一些当领导的和经商的同学大多数有情妇。后来我还是闹着要出去打工，他说要我陪他两年后，或送我读书，或要福建海关的一个同学把我弄到国外去打工赚大钱。”

仇军辉忙追问：“梁维成福建的那个同学叫什么名字？”

裴蕾摇头。

仇军辉问：“在哪个海关，做什么工作？”

裴蕾也摇头。

中央联合调查组办公室　白天

方慧英放下听筒，对同室的另一名调查组领导说：“立即派人购买 10 张去福州的飞机票，今天飞抵福州。”

那成员问：“方组长，您去不去？”

方慧英：“我领队，中央联合调查组再去 3 人，省检察院副检察长肖义山带

3 名侦查员和两名法警同去。”

海滨，渔村　清晨

夕霞映照，海岸一片金色。渔船纷纷归来。

一老年渔民和他儿子抬着鱼篓回到屋前，梁维成从屋内出来，热情地接下老者肩上的木杆，然后放下鱼篓：“今天父子俩收获不少呀！”

老年渔民：“听我大儿子讲，你是诗人，明天同我们一起下海吧？”

梁维成推辞道：“明天要写作。”

青年渔民：“诗人、作家到渔村来体验生活，不能老待在家里，要到大风大浪中去，看到我们怎样劈波斩浪，才会有激情、有浪漫。”

梁维成笑了笑：“海是一定要下的，不然不叫体验生活。”

老年渔民问：“海腾回来了吗？”

梁维成答道：“现在还没有。”

老年渔民：“出去三天了。”

青年渔民问：“大诗人，您同我海腾哥是什么时候的同学？”

梁维成说：“我同你海腾哥是中学时的同学，后来他在外面做生意常到我那儿去。”

青年渔民：“您以后也要经常到我们这儿来，我们这里有取之不尽的创作源泉。”

梁维成：“好好好……”说着他们进了屋。

某海关机关　傍晚

海腾从大楼内出来，一领导模样的人将他送至门外，两人握手话别。接着，他打开轿车车门，自己开车驶向大街，消失在车流中。

海腾家　夜

敲门声响，老渔民忙开门，进来的是海腾。

海腾：“爸，还没有睡？”

老渔民：“你的同学还等着你呢。”

这时，梁维成出来喊道：“海腾。”

海腾：“让你久等了。”他把梁维成带到屋里，悄悄地说：“我在海关找到了你那位朋友。他说，明天早晨 8 时一艘外籍货轮离港去北美，我派一只渔船送你到公海，然后你上外籍货轮，你的朋友与那艘外籍货轮老板已经谈妥，船上有人接应你。”

海上　清晨

“呜——”一艘外籍货轮离港远航。

海滨　清晨

梁维成一身渔民打扮走上一只渔船。舱内，他掏出一叠“老人头”交给了船上一名高大的汉子。

海岸边防站　清晨

两艘边防快艇迅速追击。

艇长和肖义山等拿着望远镜不断地瞭望前方。

海上　早上

外籍货轮放慢速度等待渔船。

渔船加速前进。

渔船内　早上

梁维成心急如焚，问渔民：“离公海还有多远？”

渔民答道：“只有5海里了。”

梁维成：“能不能再快一点？”

渔民：“这是最快的速度。”

边防快艇上　白天

望远镜视野里：海船接近外轮。

肖义山放下望远镜对艇长说：“一旦梁维成在公海上上了外轮，我们就没有办法了。”

艇长命令：“加速前进！”

海上　白天

渔船接近外轮，梁维成见边防快艇即将追上已经魂不附体。

两艘快艇边鸣枪警告，边冲了上去。

外轮见势不妙加速离开。

两艘快艇紧靠上去，众侦查员、法警、边防战士跃上渔船，十余支枪对准藏在舱内的梁维成。

梁维成垂下了头。

市检察院1号会议室　白天

平湖市人民检察院检察委员会会议气氛凝重。洪源正发表讲话："最近，我们在中央联合调查组和省检察院专案组的具体领导和协助下，连续打了几个漂亮仗，摧毁了一个黑恶势力团伙，破获了张宝宽、颜文茹、颜东升、杜天明涉嫌受贿大要案，抓获了涉嫌多种犯罪的崔玲和涉嫌受贿等犯罪的梁维成。现在所有案情已经查清，并侦查终结，中央联合调查组和省专案组按规定依法将案件移交给了我们平湖市人民检察院。今天的检察委员会会议就是按照法律程序，讨论对有关犯罪嫌疑人是否依法起诉的问题。因工作需要，有关的办案人员列席今天的会议。柯楠同志的伤还没有痊愈，今天也来参加这次会议。"所有与会人员都向柯楠投去敬佩的目光。

这时柯楠举起右手："洪检察长，我请求发言。"

洪源允许道："你讲吧！"

柯楠站起来沉重地："各位领导，各位同仁，两个多月前，根据领导的安排，我参加了张宝宽涉嫌受贿一案的侦查工作，做了一名检察官应该做的事情。但是十分遗憾的是，我这位办案人不能列席今天的检察委员会会议，我申请回避。"这时大家突然一怔，十几对目光凝视着柯楠。

柯楠强忍着内心的痛楚："根据我国现行法律的有关规定，我申请回避的理由是张宝宽是我的生父。"

"噢！"在座的人简直不敢相信。

柯楠继续着："事情是这样的，27年前张宝宽在玉池山铅锌矿当矿工时和我妈妈叶萍，结婚几个月后，被矿里推荐上大学，而我的外祖父当时被打成黑帮分子，为了不影响张宝宽的政治前途，我妈妈与张宝宽离了婚。离婚后，妈妈发现自己已经身怀有孕，那就是未出生的我。后来我妈妈和一名叫柯龙的矿工结了婚，善良的柯龙接受了我。这些年来，我对这些情况一无所知，张宝宽也不知道他还有我这个亲生骨肉。张宝宽的内弟颜东升第二次被刑事拘留后，张宝宽感到紧张，设法打听办案人员的情况，还到玉池山矿山访问老同事，有一名知内情的老矿工告诉他，我是他的女儿。但是张宝宽预感到大祸将临，觉得无脸认我这个女儿。张宝宽被刑事拘留和我受伤后，我妈妈才把在心中藏了27年的秘密告诉我。按理我应该为有张宝宽这位任市委代书记、市长的父亲而自豪，但是他却是一个被人民唾弃的贪官。为了查处他，我推迟了婚期，而且遭到了他保护下的黑

恶势力团伙的绑架和枪击，但是我无怨无悔，因为我和我的战友们一道清除了社会毒瘤衍生出来的一个毒疮。”

监房　白天

“咣当”一声门被打开了，狱警高喊着：“张宝宽提审！”

依墙而坐的张宝宽应声：“有！”站起后走到监房门口。

狱警道：“今天是检察长亲自提审你。”

审讯室　白天

张宝宽走进来抬头望了一下洪源。

洪源对狱警说：“给他解除手铐。”

张宝宽被取下手铐后，站着默默地凝望着洪源。

洪源温和地：“坐下吧！”

张宝宽缓缓坐下。

洪源见他精神恍惚，问道：“怎么，精神不振？”

张宝宽：“我知道王铁流牺牲、柯楠负伤的消息后觉得自己犯下了不可饶恕的罪行，天天像做噩梦一样。”

洪源问：“怎么知道的？”

张宝宽：“报纸上看到的，我真不知道自己怎么惹出了这样大的祸。我想问一下柯楠的伤情怎样？”

洪源告诉他：“她主要是左肩中了弹，手术很成功，现在已经出院。”

张宝宽问：“今天提审我，她没有来？”

洪源：“她已经申请回避了。”

张宝宽心情复杂地：“知道了！”

洪源：“你前妻叶萍已经跟她讲了。”

张宝宽羞愧地：“我对不起她们母女……”

洪源问：“身体还支撑得住吗？”

张宝宽叹了一口气：“日子难熬。在狱中我曾胡思乱想过，假如以后有机会的话，我一定向新任平湖市委书记建议，要他组织全市领导干部到监狱里体验一下生活，只要十天半月，我相信他们今后就不会违法犯罪了。”

洪源感慨地：“你这种想法是不现实的，但也说明一个问题，一个人在位高权重时不要忘乎所以，一个人也不能有两面人生，表面很善，灵魂却很肮脏，到后来得到的是恶报。”

张宝宽忏悔地：“我就是具有两面人生，表面上我很廉洁，我从不收个人的钱财，不卖官，每年还退出不少红包，但是对那些工程包工头、外商的贿金我从不拒绝。我认为这是一种价值交换，我给予他人的太多，所以收受贿赂时心安理得。”

洪源用交谈式的语气说：“实质上双面人生能使一个人以善良的一面掩饰邪恶，以功劳来原谅罪过，从而使自己执迷不悟。”

张宝宽愧疚地说：“当初，你们在查处我内弟时我就有一种危机感，但是我却在暗地与你们对抗。我想把你拉下来，让高凤阳顶上去，可是你这个人不贪财、不好色，我一点办法也没有，只好把你派到省里学习。你提前结束学习回来后，我又以你年纪大为由，想要你提前退到二线，可是省里没有批准，现在回想起来，我真悔不当初。”

洪源推心置腹地：“我们也算是老同事了，从个人关系来说互相之间没有对不起的地方，但是我是人民代表选出来的检察长，人民赋予我的权力和责任就是公正司法，维护公平正义，不能‘刑不上大夫，礼不下庶民’。我知道自己几个月后就要退下来，但是就在这几个月我也不能拿法律送人情，所以对你涉嫌犯罪的侦查，我的态度是坚决的。现在你已经到了这一步，我不会落井下石，我们会将你涉嫌犯罪的事实一件一件与刑法条款相对照，该追究的追究，不该追究的绝不强加。”

他稍停一下后说：“对你涉嫌受贿一案，我们将依法向平湖市中级人民法院提起公诉，你还有什么交代的？”

张宝宽：“我该交代的都交代了。”

洪源：“你请不请律师？”

张宝宽：“我决定不请律师。”

平湖市人民检察院公诉科　白天

洪源走进来，江涌波忙站起来喊道：“洪检！”

洪源问：“江科长，准备得怎样了？”边问边坐到江涌波对面。

江涌波把办公桌上的岗位牌移了一下位置，汇报说：“这件案件涉及的犯罪嫌疑人达 10 多人，根据他们涉嫌犯罪的事实，我们将梁维成、崔玲、张宝宽和颜文茹作为一案提起公诉，对其他犯罪嫌疑人分别另案提起公诉。”

洪源点头赞同："可以这样。"

江涌波："对梁维成、崔玲、张宝宽、颜文茹一案提起公诉的公诉人还是由您担任的好。"

洪源："不，你是公诉科科长，担任本案公诉人理所当然。"

江涌波："4 名犯罪嫌疑人中，副省级、正厅级、副处级、外籍华人各 1 名，我担任公诉人是不是太轻了？"

洪源笑道："这有什么轻重之分，就这样定了，对你也是一个锻炼。不过，你要做好充分的准备，张宝宽没有请律师，颜文茹请了律师，梁维成的律师是从北京请来的，崔玲的律师是从香港请来的，这起案件涉及个人隐私，虽不进行公开审理，但有省、市法学会法律专家、外地几所政法学院的教授参加旁听。这个案件是家族犯罪和性贿赂现象的一个典型案例，从现实的角度提出了一些新的法学研究课题。"

第二十集

刑事审判第一庭　白天

法庭虽然空空荡荡，但气氛依然庄重，旁听席前面几排坐了几名中老年教授、法学专家和12名警官、检察官和法官。

审判席上坐着审判长、两名审判员和男、女人民陪审员各1名。

公诉人席上除江涌波外，还另有三名检察官。

辩护人席坐着3名辩护律师，其中有两个新面孔，一个是梁维成的辩护人，他是一位满头白发的老律师，另一位是崔玲的辩护人，她才30余岁，气度不凡，不时转动着双眼，关注着庭内的每一点变化。

审判长宣布："传被告人梁维成、崔玲、张宝宽、颜文茹到庭！"

旁听席上的每一个人的目光一齐投向法庭通道。

梁维成、崔玲、张宝宽、颜文茹在法警们的押解下从通道走入，然后走向被告席。

站在被告席上的四名被告人被法警解除了手铐。梁维成和崔玲向台上各个位置扫视了一下，显得不大在乎；张宝宽面无表情；颜文茹有些胆怯，不敢与台上的人对视。

审判长："被告人坐下。"

四名被告人同时坐下，崔玲坐下时还看了看椅子是否干净。

审判长洪亮的声音："被告人梁维成、崔玲、张宝宽、颜文茹，平湖市人民检察院分别以梁维成受贿、滥用职权、指使他人妨害人身权利、销毁罪证、偷越国境犯罪，崔玲行贿、拐骗妇女犯罪，张宝宽受贿、滥用职权、指使他人妨害人身权利犯罪，颜文茹受贿、窝藏罪，向平湖市中级人民法院依法对你们提起公诉，本院依法组成合议庭进行审理。根据《中华人民共和国刑事诉讼法》第一百五十二条关于'有关国家秘密或个人隐私的案件，不公开审理'的规定，本案实行不公开审理。合议庭成员由我——平湖市中级人民法院刑事审判第一庭庭长戴子岳担任审判长，法官肖奇、邓和清担任审判员，市人大代表、市社科联副研究员李江洲，市民代表孙淑芬担任人民陪审员，对以上合议庭的人员组成，四位被告人是否有申请回避？”

四被告人一一回答：“没有。”

审判长继续对四被告人说：“根据我国法律有关规定，你们在法庭审理过程中，享有申请调取新的证据的权利；享有申请新的证人到庭作证的权利，也享有对原有证据重新鉴定、勘验和检查的权利，还享有要求辩护人辩护及自我辩护的权利。对以上你们所享有的诸项权利，你们听清楚没有？”

四被告人逐一回答：“听清楚了。”

审判长宣布：“现在开庭！首先请公诉人宣读《起诉书》。”

公诉人江涌波站起准备宣读。

这时，法庭外面过来一名法警在洪源耳边说了几句话后，洪源离开座位同那位法警走出法庭。

市检察院接待室　白天

韩国商人朴望东及两名随从已经等候在这里，洪源进来时他们礼貌地站起，朴望东忙道：“检察长先生，打扰了。”

洪源热情地与他握手：“对不起，让你久等了。”

朴望东心里很不安，一坐下来就说：“我这次来主要是处理海天实业经济事务，不知贵院是否有一个方案？”

洪源既尊重对方又讲究原则：“根据我们调查，朴先生在海天实业占有百分之五十一的股份，股金510万美元，司法机关对你在海天实业的财产和合法利润一定加以保护。现在除非法拼装进口汽车一项已停止生产外，其他经营仍然照常进行。崔玲和张宝宽的女儿张丽娜在海天实业的股金已被冻结，究竟怎样处理，要等法院判决后才有结果，我们请朴先生配合我们做好这一工作。”

朴望东指着两名随从道：“我从韩国带来了两名高级管理人员，今后我们对海天实业将实行直接管理，对员工一律重新聘任。”

洪源说：“这是海天实业的内部管理工作，我们不参与意见。今后，如果有人损害海天实业的利益，你们可以向司法机关举报，我们一定严厉查处。”

海天实业　白天

戈穹提着大包小包从大门内走出，过往的员工投以鄙视的目光。他走到大街上，忽儿向左走几步，忽儿转身向右，最后痴呆地站着。

一张《招聘员工启事》贴了出来，10余名男女青年围上来，刘小洋也挤在其中。

一名青年问道："刘小洋，你应聘什么工种？"

刘小洋答道："保安。"

那青年不解："还干保安，不怕坐牢？"

另一青年："海天实业原来的10个保安，现场被击毙2个，警方抓捕了3个，刘小洋在关键时刻保护了柯楠和裴蕾两条人命，有重大立功表现，检察机关对他不予起诉，他肯定能聘上。"

刘小洋得意地说："尽管以前上了贼船，最后还是一条好汉！"

刑事审判第一庭　白天

江涌波还在宣读起诉书："……综上所述，被告人梁维成利用省委常委、常务副省长的职权，为他人提供方便和好处，单独接受他人贿赂6次，计人民币62万元、美元15万元。被告人梁维成除被崔玲的美色引诱外，还接受由崔玲献给的17岁少女裴蕾并与其非法同居两个月之久，此后，被告人梁维成利用职权为崔玲的中介业务大开绿灯，为崔玲占有股份的海天实业放行非法拼装进口汽车90辆。此外，其行为已触犯《中华人民共和国刑法》第385条之规定，已构成受贿罪，并且还构成滥用职权犯罪。被告人梁维成包养'二奶'事情暴露后，指使亲信涂晓明（另案处理）以10万元贿金买通平湖市公安局技术侦查科库房员童虹（另案处理），换走裴蕾人工流产的胚胎，已构成销毁证据罪。被告人梁维成还为逃避法律的惩罚，在同学海腾（均另案处理）的帮助下企图从海上偷越国境，已构成偷越国境罪。因此，对被告人梁维成应数罪并罚。"

这时，站在被告席上的梁维成直视着他的辩护律师，那位律师会心地向他回射了一束目光。

江涌波继续着："被告人崔玲以自身美色和17岁少女裴蕾贿赂梁维成，使梁维成为其做业务中介开绿灯和为海天实业非法拼装汽车放行90辆。被告人崔玲还以自身美色和15万美元贿赂张宝宽，以5万美元贿赂张宝宽的内弟颜东升（另案处理），为东亚公司征用的50亩土地降低价格百分之二十，被告人崔玲已构成行贿罪。被告人崔玲指使马仔丁家驹（已自杀身亡）以招聘'文秘'为名，将17岁少女裴蕾从东北牡丹江市骗至我省省城，崔玲付给裴蕾5万元之后将其献给梁维成做'二奶'，被告人崔玲已构成拐骗妇女罪。被告人崔玲在裴蕾自杀未遂造成身受重伤失去记忆后，要挟和指使张宝宽干扰对裴蕾的治疗（未遂），又以换取出国手续为条件指使颜东升残害裴蕾（未遂），被告人崔玲已构成侵犯公民人身权利罪。对被告人崔玲应数罪并罚。”

崔玲的辩护律师放下手中的笔，抬起头打量了一下崔玲。崔玲脸上渐渐失色。

江涌波接着宣读：“被告人张宝宽在担任平湖市市委代书记、市长等职务期间，接受崔玲美色和15万美元的贿赂，为东亚公司征用50亩土地降低百分之二十地价，为崔玲和自己女儿张丽娜占有股份的海天实业放行非法拼装进口汽车30辆，同时还10次接受其他外商和中介人的贿赂62万元和3万美元，已构成受贿罪。被告人张宝宽利用自己的职权将平湖市化纤厂低价整体出售给自己女儿占有股份的海天实业，造成国有资产流失1000万元，构成滥用职权罪。被告人张宝宽指使平湖市人民检察院副检察长高凤阳（另案处理）干扰对受害少女裴蕾的治疗（未遂），已构成侵犯公民人身权利罪。被告人张宝宽应数罪并罚。”

张宝宽低头不语。

江涌波清了清嗓子：“被告人颜文茹利用担任平湖市旅游局副局长的职权介绍他人承包工程，单独受贿2次，计40万元，与丈夫张宝宽共同受贿4次，计人民币30万元、美元15万元，其行为已触犯《中华人民共和国刑法》第385条之规定，已构成受贿罪，为张宝宽接受、转移赃款，已构成窝赃罪。对被告人颜文茹应数罪并罚。”

这时颜文茹大叫起来：“事实有出入！”

审判长严肃地说：“被告人颜文茹，你对公诉人指控有意见，在法庭调查时可以提出，现在不准高声大叫！”

江涌波最后说：“起诉书宣读完毕。”

接着审判长宣布：“现在进行法庭调查。”

证人休息室　白天

裴蕾在小黄引导陪同下走进休息室，工作人员给她们每个端来一杯茶。

小黄鼓励裴蕾：“裴蕾，你要坚强一些，实事求是地揭发梁维成和崔玲对你的欺骗和残害。”

裴蕾担心地说：“我怕一时说不上来，想先写一个提纲。”

小黄：“好，我去找纸和笔。”

这时丰登进来，小黄马上把事情推给他："丰登，裴蕾要纸和笔。"

丰登笑道："假如我不来，你吩咐谁？"

小黄俏皮地："让裴蕾自己去找，你未必不心疼？"

丰登从包里拿出纸和笔给小黄："给！"

小黄："又不是我要，给我做什么？"

小登："是你吩咐我，我当然给你。"

小黄："好，我给你们做媒介。"说着将纸和笔递过去："裴蕾，你看丰登对你多好。"

裴蕾推着小黄："小黄姐！"

小黄："勇敢点，丰登和我为你壮胆！"

刑事审判第一庭　白天

庭审已进入法庭调查。

审判长问："被告人崔玲，你为什么要给裴蕾5万元钱？"

崔玲回答说："我是出于对裴蕾家庭遭遇的同情。"

审判长问："你是什么时候给她的？"

崔玲答："带裴蕾进梁维成房间后给她的。"

审判长问："当时裴蕾接受没有？"

崔玲答："开始没有接受，钱掉在地上，我捡起再次给她时她收下了。"

审判长问："被告人梁维成，崔玲给裴蕾5万元时，你看见没有？"

梁维成回答："我看见了。"

审判长问："你说什么没有？"

梁维成："我没有说什么。"

这时崔玲的辩护律师报告审判长："报告审判长，我有一个问题向被告人崔玲发问，请允许。"

审判长："你现在可以发问。"

崔玲的辩护律师："被告人崔玲，你给裴蕾5万元钱前向裴蕾提出什么条件没有？"

崔玲回答："没有。"

崔玲的辩护律师又问："你给裴蕾钱后，是否明确交代要裴蕾做梁维成的'二奶'？"

崔玲回答："没有，只说要她做梁先生的秘书，服好务。所以公诉机关指控我拐骗裴蕾向梁维成进行性贿赂，事实有出入，我不能接受。"

崔玲的辩护律师："审判长，公诉机关指控被告人崔玲拐骗妇女罪不能成立，其理由有三点：一是被告人崔玲指派丁家驹去牡丹江招聘文秘，以后崔玲将裴蕾介绍给梁维成时也是说给梁做秘书，'服好务'一词有多种含义，当好秘书也叫'服好务'，所以被告人崔玲对裴蕾没有欺骗行为；二是被告人崔玲给裴蕾5万元之前和之后，没有向裴蕾提出任何条件，至于以后裴蕾实际上成为了梁维成的'二奶'，与崔玲给5万元钱不能构成因果关系。"

审判长打断她的话："辩护人请注意，现在是法庭调查，还没有进入法庭辩论阶段。"

崔玲的辩护律师："我并不是在辩护，我是提请审判长注意几个事实细节。"

公诉人接着说："我也提请审判长在法庭调查时注意几个事实细节。"

审判长："你现在可以讲。"

江涌波说："第一个事实细节为，梁维成是我省省委常委、常务副省长，组织上已给他配有专职秘书，不需要也不允许私人聘请秘书；二是被告人崔玲给裴蕾5万元钱是把裴蕾带到梁维成房间，当着梁维成的面给的，给了钱不久留下裴蕾，崔玲出去时还关上了房门。从时间、地点、情节看，这5万元是给裴蕾的卖身钱；三是被告人崔玲向梁维成献上裴蕾后，通过梁维成获得了不少经济利益，我们在起诉书里已一一列举，在这里不再赘述。审判长，为了进一步证实崔玲向梁维成进行性贿赂和梁维成接受了崔玲的'性贿赂'，我请求受害人裴蕾出庭作证。"

审判长大声地："请受害人裴蕾到庭。"

台上、台下所有人的目光向受害人席聚焦。

裴蕾缓缓走到受害人席。

梁维成、崔玲各自瞟了裴蕾一眼。

审判长语气和缓地："受害人裴蕾，你要如实地提供证言，有意作伪证或者隐匿他人罪证是要负法律责任的。你听清楚没有？"

裴蕾回答："听清楚了。"

审判长问："被告人崔玲带你到梁维成房间给你5万元钱之前，对你说了些什么？"

裴蕾回答："她对我说，介绍我给一位姓梁的先生当秘书，要服好务，还说梁先生待人不错的。"

崔玲的辩护律师："报告审判长，我向受害人提一个问题。"

审判长："允许你发问。"

崔玲的辩护律师问："裴蕾，被告人崔玲将你介绍给梁维成之前，告诉梁维成的真实姓名和身份没有？"

裴蕾回答："没有，只说是一位姓梁的先生。我问过她，她说，你以后会知道的。"

崔玲的辩护律师又问："被告人崔玲是不是向你说过，要你给梁维成当秘书就是性服务？"

裴蕾答："她没有明说，但暗示过。"

审判长问："她怎么暗示的？"

裴蕾说："她带我上街买衣服，进歌舞厅看节目，要我开放些。还说女孩子青春加美丽就是一种资源，只要让男人开发才能变成财富。她还说……"裴蕾情绪激动起来，中止了证言。

崔玲的辩护律师："审判长，我的提问结束了。"

江涌波："审判长，断章取义的证言是不能作为有效证据的，公诉人要求受害人尽量克制情绪的激动把话讲完。"

审判长："受害人裴蕾，你要克制自己的情绪，你把你刚才没讲完的话讲完。"

裴蕾擦着眼泪。

审判长问："被告人崔玲对你暗示以后还说了些什么？"

裴蕾鼓起勇气："崔玲还问我谈过男朋友没有，我说没有，她又问我是不是处女，我说当然是。她不信，还要我脱掉衣服给她看……"又是一阵哭泣。

法庭所有人为之一怔。

审判长问："被告人崔玲，受害人裴蕾的证言你听清楚没有？"

崔玲："听清楚了。"

审判长："是不是事实？"

崔玲看了一下裴蕾后："是事实。"说完低下了头。

审判长："受害人裴蕾，崔玲把你留在梁维成房间后，梁维成对你说了些

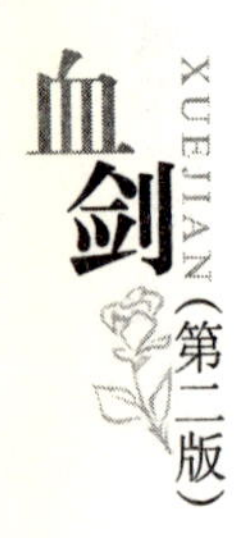

什么？”

裴蕾含着眼泪继续说：“梁维成对我说了一些关心的话，然后搂我上床。我没有语言只有哭泣，事情过后对我说你果真是处女，崔玲没有骗我。”

江涌波立即发言：“审判长，如果崔玲确实是给梁维成介绍文秘，难道需要以处女为条件，并要亲自检查吗？梁维成的行为则更加露骨，崔玲与梁维成的这种交易不是‘性贿赂’与接受‘性贿赂’又是什么？”

审判长：“被告人梁维成、崔玲，你们对受害人裴蕾的证言、公诉机关的指控有没有不同意见？”

梁维成垂下头不敢回答。

崔玲向台上翻了一下眼珠子没有吭声。

湖岸　白天

裴蕾出庭作证后心里轻松了许多，她挽着丰登的手由花坛向湖岸走去。

丰登赞扬说：“今天你表现得很勇敢。”

裴蕾问“你心里不会留下阴影吧？”

丰登：“我看过电视剧《不要和陌生人说话》，你和剧中那位女主人公梅湘南有同样的遭遇，我很同情她，你就是现实生活中的梅湘南，你虽然有一段屈辱的经历，但是你能从沉沦中醒悟，毅然决然地走出梁维成的别墅，抗住丁家驹的强暴，揭发梁维成、崔玲的恶行，由此说明，你变得成熟、坚强起来了，我为你高兴。”

裴蕾娇羞地望着丰登。

丰登认真地：“裴蕾，我以前对你惋惜、同情，现在我愿意帮助你。”

裴蕾：“我想读书。”

丰登：“你已读完高二，如果再上高中后上大学，经济条件不允许。你现在是东亚公司的员工，可以边工作边读电大或者函大。”

裴蕾：“我也是这样想的。”

丰登：“今后你这棵牡丹江的花蕾就在平湖岸边绽放！”

裴蕾痴情地望着丰登。

刑事审判第一庭　白天

审判长宣布：“今天是庭审第三天，我们已经完成了公诉人起诉、法庭调查，现在进入法庭辩论阶段。首先由被告人梁维成的辩护律师为其辩护。”

梁维成的律师礼貌地站起，开始发表辩护意见。他说："尊敬的审判长、审判员、人民陪审员、公诉人，作为被告人梁维成的辩护律师，自接触案件以来，心里一直没有平静过，原省委常委、常务副省长梁维成，由一名党的高级干部堕落成多项犯罪的犯罪嫌疑人，这样的反差的确令人痛心。同时，我对受到梁维成摧残的裴蕾姑娘深表同情。作为律师，我同意公诉机关起诉书中的部分指控。但是从法律的本质出发，我应该在证据充分的基础上，对事实进行公正的辨析和确认。下面我对公诉机关提出的被告人梁维成几处犯罪事实及其性质提出异议。"

审判大厅里除这位辩护律师的声音外，连人们的呼吸声也很容易听到。

这位辩护律师说："公诉机关指控被告人梁维成受贿罪包括两个方面，其一是被告人梁维成单独接受他人贿赂 6 次，计人民币 62 万元、美元 5 万元，对此，本辩护人没有异议；其二被告人梁维成除被崔玲美色引诱外，还接受由崔玲献给的 17 岁少女裴蕾，并与之非法同居两个月之久。此后，梁维成为崔玲业务中介大开绿灯，为崔玲占有股份的海天实业放行非法拼装进口汽车 90 辆。本辩护人认为，公诉机关将此事实指控为受贿犯罪和滥用职权犯罪不能成立。"

此时法庭旁听席出现交头接耳的现象。

这位辩护人开始阐述理由："崔玲的这种贿赂方式属'性贿赂'。应该承认，'性贿赂'正成为当前职务犯罪的新动向。在当今官场中，金屋藏娇之类的'风流事'，已经不是个别现象，人民对此深恶痛绝。但是众所周知，在我国现行的《刑法》中，不仅没有惩治'性贿赂'的条款，而且连'性贿赂'一词都不存在。关于贿赂罪我国《刑法》仅规定了受贿、行贿、介绍贿赂三种形式，且将贿赂的内容仅限定为金钱、物质贿赂。公诉人把被告人梁维成接受'性贿赂'指控为受贿罪，是扩大了贿赂的内涵和外延，把'性贿赂'这种非财产性利益的贿赂犯罪与财产性利益的贿赂犯罪等同起来。然而，我国《刑法》对此无明文规定，使得'性贿赂'成了法律的空白和死角。显而易见，公诉人把被告人梁维成接受崔玲'性贿赂'指控为受贿罪是没有法律依据的，本辩护人第一轮辩论结束。"

崔玲的辩护律师向审判长提出请求："审判长，公诉机关指控被告人崔玲'性贿赂'与梁维成接受'性贿赂'构成因果关系，在梁维成的辩护律师对梁维成接受'性贿赂'进行辩护后，我请求公诉机关指控被告人崔玲进行'性贿赂'

予以辩护。”

审判长：“同意你发表辩护意见。”

崔玲的辩护律师看起来温文尔雅，讲起话来却慷慨陈词。她说：“审判长，我是一位香港律师。在我接受被告人崔玲的请求担任她的辩护人后，我又一次学习了中国的《刑法》，以便依法对崔玲进行辩护。公诉人指控被告人崔玲以自身美色和17岁少女裴蕾贿赂梁维成，还指控被告人崔玲‘以自身美色和15万美元贿赂张宝宽’，对此，本辩护人存有异议，刚才被告人梁维成的辩护律师在为梁维成的辩护意见中已经指出，‘性贿赂’在我国法律中还是空白和死角，我完全赞同他的意见。在我国司法机关对被告人定罪和量刑，是以事实为依据，以法律为准绳的。然而，就崔玲‘性贿赂’而言，虽然事实存在，但是没有相关的法律条文，司法机关是无法对她定罪和量刑的。国家机关工作人员在生活上有腐化堕落行为的，只能给予行政和纪律处分，或接受道德法庭的审判。审判长和公诉人应该知道，被告人崔玲是美国公民，自然不是中国的国家工作人员。至于道德法庭的审判那是十分虚无的，而我们现在面对的是刑事审判庭。”

江涌波立即报告：“审判长，我请求对以上两位辩护人的辩护进行辩论。”

审判长：“请公诉人发表辩论意见。”

江涌波：“审判长，被告人梁维成的辩护律师和被告人崔玲的辩护律师在刚才的辩护中忽略了被告人梁维成接受崔玲的‘性贿赂’后，利用自己的职权为崔玲牟取利益的事实。调查证明，被告人梁维成为崔玲的中介业务大开绿灯，崔玲先后6次获得中介费840万元，梁维成为崔玲占有股份的海天实业放行非法拼装的进口汽车90辆，海天实业获得非法收入1350万元，崔玲从中获利330.75万元。张宝宽在接受崔玲的‘性贿赂’和金钱贿赂后为东亚公司征用的50亩土地降低地价百分之二十，崔玲从东亚公司得到好处。同时张宝宽为崔玲占有百分之二十四点五的股份的海天实业放行非法拼装的进口汽车30辆，和张丽娜各获利110.25万元。本公诉机关并非不清楚‘性贿赂’在我国现行法律中还是空白和死角，我们在起诉书中没有指控被告人崔玲犯有‘性贿赂’罪，也没有指控被告人梁维成、张宝宽犯有接受‘性贿赂’罪，而是指控梁维成、张宝宽在接受‘性贿赂’后滥用职权，对《刑法》第二百九十七条‘国家机关工作人员滥用职权或者玩忽职守，致使公共财产、国家和人民利益遭受重大损失的’之规定，被告人梁维成和张宝宽已构成滥用职权罪。被告人崔玲在进行‘性贿赂’

后共获得的非法收入 1281 万元人民币应依法予以没收。”

梁维成的辩护律师立即辩论：“审判长，被告人梁维成在案发前系省委常委、常务副省长，主管全省外经、外贸、工商等方面的工作，为了招商引资和扩大开放，他有权对外商崔玲给予优惠政策。据本辩护人调查，被告人梁维成没有接受其他外商的‘性贿赂’同样也给予了优惠政策，梁维成接受崔玲的‘性贿赂’与梁维成给予崔玲优惠政策不能构成因果关系，公诉机关指控被告人梁维成犯有滥用职权罪不能成立。”

被告人崔玲的辩护律师辩论：“审判长，被告人梁维成的辩护律师的辩论同样适用于对被告人崔玲的辩护。此外，被告人崔玲是一名外籍商人，商人的一切经营活动以盈利为目的，我们承认崔玲在经营活动中有‘性贿赂’行为，然而，按照我国目前的法律规定，性贿赂并不构成犯罪，而是仅仅只被定性为‘作风问题’，主要依靠党纪政纪来处理。‘性贿赂’不入刑。因此，由于法律方面的原因，对‘性贿赂’不能定罪，自然由此而获得的利益不能视为非法，正如一名生产者在生产过程中没有犯罪行为，那么他所生产出的产品应该是合法的一样。因此，本辩护人认为，对崔玲的 1281 万元经营收入不能没收。”

江涌波对两位辩护律师的辩护意见进行反驳：“审判长，以上两位辩护人在辩论中，前者提出的梁维成接受崔玲的‘性贿赂’与梁维成给予崔玲优惠政策不构成因果关系，缺乏事实依据。事实上，‘性贿赂’的内容是权色交易，其本质是出卖国家公权换取不正当性利益，这与经济贿赂是相同的，其危害性甚至有过之而无不及。在‘性贿赂’泛滥的社会现实之下，将其入罪具有必要性和迫切性。后者把‘犯罪’与‘非法’两个不同概念混为一谈。所以，他们的辩护意见不能否定公诉机关的指控。”

崔玲的辩护律师再次辩论：“审判长……”

这时从审判庭外传来哄嚷声。

审判庭外　白天

数十名市民围在大门口，一些人嚷着：“听说法庭辩论很激烈，我们真想旁听。”

“梁维成从北京请来的律师和崔玲从香港请来的律师是两张铁嘴。”

“他们说‘性贿赂’不属犯罪，岂有此理？”

“人家是著名律师，说话不会没有依据。”

刑事审判第一庭　白天

颜文茹的辩护律师站起："审判长，我请求为被告人颜文茹发表辩护意见。"

审判长："允许你发表意见。"

颜文茹的辩护律师："公诉人指控被告人颜文茹与张宝宽共同受贿 4 次，计人民币 30 万元、美元 15 万元，已构成共同受贿罪，本辩护人对此有异议。"

被告席上的颜文茹目不转睛地望着她的辩护律师，恨不能自己帮腔，张宝宽也抬头看了看台上。

颜文茹的辩护律师继续道："国家工作人员与家属共同受贿，是一种复杂的犯罪现象。由于行为人之间的关系特殊，检察机关难以收集证明两人有共同故意犯罪的证据，从而给这类共同受贿案件的认定带来困难，对这类共同受贿行为能否认定为共同犯罪，如何定罪处罚，现有法律没有明确规定。被告人颜文茹与丈夫张宝宽共同受贿 4 次，每次的情况各有不同，对其定有罪或非罪也应有不同。颜文茹既是市旅游局副局长，又是张宝宽的妻子。颜文茹与张宝宽共同接受他人金钱中有几种不同情况。其中有三种情况不能定颜文茹共同受贿犯罪……"

审判庭外　白天

市民们还在议论着："张宝宽就是坏在崔玲和颜文茹这两个妖精手里。"

"不能完全怪这两个妖精，为什么苍蝇往厕所里飞，蜜蜂向花丛中飞。张宝宽自己以其昏昏，自作自受。"

市民问法警："今天的庭审什么时候散？我要看看两个妖精长什么模样？"

另一市民："你没有看见她们！颜文茹就像《红楼梦》中的王熙凤，崔玲正如《西游记》中的白骨精。"

刑事审判第一庭　白天

被告人颜文茹的辩护律师辩护到了最后："……我的第一轮辩护结束。"

江涌波立即报告："审判长，本公诉人对被告人颜文茹的辩护律师的辩护有不同意见，请求发表意见。"

审判长："同意你发表意见。"

江涌波："被告人颜文茹与张宝宽共同接受他人金钱是有几种情况，然而辩护人在辩护中没有就事实的本质出发而是从现象出发，不能说明被告人颜文茹不是共同受贿犯罪。被告人颜文茹为了替张宝宽开脱罪责，不断变换伎俩，制造了非共同受贿的假象。被告人颜文茹在接受他人贿赂前常常有意支开张宝宽，属这种情况的有2次，计人民币18万元，公诉机关的起诉书中已一一列举。被告人颜文茹为他人牟取好处虽然与她担任的市旅游局副局长职务无关，她也没有打张宝宽的牌子，但事实上平湖市的中层干部谁都知道颜文茹是张宝宽的妻子，不看僧面看佛面，事情很快办成，对此张宝宽明明知道但睁只眼闭只眼，最后两人共同接受他人给予的酬金，属这种情况的有1次，计人民币12万元。被告人颜文茹与张宝宽自己不便出面，有意让弟弟颜东升出面，接受贿赂1次，计美元15万元。因此，以上4次都属被告人颜文茹犯有共同受贿罪。”

宋振声别墅　白天

大红“喜”字贴在大门上。

室内张灯结彩，众青年男女忙着布置新房，音乐、笑语交融。

刑事审判第一庭　白天

审判长宣布：“本庭经过三天半的庭审，完成了第一审判的公诉人起诉、法庭调查、法庭辩论、被告人陈述等所有法律程序。本案合议庭将根据已经查明的事实、证据和有关的法律规定对被告人梁维成、崔玲、张宝宽、颜文茹分别作出一审判决，然后定期宣判。现在休庭，押解被告人回看守所羁押!”

法警分别给梁维成、崔玲、颜文茹戴上了手铐。

张宝宽伸出双手时，一名法警说：“有人来看您，戴手铐就免了。”

审判大厅里的人员陆续离开，两名法警将张宝宽带到旁听席上坐下。

刑事审判第一庭外　白天

一辆新婚花车披着金色的阳光驶来，至大门前，车停住了。

从车内首先下来的是宋振声，他身穿一套崭新的西装，打着红色领带，胸前挂着“新郎”红花，接着他双手牵出柯楠，淡雅的婚纱和胸前“新娘”红花使她更具风韵。

刑事审判第一庭大厅　白天

张宝宽一见进来的是分别戴着“新娘”、“新郎”红花的女儿柯楠和女婿宋振声，未报告法警就忙迎上去。

柯楠和宋振声牵着手跑上来，异口同声：“爸爸!”

张宝宽激动地：“楠楠！振声!”他潸然泪下，失声地：“我们不该在这里相见，是我对不起你们，对不起楠楠的妈妈……”

宋振声缓解着这种气氛：“爸爸，今天是我和楠楠成婚的日子，中午我们将在平湖宾馆举行婚礼，之前，我们先来看望您。我远在美国的爸爸、妈妈还有妹妹及她的朋友都来了，我和楠楠结婚以后仍然留在平湖，我爸爸还准备增加对平湖的投资，为家乡的发展尽绵薄之力。”

张宝宽的脸上流露出几丝喜悦，他抑制着情绪的激动，说：“现在，我和妻子都成了人民的罪人，我这个家成了家庭犯罪的一个典型案例。但是今天我又感到欣慰，在我们这个大家庭中还有你们这片净土，更有出类拔萃的振声和楠楠。”

市检察院反贪局　白天

洪源手持一张会议请柬走进反贪局办公室，柯楠正在整理案卷，洪源喊着她：“柯楠同志！”

柯楠忙站起：“洪检！”

其他同志也把目光移向洪源。

兴奋而大声地：“柯楠同志，好消息呀，由最高人民检察院主管的中国犯罪学研究会将在北京召开家庭犯罪与性贿赂犯罪法学研讨会。邀请你作为特约代表出席这次会议并发言。这是会议发来的请柬。”他将请柬递给柯楠。

柯楠接过请柬，激动万分：“洪检，这次会议，应该由您出席。”

大家不约而同地围了上来。

洪源深情地说：“柯楠，你是代表我们平湖市人民检察院全体同志去出席会议，你就代表我们把心中的苦衷和愿望讲出来，呼唤正义，呼唤法制的完善！”

北京　白天

柯楠坐在一辆会议接待车内，驶出北京西站，经过人民英雄纪念碑、天安门城楼、长安街，来到最高人民检察院。

会场（尾声）　白天

“中国犯罪学研究会惩治家庭犯罪与性贿赂法学理论研讨会”会标悬挂在最高人民检察院会场正前方，参加研讨会的有来自全国法学界的知名专家、学者和实践工作者，共 90 余人，最年轻的是柯楠。

会议主持人首先讲话，他说：“惩治家族犯罪与性贿赂现象法学研讨会现在开始，会议议程是先进行大会发言，再开展讨论。第一个发言的是来自基层的同志，她是平湖市人民检察院检察员柯楠。”

会场上响起一阵长久的热烈掌声。

柯楠走上主席台向大家深深鞠躬后说：“各位领导、前辈、专家、学者，我是一名普通的检察员，在法学界还是一名学生，会议安排我首先发言，旨在让我给大家研讨时提供一个典型案例，因为这个现实的案例提出了值得当代我国法学界应该重视的几个新问题。如，将‘性贿赂’入刑已经刻不容缓！……”

她的发言在与会者中激起理性的波澜。

此剧典型镜头回放，响起《主题歌》……

（全剧终）